Sur l'auteure

Depuis qu'elle a parcouru le sentier côtier du sud-ouest de l'Angleterre, Raynor Winn est devenue une grande randonneuse. Elle écrit sur la nature, l'itinérance et le camping sauvage. Son premier livre, *Le Chemin de sel*, a connu un succès phénoménal (plus de 1 million d'exemplaires vendus à travers le monde). Raynor Winn a depuis publié deux autres livres qui ont également été des best-sellers. Elle vit aujourd'hui dans les Cornouailles avec son mari Moth.

RAYNOR WINN

LE CHEMIN DE SEL

Traduit de l'anglais
par Marc Amfreville

10
18

STOCK

Titre original :
The Salt Path

First published as The Salt Path in 2018 by Michael Joseph,
an imprint of Penguin Books. Penguin Books is part
of the Penguin Random House group of compagnies.

ISBN 978-2-264-08333-3
Dépôt légal : février 2024

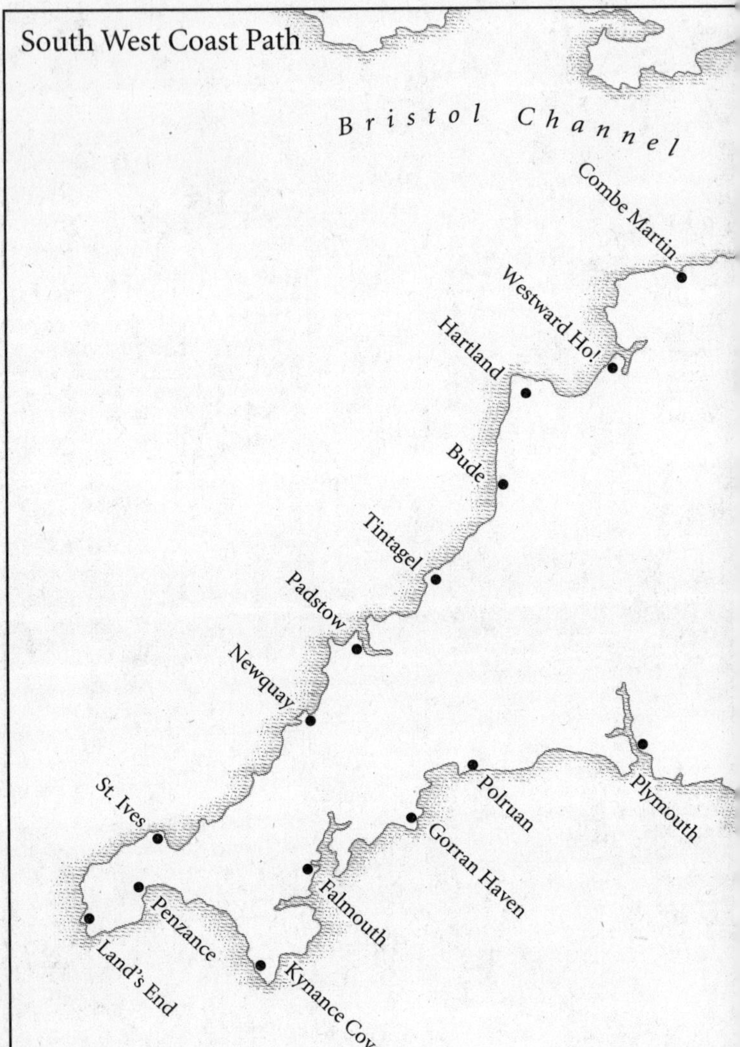
South West Coast Path
Bristol Channel
Combe Martin
Westward Ho!
Hartland
Bude
Tintagel
Padstow
Newquay
St. Ives
Penzance
Land's End
Kynance Cove
Falmouth
Gorran Haven
Polruan
Plymouth

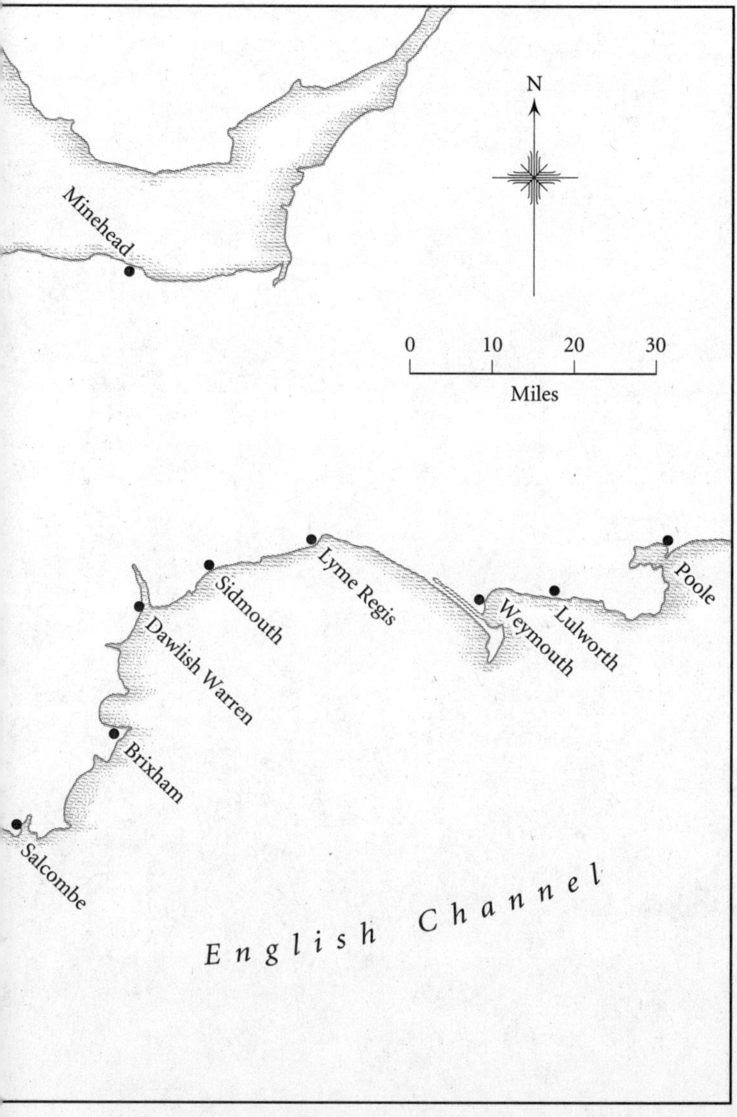
N
0
10
20
30
Miles
Minehead
Salcombe
Brixham
Dawlish Warren
Sidmouth
Lyme Regis
Weymouth
Lulworth
Poole
English Channel

PROLOGUE

De près, les lames qui se brisent émettent un son qui ne ressemble à aucun autre. Le rugissement de fond est inimitable, couvert par le déferlement de la vague qui retombe, puis par le bruit de succion des remous lors du ressac. Il faisait sombre, à peine un rai de lumière, mais même sans la voir, à la violence du flot, j'ai su que la mer n'était pas loin. J'ai essayé de faire appel à la logique. Nous avions campé largement au-dessus de la ligne de marée haute. La plage s'étendait par bancs de sable successifs en contrebas et, plus loin encore, devait se trouver le bord de l'eau : la mer ne pouvait pas nous atteindre. Tout était parfait. J'ai reposé ma tête sur un pull-over roulé en boule et songé à m'endormir. Non, tout n'était pas parfait. Et même loin de là. Le fracas des vagues et de leur ressac ne nous parvenait pas de loin. Elles étaient toutes proches.

À tâtons, dans le clair-obscur vert de la toile de tente, je me suis précipitée pour ouvrir les rabats. Le disque de la lune qui traversait le sommet des falaises laissait la plage dans l'obscurité la plus totale, mais illuminait les lames au moment où elles venaient s'échouer dans un tourbillon d'écume, la vague franchissant déjà le dernier banc de sable, à un mètre environ de notre tente. J'ai secoué le sac de couchage à côté de moi.

« Moth, Moth. La marée monte. L'eau approche. »

Nous avons fourré tout ce que nous avions de lourd dans nos sacs à dos, enfilé nos chaussures de marche, arraché les piquets et soulevé la tente sans la démonter, avec nos duvets et nos vêtements à l'intérieur, le tapis de sol s'affaissant jusqu'au sable. Comme une espèce de crabe vert géant, nous avons traversé la plage en courant, vers ce qui la veille au soir était encore un mince filet d'eau vive filant en direction du rivage et qui était devenu un véritable chenal d'eau de mer, d'un mètre de profondeur, qui se ruait vers les falaises.

« Je n'arrive pas à la soulever assez haut. Les duvets vont être trempés.

— Eh bien, fais quelque chose, parce que sinon, ça ne sera plus seulement les duvets qui… »

Nous nous sommes précipités vers l'endroit d'où nous étions partis. Tandis que la vague reculait, j'ai vu le goulet s'aplanir et s'élargir en une vaste mare de plus de trente centimètres de profondeur. Nous avons couru à nouveau vers la plage, où la vague se brisait maintenant bien au-dessus du banc de sable et se ruait vers nous.

« Tu attends le ressac, tu passes de l'autre côté du chenal et tu remontes vers le haut de la plage. »

J'étais abasourdie. Cet homme, qui deux mois plus tôt avait du mal à enfiler son manteau sans qu'on l'aide, se tenait debout en caleçon sur une plage et soulevait une toile de tente au-dessus de sa tête tout en portant son sac à dos et me disait qu'il fallait décamper.

« Allez, on court, on court, je te dis ! »

En soulevant des gerbes d'eau, la tente toujours hissée à bout de bras, nous avons remonté la plage avec l'énergie du désespoir, la vague sur les talons et le ressac tendant à nous ramener à chaque pas vers l'arrière. Trébuchant dans le sable mouillé, nos chaussures pleines d'eau de mer, nous avons rejoint le pied de la falaise où nous avons reposé la canadienne.

« Tu sais, je ne crois pas que ces falaises soient très stables. On ferait mieux d'aller plus loin sur la plage. »

Quoi ? Comment pouvait-il être aussi prudent à 3 heures du matin ?

« Non. »

Nous avions parcouru plus de trois cent quatre-vingt-dix kilomètres à pied, fait du camping sauvage durant trente-six nuits et nous étions nourris d'aliments lyophilisés la plupart du temps. Le guide du Sentier de Grande Randonnée de la Côte Sud-Ouest indiquait que nous devions atteindre l'endroit où nous nous trouvions en dix-huit jours et recommandait des endroits où l'on servait une nourriture délicieuse et des gîtes confortables équipés de lits douillets et d'eau chaude. Ce calendrier et toutes ces choses sympathiques n'étaient pas à portée de notre bourse, mais rien ne m'importait moins. Moth courait sur la plage au clair de lune, dans un caleçon déchiré qu'il n'avait pas changé depuis cinq jours, en soulevant une tente au-dessus de sa tête. Un vrai miracle. Que rêver de plus ?

L'aube commençait à poindre au-dessus de Porthe-ras Cove lorsque nous avons refermé nos sacs à dos et fait du thé. Une nouvelle journée nous attendait. Une nouvelle journée de marche devant nous. Et six cent vingt-trois kilomètres.

PREMIÈRE PARTIE

VERS LA LUMIÈRE

« Dis-moi, Muse,
cet homme subtil qui erra si longtemps… »

Homère, *L'Odyssée*

1

POUSSIÈRE DE VIE

J'étais sous l'escalier quand j'ai pris la décision de marcher. À ce moment-là, je n'avais pas vraiment songé à parcourir un peu plus de mille kilomètres à pied chargée d'un sac à dos, je ne m'étais pas demandé comment payer pareil périple, je n'avais pas pensé que je ferais du camping sauvage pendant presque cent nuits, ni même réfléchi à ce qui adviendrait ensuite. Je n'avais pas annoncé à celui qui partageait ma vie depuis trente-deux ans qu'il allait m'accompagner.

Quelques minutes plus tôt, me cacher sous l'escalier m'était apparu comme une bonne solution. Les hommes en noir avaient commencé à tambouriner sur la porte à 9 heures du matin, mais nous n'étions pas prêts. Pas prêts à lâcher prise. Il me fallait du temps : rien qu'une heure, une semaine, une autre vie tout entière. Jamais il n'y aurait assez de temps. Et donc, nous étions tous les deux tapis sous l'escalier, blottis l'un contre l'autre, chuchotant comme des souris apeurées, pareils à de vilains garnements, en attendant qu'on découvre notre cachette.

Les huissiers ont fait le tour de la maison en frappant aux fenêtres, essayant tous les loquets pour parvenir à entrer. J'en ai entendu un grimper sur le banc du jardin et pousser de toutes ses forces sur le vasistas de la cuisine en criant. C'est à ce moment-là que mes yeux se sont posés sur le livre. J'avais lu *Huit Cents Kilomètres de marche* quand j'avais un peu plus de vingt ans : l'histoire d'un homme qui suit le Sentier de Grande Randonnée de la Côte Sud-Ouest accompagné de son chien. Moth se serrait contre moi, la tête posée sur ses genoux qu'il enlaçait en une posture d'autodéfense contre la douleur, la peur et la colère. Surtout la colère. Avec toute l'artillerie dont elle disposait, la vie l'avait bombardé sans relâche pendant les trois années d'une bataille ininterrompue. Il était épuisé de colère. J'ai posé la main sur sa tête, sur ces cheveux que j'avais si souvent caressés quand ils étaient longs et blonds, gorgés de sel, qu'ils fleuraient bon la lande et la jeunesse ; quand ils étaient devenus plus foncés et plus courts, maculés de plâtre et de la pâte à modeler des enfants ; et aussi depuis qu'ils étaient poivre et sel, plus fins, chargés de la poussière de notre vie.

Cet homme, je l'avais connu à dix-huit ans. J'en avais maintenant cinquante. Nous avions retapé ensemble cette ferme en ruine, rebâtissant chaque mur, relogeant chaque pierre ; nous y avions fait pousser des légumes, élevé des poules et vu grandir deux enfants, ajouté un gîte pour accueillir des visiteurs qui partageaient notre existence et payaient nos factures. Et aujourd'hui, ce seuil une fois franchi, nous la laisserions derrière nous, tout serait derrière nous pour toujours. Soldé, fini, terminé.

« On pourrait simplement marcher. »

C'était une idée ridicule, mais j'avais décidé de la proposer quand même.

« Marcher ?

— Oui. Simplement marcher. »

Moth serait-il capable de marcher autant ? C'était un sentier côtier, après tout. Sans doute pas trop difficile à arpenter et on pourrait prendre notre temps, un pied devant l'autre en suivant simplement la carte. Il me fallait à tout prix une carte, quelque chose pour me montrer le chemin. Alors pourquoi pas ? Ça ne devait pas être si difficile.

Parcourir toute la côte depuis Minehead dans le Somerset, arpenter le Devon nord, les Cornouailles et le Devon sud jusqu'à Poole dans le Dorset ne semblait pas irréalisable. Pourtant, à ce moment précis, l'idée de traverser collines, plages, landes et rivières paraissait aussi lointaine et invraisemblable que celle de sortir de notre cachette sous l'escalier et d'ouvrir la porte. Une bonne idée pour d'autres, sans doute, mais pas pour nous.

Or, nous avions déjà reconstruit une ruine, appris seuls la plomberie, élevé deux enfants, nous avions su nous défendre contre des juges et des avocats grassement payés, alors pourquoi pas ?

Parce que nous avions tout perdu. Nous avions perdu le procès, la maison, et nous nous étions perdus nous-mêmes.

J'ai tendu la main pour prendre le livre dans son carton et j'ai regardé la couverture : *Huit Cents Kilomètres de marche*. Cela m'était soudain apparu comme une perspective idéale. Je ne me doutais pas à ce moment-là que le Sentier de Grande Randonnée de la Côte Sud-Ouest était impitoyable, qu'il allait nous obliger à escalader presque quatre fois l'équivalent de l'Everest, à parcourir plus de mille kilomètres sur un chemin souvent large de moins de trente centimètres, à dormir n'importe où, à vivre à la dure, à progresser en dépit de toutes les difficultés qui nous avaient amenés là. Jusqu'à ce moment-là où nous étions contraints de nous cacher, je savais seulement qu'il nous faudrait marcher et que nous n'avions plus le choix. J'avais tendu la main vers ce carton et maintenant que ces hommes savaient que nous étions là, ils m'avaient vue, nous ne pouvions pas revenir en arrière, nous devions partir. Alors que nous sortions en rampant de l'obscurité, Moth s'est retourné vers moi :

« Ensemble ?

— Toujours. »

Nous nous tenions devant la porte, les huissiers de l'autre côté s'apprêtaient à changer les serrures pour nous interdire tout accès à notre vie antérieure. Nous allions quitter cette maison à l'éclairage rudimentaire, vieille de plusieurs siècles, qui nous avait servi de nid douillet pendant vingt ans. Une fois le seuil franchi, nous ne pourrions plus jamais y revenir.

Nous nous sommes pris la main et avons marché vers la lumière.

2

PERTE ET FRACAS

Notre périple a-t-il commencé à ce moment précis sous l'escalier ou quand nous sommes descendus de la camionnette d'un ami à Taunton pour nous retrouver au bord de la route, avec nos sacs à dos, sous la pluie ? Ce voyage nous attendait-il depuis des années, embusqué à l'horizon, pour nous bondir dessus dès l'instant où nous n'aurions absolument plus rien à perdre ?

Ce jour-là au tribunal avait mis fin à une bataille juridique de trois ans, mais rien ne finit jamais comme on s'y attend. Quand nous nous étions installés dans cette ferme au pays de Galles, le soleil brillait, les enfants gambadaient dans nos jambes et la vie paraissait pleine de promesses. Un tas de pierres dans un coin de campagne reculé au pied des montagnes. Nous avions investi chaque once de notre énergie dans la reconstruction, travaillé comme des forcenés chaque minute de notre temps libre pendant que les enfants grandissaient à nos côtés. C'était notre foyer, notre entreprise, notre sanctuaire, alors comment aurais-je pu m'attendre à ce que tout cela disparaisse dans une salle d'audience grise et sombre, située à côté d'une galerie de machines à sous ? Je ne m'y attendais assurément pas quand je m'étais tenue devant un juge pour lui expliquer qu'il n'avait rien compris. Je ne m'attendais pas à porter le blouson de cuir que les enfants m'avaient offert pour mon anniversaire. Je ne m'attendais pas à tout voir disparaître.

Dans la salle d'audience, je regardais Moth assis à côté de moi gratter une tache blanche sur la table noire devant lui. Je lisais dans ses pensées : comment en étions-nous arrivés là ? L'homme qui déposait cette plainte financière contre nous avait été un de ses meilleurs amis. Ils avaient grandi ensemble dans la même bande de copains, fait du tricycle côte à côte, joué au football, partagé leurs adolescences. Comment en était-on arrivé là ? Ils étaient restés proches même quand d'autres s'étaient éloignés. Devenus adultes, alors que leurs vies les conduisaient sur des chemins différents, Cooper était entré dans ce monde de la finance que bien peu d'entre nous comprenons, mais Moth avait gardé contact et maintenu leur amitié. Lorsque l'opportunité d'investir dans une de ses entreprises s'était présentée, nous étions suffisamment confiants pour accepter et y placer une somme d'argent non négligeable. L'entreprise en question avait fait faillite en laissant des dettes importantes. L'idée que nous en étions pour partie redevables s'était peu à peu insinuée. En premier lieu, nous n'y avions pas prêté attention mais, avec le temps, Cooper se mit à insister sur le fait que, selon les termes du contrat, nous étions financièrement responsables et devions participer au remboursement. Moth fut d'abord davantage accablé par la perspective de la rupture de cette amitié que par la requête financière, et l'orage continua de couver entre eux pendant des années. Nous étions persuadés de ne pas être matériellement engagés parce que les termes du contrat ne le précisaient pas clairement, et

Moth ne doutait pas qu'ils finiraient par trouver un arrangement à l'amiable. Jusqu'au jour où le facteur nous apporta une convocation au tribunal pour défaut de paiement.

Nos économies eurent tôt fait de fondre, englouties dans les frais d'avocats. À compter de ce jour-là, nous devînmes des justiciables plus que des personnes, un simple numéro dans la masse de ceux qui ne peuvent pas se faire représenter, des êtres sans identité que le gouvernement avait créés par milliers en promulguant sa récente réforme de l'aide juridique qui nous privait du droit à une représentation gratuite, notre affaire ayant été jugée « trop complexe » pour qu'elle nous soit attribuée. Certes, cette réforme avait permis de réaliser une économie de 350 millions de livres par an, mais de fait elle interdisait aux plus vulnérables l'accès à la justice.

La seule tactique qu'il nous restait était de retarder la machine, de la retarder encore et encore, de jouer la montre tout en continuant parallèlement à contacter hommes de loi et comptables pour essayer de trouver des preuves écrites qui feraient comprendre aux juges que notre interprétation du contrat original était correcte et que nous ne pouvions pas être tenus responsables de cette dette. Sans avocat pour nous défendre, toutes nos tentatives furent vaines : la plainte fut enregistrée et notre ferme inscrite comme garantie pour le paiement de la dette de Cooper.

Nous retînmes notre souffle mais le couperet tomba. La saisie annoncée de tout ce que nous possédions : la maison, les terres, chaque pierre que nous avions soigneusement posée, l'arbre où jouaient nos enfants, le trou dans le mur où des mésanges bleues avaient fait leur nid, la plaque de plomb descellée près de la cheminée sous laquelle les chauves-souris avaient élu domicile. Tout était menacé de saisie. Nous continuâmes à essayer d'enrayer la machine, déposant des demandes, réclamant des délais jusqu'à finir par trouver ce que nous cherchions : un rectangle de papier éblouissant de vérité qui démontrait que la plainte de Cooper était nulle et non avenue puisque nous ne devions rien. Au bout de trois ans de procédure et trois convocations devant la Cour, nous avions enfin le document qui pouvait sauver notre maison. Nous en avions envoyé des photocopies au juge et à l'avocat du plaignant. Nous étions prêts parés. J'enfilai mon blouson de cuir, prête à bouffer du lion.

Le juge fouillait dans ses papiers comme si nous n'étions pas là. Je jetai un regard vers Moth, quêtant dans ses yeux la moindre lueur qui me rassurerait, mais il fixait le vide droit devant lui. Ces dernières années n'avaient pas été sans conséquences ; son épaisse chevelure s'était clairsemée et avait blanchi, son teint semblait désormais cireux et blafard. C'était comme si quelque chose l'avait déchiré. Parce qu'il était de nature confiante et généreuse, se voir trahi par un ami si proche l'avait atteint au plus profond. Des douleurs constantes à l'épaule et au bras consumaient toutes ses forces et l'empêchaient de se concentrer. Nous avions simplement besoin que tout cela s'arrête pour reprendre une vie normale, et alors, j'en étais convaincue, il réussirait à se remettre. Mais normale, notre vie ne devait plus jamais l'être.

Je me levai, les jambes molles, un peu comme si elles étaient sous l'eau. Je serrai le précieux papier entre mes mains comme une ancre. J'entendis des mouettes se chamailler au-dehors et pousser des cris qui détournèrent un instant mon attention.

« Bonjour, Monsieur le Juge. J'espère que vous avez bien reçu les nouveaux documents que nous vous avons fait parvenir lundi.

— Effectivement.

— Si je peux me permettre de vous demander de constater que… »

L'avocat de Cooper bondit sur ses pieds et réajusta sa cravate comme il le faisait chaque fois qu'il s'apprêtait à s'adresser au magistrat. Sûr de lui. Maître de la situation. Tout ce que nous n'étions pas. Un avocat me faisait cruellement défaut, j'aurais tellement voulu en avoir un à nos côtés.

« Monsieur le Juge, la pièce que vous et moi avons reçue est nouvelle. »

Le juge me lança un regard accusateur.

« Est-ce le cas ?

— Eh bien, oui, on nous l'a transmise il y a quatre jours seulement.

— Il est trop tard pour produire des documents nouveaux à ce stade. Je ne peux pas l'accepter.

— Mais il démontre ce dont nous essayons d'apporter la preuve depuis trois ans. Il établit que nous ne devons rien au plaignant. C'est la vérité. »

Je savais ce qui devait arriver. J'aurais voulu figer le temps, l'arrêter pour de bon et que les paroles qui allaient être prononcées ne le soient jamais. J'aurais souhaité prendre la main de Moth, me lever et quitter le tribunal, ne plus jamais y repenser, rentrer chez nous, allumer le feu et caresser les murs de pierre tandis que le chat se blottirait bien au chaud. Respirer à nouveau sans sentir ma poitrine se contracter, pouvoir penser à notre maison sans la peur constante de la perdre.

« Aucune preuve ne peut être produite sans respecter la procédure légale. Non. Je vais donc me prononcer et accorder au plaignant la possession des biens en litige. Il vous faudra en conséquence avoir libéré la propriété dans un délai d'une semaine, à 9 heures du matin au jour dit. Venons-en maintenant aux frais de justice. Avez-vous quelque chose à déclarer à ce sujet ?

— Oui. Vous faites complètement erreur. Tout cela est injuste. Et non, sur les frais, je n'ai rien à dire, nous n'avons pas d'argent de toute façon, vous nous prenez notre maison, notre affaire, nos revenus, que voulez-vous de plus ? »

Je m'étais agrippée à la table, le sol se dérobait sous moi. Ne pleure pas, surtout ne pleure pas.

« Je prends cela en considération et renonce à faire valoir les frais de justice. »

Mes pensées s'égaraient, cherchaient désespérément un refuge. Moth remua sur sa chaise, et j'eus l'impression de sentir l'odeur du gravier brûlé par le soleil et celle du buis fraîchement taillé qui montaient de sa veste. Les enfants s'étaient éraflé les genoux sur ce gravier en apprenant à faire du vélo et, plus tard, ils avaient fait crisser les pneus de leurs voitures en partant pour l'université. Les rosiers étaient en pleine floraison, leurs pétales flottaient au-dessus de la haie de buis comme des boules de coton. Je ne tarderais pas à devoir retirer les fleurs fanées.

« Je demande le droit de faire appel.

— Refusé. Ce procès n'a que trop traîné en longueur. Vous avez eu tout le temps nécessaire pour fournir les preuves exigées. »

La salle d'audience rétrécissait, les murs se rapprochaient. Peu importait que nous venions de trouver les preuves ou qu'elles attestent la vérité. Comptait seulement que je ne les aie pas présentées dans les règles, que je n'aie pas correctement respecté la procédure. Qu'allais-je faire, qu'allions-nous faire, comment allions-nous nous débrouiller pour nos poules, qui porterait aux moutons leur tranche de pain le matin, comment pouvions-nous quitter la ferme en une semaine, comment allions-nous payer un camion de déménagement, comment annoncer la nouvelle aux familles qui avaient réservé un séjour… et puis, nos chats ? les enfants ? Comment expliquer à nos enfants que nous avions perdu leur maison ? Notre maison. Perdue parce que je n'avais pas compris la procédure. J'avais commis une erreur élémentaire : je n'avais pas sollicité la permission de soumettre de nouvelles preuves. Je ne savais pas qu'il le fallait. J'étais si heureuse, si confiante, que je l'avais envoyée sans réfléchir. Gâché mon précieux document qui contenait l'indiscutable vérité. Et maintenant nous avions tout perdu. Sans domicile et sans argent.

Nous avons refermé derrière nous la porte de la salle d'audience et emprunté le couloir comme des automates, sans échanger un mot. J'ai jeté un coup d'œil à l'avocat dans un bureau adjacent et ne me suis pas arrêtée. Moth, lui, est entré. Non, Moth, non, ne le frappe pas. Je ressentais toute sa colère, toute la tension accumulée ces trois dernières années. Il a tendu la main à l'avocat.

« Je ne vous en veux pas, je sais que vous n'avez fait que votre travail, or, cette décision de justice est inique, vous le savez, n'est-ce pas ? »

L'avocat lui a serré la main.

« C'est le juge qui a décidé, pas moi. »

J'ai réussi à retenir mes larmes mais, à l'intérieur de moi, j'ai poussé un cri silencieux qui m'a clouée sur place et coupé la respiration.

Traversant le pré derrière la maison, sous le frêne au tronc noueux, là où les enfants avaient construit un igloo durant les grosses chutes de neige en 1996, j'ai partagé une tranche de pain de mie en six morceaux, un rituel qui avait marqué le début de ma journée durant dix-neuf ans. La vieille brebis est venue me renifler la main et, de ses lèvres douces, elle a saisi le pain : dix-neuf ans, plus aucune dent, mais toujours un solide appétit. Les enfants l'appelaient Smotyn, « tachetée » en gallois. C'était désormais une vieille brebis ronchonne, avec une toison noir et blanc miteuse et des cornes branlantes. Enfin, une seule, depuis qu'elle avait perdu l'autre en fonçant dans sa mangeoire quelques années plus tôt. Tom avait conservé la corne et quand il était parti à l'université, il l'avait emportée dans sa boîte aux trésors avec ses fossiles et ses cartes Pokémon. Lorsque Rowan avait trois ans, je l'avais emmenée sur les routes dans notre camionnette pour un circuit de plus de soixante kilomètres. On avait acheté trois petites agnelles noir et blanc encore toutes fofolles dans une ferme perchée sur une colline qui surplombait la mer. Ma fille avait hurlé de rage quand j'avais d'abord refusé qu'elle s'asseye avec elles, et j'avais fini par céder et accepter qu'elle fasse le voyage du retour sur la paille à l'arrière du véhicule avec ses nouvelles amies. À compter de ce jour-là, ces brebis avaient fait partie de nos vies, de notre famille. Elles avaient eu plusieurs portées au fil des ans, maintenant il ne restait plus que Smotyn, ses sœurs étaient mortes et j'avais vendu le reste du troupeau à un autre éleveur l'année précédente, au moment où notre procès avait atteint un point où nous pensions que nous allions immanquablement perdre. Je ne m'étais pas résolue à laisser partir Smotyn : à son âge, personne d'autre ne la garderait ; la durée de vie moyenne des moutons est de six à sept ans avant qu'on les envoie à l'abattoir pour en faire des boulettes ou de la pâtée pour chien. Le lendemain de l'audience, j'avais porté les poules chez une amie, mais elle n'avait pas de place pour Smotyn. Elle errait donc dans le pré, noyée dans des nuages de pissenlits ou sous les hêtres où l'herbe était toujours sèche. Ce pré était pour nous deux comme un prolongement de nous-mêmes. Comment l'une ou l'autre pourrait-elle vivre loin de lui ? Nous serions toutes les deux sans domicile d'ici cinq jours ; et alors nous le saurions.

Ce que je ne savais pas, ce que je ne pouvais pas savoir, c'est qu'il ne me faudrait pas cinq jours pour voir ma vie chavirer pour toujours et tout ce qui assurait mon équilibre se transformer sous mes pieds en sables mouvants. Tout bascula dès le lendemain.

Nous nous trouvions dans une salle de consultation à l'hôpital de Liverpool. Nous allions enfin connaître le résultat d'années d'atermoiements et la cause des douleurs que ressentait Moth à l'épaule. Après une vie entière d'efforts physiques considérables, il s'était entendu dire par un médecin : « Vos douleurs sont normales, il n'y a rien d'étonnant à ce que lever le bras vous fasse mal ou à ce que vous ayez des difficultés à marcher. » D'autres s'étaient inquiétés du léger tremblement de sa main et de l'engourdissement de son visage. Mais celui-ci était le plus grand spécialiste dans son domaine, le meilleur des meilleurs, un véritable expert. Il allait sûrement nous annoncer qu'il s'agissait d'un ligament endommagé ou quelque chose du même ordre et nous expliquer ce qu'il fallait faire pour y remédier ; que tout avait commencé quand Moth était passé à travers le toit de la grange des années auparavant et qu'il y avait peut-être une légère fracture. Il ne manquerait pas de nous expliquer comment régler le problème. Il prendrait place avec autorité derrière son bureau et nous livrerait son diagnostic. Sans la moindre hésitation.

Nous avions à peine parlé dans la voiture sur la longue route de Liverpool, chacun de nous enlisé dans la douleur du choc et son propre épuisement. Depuis le verdict, les jours s'étaient écoulés dans un brouillard de cartons et la fumée de ce qu'il fallait brûler, ponctués par de longs coups de fil angoissés et des accès de désespoir. Nous avions commencé à comprendre que nous n'avions nulle part où aller. Le pire était arrivé. Ces sept heures de voyage aller-retour étaient la dernière chose dont nous avions besoin. Chaque heure était précieuse, chaque heure devait être consacrée au déménagement, chaque heure où nous étions encore à l'abri entre nos murs.

Les expéditions interminables vers les salles d'attente des médecins avaient commencé six ans plus tôt. Une douleur incapacitante dans le dos et le bras de Moth, puis un tremblement inattendu de sa main avaient amené les médecins à penser à la maladie de Parkinson, mais une fois ce diagnostic invalidé, ils commencèrent à se dire que ses nerfs étaient atteints. Cette salle de consultation ressemblait à toutes les autres : un box cubique, blanc et impersonnel, dont la fenêtre donnait sur le parking. Ce docteur-là n'est pas resté dans son fauteuil. Il s'est juché sur le coin de son bureau juste à côté de Moth, lui a posé la main sur le bras en lui demandant comment il se sentait. Quelque chose clochait. Ce n'était pas dans les habitudes des médecins. Aucun de ceux que nous avions vus, et nous en avions vu quelques-uns, n'avait agi de cette façon.

« Ce que je peux faire de mieux pour vous, Moth, c'est vous livrer mon diagnostic. »

Non, non, non, non, non. N'ajoute pas un mot, ne parle plus, quelque chose d'affreux s'apprête à s'échapper de tes lèvres minces et suffisantes, n'ouvre pas la bouche, ne nous dis rien.

« Je pense que vous êtes atteint d'une DCB, c'est-à-dire une dégénérescence corticobasale. Nous ne pouvons pas être absolument certains du diagnostic. Il n'existe pas de tests et nous ne le saurons avec certitude qu'après le décès.

— Après le décès ? Et quand faut-il s'y attendre ? »

Les doigts de Moth s'étaient écartés sur ses cuisses, pour saisir autant de lui-même que possible entre ses mains robustes.

« Je dirais environ de six à huit ans à partir des premiers symptômes. Mais dans votre cas, la progression paraît franchement lente étant donné que vous avez présenté un problème pour la première fois il y a six ans.

— Alors cela signifie sans doute que vous vous trompez. Ce doit être autre chose. »

Je sentais mon estomac me remonter dans la gorge et les murs devenir très flous.

Le médecin m'a fixée comme on regarde une enfant déraisonnable. Puis il a continué à essayer d'exposer les effets de cette forme rare de dégénérescence du cerveau qui allait s'emparer du bel homme que j'aimais depuis l'adolescence, détruirait son corps d'abord et son esprit ensuite pour le plonger dans la confusion et la démence, avec, au bout du compte, le moment où il ne pourrait plus déglutir et où sa propre salive l'étoufferait. Et la médecine ne pouvait rien, absolument rien y faire. Je ne parvenais plus à reprendre mon souffle, les murs tournoyaient. Non, non, pas Moth, ne me le prenez pas, vous ne pouvez pas me le prendre, il est tout, tout pour moi, tout moi. Non. Je me suis appliquée à garder un masque calme, alors qu'à l'intérieur, je hurlais, la panique s'emparait de moi comme une abeille qui se cogne contre la vitre. Le monde réel était là, mais soudain hors de portée.

« Vous pourriez tout de même vous être trompé. »

De quoi parlait-il ? Nous n'allions pas mourir comme ça. Ce n'était pas seulement la vie de Moth, c'était la nôtre. Nous ne faisions qu'un, fusionné, inextricable, moléculaire. Non pas sa vie, non pas ma vie : notre vie. Nous avions un plan pour notre dernière heure. À l'âge de quatre-vingt-quinze ans, au sommet d'une montagne, après avoir contemplé le lever de soleil, nous nous endormirions tout simplement. Pas question d'étouffer dans un lit d'hôpital. D'être séparés, éloignés l'un de l'autre, seuls.

« Vous vous trompez. »

Nous nous sommes blottis l'un contre l'autre dans notre camionnette sur le parking de l'hôpital, comme si le simple fait de nous étreindre très fort allait mettre fin à ce cauchemar. Si aucun rai de lumière ne filtrait entre nous, alors rien ne pourrait nous séparer, tout cela serait un mauvais rêve et nous n'aurions pas à y faire face. Des larmes silencieuses roulaient sur le visage de Moth, mais moi, je ne pleurais pas, je ne pouvais pas pleurer. Si je me laissais aller, je me noierais dans un torrent de douleur qui m'engloutirait. Nous avions passé ensemble toute notre vie d'adulte. Chaque rêve, chaque projet, nos succès, nos échecs avaient été deux moitiés d'une seule et unique existence. Jamais séparés, jamais seuls. Un.

Il n'existait pas de traitement pour arrêter la progression, aucune thérapie pour contenir la maladie. Le seul médicament qui pouvait l'aider était un puissant calmant, la prégabaline, qui limitait la douleur, mais Moth en prenait déjà. Rien d'autre. Je rêvais de pouvoir aller chez le pharmacien acheter un produit miracle, n'importe quelle mixture capable d'entraver la marche de la destruction qui menaçait notre vie.

« La kinésithérapie peut améliorer la raideur », avait expliqué le médecin. Moth pratiquait déjà des exercices tous les jours. Il pouvait peut-être en faire plus ; peut-être qu'à force la maladie cesserait de progresser. Je m'accrochais à chaque branche, à chaque fétu de paille, pour me tirer des remous asphyxiants du choc. Or, il n'y avait aucune bouée, aucune main pour me ramener vers la terre ferme, aucune voix apaisante pour me dire que tout allait bien, que ce n'était qu'un mauvais rêve. Rien que nous deux, accrochés à la réalité et l'un à l'autre sur le parking d'un hôpital.

« Tu ne peux pas être malade, je t'aime encore. »

Comme si l'aimer pouvait suffire. Cet amour avait toujours suffi, avait toujours été ce dont j'avais besoin mais, à présent, il ne réussirait pas à nous sauver. La première fois où Moth m'avait dit qu'il m'aimait était aussi la première fois où j'avais entendu ces mots. Jamais personne ne m'avait dit qu'il m'aimait, ni mes parents ni mes amis, jamais personne, et ces paroles m'avaient transportée, elles avaient étincelé et illuminé les trente-deux années suivantes de ma vie. Pourtant, les mots n'avaient aucun pouvoir sur le cerveau de Moth qui se métamorphosait et s'autodétruisait, ils ne pouvaient rien contre la protéine tau qui embourbait ses cellules et bloquait ses connexions neuronales.

« Il s'est trompé, j'en suis sûre, il a tort. »

Il ne pouvait que se tromper. Le juge s'était fourvoyé, alors pourquoi pas le médecin ?

« Je n'arrive plus à penser, à sentir…

— Décidons qu'il s'est trompé. Si nous refusons de le croire, nous pouvons continuer à vivre comme si ce n'était pas vrai. »

Impossible d'accepter. Rien n'avait plus de sens, plus rien n'était réel.

« Il a peut-être tort. Mais s'il avait raison ? Et si on arrive à ce stade terminal dont il a parlé ? Je ne peux pas y penser, je ne veux pas envisager que…

— Jamais nous n'en arriverons là. On trouvera le moyen de se battre contre ce truc. »

Je ne crois pas en Dieu, en aucune force supérieure. On vit, on meurt. Le cycle du carbone continue. Mais, mon Dieu, je vous en prie, ne nous laissez pas en arriver là. S'Il existe, Il vient de prendre à deux mains les racines de ma vie pour les arracher à la terre, Il a renversé toute mon existence. Nous sommes rentrés chez nous avec un CD à plein volume pour faire taire tous les autres bruits. Les montagnes s'effondraient au-dessous et les vagues se fracassaient au-dessus, mon monde avait la tête à l'envers. Quand la camionnette s'est arrêtée, je marchais sur les mains.

Des visions d'étouffement me harcelaient. Nuit après nuit, pendant plusieurs semaines suivant le diagnostic, je me suis réveillée baignée d'une sueur froide, la tête bourdonnante, affolée par des cauchemars de noyade dans des mucosités visqueuses. Des images du cou de Moth en train d'enfler, ses mâchoires déformées, luttant désespérément pour respirer au point de complètement suffoquer tandis que les enfants et moi assistions impuissants à son agonie.

Les hirondelles étaient arrivées tard, seules ou par deux, rentrant enfin au bercail au terme de leur périlleux voyage pour fondre entre les hêtres sur les insectes dont elles se repaissaient. Si seulement je pouvais être une hirondelle, libre de voler, libre de rentrer chez moi si je le voulais. J'ai découpé la tranche de pain pour Smotyn et suis sortie dans la fraîcheur de ce matin de juin. La brise était douce et légère, elle me caressait la joue avec la promesse d'une belle journée. Empruntant l'échalier, je me suis faufilée à travers la haie de poiriers sauvages. Je l'avais achetée en promotion dans une pépinière. On m'avait vendu des plants de hêtres mais, en poussant, ils s'étaient révélés être des poiriers stériles à petites feuilles qui vous piquaient au passage quand vous escaladiez les barreaux. Griffée à nouveau, je me suis frotté les bras, égratignures toutes fraîches parmi d'autres marques déjà guéries. Plus la peine d'élaguer désormais. Il faisait chaud dans le pré et du trèfle en fleur montait une bonne odeur de miel. Les taupes s'étaient encore affairées toute la nuit et de petits monticules de terre fraîchement retournée constellaient le milieu du champ. Instinctivement, je les ai écrasés, encore soucieuse du bien-être de la terre, de notre terre. Moth avait arraché ce champ à toute une foison de mauvaises herbes. Refusant tout pesticide, et à l'époque sans machine-outil, il avait fauché lui-même cet hectare. Ratissé les débris et extirpé les orties. Renforcé les murs en ruine tout autour, remettant en place avec soin des centaines de pierres qui avaient roulé au sol depuis des dizaines d'années. C'était le pré où les enfants des visiteurs venaient ramasser les œufs de poule encore tièdes et nourrissaient les agneaux au printemps. Nous y avions fait en famille d'interminables parties de cricket, paressé dans les hautes herbes avant de les couper pour en faire du fourrage et guetté les étoiles filantes dans les sombres ciels d'été. Notre terre.

Smotyn ne s'est pas approchée. Elle venait toujours chercher son pain au pied de l'échalier. Toujours. Alors que j'arpentais les prés alentour à sa recherche, je savais déjà ce que j'allais trouver. Dans son coin favori sous les hêtres, elle avait la tête posée sur l'herbe comme si elle dormait. Elle savait. Elle avait compris qu'elle ne pouvait pas quitter son pré, son chez-elle, et elle était morte. Tandis que je caressais les poils de sa tête, passant une dernière fois la main sur sa corne branlante, j'ai ressenti une espèce de contraction. Très douloureuse et incontrôlable. Je me suis roulée en boule à côté de ma brebis et me suis mise à sangloter. J'ai pleuré jusqu'à ce que mon corps épuisé n'en puisse plus, qu'il n'ait plus de larmes, desséché par la perte. L'herbe s'enroulant autour de mon visage, allongée sous les hêtres, j'ai voulu mourir, lâcher prise et être aussi détachée du monde que Smotyn, libre de m'envoler avec les hirondelles, libre de ne pas affronter notre départ et la dessiccation de Moth. Qu'on me laisse être celle qui part, qu'on ne me laisse pas seule, qu'on me laisse mourir.

Je suis allée chercher la pelle et j'ai commencé à creuser pour enterrer Smotyn près de ses sœurs, dans leur pré. Moth est sorti et nous avons pelleté tour à tour sans échanger un mot, refusant de parler, refusant de reconnaître la présence de ce trou qui grandissait inexorablement. Le noir dans lequel nous avions plongé le regard la veille était encore trop présent, trop nouveau pour que nous admettions sa réalité, que nous en acceptions même l'idée. Je lui ai couvert la tête avec un torchon : impossible pour nous de la regarder alors que la terre lui tombait peu à peu sur la tête. Elle avait disparu. Tout était fini. Le rêve qu'avait été notre ferme venait d'être enterré avec elle.

3

BOULEVERSEMENT SISMIQUE

Après avoir refermé la porte une dernière fois, nous avions deux semaines pour entreposer le peu que nous possédions dans la grange d'une amie et essayer de trouver ce que nous allions faire ensuite. Les enfants ne pouvaient pas nous aider : ils étaient tous les deux étudiants et vivaient en colocation, avec juste assez d'argent pour se maintenir eux-mêmes à flot. Le frère de Moth était en vacances et nous pouvions donc utiliser sa maison, mais nous n'avions que deux semaines avant qu'il ne rentre avec sa famille ; il n'y aurait alors plus assez de place et il nous faudrait décamper. Nous n'étions qu'à trente kilomètres de chez nous, vraiment tout près, mais impossible d'y retourner. C'était déchirant. Encore sous le choc d'avoir quitté notre maison et tâchant d'assimiler ce que le médecin nous avait annoncé, nous avons passé les premiers jours dans un état presque catatonique.

La logique aurait voulu que nous nous mettions aussitôt au travail et cherchions un logement à louer. On ne nous avait pas seulement pris notre maison, mais aussi le gîte qui assurait notre subsistance. Plus aucuns revenus. Il fallait commencer par trouver un emploi pour nous reconstruire une existence. Nous devions aussi faire face à la possibilité que notre vie commune se limite à une courte période où la santé de Moth serait précaire, suivie par une aggravation qui entraînerait la paralysie et la mort. Impossible de le laisser seul et d'aller travailler : j'avais besoin de passer avec lui chaque minute de cette phase précieuse où il jouissait encore d'une santé relative. Je devais engranger chaque souvenir pour les emporter avec moi vers l'avenir de solitude qui m'attendait.

Je détestais ce médecin, assis sur le coin de son bureau, assénant sa sentence comme s'il nous offrait un cadeau. *Ce que je peux faire de mieux pour vous, Moth, c'est vous livrer mon diagnostic.* En fait, il ne pouvait rien faire de pire. J'aurais aimé qu'il puisse ravaler ses paroles et me laisse vivre dans l'ignorance. Je refusais de voir le gouffre noir de mon avenir chaque fois que je posais les yeux sur Moth. Nous traversions nos journées en chancelant, comme si nous venions de rentrer du combat, marqués à jamais, traumatisés et perdus.

Le camping de longue durée était une possibilité jusqu'à ce que nous trouvions une meilleure solution, mais l'offre la plus raisonnable s'élevait à quatre-vingts livres par semaine, beaucoup plus que nous ne pouvions nous permettre, et il n'y avait pas d'aide au logement pour les frais de campement. Nous ne connaissions personne qui aurait eu une chambre libre ou un jardin qu'ils seraient disposés à sacrifier pour quelques semaines. Il nous fallait pourtant un lieu pour nous ressaisir et apprendre à accepter ce qui s'était passé. Aucune caravane disponible non plus sur les lieux de vacances recherchés, là où au cœur de l'été elles sont prises d'assaut par des touristes prêts à payer bien plus que le montant de l'aide au logement.

Dans un monde idéal, nous aurions trouvé quelque

chose à louer. Or, il nous est vite apparu évident que quand votre maison a été saisie, il est pratiquement impossible de signer un bail. Notre cote de solvabilité était au plus bas. La municipalité pouvait nous mettre sur sa liste d'attente si nous le demandions, mais nous étions loin d'être prioritaires, et le seul logement qu'elle pouvait nous offrir pour l'instant était une chambre dans un gîte fréquenté en majorité par des drogués et des alcooliques. Dans son bureau à la mairie, une jeune fille aux cheveux noirs relevés en une queue-de-cheval serrée nous avait déclaré avec un fort accent gallois : « Eh bien, si vous n'êtes pas sur le point de mourir, disons dans le courant de l'année, alors vous n'êtes pas si malade et je ne peux pas vous considérer comme prioritaire, vous voyez ? » C'est à ce moment précis que nous avons compris : nous préférions vivre sous une tente.

De retour chez le frère de Moth, je me suis assise devant la fenêtre, comme abasourdie, incapable de penser à une quelconque façon de nous tirer de là.

« Au fond, je suis contente. Je ne m'imaginais pas vivre dans un logement social à quelques kilomètres de notre ferme. Ça nous fendrait vraiment le cœur. »

Non seulement ça, mais dans une petite communauté rurale où tout le monde se connaît, nous aurions été le sujet de tous les commérages pendant des mois et des mois.

« Je sais. À la ferme, nous pouvions vivre complètement repliés sur nous-mêmes. Sur notre petite île. »

Voilà ce que cette ferme avait été pour nous, dans tous les sens du terme : une île. À peine avions-nous quitté la route pour nous enfoncer dans la forêt que nous laissions le reste de l'humanité derrière nous. Au-delà des arbres, l'horizon s'ouvrait de nouveau mais sur un autre monde. De tous côtés, des champs délimités à l'ancienne, séparés par des remblais surmontés de haies. De hautes montagnes à l'ouest qui s'abaissaient peu à peu vers l'est, des nuages aériens se faufilant entre elles. Une énorme buse aux ailes déployées, qui décrivait des cercles pour monter vers le ciel et planait dans l'air bleu entre la cime des arbres et les hauteurs. La route, les villages et tous les bruits de l'activité des hommes étaient déjà loin quand la forêt refermait sa porte derrière nous. Mais aujourd'hui, jetés à la dérive, sans port d'attache où revenir, nous flottions dans le brouillard sur le radeau du désespoir, ignorant à quel moment nous toucherions la terre ferme ou même si la terre ferme existait encore.

Debout près de la vitre, Moth balayait du regard les ajoncs et la bruyère qui couvraient le flanc de la colline. Chez nous, mais pas chez nous.

« Je ne crois pas que je pourrais supporter de rester dans les parages. Je pense qu'il faut qu'on quitte le pays de Galles. C'est trop dur de continuer ici. À l'avenir je n'en sais rien, d'ailleurs je ne sais même pas si j'ai un avenir, mais pour l'instant j'ai besoin d'être autre part. Besoin de trouver un endroit où je me sentirai chez nous. »

J'ai respiré à fond.

« Alors on fait nos sacs à dos et on inventera la suite en chemin.

— En route pour le Sentier de Grande Randonnée de la Côte Sud-Ouest ! »

Boucler son sac quand on a cinquante ans, ce n'est pas la même chose qu'à vingt. La dernière fois, c'était avant la naissance de nos enfants, Moth avait encore les cheveux longs et je pesais six kilos de moins.

À l'époque nous avions fourré dedans tout ce dont nous pensions avoir besoin, nos jeunes corps capables de se remettre de n'importe quel effort, de n'importe quelle blessure. Nous avions crapahuté dans le Lake District et en Écosse, parcourant des kilomètres et des kilomètres par jour, mais dormant presque toujours dans des campings, très rarement à la belle étoile. Trente ans plus tard, j'avais payé le prix de vingt ans d'efforts physiques, des maux qui ne se soignent jamais complètement et continuent sans cesse de vous guetter en sourdine. Endolorie par trois années de lutte durant ce procès, courbée sur mon ordinateur portable afin de bâtir notre défense, désormais vulnérable à toutes les entorses, lumbagos et autres froissements musculaires. Et Moth ? Comment aurait-il pu porter le poids d'un sac à dos aussi lourd qu'autrefois ? Nous avons bourré son sac comme nous l'aurions fait dans le passé et le lui avons précautionneusement hissé sur le dos. Contenance : soixante litres, et à l'intérieur, notre vieille canadienne orange et deux grosses popotes un peu rouillées. Deux fois le tour de la pièce, et il était à genoux, plié de douleur.

« Retire-moi ça. C'est impossible.

— Alors il va falloir qu'on se trouve un autre équipement. Une tente plus légère pour commencer.

— On ne peut pas se le permettre. »

L'essentiel de nos revenus de l'année précédente était passé dans le procès ou en produits de première nécessité pendant que nous y travaillions. Ça et les frais de scolarité de deux enfants étudiants. J'avais restitué leurs arrhes à tous ceux qui avaient réservé le gîte cet été, ce qui nous laissait un total de trois cent vingt livres. Toutefois, nous recevions quarante-huit livres par semaine de crédit d'impôts ; Moth étant de moins en moins capable de travailler, nous ne percevions plus comme revenus que les loyers de la grange, ce qui nous donnait droit à une aide d'État hebdomadaire. Même cette petite allocation requérait une adresse fixe, nous obligeant à demeurer dans la région. Nous ne pouvions plus y rester, donc nous avons laissé l'adresse de la ferme pour y percevoir ces aides et fait suivre le courrier chez le frère de Moth. Quarante-huit livres par semaine. De quoi survivre, assurément.

J'ai relu *Huit Cents Kilomètres de marche* et je me suis redit que nous pouvions le faire. Mark Wallington avait arpenté le Sentier de Grande Randonnée de la Côte Sud-Ouest avec un sac à dos d'emprunt sur les épaules et un chien galeux. Nous pouvions l'imiter, sans problème. Mais, à l'évidence, il nous faudrait faire le chemin à l'envers, de Poole à Minehead. La première portion du Sentier de Minehead à Padstow semblait de loin la plus rude, et celle qui s'étend de Plymouth à Poole, la plus facile. Et donc, il s'imposait de partir en sens inverse pour nous donner le temps de nous aguerrir avant de parvenir au tronçon le plus exigeant. Nous avions seulement besoin d'un guide. Un guide qui couvre tout le parcours, mais il nous est vite apparu qu'aucun ne suivait l'itinéraire du sud au nord, ils allaient invariablement dans la direction opposée. J'avais exploré tous les rayons chez Cotswold Outdoor, mais leur imposante section de guides touristiques n'en avait pas un seul qui décrive ce que je cherchais. La pauvre vendeuse toute maigrichonne avait dû essuyer la tempête de ma déception.

« Je suis obligée de partir en sens inverse, vous ne comprenez pas, il faut que le début de la randonnée soit facile pour mon mari. Mark Wellington n'avait pas trente ans, et son plus grand problème, c'étaient les rivets qui pétaient. »

Rouge de colère, de panique et d'auto-apitoiement, moi c'étaient les plombs que j'allais péter.

« Je suis vraiment désolée, madame, mais le guide que vous cherchez n'existe pas. »

La vendeuse s'était éclipsée et je suis restée à broyer du noir au fond du magasin. S'il nous fallait commencer par le segment le plus difficile, Moth ne résisterait peut-être pas à la première semaine. Alors quoi ? Je n'étais pas prête à me poser cette question. Mon cerveau basculait en mode autodéfense. Marcher était notre seule solution. Je ne pouvais penser à aucune autre, je ne pouvais pas voir au-delà. Nous avons bien tenté de nous replier vers des cartes d'état-major, mais pour aller jusqu'au bout de notre itinéraire, il nous en faudrait beaucoup plus que nous ne pouvions en acheter ou trimballer.

« Ray, je ne vais pas parcourir près de huit cents kilomètres en lisant un guide à l'envers. On n'a qu'à partir de Minehead et commencer doucement, tout doucement. »

Moth me caressait les cheveux, mais je n'avais qu'une seule envie : me glisser dans un sac de couchage et pleurer tout mon saoul. Ne t'effondre pas maintenant. C'est toi qui es censée être forte, ce n'est pas toi qui risques de mourir étouffée. Prête à dérailler, je résistais encore, mais pour combien de temps ?

Nous devions sélectionner un guide, et quand nous avons cherché sérieusement, nous n'avons pas hésité très longtemps. Le petit ouvrage de Paddy Dillon, *Le Sentier de la Côte Sud-Ouest : de Minehead à South Haven Point* avec sa couverture imperméable très pratique et une carte d'état-major qui couvrait tout le

Sentier, tenait si facilement dans ma main et dans la poche de Moth que le choix s'est imposé. Mais lorsque nous l'avons feuilleté en sirotant une tasse de thé, il nous a vite semblé évident qu'au temps où Mark promenait son chien, soit il avait perdu le compte des kilomètres, soit il en avait oublié quelques-uns, soit encore, entre la publication plusieurs dizaines d'années auparavant et aujourd'hui, un bouleversement sismique avait fait s'étirer les Cornouailles plus loin dans l'Atlantique. Le Sentier ne faisait pas huit cent cinquante kilomètres mais plus de mille.

Il nous a fallu renouveler en partie notre matériel. C'était inévitable. Le vieux sac à dos de Moth avait de grosses boucles métalliques que la rouille avait grippées, et la doublure du mien, complètement désagrégée, n'était plus étanche. Un équipement de la même qualité était hors de prix. L'achat de deux sacs à dos neufs nous aurait laissés avec deux cent cinquante livres en moins. Nous nous sommes mis en quête d'une solution moins onéreuse et en avons finalement choisi deux chez Mountain Warehouse, pour moins de la moitié du prix d'un seul de grande marque. Ils n'étaient pas munis de clochettes et de sifflets, mais ils paraissaient tout à fait fonctionnels. Ces sacs ont fait l'objet de toute notre attention pendant les quelques jours suivants. Remplir, vider, remplir à nouveau, charger, décharger et faire des essais en les portant sur le dos autour de la maison. Impossible. Nos bagages ne tenaient tout simplement pas dans ces petits sacs.

« Non, Ray, je ne peux pas en porter un plus gros. Faisons la même chose que quand on a quitté la ferme. Emportons le strict nécessaire. Rien de plus. Alors peut-être que j'en serai capable.

— La canadienne est trop lourde. Je n'arrive pas à la faire tenir dedans et elle pèse trop pour ton épaule, mais on ne peut pas s'en offrir une autre assez solide pour supporter d'être montée au sommet d'une falaise tous les jours pendant plusieurs mois. On est coincés !

— EBay ? »

Attendre la fin des enchères sur eBay pour que nous soit adjugé ce qui allait être notre toit jusqu'à la fin de l'été et peut-être après avait été très éprouvant pour nos nerfs. Trois secondes, deux, une, et hop, elle était à nous ! Une tente Vango qui n'avait servi qu'une fois et pesait trois kilos, un quart du poids de l'ancienne et beaucoup plus petite. Nous avons dansé autour de la table de la cuisine : nous venions d'acquérir notre nouvelle maison pour trente-huit livres.

Folle d'enthousiasme, j'ai appelé notre fille, Rowan, pressée de partager cette minuscule bonne nouvelle et désireuse d'alléger l'atmosphère sinistre qui s'était installée entre nous ces deux dernières semaines. Animée par le désir d'être à nouveau la maman pour qui tout marche comme sur des roulettes. Il fallait que je retrouve cette image de mère, mais à peine la sonnerie a-t-elle commencé à retentir que je m'en suis voulu. Les enfants avaient grandi et quitté les lieux, mais le foyer que nous avions perdu était aussi le leur. Moth était leur papa, et qu'il soit malade était aussi dur à accepter pour eux que pour moi. Ces semaines étaient en train de changer la nature même de notre relation. Il se passait des choses dont je ne pouvais pas les protéger. L'équilibre se modifiait et je détestais devoir le constater. Je n'étais pas prête. Pourtant ils étaient tous les deux de jeunes adultes très équilibrés – nous avions fait du bon boulot – et eux étaient prêts. C'était moi qui cherchais à tenir le monde à distance et les garder dans une bulle de perfection. Si je n'étais plus pour eux cette main protectrice, j'étais quoi ? Ce rôle était, au plus profond, le dernier lambeau du « moi » dans lequel je me reconnaissais encore. Sans cela, que restait-il ? Rien.

« À quoi tu penses, maman, tu as perdu la tête ? Et s'il tombe de la falaise ? »

La voix de Rowan me ramenait brutalement à la réalité.

« Vous n'avez même pas d'argent pour manger. Tu te vois vraiment passer le reste de l'été sous une tente ? Mais comment vous allez faire ? Il y a des jours où papa a du mal à se lever de son fauteuil. S'il reste paralysé en haut d'une falaise, vous faites quoi ? Et où comptez-vous planter votre tente ? Tu as une idée du prix des campings ? Vous en avez parlé à Tom ?

— Je sais, Row. C'est complètement dingue, qu'est-ce qu'on peut faire d'autre ? On ne va pas rester à attendre qu'un logement social se libère, ça ne nous ressemble pas. On a besoin de le faire. Tant qu'on est ensemble, tout ira bien, ne t'inquiète pas. »

La ligne a crépité dans le silence.

« Je vais t'envoyer un nouveau portable, avec une batterie qui tienne plus de dix minutes. Vous m'appelez tous les jours et vous décrochez quand je vous téléphone. Et puis, tu en parles à Tom.

— OK, Row. Moi aussi, je t'aime. »

« Salut, Tom. Papa et moi, on a décidé de faire le Sentier de Grande Randonnée de la Côte Sud-Ouest. Ça va nous prendre au moins deux mois, peut-être trois.

— Sans doute.

— Ça fait mille kilomètres et on va camper d'un bout à l'autre.

— Franchement cool. »

Le gamin qui autrefois bondissait dans tous les sens comme un cabri était devenu trop décontracté pour être honnête, tandis que la reine du disco avait troqué sa robe à paillettes contre un costume de maman.

Mais moi, j'étais qui ? Et qui était Moth ? Mille kilomètres de marche suffiraient-ils à nous apporter la réponse ?

La tente est arrivée trois jours plus tard et nous l'avons montée dans la salle de séjour : un dôme vert, large et pas très haut, qui s'étendait sur le sol comme une calotte de mousse sur un rocher de granit. Nous avons déroulé nos matelas autogonflants et nous sommes glissés dans nos sacs de couchage ultralégers, achetés cinq livres chaque chez Tesco. J'ai préparé une tasse de thé sur le minuscule camping-gaz et, assis sur le seuil de la tente, nous avons regardé *Le Monde des jardiniers* à la télévision. Quand nous avons essayé de nous relever, Moth ne pouvait plus bouger. Malgré tous ses efforts, il ne pouvait pas se remettre debout. Je l'ai tiré de la tente dans son sac de couchage et remis sur ses pieds.

« Tu crois que Rowan a raison ? Ce n'est probablement pas la chose la plus intelligente que nous ayons décidée.

— D'accord, mais est-ce que nous avons une seule fois choisi la facilité ? »

Nous avons fait nos sacs pour de bon, conscients que si nous avions oublié quelque chose ou que si certains objets ne tenaient pas, il faudrait nous en passer pendant tout l'été. Acheter du matériel neuf serait hors de question ; il n'y aurait aucun argent à perdre pour remplacer quoi que ce soit. Nous pourrions nous estimer heureux si nous pouvions manger, parce que tout était hors de prix dans les magasins d'alimentation sur la côte sud-ouest au plus fort de la saison touristique. La pile des choses que nous voulions emporter était de plus en plus haute à côté de nos sacs et elles ne tiendraient manifestement pas dedans, mais nous nous sommes tout de même efforcés d'en entasser le plus possible. J'ai commencé par mes vêtements de rechange, le minimum vital pour deux mois et le sac était déjà à moitié plein. Pas le choix, c'était la seule façon de gagner de la place. J'ai jeté le tout sur le canapé et recommencé avec uniquement ce dont je ne pouvais pas me passer. Vieux maillots de bain en coton, trois culottes, une paire de chaussettes, un gilet léger, un legging et un T-shirt à manches longues en guise de pyjama. Tout le reste, je le porterais sur moi et je l'ai mis de côté : un autre legging en coton, une robe en viscose, courte et à fleurs, dénichée dans un magasin solidaire, un deuxième gilet léger, une paire de chaussettes de marche rouges et un blouson bon marché à fermeture Éclair. Rien d'autre.

J'ai roulé les vêtements en boule dans une petite poche étanche que j'ai placée au fond du sac à dos. Ensuite, tout le reste. Un matelas autogonflant, le minuscule réchaud, une cartouche de gaz de rechange, une casserole en acier inoxydable avec une poignée qui se repliait pour clipser le couvercle, des allumettes, une assiette et un mug en émail, une petite cuiller et une cuiller-fourchette en plastique, un oreiller compressible beaucoup trop petit, le duvet qui grâce à ses sangles de contention pouvait réduire de volume jusqu'à tenir dans une poche latérale, un K-Way et un legging imperméable. Ensuite, toutes les babioles que je jugeais indispensables, une lampe électrique de sept centimètres, un cahier A5, un stylo, une brosse à dents pliante et tube de dentifrice de cinq centimètres, un shampoing format voyage, une serviette bleue à séchage rapide, du baume à lèvres, des mouchoirs, des lingettes pour le visage, un téléphone portable avec son chargeur nomade, une bouteille de Volvic de deux litres que j'ai attachée aux petites courroies tout en haut du sac. Et puis un porte-monnaie contenant cent quinze livres, tout ce qu'il nous restait, et une carte bancaire. Je devais aussi porter les provisions : nous nous ravitaillerions en chemin mais, pour commencer, nous emportions une boîte de conserve pleine d'aspartame qui prend deux fois moins de place que le sucre normal, cinquante sachets de thé, deux paquets de riz et deux de pâtes, un sachet de boulettes de viande longue conservation bizarrement orange, une boîte de maquereaux, des barres de céréales pour le petit-déjeuner et deux Mars. L'ensemble constituait notre réserve d'aliments de base, que nous pensions conserver pour les cas d'urgence et renouveler si besoin au cours du voyage.

J'ai dû forcer pour fermer le rabat du sac et je l'ai attaché solidement avec les sangles. Il était aussi plein et rebondi qu'un ballon de football. Je me suis assise dessus et il ne s'est pas affaissé du tout.

Le sac à dos de Moth ressemblait beaucoup au mien, sauf que, à la place d'une robe à fleurs, il avait un pantalon de treillis dont les jambes pouvaient se rouler jusqu'aux genoux pour se transformer en short. Il portait aussi la trousse de premiers soins, un canif et une longue-vue de dix centimètres pour explorer le chemin à l'avance. Glissé dans la poche intérieure, il avait aussi le mince volume de la traduction de *Beowulf* réalisée par Seamus Heaney, qu'il emportait avec lui à chaque voyage depuis des années. À la place des vivres et de la batterie de cuisine, il portait la tente, accrochée à l'extérieur du sac. Il a fourré le Paddy Dillon dans la poche cousue sur le côté de son treillis, et nous étions fin prêts.

Nous avons pesé les sacs sur la balance de la salle de bains, ils étaient d'un poids sensiblement équivalent : environ huit kilos. Je trouvais toujours que c'était beaucoup pour Moth, mais il l'a tout de même ramassé et a glissé son bras sous la bretelle.

En revanche, il a eu un mal fou à passer son épaule douloureuse dessous, et j'ai dû l'aider en soulevant le sac par le fond et en l'amenant doucement en place. Il avait fallu que je le fasse avant de charger le mien, parce que quand je l'avais sur les épaules, mes bras ne pouvaient plus se tendre assez pour atteindre ses bretelles. J'ai découvert que si je posais mon sac sur mon genou, je pouvais le faire tourner pour passer un bras, Moth alors supportait le poids le temps que j'enfile la seconde bretelle. Un jeu d'enfants.

On aurait dit deux tortues échouées sur le rivage.

« On est vraiment fous. »

Peut-être mais on n'avait pas le choix. Si on ne partait pas, il nous faudrait affronter l'idée que l'avenir, avec tout ce qu'il apporterait, ne s'arrêtait pas à la fin de l'été. Nous n'étions ni l'un ni l'autre prêts à y faire face.

« Ne nous voilons pas la face. Nous ne sommes plus les ninjas que nous avons été. »

Les sacs chargés dans la camionnette, nous avons pris la direction du sud et sommes partis en laissant le passé derrière nous. C'était comme dans un rêve. Rien n'était vrai. Nous tournions le dos à vingt ans de vie de famille, vingt ans de travail, à tout ce qui avait été nôtre : les espoirs, les rêves, l'avenir, le passé. Nous ne nous dirigions vers aucun futur, ce n'était pas un nouveau départ où la vie se serait ouverte devant nous. La terre s'était fendue sous nos pieds, nous laissant au bord d'un abîme que nous n'aurions jamais pu franchir. Fuyant le spectacle d'une coquille brisée comme si ce n'était pas la nôtre. Nous partions, c'est tout. Et qu'est-ce qui nous attendait ? La marche. Seulement la marche.

4

MANANTS ET VAGABONDS

Note sur les sans-abri

Si vous demandez ce qu'est un sans-abri, la majorité des réponses décrira une personne qui couche à la dure, déroule un matelas pour dormir dans la rue, souvent accompagnée d'un chien, et qui invariablement fait la manche pour s'acheter drogue et alcool. Un cliché lié à tout un éventail d'émotions qui envahissent celui qui passe devant le sans-abri affalé à la porte des immeubles et qui vont du léger embarras à la violence la plus agressive. C'est néanmoins cette image qui informe la vision la plus répandue.

Des recherches menées par Crisis, l'association qui prend en charge les sans-abri, ainsi que par la Fondation Joseph Rowntree, ont révélé qu'en 2013, au Royaume-Uni, pas moins de 280 000 familles s'étaient déclarées sans domicile fixe ou en passe de perdre le leur. Ces chiffres n'incluent que ceux qui avaient demandé à être recensés comme tels. Parmi ces derniers, les autorités en ont comptabilisé seulement 52 000 relevant de ce statut, au motif qu'ils n'avaient ni familles ni amis capables de les héberger. Parmi les 228 000 restants, beaucoup ont été soutenus par les collectivités locales grâce au système d'aide aux plus démunis. Nous arrivons donc bien à un total de 280 000 foyers réclamant l'aide publique parce qu'ils se sont retrouvés sans abri. Et il s'agit bien de « familles », et non de personnes isolées.

Malheureusement, les chiffres sont étonnamment peu fiables. Les données officielles du gouvernement font état de seulement 2 414 personnes dormant à la rue dans toute l'Angleterre en 2013. Il faut cependant souligner que ce chiffre se fonde sur l'instantané de l'observation d'une seule nuit. Or, les recherches entreprises sous l'égide du Combined Homelessness and Information Network (CHAIN), financé par la Greater London Authority (GLA), font état de 6 508 personnes à la rue à Londres en 2013. Pourtant, les statistiques du gouvernement, utilisant là encore la méthode de l'instantané, ramènent ce chiffre à 543, ce qui est évidemment beaucoup moins dérangeant pour ceux qui ne veulent pas y regarder de trop près. Alors, qu'en est-il des autres déclarés sans-abri ainsi que des squatters, de ceux qui couchent sur les canapés des copains, de ceux qui dorment à la dure et qu'on ne voit pas, et de tous ceux qui ne sont même pas un numéro sur une liste ? Ceux qui ont été recensés sont seulement ceux que les services sociaux ont pu trouver ou qui avaient laissé une trace quelconque. En 2013, le nombre des SDF à Londres s'élevait soit à 6 508, soit à 543 si vous portiez des œillères. Qu'en est-il des autres ?

La police dispose d'un certain nombre de textes qui peuvent être utilisés pour protéger la population contre les sans-abri, en particulier le Vagrancy Act[1] (Loi sur le

1. Loi parlementaire du Royaume-Uni qui érige en infraction le fait de dormir dans la rue ou de mendier en Angleterre ou au pays de Galles. Elle est encore majoritairement appliquée. *(Toutes les notes sont de l'éditeur.)*

vagabondage) de 1824. Cette loi est entrée en vigueur après des centaines d'années de mesures légales prises à l'encontre de tous ceux dont les autorités trouvaient la présence suspecte dans les lieux publics. Alan Murdie, un avocat qui écrit pour le magazine *Pavement*, dans son exposé sur les effets d'années de législation discriminatoire, définit comme « suspectes » toutes les franges de la population qui vont des Gitans, acteurs, prostituées, individus soupçonnés de sorcellerie, artistes et mendiants aux SDF.

La révolte des paysans eut pour conséquence la première loi contre la mendicité en 1381, d'ailleurs sans effet jusqu'aux mesures prises pour réprimer le vagabondage en 1547 après le démembrement des monastères. Le nombre de sans-abri ayant augmenté après l'Enclosure Act[1] et la Révolution industrielle, il en alla de même des textes de loi. On peut dire que le Vagrancy Act de 1744 avait fourni le modèle de toutes les lois qui allaient suivre. Les personnes sans domicile fixe étaient décrites comme « des mendiants, des oisifs, des vagabonds et des manants » et désignaient les récidivistes appartenant aux catégories ci-dessus comme d'« incorrigibles manants ». Pareil texte donnait le droit aux autorités de faire arrêter tout individu qu'elles jugeaient suspect ou qui n'avait pas les moyens d'assurer sa propre subsistance. Malencontreusement, depuis 1713, les autorités locales se virent dans l'obligation de récompenser de cinq shillings tout citoyen ayant appréhendé un individu « oisif ou de mauvaise

1. Loi britannique qui prend acte de la transformation des terres appelées « openfields » et détenues en commun en propriété individuelle. Les terres autrefois sans limitation physique sont entourées de barrières, voire de haies.

réputation ». Cette disposition conduisit à un recours terriblement abusif à cette loi et l'on vit plus de cinq cents arrestations en une seule année.

Alors que les chiffres de sans-abri continuaient d'augmenter après les guerres napoléoniennes, les appels à une législation plus sévère contre le vagabondage se firent plus criants. Cela eut pour conséquence le nouveau Vagrancy Act de 1824, qui, malgré quelques amendements au fil des ans, reste largement en vigueur aujourd'hui. La Section I est toujours utilisée conjointement au Criminal Justice Act de 1982 pour lutter contre la mendicité et classifie comme « oisif et potentiel fauteur de troubles tout individu qui arpente les rues, loge dans toute grange ou dépendance, ou toute habitation désaffectée ou inoccupée, ou encore dans la nature, sous une tente, dans une roulotte ou une charrette, sans moyens de subsistance visibles, ou incapable de fournir une présentation cohérente d'elle ou de lui-même. »

En 2014, l'année qui suivit nos premiers pas sur le Sentier de la Côte Sud-Ouest, l'Anti-Social Behaviour, Crime and Policing Act entra en vigueur. Cette loi comporte des mesures pour la protection de l'espace public. Ce qui signifie que toute personne dont on considère qu'elle risque de causer des nuisances à autrui peut être arrêtée et se voir intimer par les autorités l'ordre de « quitter une localité et de ne pas y revenir ». Ces mesures ont été utilisées dans des cas aussi variés que celui du bannissement des moutons – étrange formulation – dans la forêt de Dean ou celui de l'interdiction de porter des clubs de golf dans un lieu public. Pour dire les choses simplement, si les autorités locales estiment que vous avez l'air suspect, vous pouvez être chassé ou arrêté. Cela a permis à plusieurs municipalités de prendre des arrêtés qui rendent automatiquement illégal tout comportement lié à l'absence de domicile fixe : dormir dans les rues, mendier, rôder et ainsi de suite. Elles peuvent ainsi imposer une amende de cent livres aux contrevenants, et une de mille livres, assortie d'une inscription au casier judiciaire, pour récidive ou défaut de paiement. Et ne pensez même pas à demander de l'argent à qui que ce soit et évitez d'être vu en compagnie de moutons à la conduite discutable dans une partie de la ville où leur présence n'est pas souhaitée !

La peur des sans-abri reste aussi banale qu'elle l'a toujours été. Elle est assortie de l'idée largement répandue qu'un SDF est nécessairement alcoolique, drogué ou malade mental. Même s'il est indéniable que pareils problèmes sont légion dans la communauté des sans-abri, il est tout aussi évident qu'il s'agit des conséquences plutôt que des causes de leur situation. C'est cette peur et celle que la question des sans-abri ait un effet négatif sur le tourisme qui ont conduit les autorités londoniennes à interdire de dormir dans les rues et à déclarer les soupes populaires illégales. Faire disparaître ces sources d'embarras des rues de la capitale est-il vraiment la solution ? Manants, vagabonds ou nomades, peu importe comment vous répertoriez les sans-abri : au cours de l'été 2013, nous sommes venus grossir leurs rangs de deux individus supplémentaires.

DEUXIÈME PARTIE

LE SENTIER
DE GRANDE RANDONNÉE
DE LA CÔTE SUD-OUEST

« Si certains peuvent hésiter à l'idée de marcher
sans arrêt pendant plusieurs semaines,
de dormir chaque nuit dans un endroit différent,
tout en s'assurant qu'ils pourront trouver
à manger et à boire, il ne s'agit en fait que
d'avoir soigneusement planifié sa randonnée. »

Paddy Dillon,
Le Sentier de Grande Randonnée
de la Côte Sud-Ouest : de Minehead
à South Haven Point

5

SANS ABRIS

Nous aurions pu rejoindre Taunton en deux jours. Nous aurions alors évité le pic de chaleur. Nous l'aurions fait si les anges ne s'étaient pas ligués contre nous.

Nous avions auparavant emprunté l'autoroute M5 dans les deux sens, toujours avec une destination précise à atteindre ou un horaire à respecter. Mais quand votre seul repère temporel est le moment de votre prochain repas, il est facile de se laisser distraire.

« Ça fait combien de fois qu'on passe en voiture devant le panneau indiquant Glastonbury et qu'on se dit : "La prochaine fois ?" Allons-y une petite heure. On arrivera tout de même chez Jan à Yeovil ce soir, on laissera la camionnette et on sera repartis deux jours plus tard. »

Jan, une amie de Moth, s'était réjouie de nous donner ce petit coup de main. Rien ne nous pressait et nous pouvions prendre le temps d'escalader le pignon de Glastonbury Tor pour découvrir le panorama de l'autre côté de la colline. Ensuite, en route.

« D'accord. Pourquoi pas ? »

Tout un héritage de mythologie celtique entoure le *tor*, où des traces de vie humaine remontant à l'âge de pierre ont été retrouvées. Comme un village sur trois dans l'ouest de la Grande-Bretagne, ce lieu revendique ses liens avec la légende arthurienne. Nous étions récemment passés à côté d'un lac au pays de Galles où le célèbre roi était censé avoir jeté son épée, si bien que, apparemment, les lieux valaient le détour. Je ne comprends pas pourquoi un roi des Bretons jetterait sa fameuse épée dans les eaux sales d'un lac gris au bord de la M5 afin de capter la force des lignes telluriques et inspirer l'ouverture d'une chaîne de boutiques de cristaux. Nous en saurions davantage après cette visite ou celle de Tintagel que nous devions traverser plus tard – si jamais nous parvenions en Cornouailles.

Quel plaisir de sortir de la camionnette et de s'étirer après ce long trajet déprimant ! Avec le portable nous avons pris des photos de la plaine côtière, les Somerset Levels, et de touristes américains et chinois en train de photographier les mêmes Somerset Levels et de les admirer, puis nous sommes repartis vers la ville. Un modèle alternatif d'entreprise new age tentaculaire, spécialisée dans le polissage de cristaux. Et un nombre considérable de gens visiblement sans abri. Sur le seuil des portes et au coin des rues, assis sur des couvertures ou des sacs de couchage, ils étaient nombreux à tendre une sébile. Un gamin d'à peine une vingtaine d'années avait installé son campement de fortune entre les poubelles et les gouttières d'une boutique de cristaux à l'enseigne de la Sorcière blanche. Sous des airs un peu primitifs, et malgré des vêtements sales, des cheveux en bataille et un chapeau tout déchiré, il ressemblait à un élève de grande école : peau douce, dentition parfaite et regard clair. Nous nous sommes assis de l'autre côté de la rue pour déguster une tourte dûment bénie par un cristal magique tandis qu'il faisait la manche en expert. Les nantis qui passaient devant lui étaient manifestement poussés à la générosité par ce sourire impeccable et son accent élégant au détriment de ses homologues moins chanceux.

« Regarde un peu ça ! »

J'avais déjà repéré ce poster dans toute la ville. « Laissez les anges vous guérir à Heavenly End. Trois livres par personne. »

« On devrait peut-être aller y faire un tour pour enrichir notre expérience de Glastonbury ? Le show commence dans vingt minutes et ensuite on file. De quoi s'amuser un peu avant de repartir. »

Et si ce n'était pas de la fumisterie ? Si ça pouvait aider Moth ?

« Non.

— Oh allez, c'est juste pour rire ! »

Pendant que nous errions dans le parking à la recherche de l'accès au Heavenly End, l'indigent diplômé d'Eton s'est rendu aux toilettes publiques. Quand il en est ressorti, il avait troqué son manteau rapiécé contre le skateboard qu'il cachait dans son sac et, image du parfait surfer, il a glissé jusqu'à la banque. Nous étions sur un banc juste en face, nous l'avons vu quitter l'établissement, rentrer dans les toilettes et en repartir avec son manteau en guenilles sur le dos pour reprendre sa place près de la boîte à ordures. La mendicité à Glastonbury semble être un choix de carrière.

Une femme vêtue de blanc est venue nous ouvrir.

« Bonjour. Je m'appelle Michelle. Bienvenue au Heavenly End. Je ne vais pas vous expliquer ce qui va se passer. Laissez-vous guider par les anges. »

Et elle nous a conduits à travers la maison jusqu'au salon.

« Voici une couverture et un coussin. Choisissez

un endroit où vous relaxer. Tous les autres sont déjà installés. »

La pièce était pleine de gens alignés comme des sardines sur le sol, sur le canapé ou affalés sur des fauteuils, tous consciencieusement enroulés dans leur couverture et les paupières closes. Je me suis frayé un chemin jusqu'à une place libre, surveillant du coin de l'œil Moth qui haussait un sourcil dubitatif.

« Je vais vous passer la musique qui permet d'invoquer les anges. »

Michelle s'est mise en devoir de finir d'installer le décor au son des flûtes des Andes et du chant des baleines, allumant un brûle-parfum qui a répandu dans la pièce une fumée baptisée « volutes du paradis ». Puis elle a commencé à communiquer avec les anges.

« Gabriel nous arrive du Sud. Il nous apporte une lumière bleue. Faites-la entrer en vous par vos orteils. »

Ensuite, les autres anges ont fait venir beaucoup de couleurs différentes, et nous nous sommes retrouvés à la merci de leur pouvoir séraphique dans un arc-en-ciel nauséabond en forme de sardine. Si c'est ça, le parfum des anges, alors le paradis est fait pour moi. Je sais bien comment on l'appelait à la fac, et ce n'était pas « volutes du paradis ».

« Respirez profondément, amenez le pouvoir des anges jusqu'à votre douleur, vos bras et vos jambes, votre cœur et votre cerveau, votre foie, vos… vos… reins. Et détendez-vous. »

La musique s'est arrêtée et la salle entière a respiré doucement. Le silence s'emplissait d'un ronflement familier, d'abord imperceptible, comme toujours, puis de plus en plus fort. Je me suis relevée sur un coude ; les autres poissons somnolaient gentiment, faisant alterner inspiration et expiration. Tous sauf Moth qui dormait à poings fermés et ronflait sans retenue.

« Prenez congé des anges et réintégrez vos corps, revenez vers le monde. »

Tous se sont assis sur leur séant et ont comparé leurs divers voyages au pays des anges : ils avaient nagé avec les baleines, volé en compagnie des oiseaux, marché sur l'eau. Moi j'étais heureuse d'un petit trip aux volutes du paradis pour la modique somme de trois livres. Moth, lui, continuait à ronfler.

Je l'ai secoué doucement pour le réveiller.

« Moth, lève-toi.

— Je ne peux pas.

— Je sais que tu es à l'aise mais, maintenant, il faut que tu te relèves.

— Je ne peux pas. Je n'arrive pas à bouger. Putain, tu crois que ça y est ? Je suis paralysé. Je ne peux plus bouger. »

Michelle a gardé ses distances, elle lui a proposé un verre d'eau avant de battre en retraite. Se disait-elle qu'elle avait invoqué les mauvais anges ou que nous allions porter plainte ?

« Je ne sens plus mes jambes. C'est à ça que ça va ressembler ? Et si brusquement je ne pouvais plus marcher du tout, d'un seul coup, comme ça ? »

Il a fini par se remettre à genoux et à se hisser sur la chaise.

« C'est parce que tu es resté sur le dos pendant une heure. Tu sais que tu as du mal à te relever quand tu passes un certain temps allongé dans cette position.

— Je t'avais bien dit que je ne voulais pas venir.

— Ça va aller, tu as tellement ronflé que tu as dû absorber trop de "volutes du paradis". »

Oh merde ! La même chose pourrait se produire

pendant notre périple ? Si jamais on arrive à le commencer.

En quittant la ville, nous avons vu le mendiant d'Eton assis sur un banc, l'air tout propre et bien nourri, pendu à son téléphone portable.

À la place des deux jours prévus, il nous a fallu passer deux semaines à camper sur le plancher de Jan avant que les douleurs lombaires et l'ankylose de Moth dues aux anges de Glastonbury se soient dissipées. L'heure était venue de poursuivre notre route : il fallait partir avant qu'on se mette à nous trouver indésirables ; personne ne veut partager sa salle de bains *ad vitam aeternam*. Nous avons laissé la camionnette dans l'allée de Jan en regrettant amèrement qu'elle n'ait pas été juste un peu plus grande pour pouvoir dormir dedans, et Jan nous a conduits à Taunton, soulagée sans doute de voir ses squatters décamper. Nous avons fait nos adieux en nous engageant à ne jamais rester allongés trop longtemps et à éviter les anges comme la peste.

En ce début août, au bord de la rue à Taunton, les sacs à dos à nos pieds, nous nous retrouvions enfin et véritablement sans abri. Ça ne m'était jamais arrivé. J'avais beaucoup voyagé, vécu dans un camping-car parfois pendant plusieurs semaines, mais là, ce n'était pas pareil. Voyager en connaissant votre point de retour vous donne l'énergie de continuer à vous éloigner de chez vous. Il y a toujours une porte vers laquelle revenir, un endroit où poser vos valises, même si précisément c'est de ces lieux dont vous vous êtes enfui. L'impression ce jour-là était totalement différente. Aucune porte en vue. L'espace même que mon corps occupait en ce moment précis était l'endroit le plus sûr, le plus protégé, et je ne voulais pas faire un pas pour le quitter.

« Et si on cherchait le car pour Minehead ? »

Il n'y avait rien d'autre à faire. Nous étions là pour ça, pour nous donner une raison de continuer à aller de l'avant, pour trouver un moyen de façonner notre avenir. Mais je ne m'attendais pas à payer dix livres par personne pour ce trajet. S'étaient ajoutés le gasoil pour l'expédition vers le Somerset, un encas dans une station-service, deux bouteilles de vin offertes à notre amie pour la remercier de garder notre camionnette, et mon petit porte-monnaie rouge était déjà plus léger. Beaucoup plus léger. Il nous restait cinquante livres en tout et pour tout. Mais cela allait suffire : quarante-huit livres allaient être virées sur notre compte chaque semaine. Ça suffirait.

Assise à l'arrière du car, j'ai commencé à me rasséréner. Peut-être parce que je me sentais à l'abri, j'éprouvais même un petit début d'excitation. Nous nous dirigions vers le nord à travers le Somerset. Nous pouvions nous donner l'illusion de partir en excursion pour une journée au bord de la mer et nous avons sorti de nos sacs chocolat et bananes.

« Et vous allez où, tous les deux, comme ça ? Le Sentier de la Côte Sud-Ouest, je parie ? Nous aussi. Vous descendez à quel hôtel ? C'est votre première nuit ? Nous aussi. »

La voix tonitruante d'une Américaine emplissait l'habitacle : une petite femme bien propre sur elle, aux cheveux bruns bouclés, qui portait une veste soigneusement conçue, avec quantité de poches très utiles.

« Oui, on commence aujourd'hui. »

Elle a trottiné jusqu'au fond du car, suivie par son compagnon, aussi petit qu'elle. Lui partait ostensiblement en safari, il portait la même veste et le même pantalon, avec peut-être encore davantage de poches, gonflées d'objets sans doute indispensables.

« Non, vous ne pouvez pas partir à cette heure-ci. Il faut démarrer tôt le matin. Il faut une journée entière de marche pour trouver un endroit où dormir après Minehead. Mais ce soir, vous dormez où ? Venez donc prendre un verre avec nous.

— On a une tente. »

J'ai jeté un coup d'œil à nos sacs à dos, pleins à craquer et posés sur le siège voisin comme d'énormes carapaces de tortues : une évidence qui aurait dû lui sauter aux yeux.

« Et comme on campe, on va se mettre en marche et on s'arrêtera pour dormir plus tard.

— Quoi ? Vous avez une tente là-dedans ? Des ustensiles de cuisine et tout le reste ? Nos sacs sont exactement aussi gros, mais on dort dans des Airbnb et on se fait transférer nos bagages.

— Comment ça ?

— Eh bien, nous, on va marcher les mains libres, et un gentil jeune homme se chargera de porter nos bagages jusqu'à notre prochaine étape. On compte pousser jusqu'à Wesward Ho! Et vous ?

— Si on arrive à la pointe de Land's End, on continuera sans doute jusqu'à Poole, mais on n'est vraiment pas pressés, on verra comment vont les choses. »

Moth m'observait en haussant les sourcils tandis qu'il mettait au point en silence sa version de notre épopée. Il y avait beaucoup de choses que nous n'avions pas besoin de leur confier.

« Land's End ! Mais vous ne pouvez pas aller jusqu'au bout du monde en plantant votre tente par-ci par-là. Vous êtes, comment dire ? Trop âgés pour ça, non ?

— On verra bien en route. Vous nous dépasserez probablement d'ici un jour ou deux, on est assez lents. »

Je n'ai que cinquante ans. Quel âge nous avaient-ils donné ?

Comme nous n'avions même pas consulté de carte de Minehead, nous n'avions aucune idée d'où débutait le Sentier. Nous savions seulement que nous étions face à la côte nord et qu'il fallait se diriger vers l'ouest, quelque part sur la gauche. Nous avons descendu la colline, à travers des amoncellements de seaux, de pelles et de tongs, nous frayant un chemin parmi des légions de retraités dégustant leur *cream tea*[1], jusqu'à finir par atteindre le front de mer. Nous délestant de nos sacs à dos avec soulagement, nous nous sommes installés sur la promenade avec du thé et des barres chocolatées. Une immense colline sur notre gauche semblait s'élever quasiment à la verticale. Il ne pouvait pas s'agir de la colline qui marquait le début du Sentier ! Paddy Dillon écrit que le Sentier « s'élève », il ne dit pas qu'il escalade une montagne. Cela ne présageait rien de bon.

« Non, il est dit clairement qu'il faut *descendre* la promenade jusqu'au monument. »

Le doigt de Moth suivait la ligne orange de notre itinéraire, dessiné avec précision sur la carte d'état-major reproduite dans *Le Sentier de la Côte Sud-Ouest*.

1. Collation servie notamment dans la région du Devon et des Cornouailles, elle se compose d'un thé accompagné de scones, de *clotted cream* et de confiture.

« Tout va bien. Je suppose qu'il longe le pied de la colline et qu'il s'élève ensuite après avoir tourné quelque part. À droite donc. »

Il a rangé la carte et ses lunettes dans sa poche.

« Tu te sens d'attaque ? »

Il avait l'air fatigué mais ne semblait pas trop souffrir.

« On ne peut pas faire autrement, de toute façon. »

Nous croisions de moins en moins de gens en nous approchant du monument aux deux immenses mains en métal tenant une carte et qui marque le point de départ du Sentier. Nous nous sommes volontairement attardés devant cette sculpture : photos à prendre, réaménagement de nos sacs. Il s'agissait surtout de trouver l'énergie de faire ce premier pas. Impatients, effrayés, sans abri, menacés par l'embonpoint et la maladie, mais au moins, si nous nous décidions, nous aurions quelque part où aller, nous aurions un but. Et de fait, qu'avions-nous de mieux à faire ce jeudi après-midi-là que de nous lancer dans une marche de mille kilomètres ?

À mi-hauteur sur un chemin atrocement abrupt qui zigzaguait dans les bois surplombant Minehead, il est vite devenu clair pour nous que Paddy Dillon était le maître incontesté de l'euphémisme. Nous nous sommes assis sur un banc d'où l'on voyait la mer entre les branches, pour reprendre notre souffle et relire le guide.

« Non, il dit bien "serpente un peu vers l'intérieur des terres avant d'escalader la colline".

— Eh bien si ça, ça s'appelle "serpenter", on va être vraiment dans la merde quand il dira "franchement abrupt". »

Nous avions marché environ huit cents mètres, bu

un demi-litre d'eau, et j'avais déjà l'impression que ma tête allait exploser. Une famille nombreuse qui redescendait vers la ville est passée devant notre banc :

« Vos sacs ont l'air vraiment pleins à craquer. Vous allez où ?

— Land's End, on espère.

— Ah oui… eh bien, bonne chance ! »

La petite tribu a dévalé la pente en riant. Mes hanches me faisaient un mal de chien et la plante de mes pieds brûlait. Ils avaient bien raison de rire ; j'aurais ri avec eux s'il ne s'était pas agi de moi.

« Tu crois qu'ils ont raison ? Qu'on est un peu ridicules ?

— Bien sûr qu'ils ont raison, et ils n'ont ri que de ce qu'ils ont pu voir. Imagine qu'ils aient su la vérité. Je n'ose pas dire aux gens qu'on compte pousser jusqu'à Poole.

— Poole ? Je crois qu'on pourra s'estimer heureux si on arrive à Porlock. »

Le chemin qui nous a conduits hors des bois jusqu'à la lande au-dessus nous a paru prendre des heures d'ascension. Sur le plateau, des poneys broutaient l'herbe et, de là-haut, le panorama s'ouvrait sur toutes les Galles du Sud.

« C'est comme si on ne pouvait pas s'échapper. »

Le soir venu, nous avons compris que nous nous trouvions sur les contreforts de l'Exmoor, au-dessus du canal de Bristol, et que la nuit allait tomber rapidement. Il nous fallait trouver un endroit où monter notre tente. Les vastes pâturages déjà broutés étaient derrière nous et, maintenant, les seuls carrés d'herbe rase se trouvaient sur le chemin lui-même, entourés de bruyères et d'ajoncs. Il m'est apparu évident que nous allions devoir camper au beau milieu du sentier.

« On ne peut pas monter la tente sur le chemin. Que se passera-t-il demain matin ? Il y aura forcément quelqu'un pour nous faire déguerpir. »

Nous avons continué à marcher, j'avais les hanches en feu.

« C'est peut-être de l'arthrite.

— Tu as peut-être passé trop de temps devant l'ordinateur. Tiens, il y a un carré d'herbe un peu plus loin là-bas. »

Rien qu'à l'idée de nous arrêter, le sac à dos avait déjà glissé de mes épaules mais, quelques secondes plus tard, j'avais les pieds couverts de fourmis, des milliers d'insectes qui rampaient et volaient au-dessus du petit coin de bruyère sur lequel nous avions jeté notre dévolu.

« On va continuer à chercher. »

Or, à y regarder de plus près, tous les carrés d'herbe rase pullulaient de fourmis, soit grimpantes, soit volantes. Elles envahissaient l'air, nous traversions en marchant des nuages noirs de minuscules corps volants, nous en avions plein nos vêtements et nos cheveux. Je me suis enfuie devant une masse sombre avant d'être contrainte de les inhaler, et quand je me suis arrêtée dans la bruyère pour me gratter, elles avaient disparu, je les avais semées. Elles ne volaient qu'au-dessus de l'herbe rase.

Planter une tente sur de la bruyère n'est pas chose facile. Nous devions choisir un carré de jeunes pousses aux tiges encore courtes, mais cela représentait un réel danger pour le tapis de sol de notre toile si légère qui risquait de se déchirer dès la première nuit. Nous avons tout de même tenté le coup. Après une demi-heure de lutte acharnée contre ces piquets et ces cordages que nous ne connaissions pas, nous avons réussi à monter la tente. Le tapis de sol était aussi bosselé qu'un matelas en plumes d'oie, le confort en moins : nous avions l'impression d'être couchés sur un tiroir à couverts.

« On a emporté du ruban adhésif ?

— Non. »

Tandis que la lumière baissait et disparaissait peu à peu, graduellement engloutie à l'ouest, les phares des Galles du Sud ont commencé à consteller l'obscurité. Si loin de nous, et pourtant ils nous paraissaient encore accessibles, on aurait presque pu les toucher alors que la terre sur laquelle ils étaient érigés s'évanouissait déjà. J'ai fermé les paupières de toutes mes forces, remonté le chemin qui mène à notre ferme, passé la main sur les murs de pierre, senti la chaleur du feu. Je refusais de perdre ces sensations, il fallait que demeure en moi pour toujours ce sentiment d'être protégée, d'avoir un chez-moi.

« Je pense que maintenant je comprends ce que ça veut dire d'être sans abri, comme un ballon dont on a coupé le fil et qui vole au vent.

— J'ai bien envie de te prendre dans mes bras, Ray, mais je ne peux pas me relever.

— Tu veux qu'on mange les boulettes de viande ? Je suis sûre que ce sont elles qui pèsent le plus lourd. »

Froid au-dessus, froid sur les côtés, froid en dessous. Qu'est-ce qui rend un sac de couchage si léger ? La réponse est devenue évidente à 4 heures du matin, dans la lumière gris-vert de la tente, alors que le froid pénétrait à l'intérieur. Moins d'isolation, beaucoup moins d'isolation. Si je m'allongeais sur le dos, le froid le plus vif était tenu à distance par le tapis de sol. Cependant, je ne pouvais pas garder longtemps cette position, j'avais mal partout. Si je me tournais sur le côté, mon dos, exposé au froid qui se glissait jusqu'aux os, devenait une mare d'eau glacée. Je me suis pressée contre Moth pour chercher un peu de chaleur mais, perturbé dans son sommeil, il s'est retourné et mis à ronfler. Et à ronfler encore. Je me suis couverte avec tout ce que j'avais à portée de main, j'ai enfoui ma tête sous un gilet nauséabond et posé les pieds sur le sac à dos. Presque supportable. Pourquoi n'avais-je pas pensé à emporter un bonnet ?

Dormant par à-coups, j'ai rêvé de maisons vides et de Moth en train d'étouffer. Je me suis réveillée en nage, le cœur battant la chamade, la tête bourdonnante. J'étais parvenue à traverser cette horrible nuit, enfin réchauffée par le lever du soleil, mais impossible de me rendormir, il fallait que je m'extirpe de ce duvet. Prise d'un besoin urgent d'uriner, je me suis faufilée à travers les rabats de la toile, butant contre le réchaud à gaz et la casserole dans ma précipitation à sortir et à enfiler mes chaussures en même temps. Je me suis accroupie dans la bruyère, là où les ajoncs déferlent jusqu'à la mer et deviennent le pays de Galles sous une douce lumière jaune alors que l'air est si clair et pur qu'il en semble transparent.

« Bonjour. Joli spectacle, pas vrai ? »

J'étais toujours accroupie dans les broussailles, mon legging roulé sur les chevilles et les fesses exposées à la brise.

« Ce matin, oui, c'est magnifique. »

Ces gens qui promènent leur chien, pourquoi se lèvent-ils si tôt ?

Moth a fini par se réveiller à huit heures et demie, un peu ralenti, en lutte contre ses membres ankylosés. Il détestait le matin, sachant qu'à peine réveillé il ressentirait les premières douleurs. Il avait pris l'habitude de s'accrocher aussi longtemps que possible à ces derniers moments de demi-sommeil, avant de devoir se lever et d'affronter la journée. Antalgiques, une tasse de thé, puis une autre. À dix heures et demie, il a réussi à sortir de la tente. Vessie en plomb. La DCB était censée provoquer de l'incontinence, pourtant, à ce stade, on ne pouvait vraiment pas dire que c'était le cas.

« Comment te sens-tu ? Tu crois pouvoir continuer ?

— L'horreur. Mais que pouvons-nous faire d'autre ? »

Vers onze heures et demie, nous avions fini de plier bagage, chargé les sacs sur nos épaules meurtries et quitté notre carré de bruyère. Tous ceux qui ont écrit sur le camping sauvage ont insisté sur le fait qu'il est interdit en Angleterre et au pays de Galles, mais que si vous décidez de passer outre à la législation, il est important de vous installer loin des lieux publics, de planter sa tente tard et de la démonter de bonne heure, et de ne laisser aucune trace de votre passage. J'ai regardé par-dessus mon épaule : la bruyère était écrasée. Nous avions donc marqué un mauvais point sur chacun des tableaux. Nous pouvions toujours espérer nous améliorer avec le temps.

En entamant la descente vers Bossington, j'ai eu le plus grand mal à décider si réaliser cet exercice avec un poids sur le dos était ou non plus difficile que la montée. Ayant mentalement établi une liste de tout ce qui me faisait mal – plante des pieds, hanches, épaules, et ainsi de suite – avant de parvenir au pied de la colline, j'avais déterminé que les deux directions étaient tout aussi génératrices de douleurs et que j'étais sans doute folle de nous avoir crus capables de boucler ce périple.

En arrivant dans ce village idyllique, une enseigne annonçant un salon de thé nous a paru irrésistible.

Nous savions parfaitement que nous ne pouvions pas nous offrir le luxe d'un salon de thé, d'un café, ni d'ailleurs le luxe de pas grand-chose, en vérité, mais nous sommes néanmoins entrés dans le jardin. Nous avons commandé le premier et dernier *cream tea* de tout l'été et je me suis autorisée à retirer mes chaussures. Douze kilomètres de marche, et les chaussures que je possédais depuis dix ans avaient transformé la plante de chacun de mes pieds en une énorme ampoule de cinq centimètres de diamètre. Était-ce dû au poids du sac ? En m'empiffrant avidement de scones et de crème, j'ai encore ajouté une charge supplémentaire à celle qui m'incombait. Si j'avais su que c'était le dernier, j'aurais peut-être pris davantage mon temps. J'ai collé un patchwork de pansements sur mes ampoules et renfilé mes chaussettes.

« Vous faites le Sentier de Randonnée, hein ? »

Un grand gaillard, sa femme toute menue et leur enfant étaient assis à la table voisine, à demi dissimulés par la végétation luxuriante.

« C'est exact.

— Vous allez passer un moment exceptionnel. C'est le plus beau tronçon de toute la balade. Seulement faut pas avoir le vertige pour traverser l'Exmoor.

— Pourquoi ? C'est escarpé ?

— Escarpé ? »

Il a éclaté de rire. Est-ce que nous étions à ce point comiques ? Moth avait l'air plutôt réticent. Il était sujet au vertige depuis qu'il était tombé du toit de la grange.

« Comment faites-vous pour avoir autant de temps devant vous ? Je vous envie.

— On est SDF. On a perdu notre maison et on n'a nulle part où aller, alors marcher droit devant nous a semblé être une bonne idée. »

C'était sorti de ma bouche sans que j'y réfléchisse. La vérité. Mais quand j'ai vu le type tendre la main pour rapprocher son gamin de lui et sa femme froncer les sourcils et détourner le regard, j'ai décidé qu'on ne m'y prendrait plus. Il a demandé l'addition et, deux secondes plus tard, ils avaient disparu.

Nous avons traversé des terres limoneuses, là où la mer avait franchi la barrière naturelle de galets et transformé les champs en marécages. Les squelettes d'arbres blancs, brûlés par le sel, leurs branches nues se découpant sur le ciel gris. Morts mais hantant tout de même la vie.

En traversant la grappe d'habitations qui forment Porlock Weir, nous avons entendu une voix nous parvenir par un trou ménagé dans un mur.

« Vous faites le Sentier ? Il vous faut des frites avant de vous enfoncer dans les bois. »

Deux hommes nous regardaient par une ouverture d'environ vingt-cinq centimètres carrés qui était en fait le guichet d'une minuscule friterie.

« Vous en avez jamais mangé de meilleures. »

On a cédé aussitôt.

« Eh bien, d'accord. »

Le type au visage rond nous a expliqué le principe des trois bains d'huile successifs et, de fait, ces frites se sont révélées être les meilleures de notre vie. Et aussi les plus chères. En trois kilomètres, nous avions dépensé seize livres. Nous ne pouvions pas nous le permettre. Mais nous étions tellement à vif, tellement désespérés, que nous étions prêts à dire « Oui, s'il vous plaît » à chaque once de réconfort que nous croisions en chemin. Il fallait que ça s'arrête, sinon nous allions nous retrouver complètement sur la paille.

Nous avons repris l'escalade au sortir de Porlock Weir pour nous enfoncer dans les bois. Moth commençait à fatiguer et chaque pas était pour lui une épreuve. Moi, je me sentais lourde comme du plomb et j'avais mal partout. C'était peut-être la faute de notre manque d'entraînement, de l'épuisement émotionnel, de la DCB ou seulement des frites. Paddy disait qu'on devait arriver à la fin du premier jour de marche mais, en fin d'après-midi du deuxième, nous y étions parvenus de justesse.

Devant nous, le sentier s'élargissait et, au milieu de la clairière qu'il traversait, un homme était apparemment en train de faire du yoga. Nous nous sommes arrêtés pour ne pas l'interrompre dans ses exercices, pensant qu'il allait relever la tête et nous faire signe de passer. Mais il nous a complètement ignorés, et a gardé les yeux rivés sur un vallon boisé. Un grand type émacié, décharné, pareil à un épouvantail. Il paraissait malade ou souffrait peut-être d'autre chose, un trouble émotionnel qu'il s'infligeait tout seul. Fléchissant les genoux, il a tendu les mains vers la vallée et ramené à lui un objet invisible, l'essence de quelque chose mais je ne savais pas quoi. Serrant cette chose immatérielle contre lui, il l'a enfoncée au plus profond de sa poitrine puis le long de ses jambes. Et il a répété ce geste, un nombre incalculable de fois, s'enfonçant toujours plus avant dans les mystères de l'inconnu.

Nous avons fini par renoncer à attendre et nous sommes passés. Il a continué, absorbé par ses mouvements et inconscient de notre présence. Le sentier redescendait dans la vallée et conduisait à la vénérable Culbone Church, la plus petite église d'Angleterre, qui avait autrefois abrité une colonie de lépreux. Notre yogi pensait-il qu'une puissance occulte animait ces lieux ? Je me suis assise dans le cimetière et laissé envahir par la paix absolue de l'endroit. On ressentait quelque chose d'infiniment spirituel, rien à voir avec Dieu ou la religion, une spiritualité profondément humaine. Une partie du nœud qui me serrait le ventre a commencé à se relâcher. Peut-être, effectivement, une certaine puissance se manifestait-elle. J'ai joint mes paumes et envoyé une bouffée d'air vers Moth, au cas où…

Tandis que nous restions assis là et laissions la lumière verte pénétrer nos articulations douloureuses, nous avons aperçu le yogi qui descendait la colline à pas lents et mesurés. Sans nous accorder un regard, il s'est arrêté. Était-ce interdit d'être là ? Allait-il nous faire décamper ?

« Bonsoir. Nous venons de visiter l'église. C'est un endroit plein de paix.

— Je sais. Vous êtes passés devant moi sur votre chemin.

— Oh, nous pensions que vous ne nous aviez pas vus. Nous ne voulions pas vous déranger.

— Je ne vous ai pas vus. Je ne vois rien ni personne. Je vous ai entendus. »

Il était aveugle. Comment ne l'avions-nous pas remarqué ?

« Nous suivons le Sentier de Randonnée.

— Sans doute. Et vous allez parcourir d'innombrables kilomètres.

— Eh bien, environ quatre cents jusqu'à Land's End…

— Vous verrez beaucoup de choses, dont certaines stupéfiantes, vous rencontrez des obstacles, des problèmes que vous penserez insurmontables. »

Il a tendu la main et l'a posée sur l'épaule de Moth.

« Vous les surmonterez, vous survivrez et vous en sortirez plus fort. »

Nous nous sommes regardés, interloqués, dessinant un « Quoi ? » surpris sur nos lèvres.

« Et vous marcherez en compagnie d'une tortue. »

Nous avons repris notre ascension et planté notre tente dans un champ au-dessus de la route, près d'une ferme, mais dissimulés par de hautes haies.

« On ne croise pas beaucoup de tortues sauvages dans le Sud-Ouest, pas vrai ?

— Non, pas fréquemment, en tout cas. »

Le jour s'est enfin levé, après une nuit froide sur un sol dur et inégal. Les sacs étaient à nouveau sur nos dos vers 11 heures et nous sommes sortis discrètement de l'abri des bordures, vérifiant de droite et de gauche que personne ne nous voyait avant de passer le portail qui donnait sur la route, comme des bagnards en cavale. Le Sentier montait et redescendait, traversait les champs, au long d'étroites allées envahies d'herbe et bordées de hautes haies qui laissaient à peine passer le vent. Dans notre vie d'avant, nous ne laissions que rarement se terminer une journée sans avoir pris un bain ou une douche mais, là, nous en étions au troisième jour de marche et à la troisième nuit sous la tente. En l'absence de brise, de puissants relents montaient du chemin et ils ne venaient pas des vaches. J'avais cru sans importance que nous ne puissions pas nous payer de campings et que nous ne puissions donc jamais nous laver : nous pourrions de toute façon nager tous les jours. Je n'avais pas pensé que nous serions si rarement au niveau de la mer. Le seul moment que nous avions passé sur le rivage, c'était à Minehead et sur la plage franchement rocailleuse de Porlock. On commençait à puer. Ça a été un véritable soulagement de parvenir sur les falaises boisées, où des forêts entières de chênes se penchaient jusqu'au bord et où le vent de la mer traversait les feuillages.

Quand les rhododendrons ont remplacé les chênes, nous nous sommes arrêtés, épuisés. Nous avions passé la frontière du Devon nord sans même nous en rendre compte, notre première étape était franchie. Deux jours entiers déjà, et nous tenions le coup. Les rhododendrons nous cernaient de toutes parts, au-dessus de nos têtes et un peu plus bas, envahissant le flanc des falaises. Contrairement à ce qu'on croit, ces plantes résistantes et persécutées vivent au Royaume-Uni depuis des millénaires. Des fossiles ont été retrouvés qui témoignent de leur existence en ces lieux avant la dernière ère glaciaire, mais le statut de végétal indigène n'est accordé qu'à celles qui ont fleuri après. Réintroduits au Royaume-Uni dans la seconde moitié du XVIIIe, les rhododendrons ont rapidement colonisé toutes nos campagnes : une vague de migrants dotés de feuilles persistantes d'un vert brillant, ils amènent du corps et de la couleur aux tristes hivers britanniques, gris et effeuillés, et se parent au printemps d'éblouissantes floraisons violettes et mauves qui constellent les collines et les sous-bois. Dans une vallée bien-aimée du pays de Galles, le mois de mai avait été un véritable embrasement de beauté au fond d'une ravine obscure jusqu'à ce que le National Trust décide de faire disparaître ces envahisseurs autochtones. Il s'était ensuivi des mois d'un impitoyable massacre végétal qui avait laissé derrière lui des champs de bataille à la place des coteaux. Des années plus tard, sous les décombres de ce carnage, on a assisté à quelques timides tentatives d'implantation d'essences locales, quelques bouleaux par-ci, un peu de bruyères par-là. Mais les souches de rhododendrons se régénèrent et elles ripostent avec toute la vitalité de leur sève. Un des camps finira par l'emporter, mais s'en portera-t-il mieux pour autant ?

La falaise s'élevait au-dessus du sentier et tombait à pic au-dessous, avec une bande de terrain plat d'à peine un mètre de large entre les deux. Nous avons néanmoins sorti notre réchaud et nous sommes fait un thé que nous avons dégusté sur l'à-plat. De là, nous avons entendu les Américains se rapprocher : même de loin, la tonalité de leurs voix était inimitable. Elle parlait de problèmes au travail, incapable de les laisser derrière elle. J'ai touillé mon thé en me rendant bizarrement compte que je n'avais aucun souci de cet ordre à me faire, aucun souci domestique non plus. En fait, je n'avais plus aucun problème. Si ce n'est que nous n'avions plus de toit et que Moth se mourait. Ils ont marqué une pause, manifestement un peu décontenancés. J'ai cru pendant un instant que le vent les avait arrêtés, mais j'ai compris ensuite qu'en réalité le sentier n'était pas assez large pour qu'ils passent.

« On n'est pas en avance aujourd'hui. On devrait être à Lynmouth vers 16 heures. On a pris du retard sur le programme. »

Et en s'excusant de nous bousculer, ils se sont frayé un chemin. Il transpirait abondamment, la sueur lui coulait du menton et des coudes.

« Vous êtes sûrs que vous ne voulez pas vous arrêter prendre un thé et vous donner quelques minutes de répit ? »

Elle m'a regardée comme si je venais de commettre un crime crapuleux.

« Non, on n'a pas le temps. Il faut respecter le programme. Vous n'en avez aucun, je suppose ? »

Ils avaient déjà disparu, mais pendant quelques minutes encore, tandis que sa voix s'éloignait peu à peu, nous l'avons entendu déclarer qu'il devrait s'estimer heureux qu'elle soit venue, avec un emploi du temps aussi chargé, vraiment il devrait lui être reconnaissant.

« On a un programme, nous ?

— Bien sûr que oui. On marche jusqu'à s'arrêter, et alors peut-être qu'on aura réussi à imaginer notre avenir.

— Ça m'a l'air d'un beau programme. »

Comme nous avancions à travers bois, il s'est mis à pleuvoir doucement et la dense canopée des rhododendrons nous a protégés. Sitôt quitté l'abri des feuillages, des bourrasques venues du canal de Bristol se sont déchaînées et la petite pluie s'est transformée en tempête rageuse. Marchant avec difficulté, les pans de mon imperméable claquant au vent, je n'y voyais plus rien avec toute cette eau qui me dégoulinait sur le visage. Sous les effets conjugués du vertige, du vent et de l'épuisement, Moth titubait quand nous avons repris le chemin de la falaise. À cause de la hauteur et de l'exposition, nos sacs prenaient le vent et nous déséquilibraient de manière inquiétante. Autour de Foreland Point s'est dessiné un arc-en-ciel parfait sous nos yeux, s'imprégnant des couleurs de la colline et ajoutant un vert boueux, du marron et du violet à sa palette. Moth s'accrochait aux hautes herbes à portée de main, se stabilisant tant bien que mal sous la menace des tourbillons de brume gris et noir qui enflaient sans cesse et avaient pris la place de la mer. Un sentier large de soixante centimètres et, au-delà, un néant de nuages.

Là où se trouvait la mer. Étions-nous sur une pente herbeuse ou au bord d'une falaise ? Aucun moyen de le savoir. Et puis, soudain, surgissant du brouillard, nous avons aperçu le beffroi d'une église.

« Et cette partie du programme, tu la connais ? Il est temps d'arrêter de marcher maintenant. »

Moth s'est effondré sur un banc de l'église. Son épaule le faisait terriblement souffrir à force de s'être raidie contre le vent et sa jambe s'était mise à fléchir de façon imprévisible, ce qui le faisait trébucher sans arrêt. Nous avions pensé passer la nuit dans l'aile de Saint-Jean-Baptiste jusqu'à ce que les lumières vives d'un pub, le Blue Ball, attirent notre attention. Nous avons parcouru en titubant la distance qui sépare l'église du pub, franchi la porte, inondé le plancher et douché un chien posté près de l'entrée.

Derrière son comptoir, un homme chauve nous a fixés d'un œil vide. Puis il a regardé tour à tour nos sacs fumants de vapeur d'eau et les flaques sur le sol. Toujours prêt à essayer d'arranger les choses pour tout le monde, Moth a aussitôt repris son sac en main.

« Je suis vraiment désolé d'avoir tout sali comme ça, mon vieux. Nous suivons le Sentier de la Côte et nous nous sommes laissé surprendre par la pluie. Préférez-vous qu'on laisse nos sacs à l'extérieur ?

— Le Sentier de la Côte ? Hors de question, posez donc vos sacs ici. »

Avec un accent australien, le barman s'est ensuite lancé dans un torrent de paroles de bienvenue et nous nous sommes affalés sur une banquette molle devant un feu de cheminée. Pendant que je suspendais mes chaussettes à une chaise pour qu'elles s'égouttent, je me suis rendu compte que nous étions entrés dans un pub mais que nous ne pouvions rien nous permettre d'acheter. Un chien énorme, de la taille d'un âne, est sorti de la salle à manger, a reniflé mes chaussettes et, prenant l'une entre ses crocs dégoulinant de bave, il s'est dirigé vers le bar. Je l'ai suivi, tirant sur ma chaussette, en tentant de la lui faire lâcher tout en commandant du thé, ce qui m'apparaissait être la moins coûteuse des options.

« Bob, lâche cette chaussette. OK, un thé. Très anglais. J'avais l'impression que vous étiez prêts à passer la soirée à écluser du single malt.

— Si seulement on pouvait ! »

J'ai repris la chaussette, maintenant complètement trouée, et je suis repartie vers la cheminée. Single malt, feu de bois, bain bien chaud, lit douillet. Je déteste le whisky, mais si nous avions de l'argent, notre voyage n'aurait pas été le même. Au lieu de tout ça, nous avons siroté notre thé et nous sommes assoupis devant le feu en attendant que les chaussettes sèchent et que la pluie s'arrête.

Il faisait nuit noire à 23 heures, et nous nous sommes sentis d'attaque pour quitter la chaleur du pub et monter la tente dans une cavité de la falaise plus ou moins protégée des rafales, où nous nous sommes endormis dans les hurlements du vent.

Je savais que ce moment viendrait. La seule chose à laquelle je m'étais interdit de penser quand j'avais conçu le projet grotesque d'aller vivre à la dure sur le Sentier de la Côte Sud-Ouest. Le moment où je serais obligée de faire face à la grande question demeurée sans réponse : est-ce que les ours chient dans la forêt ? Aujourd'hui, j'avais la réponse : je n'étais pas un ours, il n'y avait pas de forêt mais, sans aucun doute possible, la réponse était oui. Il était six heures et demie, j'entendais les mouettes tournoyer au-dessus de la falaise et la bataille désormais familière à chaque petit matin contre les chaussures de marche et les rabats de la tente prenait beaucoup trop de temps. À peine réveillée, j'étais déjà accablée. Non seulement par l'absence d'une cuvette de W.-C. étincelante de blancheur et équipée d'une chasse d'eau mais aussi par un terrible vertige. Dans les ténèbres et le brouillard de la nuit passée, nous nous étions débrouillés pour planter notre tente à deux mètres du bord de la falaise. Tente, sentier, touffes d'herbe et à-pic de cent mètres. J'ai tant bien que mal réussi à retrouver l'équilibre et j'ai cherché un endroit un peu à l'abri des regards. Tout ce que j'avais sous les yeux, c'était le flanc d'une colline dénudé à l'exception de quelques buissons d'ajoncs. Je ne pouvais plus attendre : je devrais faire avec. J'ai essayé frénétiquement de creuser un trou avec mon talon – nous n'avions pas emporté de truelle pour ce genre de nécessité, elle aurait pesé beaucoup trop lourd et, de toute façon, nous comptions sur les toilettes publiques. Dans la précipitation, j'ai déchiré la ceinture élastique de mon legging avec mon pouce en m'accroupissant derrière les branches piquantes d'un ajonc avec un soulagement comparable à celui de Renton au cours de la scène des toilettes dans *Trainspotting*.

Encore quelqu'un qui promène son chien. Ils sont partout, décidément…

« Bonjour. Vous avez fini par trouver un endroit où camper, je vois. »

L'Australien du pub remontait le chemin vers notre tente. Je ne pouvais pas me relever, le buisson d'ajonc n'était pas assez haut, et donc, je suis restée accroupie et j'ai murmuré :

« Bonjour.

— Bon, eh bien je vous laisse à vos occupations. Bonne marche.

— Merci. »

Le chien s'est mis à le tirer dans la direction d'où il était venu, tandis que je façonnais avec art un wigwam de branches mortes d'ajonc, et le rouge de la honte a fini par déserter mes joues. Je l'ai regardé disparaître dans un banc de nuages translucides qui montaient de Lynmouth Bay et partaient à l'assaut du cap, se précipitant pour rattraper le gros de la tempête qui s'était déjà éloignée de plusieurs kilomètres. Entre les nuages se dessinait une vaste étendue d'herbe rase que nous avions traversée sans la voir la veille dans la bourrasque. Peu importait, à l'abri de notre grotte, nous n'étions pas tombés de la falaise. Je suis rentrée sous la tente au moment où Moth se réveillait.

« Tu es bien matinale.

— Moins que les gens qui promènent leur chien. Je croyais que c'était toi qui devais perdre le contrôle de ton transit, pas moi. »

On raconte que le Sentier a été dessiné par les gardes-côtes qui avaient besoin de surveiller les innombrables criques et baies alors qu'ils patrouillaient à la poursuite des contrebandiers. Mais les différents sites historiques décrits dans les guides ou dépliants touristiques suggèrent que le chemin avait déjà été emprunté par l'homme depuis qu'il a mis les pieds sur cette terre. Natural England a financé la création de l'itinéraire complet, réunissant les divers tronçons existants pour dessiner le plus long de nos sentiers nationaux. La dernière partie a été terminée dans le Devon nord en 1978, un an avant que je finisse mes études secondaires. Cheveux longs et larges cravates, libres de courir vers un avenir plein d'imprévisibles vicissitudes. Le Sentier et nous : précipités dans ce vaste monde en même temps. Avions-nous toujours été destinés à nous rencontrer ?

Le Sentier de Grande Randonnée de la Côte Sud-Ouest est censé rapporter à la région environ trois millions de livres par an. Nous disposions de quarante-huit livres par semaine, ce qui n'allait pas beaucoup contribuer à l'économie locale. Je rechignais de plus en plus à ouvrir mon porte-monnaie mais, après le détour de la longue route escarpée et sinueuse qui mène à Lynton, je n'avais plus le choix : il nous fallait de quoi manger.

Plantée avec Moth devant une épicerie, j'ai compté la monnaie que j'avais dans la main en essayant de décider combien dépenser. Au même moment, une femme en ciré jaune vif et bleu a fait son apparition au coin de la rue, accompagnée d'un gros chien blanc à l'air menaçant. Je n'aurais jamais dû me tenir là, entre la porte de la boutique et une barrière à laquelle était attaché un labrador noir qui attendait son maître. Le gros chien blanc détestait manifestement tous ses congénères. Il s'est jeté sur le labrador qui sommeillait paisiblement, rêvant sans doute à la boîte de pâtée qui allait incessamment sortir de l'épicerie. En sautant, il a heurté mon sac à dos au passage et m'a envoyée valser contre le mur. Les pièces me sont tombées de la main et ont dévalé la pente. Je me suis jetée à terre en voyant une pièce d'une livre tournoyer sur elle-même avant de quitter le trottoir, échouant à la saisir avant qu'elle ne disparaisse dans le tout-à-l'égout. Moth a suivi le trajet d'une pièce de deux livres en se faufilant entre les vacanciers qui remontaient la colline. De mon poste d'observation sur le macadam, je l'ai vu se pencher pour la ramasser au moment même où un gamin s'en emparait avec joie.

« J'ai trouvé de l'argent, j'ai trouvé de l'argent ! »

Non, mon garçon, nous en avons besoin.

« Bravo, petit. Le camion du glacier est arrêté au sommet de la colline. »

Oh, Moth, j'aurais tant aimé déguster une bonne glace !

La maîtresse du chien blanc m'a poussée doucement du bout du pied alors que j'étais toujours étendue sur le trottoir, la main dans le caniveau.

« Vous allez bien ? Vous êtes ivre ? »

L'espace d'un instant, je suis restée hébétée par sa supposition.

« Oui, moi, je vais bien. Le problème, c'est votre chien !

— Mon chien n'a aucun problème. Vous autres clochards devriez apprendre à vous contrôler un peu. Se rouler par terre comme ça dans la rue, c'est répugnant ! »

J'ai sorti la main du caniveau et me suis relevée au moment où le labrador noir parvenait à se dégager de sa laisse tendue à se rompre. Une clocharde. Une clocharde SDF. Quelques semaines plus tôt encore, je possédais ma propre maison, mon entreprise, un troupeau de moutons, un jardin, des terres, une cuisinière Aga, plusieurs lave-linge, une tondeuse à gazon. J'avais des responsabilités, j'étais traitée avec respect, j'avais ma fierté. Les illusions de la vie avaient dévalé la pente aussi vite que les pièces de monnaie.

Moth m'a rejointe au sommet de la colline, non sans avoir récupéré quelques piécettes en chemin.

« Combien il nous reste maintenant ?

— Neuf livres et vingt-trois pence.

— Et on touche quand de l'argent ?

— Après-demain, je crois. Deux paquets de riz et un accompagnement, tu veux ? Ou alors des nouilles instantanées au poulet ?

— Ah non, tout sauf des nouilles ! »

Nous sommes ressortis de l'épicerie avec des sacs un peu plus chargés et désormais deux livres soixante-dix dans le porte-monnaie. Mais nous étions riches d'un Mars chacun.

La première fois que j'avais vu Moth à la cantine du lycée, c'était en terminale, j'avais dix-huit ans. Il portait une chemise blanche à col Mao et il trempait un Mars dans une tasse de thé. J'étais fascinée. Plus tard, pendue à la fenêtre du troisième étage avec mes copines, nous l'avions vu traverser la cour : un vieux trench-coat militaire qui battait au vent, des bottes d'équitation qui lui montaient jusqu'aux genoux. Je ne pouvais plus penser à rien d'autre. Des semaines s'étaient écoulées avant qu'il ne m'adresse la parole, des semaines en embuscade à l'observer de loin, cachée derrière les rayonnages de la bibliothèque, sur le seuil des magasins, à l'abri des buissons. Je pensais à lui tout le temps. Et à faire l'amour. Et quand il m'a enfin parlé, j'ai eu l'impression qu'il n'avait pas d'autre idée en tête non plus.

Un coup de foudre adolescent s'était transformé en une amitié amoureuse qui devait nous laisser entre les griffes de la passion toute notre vie d'adulte. Une vie dont je ne savais pas qu'elle existait, sur des routes que je n'aurais jamais su prendre seule, durant des jours et des jours passés sur les landes battues par les vents, des semaines de résistance active lors des rassemblements de la Campagne pour le désarmement nucléaire, des nuits à assister à des festivals de musique ou des jours à partager des pizzas dans un parc tandis qu'il m'entraînait dans sa vie de militant écologiste, et puis tout ce temps passé à parler, parler, parler encore dans une conversation sans fin. Des années à emmêler nos jambes, insouciants et joyeux. Tandis que nos amis changeaient de partenaire comme de chemise, nous n'avions besoin de rien d'autre. Au cours de notre trentaine, puis de notre quarantaine, nous avons vu tant de couples s'étioler dans la grisaille d'un compagnonnage sans saveur, se définissant par la façon dont ils passaient leur samedi à faire du shopping ou à regarder des matchs, jusqu'à finir par se consumer et se séparer. Durant tout ce temps, nous vivions une passion qui ne s'éteignait pas.

Même alors que le sans-abri qu'il était devenu déambulait en boitillant dans les rues de Lynton, il restait dans sa façon de déguster un Mars quelque chose qui pouvait aussitôt me redonner la joie de vivre. Toutefois, plusieurs mois plus tôt, pour alléger ses douleurs neuropathiques à l'épaule, un médecin lui avait prescrit de la prégabaline, et tout avait changé. Une perte de plus. Il restait le plus proche ami qu'il soit possible d'avoir, mais un irrémédiable fossé physique s'était ouvert.

« Rien de meilleur qu'un Mars.

— Absolument d'accord. »

Et les souvenirs teintés de chocolat m'ont fait oublier l'histoire du chien.

En sortant de Lynton, le sentier se faisait plus étroit à flanc de colline, au point de n'être plus qu'un virage à angle droit au-dessus de l'à-pic. C'était à ce stade-là le passage le plus dangereux que nous ayons eu à traverser, et nous avons fébrilement tourné le coin à petits pas pour nous retrouver nez à nez avec un autre Australien qui, lui, marchait sans crainte.

« Salut, les mecs, vous m'avez l'air bien chargés. Vous allez où comme ça ?

— Land's End, si on y arrive. »

Nous ne nous sentions toujours pas assez sûrs de nous pour confier notre objectif final.

« Sérieux ? Eh bien, bravo ! L'âge, en fait, c'est dans la tête. Bonne chance. »

J'avais toujours pensé que j'avais bien vieilli. J'étais arrivée à cinquante ans sans cheveux gris ni trop de rides.

« Quel âge croyait-il que nous avions ?

— Aucune importance puisque c'est dans notre tête que ça se passe.

— Tu as raison.

— Il y a des jours où j'ai l'impression d'avoir quatre-vingts balais. Je suis tellement fatigué et j'ai mal partout. »

Moth a jeté son sac par terre et il s'est accroupi sur les rochers.

« Je ne sais même plus dire si je suis à moitié endormi ou si je suis vraiment réveillé. J'ai la tête dans le brouillard et je marche dans de la mélasse. C'est la plus grosse connerie qu'on a jamais faite. J'ai envie de m'allonger. »

Abasourdie, je suis restée plantée sur l'étroit sentier à côté de lui. Son mal lui était devenu plus familier avec le temps, alors qu'il gagnait insidieusement du terrain. Il ne lui avait pas causé ces angoisses que suscite la découverte soudaine d'une maladie mortelle. Il y avait bien eu des moments de découragement total depuis la sortie de l'hôpital, peu nombreux, et je ne m'y attendais pas. Au fil des ans, nous avions toujours su traiter avec efficacité les troubles de santé qui se présentaient, mais la brutalité de ce diagnostic et l'usure psychique de devoir vivre avec ces douleurs chroniques avaient été délibérément balayées sous le tapis. Et nous étions là, avec nos sacs à dos dans la Vallée des Rocs, sans plus aucun tapis. Les vagues se brisaient au pied des falaises qui nous séparaient de Castle Rock. Nous avons regardé la mer en silence. Rythmiquement, inlassablement, le blanc partait à l'assaut du noir, blanc, noir, blanc, noir… Un troupeau de chèvres sauvages, dissimulées par les broussailles et les rochers, a franchi le sentier à quelques pas de nous, le vent soulevant leurs longs poils tandis qu'elles disparaissaient en contrebas, dans un mouvement désordonné et constant qui animait le paysage alentour.

J'étais médusée.

« Dis donc, tu as vu ces chèvres, quelles cornes elles ont !

— Tu ne serais pas encore en train de penser à ce Mars, dis-moi ? Et puis qu'est-ce que tu fais à rester là sans bouger ? En route. On ne va pas tarder à s'arrêter de toute façon, je n'en peux plus. »

Je l'ai aidé à se relever et nous avons repris la route.

La Vallée des Rocs et son animation étaient derrière nous. Une route goudronnée traversait un vaste parc et conduisait à un manoir imposant. Partout de l'herbe rase bien verte.

« Je sais qu'il est tôt mais il va falloir qu'on monte la tente très vite, je suis tellement fatiguée ! »

Un panneau à proximité de la maison la présentait comme une demeure chrétienne. N'importe qui pouvait y séjourner et être « régénéré et rafraîchi » par

Dieu, pour un tarif de base de cent vingt livres. On y interdisait de camper, de faire du feu, de flâner, de promener son chien sans laisse, et l'accès était refusé aux vagabonds.

Passant du parc à la vallée, nous avons perçu des cris et des rires. Dans une cuvette de verdure, un camp de vacances pour jeunes chrétiens se préparait à une soirée de réjouissances. Sous un chapiteau ouvert, un DJ essayait d'intéresser un groupe d'adolescents à un questionnaire. Chrétiens ou pas, c'étaient avant tout des jeunes, et ils devaient davantage rêver d'aller fureter dans les buissons. La fumée du barbecue faisait remonter des odeurs de saucisse jusqu'au sentier, et nos estomacs ont crié famine pour la première fois.

« Qu'est-ce qu'on mange ce soir ?

— Du riz et une boîte de maquereaux.

— Tu crois que si on s'approchait et qu'on chipait un hamburger, ils s'en apercevraient ? »

Nous avons continué notre route à travers les fougères, jusqu'à faire halte pour trouver un carré d'herbe. Nous avons alors jeté nos sacs par-dessus une clôture et monté la tente dans un pré déjà brouté. Depuis Crock Point, on apercevait les derniers lambeaux de lumière caresser Duty Point de reflets roses et bleus. La mer barattait les rochers quand nous avons terminé notre repas de riz et de maquereaux.

« Il nous aurait fallu du pain avec tout ça. Chut, tu entends ?

— Merde, je parie que c'est le fermier qui vient nous jeter dehors. »

Le bruissement de feuilles s'est peu à peu rapproché et nous nous sommes préparés à l'idée de plier bagage et décamper. Les fougères se sont soudain écartées et deux adolescents se sont faufilés à travers la haie, des brindilles plein les cheveux.

« Euh… salut. On est allés jusqu'à la plage, mais on retourne au camp maintenant.

— Très bien. Mais vous feriez mieux de vous dépêcher si vous voulez qu'il vous reste des hamburgers. »

6

LA LONGUE MARCHE

Nous nous étions attendus à des intempéries sur le Sentier de la Côte, un vrai temps anglais. Du vent, de la pluie, du brouillard, et même parfois de la grêle, mais pas à cette fournaise suffocante. À l'heure du déjeuner, nous étions sortis de l'ombre de Woody Bay pour nous enfoncer dans un après-midi brûlant. En partageant une barre de céréales et une banane, nous avons regardé vers l'ouest au-delà des plus hautes falaises d'Angleterre. Des parois rocheuses s'élevaient à près de deux cent cinquante mètres et s'étendaient à perte de vue jusqu'au Great Hangman, trois cent dix-sept mètres, le point culminant de tout le Sentier de la Côte Sud-Ouest. Mais entre nous et le Hangman se trouvait toute une série d'âpres déclivités, dont même Paddy reconnaît qu'elles sont escarpées. Du sommet de la falaise au niveau de la mer, du niveau de la mer au sommet. Et on recommence. Voilà pourquoi j'avais voulu partir de Poole. C'est à ce moment-là qu'il s'est mis à faire encore plus chaud.

« On a pensé à la crème solaire ? »

Mon nez vibrait déjà sous le soleil de plomb.

« Non.

— On devrait peut-être attendre qu'il fasse un peu plus frais ?

— Si on fait ça, on va se retrouver coincés sur les falaises à la tombée du jour. Je pense qu'on n'a quasiment aucune chance de trouver un terrain plat par ici.

— Mon Dieu, comme tout cela nous aurait paru excitant à trente ans !

— L'âge est dans la tête ?

— OK. »

Les jambes, les hanches et les épaules en feu, nous avons atteint le sommet de l'autre côté du vallon et nous sommes tournés vers la falaise. Par vagues, les pierres du chemin réfléchissaient la chaleur sur nos visages déjà rouges. Un vent bleu soulevait mon sac à dos et, en étendant les bras, j'aurais pu m'envoler. La liberté de l'altitude me coupait le souffle. Mes yeux pleuraient, ma peau cuisait et, à l'horizon, les côtes du pays de Galles paraissaient toujours plus lointaines. À chaque tournant, le vertige et l'euphorie déferlaient. Moth marchait en se penchant légèrement vers la falaise pour ne pas voir la mer, mais moi, j'avais de la bruyère et des embruns chargés de sel dans les veines et je volais avec les mouettes.

Sur un à-plat rocheux avant les prochaines montagnes russes, nous avons rencontré les premiers randonneurs équipés de leur barda. Ils avaient l'air jeunes, frais et efficaces, avec leurs shorts bleus assortis et leurs sacs neufs et bien propres. Sauf que c'étaient de vrais randonneurs : je me suis sentie proche d'eux, j'ai eu envie de tout savoir les concernant.

« Où plantez-vous votre tente ? Camping sauvage ou organisé ?

— Sauvage, mais c'est vraiment dingue. On s'y prend vers 6 heures et on ne pense plus qu'à trouver un terrain assez plat. Hier soir, on n'a rien trouvé et on a campé sur la pelouse devant le pub de Lynmouth.

— Vous allez où ?

— Combe Martin, donc pour aujourd'hui, on a fini. On n'a que le week-end devant nous et je n'avais jamais fait de camping sauvage, j'ai seulement envie d'une bonne douche. »

La jeune fille avait des cheveux châtains très souples et elle m'avait l'air propre comme un sou neuf. Soudain gênée de ma propre négligence, je me suis mise sous le vent.

« Et vous, vous allez où ? »

J'ai regardé Moth : où allions-nous exactement ? Depuis la veille, je n'en étais plus très sûre, mais il a répondu comme si lui n'avait aucun doute.

« Land's End. Après qui sait, peut-être plus loin. Ça dépendra de la météo.

— Génial. Quelle chance vous avez d'avoir tout le temps ! »

Nous les avons regardés s'éloigner au bord de la falaise et nous adresser un signe de la main en dépassant la pointe. *La chance d'avoir tout le temps*. J'ai posé la main sur le bras de Moth dont les doigts étaient accrochés à sa ceinture. Il avait la peau brûlante au toucher et rouge sous les manches courtes de son T-shirt. La même peau mais plissée au-dessus du coude à un point que je n'avais jamais remarqué. Avions-nous encore le temps ?

Moth avait un chapeau : un chapeau en toile verte posé sur sa tête comme un moule à gâteau, mais un chapeau tout de même. Comment avais-je pu ne pas en prendre un ? Je sentais mon cuir chevelu brûler et, du coin de l'œil, je voyais le bout de mon nez palpiter.

Nous pensions rejoindre le Great Hangman avant le soir, mais nous n'étions pas au bout de nos peines. Le littoral est trompeur. Un point donné dans le lointain peut paraître tout proche mais, immanquablement, le cap que l'on voit au premier plan cache une enfilade de vallons, de baies et même des étendues de lande.

« J'ai la tête en feu. Tu n'aurais pas un bandana ou quelque chose du genre ? »

Nous nous dirigions vers Holdstone Down, c'était la fin de l'après-midi mais il faisait encore très chaud.

« Tu aurais dû le dire. Avec tous ces cheveux que tu as, je ne pense jamais que tu as besoin d'un couvre-chef. J'ai le vieux chapeau de chanvre quelque part dans mon sac. »

Je me suis enfoncé sur la tête le vieux chapeau avachi avec son bord étroit de moins de trois centimètres, acheté il y a longtemps sur un marché hippie à Ibiza. Il gardait la chaleur qui montait de mon crâne surchauffé et j'ai bientôt eu dix fois plus chaud encore.

Assise sur une branche basse d'aubépine, j'ai regardé le soleil se coucher derrière le Hangman et disparaître à l'ouest. Nous avions monté la tente dans les ajoncs et la bruyère et Moth griffonnait dans son cahier. Malgré un dîner composé de riz et d'une boîte de petits pois, la faim n'avait pas disparu. En balançant les pieds au-dessus du sol nu et desséché sous la branche, j'ai soudain eu une idée. Un éclat de pierre serait un outil parfait et je me suis mise à creuser sans relâche. Parfait !

« Moth, Moth, viens voir ce que j'ai fait. »

Il a roulé sur lui-même et s'est relevé lentement.

« Quoi donc ? Je ne vois rien.

— Évidemment, nigaud ! Regarde, je nous ai fait des latrines.

— Ah mon Dieu, je vois ! Moi d'abord. »

J'ai fait réchauffer le dernier sachet de boulettes de viande orange. Le lendemain, nous aurions plus d'argent et nous pourrions nous acheter à manger à Combe Martin.

« Deuxième dîner, on est en train de se transformer en hobbits. »

Il faisait presque nuit quand nous avons entendu le bruit de pas cadencés provenant de l'est. Quatre jeunes gens d'environ vingt ans chargés d'énormes sacs à dos approchaient en imitant une marche militaire.

« On n'est pas les seuls, finalement, à faire cette randonnée. Tu as vu leur attirail ? Je suis persuadé qu'ils sont partis pour faire tout le Sentier. »

Moth les a regardés passer. Je sais très bien ce qu'il pensait : autrefois, il était comme eux.

« Sûr qu'ils se dirigent vers Combe Martin, ils doivent vouloir faire un tour au pub avant que ça ferme.

— Ne t'avise pas de me donner envie d'une bière alors qu'on a à peine assez d'eau pour le thé de demain matin ! »

Nous descendons, descendons, descendons vers Combe Martin, un joli petit village du Devon en bord de mer, avec sans doute la plus longue rue du pays. Elle sinue sur environ trois kilomètres vers l'intérieur des terres tout au long de l'étroite vallée. Nous nous sommes promenés aux alentours de la plage avec un objectif précis : un distributeur de billets. N'ayant rien trouvé d'autre que des boutiques de souvenirs et un café, nous avons essayé l'office du tourisme dans l'espoir qu'ils puissent nous donner des indications. Trois vieilles dames étaient alignées derrière un comptoir ;

en hochant la tête, le sourire aux lèvres, elles ont levé les yeux en chuchotant.

« Moth, c'est toi qui leur parles. Tu as toujours eu un ticket avec les vieilles dames.

— On t'a connue plus courageuse ! »

Nous avons déposé nos sacs près de la porte.

« Mesdames, peut-être pourriez-vous nous aider. Nous cherchons depuis un certain temps un distributeur de billets mais, apparemment, nous n'avons pas de chance. Pourriez-vous nous en indiquer un ? »

Les dames se sont un peu agitées et poussées du coude en gloussant.

« Bien sûr, c'est un plaisir de vous rendre service. Remontez donc jusqu'à l'épicerie sur votre gauche. Ils vous feront du cash-back sans difficulté, monsieur Armitage, mais on ne vous attendait pas si tôt.

— Désolé. Je ne suis pas M. Armitage. »

Les dames ont échangé des regards de conspiratrices.

« Non, bien sûr que non, je comprends. Ce sera notre secret, on sera muettes comme des carpes. »

Perplexe, Moth s'est retourné pour dire au revoir tandis que les trois dames lui adressaient un signe de la main. Nous avons repris nos sacs et quitté les lieux.

Les sacs pleins de provisions, vingt-cinq livres encore dans le porte-monnaie, une barquette de frites en main, nous nous sommes installés sur la plage, le nez déjà tout pelé et adossés aux rochers dans la fournaise. On aurait presque dit une excursion ordinaire. Au pays de Galles où nous habitions à quelques kilomètres de la mer, nous en avions connu beaucoup de semblables. De longues journées avec les gosses couverts de sable, canot pneumatique, sandwichs au thon, passées à creuser des trous et à construire des bassins avec des galets. Ils avaient grandi libres d'arpenter les bois, les montagnes et la plage. Même aujourd'hui, alors qu'ils avaient pris leur envol depuis plusieurs années, chaque fois que j'avais du sable sous les pieds, j'éprouvais un petit pincement au cœur. Il fallait que je dépasse cette sensation de manque, sinon l'été allait franchement être sinistre.

Un petit garçon courait sur la plage, chargé d'un seau plein d'eau pour remplir les douves de son château de sable. Sa sœur a saisi la poignée, décidée à verser l'eau elle-même. Surgi de nulle part, le père a bondi sur le garçon et l'a frappé.

« Je t'ai déjà dit de ne pas te battre avec ta sœur. »

Le petit s'est dégagé et est allé se cacher derrière un rocher. La mère s'est levée.

« Tu avais besoin de faire ça ?

— Il faut qu'il apprenne. »

Un père en colère, qui apprend à son fils à l'être aussi. Toujours étrange de constater qu'à la plage les gens montrent le meilleur et le pire d'eux-mêmes.

« J'allais suggérer un petit bain, mais je crois qu'il est temps de décamper. »

Moth, déjà debout, époussetait le sable de son sac.

« OK, monsieur Armitage, on y va. »

Alors que nous arpentions péniblement les montagnes russes à la sortie du village, il s'est mis à faire de plus en plus chaud. Le sac était beaucoup plus lourd avec son surcroît de provisions et je traînais les pieds dans la poussière du chemin sur les talons de Moth. Les siens ne semblaient d'ailleurs pas davantage se soulever du sol. Cette canicule était intolérable. Surgi de nulle part, nous avons vu apparaître des brumes de chaleur un camping, pareil à une oasis dans le désert. Le Sentier de la Côte le traversait de part en part.

« On devrait peut-être se renseigner pour savoir combien ça coûte, qu'est-ce que tu en penses ? On pourrait se reposer, ne pas avoir à se demander où planter la tente ce soir et prendre une douche. »

L'expression sur le visage de Moth le disait clairement, il ne demandait pas, il suppliait.

« Renseignons-nous. »

Le camping regorgeait de familles, d'enfants, de vélos, de vieux couples avec leurs chiens, beaucoup de chiens.

« C'est quinze livres par tente.

— Quinze livres ? Mais la nôtre est toute petite, on pourrait se serrer dans un coin.

— Quinze livres, quelle que soit la taille.

— Mais on n'a même pas de voiture. On fait le Sentier de la Côte à pied.

— Eh bien, il fallait le dire. »

Le gardien nous a montré une pancarte près de la porte : « Cinq livres par randonneur. »

Dix livres. On avait assez de nourriture lyophilisée pour tenir pratiquement la semaine. Effondré sur une chaise en plastique, Moth s'est épongé le visage avec un bandana bleu à pois.

« OK. Rien qu'une nuit. »

Les douches étaient équipées d'eau chaude et n'avaient pas de limite de temps. Je me suis détendue sous le jet et peut-être à cause de l'épuisement, ou une seconde de relâchement, je me suis mise à pleurer sans pouvoir m'arrêter. Je sanglotais sous la douche comme si j'étais en train de changer de peau : je perdais tout à la fois sueur, amertume, tristesse, manque et peur. Mais ce n'était qu'une couche. Un apitoiement pleurnichard : je ne pouvais pas me permettre de laisser l'eau pénétrer plus profond.

Je me suis séchée aussi soigneusement que possible avec la serviette ultramince à séchage rapide et j'ai fouillé la minuscule trousse de toilette à la recherche d'une brosse à dents. Le dentifrice, un élastique à cheveux et un Tampax ont roulé sur le sol. Un Tampax ? Je l'ai ramassé avec effroi. J'en avais emporté plusieurs, m'attendant à en avoir besoin d'un jour à l'autre mais, en le tenant en main, je me suis soudain rendu compte que dans le chaos de nos vies ces derniers temps, je n'avais même pas remarqué que je n'en avais pas utilisé depuis trois mois. Vraiment ? Mes conseils pour la ménopause : perdre sa maison, marcher mille kilomètres avec un sac à dos sur les épaules. C'est souverain. Mieux que des poids et haltères. Au moins, je n'aurai pas à craindre l'ostéoporose.

Nous avons quitté le camping propres et reposés, mais sur le chemin sinueux vers Ilfracombe nous attendaient de nouvelles impitoyables montagnes russes, une chaleur redoublée, et nous avons vite été aussi sales et fatigués que la veille. La ville était envahie par un afflux de touristes de mi-saison, un festival de fauteuils roulants, de vêtements en tissu synthétique et de déambulateurs. L'odeur de nourriture était une torture, à chaque coin de rue on proposait de nouvelles choses à manger, mais notre caprice du camping nous interdisait de faire autre chose que regarder.

Un vieux couple affublé d'énormes chapeaux de paille et promenant un épagneul King Charles nous a dépassés en maugréant :

« Depuis le temps que je viens ici, je n'ai rien vu d'aussi révoltant. Ce n'est pas normal. »

Au bout du port, les gens flânaient et prenaient des photos. Ce qu'il y a de bien quand on ne prépare pas un voyage en lisant dans les guides tout ce qui concerne les lieux que vous allez visiter, c'est que les choses peuvent encore vous surprendre.

« Mon Dieu, qu'elle est grande ! »

Une immense statue de bronze et d'acier, haute de vingt mètres, dominait le port. D'autres robes en polyester s'éloignaient de nous précipitamment, sans chercher à cacher leur réprobation. Moth a ramassé une brochure abandonnée par quelqu'un qui s'était enfui à la hâte.

« Ils disent que cette statue s'appelle "Verity" et que c'est l'œuvre de Damien Hirst. Comment a-t-il pu faire passer un projet pareil ? Remarque, il paraît qu'il possède un atelier et une maison ici.

— Et qu'est-ce qu'elle est censée représenter ?

— Apparemment, la vérité et la justice.

— La justice ? J'aurais deux mots à lui dire sur la question, moi. »

La statue est une coupe de femme enceinte. D'un côté, son ventre rond, de l'autre, le bébé à l'intérieur. Elle brandit une épée et tient la balance de la justice dans son dos.

« Pas étonnant qu'elle planque la balance. La vérité doit se cacher derrière une apparence qui distrait l'attention. C'est une représentation fidèle de la justice britannique. Tout le monde y a droit, s'il peut se permettre de faire pencher la balance.

— Vous avez tellement raison. »

Un vieil homme était assis sur un banc à côté de nous, élégamment vêtu et chaussé de richelieus cirés. Nous sommes restés un moment à bavarder avec lui. Gurkha à la retraite, il était resté en Grande-Bretagne après avoir servi le pays et la Reine durant toute sa carrière militaire.

« Aujourd'hui, j'ai des doutes. Nous habitons près d'ici, et notre fille voulait nous faire construire un bungalow dans le jardin, pour que nous puissions nous y installer maintenant que nous sommes âgés, tandis qu'elle vivrait dans la maison pour pouvoir s'occuper de nous. La municipalité cependant a décidé que ce plan ne convenait pas au caractère résidentiel d'Ilfracombe. En revanche, un ami m'a raconté que Hirst a l'intention de monter un projet immobilier comprenant une centaine de maisons sur des terres qu'il possède aux abords de la ville. Si cette statue est un exemple de son sens artistique, il est certain que ce ne seront pas des villas victoriennes qu'il va édifier. Mais si c'est vrai, je suis convaincu qu'il n'aura aucun problème pour obtenir le permis de construire.

— Sûrement pas, effectivement. »

Nous avons partagé une barquette de frites et quitté Ilfracombe aussi vite que possible, campant sur la colline d'où l'on voyait encore briller les lumières de la ville en contrebas. Le lendemain s'est révélé éreintant. Si nous n'avions pas été aussi fatigués, nous aurions passé la journée à prendre des photos et à admirer les paysages d'une beauté à couper le souffle, mais nous étions seulement capables de nous concentrer sur l'obligation de mettre un pied devant l'autre.

« C'est quoi, cette masse, là-bas ? »

Je distinguais quelque chose au large qui n'avait jamais encore apparu de la brume.

« Quelle masse ?

— Plus à l'ouest. Le long de la côte. Là où la terre semble s'arrêter.

— On dirait une île.

— Tu crois que ça pourrait déjà être Lundy ? J'en suis presque certaine, nous nous éloignons du pays de Galles, donc là où l'on ne voit plus la côte, c'est qu'elle doit obliquer vers le sud.

— C'est encore tellement loin. »

Arpenter le sommet des falaises, nous enfonçant jusqu'aux chevilles dans les fleurs des champs montées en graines, aurait dû être un plaisir, mais après avoir laissé derrière nous Bull Point, Moth a ralenti et commencé à traîner bizarrement la jambe. Nous avancions comme des escargots. J'ai cueilli du thym et des feuilles de pissenlit et, au coucher du soleil, je les ai incorporés à un riz blanc. Woolacombe nous attendait le lendemain matin : notre neuvième jour de marche. D'après Paddy Dillon, nous aurions dû arriver là quatre jours plus tôt. Son calendrier semblait n'avoir aucun rapport avec nos journées. Après avoir été poussés par la marée à avancer dans le sable fin des hauteurs de la plage, cela a été un vrai soulagement de nous retrouver sur la terre ferme des falaises qui mènent à Baggy Point. Même dans notre état quasi comateux, le panorama nous a de nouveau coupé le souffle. Lundy était encore lointaine, mais on la voyait désormais parfaitement et, au-delà de l'île, la côte galloise remontait vers le nord avant de se dérober aux regards. Je n'aurais su dire si j'étais soulagée de la voir engloutie par-delà l'horizon ou si j'avais toujours besoin d'elle, tangible, bien réelle. Et loin, loin vers l'ouest, à plus de soixante kilomètres, Hartland Point, là où la côte prendrait un virage plus spectaculaire encore vers le sud. Le soleil commençait à décliner et nous avons planté la tente dans un parterre de fleurs sauvages et mangé à nouveau des pissenlits.

« Ma mère ne me laissait pas en manger quand j'étais petite ; elle disait que ça me ferait pisser au lit.

— Vu le nombre de fois où tu sors de la tente

chaque nuit, je ne crois pas que ça fasse une grosse différence.

— Et si on prenait le car qui fait le tour de l'estuaire en évitant Barnstaple et Bideford ?

— On pourrait mais on n'aura pas de nouvelle rentrée d'argent avant plusieurs jours et les Braunton Burrows ont l'air très intéressantes : de gigantesques dunes de sable formées par les coquillages poussés par le vent.

— D'accord, mais si tu souffres trop, si ta jambe te fait mal ou si tu es trop fatigué, on prend le car pour couper la route, OK ?

— OK. »

Sous les coups de soleil, des cernes noirs s'allongeaient en bordure de ses yeux.

Les dunes blanches et granuleuses déferlaient vers l'estuaire de la Taw. Elles étaient composées d'un fin gravier fluide qui ressemblait à du corail terrestre, pas vraiment de sable du tout. Les Burrows paraissaient s'étendre à perte de vue, un des plus vastes écosystèmes de dunes du pays, couvertes de végétation et bourdonnant d'insectes. En chemin, je ne prêtais pas grande attention au paysage, j'étais concentrée sur les gros bouts de peau qui pelaient de mon nez et j'ai passé près de deux kilomètres à loucher pour essayer de les arracher. Moth, lui, traînait la jambe dans le sable coquillier, les yeux rivés sur ses pieds quand soudain, comme s'ils avaient jailli d'une brume de sable, nous nous sommes trouvés confrontés à l'attaque surprise du membre d'un commando : un soldat, équipé de pied en cap, en treillis, le fusil au poing. Je n'avais jamais vu de peinture de camouflage d'aussi près et je ne savais pas comment réagir : tomber à terre les mains croisées sur la nuque, me mettre au garde-à-vous ou détaler ? Que faire ?

« Je crains que vous ne puissiez aller plus loin aujourd'hui, il va vous falloir faire demi-tour et revenir sur vos pas.

— Nous ne pouvons pas revenir sur nos pas, c'est par là que nous allons. »

Une réponse pas bien maline mais Moth paraissait imperturbable.

« Dites-moi, jeune homme, qu'est-ce que vous faites par ici ? Des manœuvres, c'est ça ?

— Exact, monsieur, et vous ne pouvez pas passer. »

Une troupe d'environ vingt soldats ont investi la dune et ils se sont jetés à terre lorsqu'un camion bâché s'est arrêté.

« Nous ne pouvons pas faire demi-tour. Mon mari est malade, nous allons prendre le car à Braunton. Nous n'y arriverons jamais si nous devons revenir sur nos pas. »

Avais-je l'air suffisamment désespéré ?

« Restez là. Je vais voir ce qu'on peut faire. »

Quelques secondes plus tard, le soldat revenait avec une gourde d'eau.

« Ne bougez pas d'ici et on vous reprendra au passage. Vous n'avez donc pas vu la pancarte qui dit que le site des dunes est fermé ?

— Non.

— Surtout, vous ne bougez plus. »

Les militaires ont jeté leur barda dans le camion, soulevant leurs énormes sacs et ceintures de munitions comme des plumes. Ils ont aussi pris le mien et l'ont chargé sur le tas. Vu de près, notre soldat avait l'air d'un tout jeune garçon.

« C'est quoi, ce truc, vous appelez ça un sac à dos ? On dirait plutôt un sac à main. »

Tous ont éclaté de rire, et ensuite, ils ont chargé celui de Moth.

« Du gâteau ! On a plus de poids sur le dos quand on est à poil sous la douche ! »

Nouvelles cascades de rire tandis qu'on nous poussait à l'arrière du camion et qu'ils rabaissaient la bâche. Et puis, en route. Ils étaient sans doute plus disciplinés et en meilleure forme physique que beaucoup, mais il nous est vite apparu qu'ils étaient avant tout une bande de jeunes gens qui se donnaient du bon temps. Dans la chaleur de l'habitacle, je me suis soudain rendu compte que d'un jour à l'autre ces garçons pouvaient être envoyés dans une zone de guerre et qu'en quelques semaines ils pouvaient être blessés ou tués. De jeunes vies fauchées avant qu'elles aient réellement commencé, et dans quel but ?

« Où allons-nous ?

— Je ne peux pas vous le dire, monsieur. En fait, il vaudrait mieux n'en parler à personne. »

Le véhicule continuait d'avancer en cahotant, puis il a rejoint la route et s'est arrêté dans un grincement de freins.

« OK, maintenant, vous descendez. »

Le camion a disparu derrière un virage, mais j'ai continué à croiser les doigts pour ses généreux occupants, espérant qu'ils resteraient longtemps aussi pleins de vie qu'ils l'étaient à ce moment-là.

Le car nous a conduits à Barnstaple, puis nous en avons pris un autre en direction de Westward Ho! J'avais l'impression de tricher sans trop savoir pourquoi.

Nous sommes arrivés à Wesward Ho! un peu désorientés par cette transition rapide et par la grisaille de la ville. Le point d'exclamation m'avait fait espérer un endroit exceptionnel, mais rien de ce que j'avais sous les yeux ne correspondait à ce nom ronflant. Paddy explique que la ville doit son nom au roman de Charles Kingsley, point d'exclamation compris. Il est possible que le livre soit plus intéressant.

Cette rupture dans notre randonnée nous avait laissés déconnectés et un peu perdus. Moth se montrait irritable et, malgré l'état de nos finances, il lui fallait une bière. Nous nous sommes retrouvés dans un bar sinistre dominant une promenade en béton où les enfants esquivaient les vagues qui venaient se briser par-delà la digue. Moth a bu sa bière sans un mot et moi, je me suis rafraîchie en approchant un verre d'eau glacée de mon front.

« Soirée quiz au pub, participez, c'est sympa, il y a des prix à gagner. »

Un petit homme rondouillard en gilet nous a forcés à accepter un stylo et une feuille de papier.

« Cinquante pence pour jouer et vous pouvez gagner le premier prix de dix livres. Ça ne se refuse pas.

— OK.

— Moth, c'est cinquante pence !

— Qu'est-ce qu'on peut acheter avec cinquante pence ? On peut peut-être gagner. »

Le petit homme a réussi à former trois équipes et il s'apprêtait donc à devoir débourser une coquette somme.

« Bon, commençons par la télé.

— Je t'avais bien dit que c'était de l'argent jeté par la fenêtre.

— Ensuite le sport. Dans les courses de Formule 1…

— Qu'est-ce qu'on fait là, je te le demande ?

— Qui était le capitaine du *Black Pig* ? »

Moth a bondi sur son siège et griffonné sur le papier : le capitaine Pugwash.

« Et enfin, qu'est-ce qu'on a édifié en 1961 et qui est tombé en 1990 ? »

Là, je sais, je sais : le mur de Berlin. Je n'aurais peut-être pas dû grogner pour cinquante pence.

« Les gagnants du prix de dix livres sont… la famille qui est au bar ! »

Ils ont pris leurs dix livres et les ont aussitôt rendues pour commander une nouvelle tournée.

« À la deuxième place, qui gagnent cinq livres, les randonneurs. »

Nous nous sommes dépêchés de reprendre nos sacs et de ramasser notre prix.

« Un autre verre pour les gagnants ? »

J'ai donné un coup de pied à Moth sous la table et il m'a regardée en plissant les paupières.

« Non, désolé. Il faut qu'on se remette en route. »

Tra-la-lère, tra-la-la, nous avons repris le chemin en sautillant de joie. Les vagues déferlaient par-dessus la digue, derrière et devant nous, mais nous parvenions à leur échapper. Galvanisés par notre succès, et par l'idée irrationnelle que peut-être la chance était en train de tourner en notre faveur, nous nous sommes enfuis de Westward Ho! en chantant l'air favori du capitaine Pugwash. Tra-la-lère, tra-la-la ! Notre joie allait être de courte durée : nous n'avons pas réussi à trouver un endroit où camper et avons dû nous résoudre à écraser un carré de chardons et de bruyère sur une pente dans la nuit qui était déjà tombée. La loi de la gravité s'est imposée à nos sacs de couchage synthétiques et nous nous sommes réveillés recroquevillés l'un contre l'autre devant l'entrée de la tente. La mer était toute proche, son écho retentissait sous la terre, davantage une sensation qu'un vrai bruit. Nous avons entassé les sacs devant l'entrée et posé nos pieds dessus, genoux tendus, pratiquement debout.

Traversant en boitillant le carré de chardons dans la lumière grise du matin, les genoux ankylosés, nous avons compris que nous avions campé sur un surplomb de roc et d'argile, rongé par la mer au-dessous. Une petite étendue de terre à l'agonie, prête à sombrer dans l'oubli.

La chaleur a escaladé la colline et nous a enfermés sous un voile de suffocation étouffante alors que nous poursuivions notre chemin vers Greencliff. Des rochers noirs qui s'enfonçaient dans la mer, telles des couches de lave sombre exposées à l'érosion. Cette veine du plus noir des noirs court de Bideford à la falaise et s'ouvre comme des doigts qui plongent dans l'eau. Elle était autrefois exploitée comme combustible pour alimenter les fours à chaux qui émaillaient cette partie de la côte, transformant le calcaire gallois en engrais et matériau de construction. Aujourd'hui le noir de Bideford est utilisé comme pigment en peinture, remplissant les caisses de galeries d'art à la mode.

Et la température a encore grimpé. Mon nez était écarlate, la nouvelle couche de peau me brûlait avant même que la précédente ne pèle. Moth titubait de plus en plus souvent ; pour la première fois, il a carrément trébuché et est tombé de tout son long. Il s'est écorché le bras et en a été très secoué.

« Il faut que je m'arrête. Tu peux me passer l'eau ? »

Il a bu à grands traits pour étancher une soif inextinguible, jusqu'à ce qu'il n'en reste presque plus une goutte. Nous avions rempli les gourdes au bar de Westward Ho! et pratiquement tout consommé en vingt-quatre heures et maintenant nous étions à une distance considérable du prochain point d'eau, sauf à faire un détour par l'intérieur des terres pour frapper à une porte.

« On continue ? Il semble qu'on va traverser un ruisseau dans les environs de Babbacombe Cliff.

— Je vais essayer. »

Nous sommes péniblement repartis, Moth de plus en plus lent, et moi de plus en plus inquiète. À l'heure où nous avons traversé le lit complètement asséché du cours d'eau, l'après-midi s'était transformé en une fournaise aveuglante. Aucune ombre, pas d'arbres, rien que le plateau de la falaise, la mer et le ciel. À 15 heures, Moth a lâché son sac à dos et s'est allongé par terre.

« C'est fini, je n'en peux plus. Je n'y arrive pas. J'ai des frissons partout.

— Tu crois que c'est une insolation ou que tu es à bout de forces ?

— J'ai envie de rentrer à la maison, de me coucher dans mon lit et de ne plus jamais me réveiller. »

Étendue dans l'herbe à ses côtés, j'ai fixé le ciel. N'y pense même pas. Ne laisse pas cette idée t'effleurer. Je me suis assise, j'ai pris mes lunettes et me suis mise à étudier la carte de Paddy.

« Nous sommes à proximité d'un petit vallon, Peppercombe, je crois que ça s'appelle. Il y a un cours d'eau et des arbres qui nous abriteront de la chaleur. Tu te sentiras mieux si tu te rafraîchis. »

La chaleur s'était accumulée jusqu'à ce que je sente toute moiteur s'évaporer de mon corps et me transformer en parchemin. Impossible de rester là plus longtemps.

« Je ne peux pas.
— Alors je vais te laisser mon sac et partir en reconnaissance. »

Je me suis éloignée. Libérée du poids de mon barda, j'avais l'impression d'avoir des ressorts sous les semelles et des ballons accrochés aux épaules, mais mon angoisse ne m'a pas laissé profiter de la situation. Faites que ce ne soit qu'une hallucination ! Que son état n'empire pas ! Que ce soit seulement l'effet de ce soleil de feu !

L'étroite vallée était bordée d'une rangée d'arbres verts et de buissons jusqu'à atteindre la mer et le murmure du ruisseau. Accroupie au bord de ce miracle d'eau vive, j'ai aspergé ma peau brûlante de sa fraîcheur glacée, persuadée de l'entendre siffler. J'ai bu et bu encore au creux de mes mains avant de remplir la gourde de deux litres à ras bord et de reprendre le chemin de la colline.

« Il faut que tu descendes. Il fait tellement frais sous les arbres, tu te sentiras beaucoup mieux. D'ici une demi-heure tu vas pouvoir boire cette eau, quand le cachet purificateur aura fait son effet. »

Je ne lui ai pas avoué que j'en avais bu un bon demi-litre sans même me poser la question des bactéries.

Nous avons passé l'après-midi à sommeiller sous l'ombre verte jusqu'à ce qu'une boule de poils bondisse dans la rivière, suivie de cinq autres.

« C'est bien, allez vous rafraîchir un peu, les gars ! »

Les maîtres de cette meute d'épagneuls les regardaient depuis le pont, utilement vêtus de costumes de chasse à multiples poches, équipés de chapeaux et de bâtons de marche. Je me suis réjouie d'avoir rempli les gourdes avant ce plongeon.

« Bonjour. Quel après-midi délicieux ! Vous venez de loin ?

— Non, pas trop. Quelle canicule !

— Oui, plutôt, c'est vrai. Et vers où vous dirigez-vous ?

— Land's End. »

Je n'arrivais toujours pas à parler de Poole. Rien que l'idée de crapahuter jusque-là semblait absurde.

« Land's End ? Oh, Land's End… » a répété l'homme de haute taille à l'air si dynamique en adressant un hochement de tête à sa femme.

« On m'avait dit que vous alliez peut-être passer par ici. Nous venons du sud du Devon ; nous rentrons demain, et donc malheureusement, nous ne nous reverrons pas. Dommage, vraiment. Bon, il faut qu'on y aille. J'espère que votre périple vous sera profitable. On y va, les gars ! »

Un raz-de-marée de poils noirs est sorti du cours d'eau pour bondir vers la route, vers les terres.

« Un périple profitable ? On a le don de rencontrer des gens bizarres.

— Pas faux. Descendons vers la plage maintenant, il commence à faire frais sous ces arbres. »

J'ai aussitôt regretté d'avoir quitté le Sentier, parce que le chemin qui conduisait au rivage était très en pente et qu'il nous faudrait donc l'escalader en sens inverse.

Une plage de galets bien lisses, émoussés par la mer, surplombait des rochers noirs qui affleuraient à marée basse. Les pierres encore chaudes ont soulagé nos muscles endoloris quand nous nous sommes assis à l'ombre de hauts arbustes, à l'abri du soleil de cette fin de journée qui piquait encore notre peau recuite. La mer tanguait doucement, plate comme un bain d'huile, semblant hésiter à entamer son inévitable retour. Moth frissonnait, mais il était brûlant, toutes les articulations en feu et l'estomac retourné.

« Et si c'était la fin ? Si j'étais en train d'y passer ?

— Tu n'es pas en train de mourir. C'est sans doute une insolation. En tout cas, ce n'est pas le genre de choses qui te terrassent dans l'après-midi et t'achèvent avant la tombée du jour. »

Savoir que les ténèbres attendaient en embuscade l'avait mis dans un état d'alerte permanent ; chaque bruissement d'herbe devenait un signe du destin funeste qui le guettait. Nous savions que la chute ne serait pas soudaine, que nous marchions sur une pente descendante et qu'il se passerait un certain temps avant d'atteindre la fin. Nous étions néanmoins tous les deux nerveux. J'avais imaginé, durant les jours qui avaient suivi notre départ de la ferme, tandis que nous pliions bagage et préparions nos sacs, que marcher ensemble sur une longue distance nous donnerait la possibilité de réfléchir à la situation. Le temps de parler de ce sentiment de perte que nous éprouvions et le calme nécessaire pour essayer d'affronter un avenir où la DCB non seulement aurait une place mais où la maladie le façonnerait. Dans les faits, je n'avais pas beaucoup réfléchi et nous avions surtout parlé de ravitaillement, de la chaleur ou de la pluie. J'avais péniblement tracé ma route comme si ma tête était dans un sac en papier, sans penser à rien, me contentant de la sortir de là de temps à autre pour la secouer un peu et voir s'il y avait encore quelque chose dedans. Mettre un pied devant l'autre au rythme du vide était étrangement satisfaisant et je ne voulais pas penser. Mais alors que Moth luttait quotidiennement, une idée s'était insinuée en moi : cette randonnée était stupide, je m'étais montrée irresponsable en le poussant à cette aventure hasardeuse. Clairement, son état empirait. Sans cette marche forcée, il ne subirait pas cette torture journalière qui lui broyait les muscles. J'osais à peine consulter le guide ; à en croire les quelques passages auxquels j'avais jeté un coup d'œil, le parcours allait vite devenir plus rude encore. Et si en suggérant cette randonnée insensée, j'avais accéléré la DCB ? Ce serait ma faute. Le médecin n'avait-il pas conseillé à Moth de ne pas se fatiguer, ne pas marcher trop longtemps, éviter les escaliers ? Durant ces jours de planification, j'avais uniquement pensé à quitter le pays de Galles. Il nous fallait nous enfuir, oublier que nous avions perdu notre maison, que notre famille était dispersée aux quatre coins du pays et que Moth était malade. J'ai entendu un jour une conférence de Stephen Hawking qui disait : « C'est le passé qui nous apprend qui nous sommes. Sans lui, nous perdons notre identité. » J'essayais peut-être précisément de la perdre pour m'en inventer une nouvelle.

« Tu as pris ta prégabaline aujourd'hui ? »

On lui avait prescrit ce médicament, non pas comme antidépresseur, mais pour alléger ses neuropathies. Ça semblait marcher, mais j'ignorais si ce produit pouvait soulager la douleur sans effets antidépresseurs. Il paraissait assurément plus absent depuis qu'il en prenait. Moins de douleur, moins de Moth.

« Non, la dernière fois que j'en ai pris, c'était à Baggy Point. J'ai oublié de te demander si tu en avais une autre boîte.

— Non, c'est toi qui les as.

— Eh bien non.

— Oh merde ! Pourquoi tu n'en as pas parlé ? On va devoir en trouver. On peut retourner à pied jusqu'à

Wesward Ho! et ensuite prendre le car pour Barnstaple et voir si ton médecin ne peut pas te faire parvenir une ordonnance. »

Comment avions-nous pu oublier ces médicaments ? En y repensant, je les voyais posés sur un paquet à l'arrière de la camionnette prêts à être rangés dans le sac à dos. Sortis de ma tête après la rencontre avec les anges. Il y avait peut-être une ville pas trop loin à l'intérieur des terres, une pharmacie à proximité, mais on n'en saurait jamais rien. Le magnifique petit guide de Patty Dillon inclut des reproductions des cartes d'état-major qui montrent tout le Sentier de la Côte Sud-Ouest, très complètes et détaillées ; on ne pourrait pas en rêver de meilleures, mais le problème est qu'elles ne couvrent l'intérieur des terres que sur un peu moins d'un kilomètre. Notre monde était devenu cette bande étroite, entre un kilomètre de terre à notre gauche et une immensité liquide à notre droite. Le Sentier traverse de vastes portions de la zone côtière anglaise, et seuls quelques endroits peuvent être considérés comme éloignés mais, sur cette plage, il était aussi clair que l'eau salée qui déferle sur le Bideford Black que la civilisation n'existe que pour ceux qui ont les moyens d'y habiter. On a vite un sentiment d'exclusion quand on n'a pas de toit et les poches vides.

« Ils sont restés dans la camionnette. On peut demander qu'on nous les poste. À Clovelly, par exemple.

— Non, Jan est en vacances jusqu'à la fin août. Comme tu dis, c'est sans doute seulement une insolation. Faisons du thé, mangeons quelque chose et tout ira bien.

— Tu n'es pas censé interrompre le traitement. C'est peut-être les effets du sevrage. Et ça pourrait aggraver ton état. »

Qu'avait dit le médecin ? « Sous aucun prétexte, vous n'arrêtez la prégabaline. » La très longue liste des symptômes du sevrage pouvait inclure maux de tête, nausées, diarrhées, transpiration abondante, et conduire à l'insomnie, l'angoisse, la dépression et le suicide. Enfin, avec un peu de chance.

Moth n'a pas réussi à manger mais, après quelques cuillers de riz, il s'est mis à boire énormément. Ses tremblements se sont intensifiés pendant que nous plantions la tente sur un terrain plat derrière une haie. Il a enfilé le T-shirt propre qu'il gardait au fond de son sac pendant que je lavais l'autre méticuleusement dans un trou d'eau entre les rochers.

Il faisait nuit noire sous la tente et je n'y voyais rien. Pas le moindre rayon de lune pour dessiner les contours de quoi que ce soit. Chaque gémissement, chaque soupir me faisait allumer précipitamment la torche électrique, pour vérifier je ne sais pas très bien quoi. Ce n'était pas comme si j'aurais pu y faire quelque chose de toute façon.

« De l'eau. J'ai besoin d'eau. »

Il n'y avait pas de réseau cellulaire et, vers 4 heures du matin, la batterie s'était déchargée dans le froid. Pour dénicher de l'aide, j'allais devoir le laisser seul et tenter de trouver une maison. Je ne voulais pas le quitter. J'ai allumé la torche, vidant témérairement les piles.

« Cette odeur, cette odeur, une putain d'odeur de merde, d'où ça vient ?

— Je ne sens rien.

— Il y a une odeur, je te dis. »

Moi, je ne sentais que la lessive sur le T-shirt que j'avais lavé.

« Fleur de lotus et melon. Essaie de dormir.

— Ça pue. »

J'ai éclairé tous les recoins de la tente, vérifiant que tout était bien à sa place, le caractère familier de chaque chose apaisant la panique. Au fil des jours sur le Sentier, le dôme vert de la toile était devenu notre maison. Chaque soir, en un rituel précis, nous la remplissions de tout ce que nous possédions. D'abord le matelas autogonflant, puis une mince couverture en polaire par-dessus, ensuite les duvets, nous-mêmes, et enfin les sacs à dos à nos pieds près de l'entrée. Ensuite nous déballions le reste, installant les ustensiles de cuisine sous l'auvent et étendant nos autres vêtements sur le tapis de sol pour circonscrire le froid, avant d'accrocher la torche électrique à un gros mousqueton fixé à un anneau passé dans la fermeture Éclair de l'entrée. Enfin, je préparais le dîner pendant que Moth lisait quelques pages de son minuscule et mince volume de *Beowulf*, le seul livre que nous avions emporté. Est-ce la nature humaine qui veut que nous ayons tellement besoin de rituels ? Est-ce l'instinct qui nous pousse à nous fabriquer un environnement sûr avant de nous autoriser à dormir ? Pouvons-nous jamais vraiment nous reposer sans ce sentiment de sécurité ? En tout cas, c'était tout ce à quoi je m'accrochais, quelque part sur cette côte, en compagnie d'un homme mourant qui accumulait les symptômes de sevrage causés par un inhibiteur du système nerveux central, une substance à la prescription très encadrée aux États-Unis mais toujours pas au Royaume-Uni.

Je me suis blottie contre Moth pour lui tenir chaud et j'ai passé toute la nuit à rallumer et éteindre la torche électrique, m'imaginant deux siècles plus tôt en train de faire des signaux à des contrebandiers pour leur montrer le chemin du rivage. J'ai renoncé à dormir lorsque la première lueur du jour s'est glissée sous la toile verte. Il avait fini par trouver le repos et respirait paisiblement. Je me suis extirpée sans un bruit de mon sac de couchage et j'ai ouvert la fermeture Éclair mais j'ai réussi à trébucher en sortant, cassant une patte du support du camping-gaz au passage. J'avais eu beau faire des signaux avec ma torche : il n'y avait jamais de caisse de rhum à portée de main quand on en avait besoin.

Moth s'est finalement réveillé vers 9 heures, alors que j'étais en train de recoller la patte du réchaud avec un rouleau de sparadrap. Il ne tremblait plus, mais il avait toujours une migraine épouvantable, ses articulations étaient enflammées et sa douleur à l'épaule avait empiré. J'ai préparé deux tasses de thé et je suis allée à la rivière puiser de l'eau. Les tasses de thé bien chaud étaient devenues notre bouée de sauvetage. Au début, les effets apaisants du liquide brûlant sur nos nerfs à vif avaient été précieux. Maintenant le thé venait combler l'absence de nourriture. Je n'avais aucune envie de démonter la tente toute seule et Moth manquait de forces. Si quelqu'un venait nous chasser, je m'en occuperais. Les cuvettes des rochers étaient des bassines idéales pour faire la lessive et j'ai profité de leur présence pour frotter nos vêtements à l'eau et au shampoing. Ils sentaient meilleurs mais, en séchant, le sel les rendait un peu raides et collants. J'ai découpé le legging déchiré au niveau du genou avec des ciseaux à ongles pour en faire un short et j'ai laissé le tout à sécher sur les rochers.

La roche noire du Bideford Black s'avançait dans la mer où elle se divisait comme une langue de terre qui s'étirait le plus loin possible. Dans les étroits interstices de cette masse lisse et brillante, de profonds bassins se formaient. Leur surface réfléchissait les rayons du soleil mais, quand j'ai enfoncé la main pour toucher la roche nue et froide, je n'ai pas trouvé le fond. Le trou se creusait toujours davantage tout en s'élargissant. Ni mollusques ni crabes, mais une fosse profonde et mystérieuse qui cachait peut-être des grottes et des créatures inconnues. Légèrement effrayée par ce que je pouvais avoir sous les pieds, j'ai parcouru la plage pour glaner du bois flotté et allumer un feu parce que la soirée commençait à fraîchir. Je l'ai alimenté doucement tandis que Moth, tout frissonnant, se blottissait contre moi dans son sac de couchage. Nouvelle nuit de piles gâchées.

Arpentant la plage dans la lumière de l'aube, j'ai commencé à ramasser du bois flotté pour faire du feu. Sur l'herbe coupante au sommet des rochers, parmi les touffes d'armérie maritime, j'ai découvert une cabane de fortune façonnée à l'aide de planches de bois et de morceaux de plastique délavés par la mer. Quelqu'un avait installé des bancs à l'intérieur et accroché des algues aux parois. J'étais en train de jouer les femmes d'intérieur, disposant quelques coquillages décorés avec les algues, quand Moth s'est avancé précautionneusement sur les rochers vers moi, deux tasses de thé en équilibre instable dans les mains. Je les ai prises et nous nous sommes installés dans la cabane.

« Bienvenue, Ray. Que dis-tu de notre nouvelle maison ?

— Magnifique ! J'avais toujours rêvé d'un endroit plein de lumière avec vue sur la mer.

— Est-ce qu'on ne devrait pas rentrer au pays de Galles, camper quelque part et supplier la municipalité de nous trouver un toit ? Ou bien rester là, agrémenter la cabane et vivre sur la plage ? Je veux dire qu'il va bien falloir penser à ce qu'on va faire par la suite. »

La grande question non dite : qu'allions-nous faire ?

« Je ne sais pas. »

Nous sommes restés à l'abri de la cabane, à l'ombre d'une haie, à observer un groupe de tourne-pierres ; de jolis petits échassiers, au corps compact, au jabot blanc et au dos brun et moucheté qui sautillaient sur leurs pattes orange et grêles entre les rochers noirs et les algues. Leurs robustes becs pointus soulevaient rapidement les pierres pour dénicher de quoi se nourrir. Ils étaient sûrement en route vers le sud ou le nord, à moins qu'il ne s'agisse d'oiseaux qui, hors de la saison de reproduction, s'attardaient là jusqu'à la fin de l'été. Nous sommes restés flâner en leur compagnie. Moth, perclus de douleurs et frissonnant dans son duvet, somnolait par à-coups au soleil, pendant que je ramassais encore du bois flotté et des algues sèches pour refaire du feu. Au coucher du soleil, nous nous sommes aperçus que nous ne pouvions plus voir le pays de Galles dans le lointain. Il avait disparu sans que nous nous en soyons rendu compte. La seule terre en vue était l'île de Lundy, de plus en plus proche. Le feu s'était transformé en braises et le pays de Galles s'était évanoui ; nous étions seuls sur une plage du Devon, nous n'avions pas de maison, aucun espoir d'en avoir une un jour, il ne nous restait que le Sentier et nos pieds pour l'arpenter.

Moth a geint toute la nuit, ses douleurs articulaires empirant, jusqu'à ce qu'il finisse par sombrer dans un sommeil profond. L'enfer du manque de prégabaline était-il terminé ? Allongée à ses côtés, je l'ai observé longtemps et puis, mes paupières aussi se sont fermées. Il s'est réveillé vers midi, plus alerte, un peu plus vaillant, il a mangé une barre de céréales et s'est déclaré prêt à reprendre la route.

« On ne peut pas rester ici éternellement. Nous n'avons de provisions que pour une journée de plus. Marchons vers Clovelly. On pourra certainement faire des courses là-bas. Ça ne peut pas faire plus de sept, huit kilomètres. »

Nous sommes remontés de la plage et avons repris le chemin qui s'élevait et redescendait par saccades ininterrompues. Moth s'est vite senti épuisé. La petite boutique de Bucks Mills avait fermé dix minutes avant que nous y arrivions, et donc, nous nous sommes enfoncés dans les bois. Nous n'avions pas parcouru la moitié de la distance qui nous séparait de Clovelly qu'il nous a fallu nous arrêter. Un carré vert entrevu à travers les arbres nous a poussés à franchir les broussailles, à jeter nos sacs par-dessus un grillage électrifié et à nous glisser dessous en rampant pour atteindre un coin d'herbe luxuriante légèrement en contrebas du champ, ombragé sur trois côtés par des arbres, où personne ne risquait de nous surprendre. Nous avons monté la tente et, désespérément affamés, avons avalé notre dernière ration, ne gardant que quatre biscuits écossais pour le petit-déjeuner. Peu importait : nous allions atteindre Clovelly le lendemain.

7

AFFAMÉS

Assise dans la lumière douce teintée de rosée d'un nouveau matin ensoleillé, j'avais préparé une tasse de thé et je m'apprêtais à y tremper le dernier biscuit. Mes jambes me démangeaient sous mon nouveau short, sans doute à cause de la lessive à l'eau de mer.

« Moth, je nous ai fait du thé. »

Pour être honnête, mes jambes me piquaient de plus en plus.

« Incroyable ! Regarde un peu tes jambes, c'est dingue ! »

Nouvel accès de délire ? D'accord, j'ai plutôt de belles gambettes mais pas de quoi se relever la nuit non plus.

« Tu as vu ces coccinelles ? »

À la place des couches de sel habituelles, mes jambes étaient couvertes de coccinelles. Je me suis mise debout : j'en avais sur tout le corps. En fait, elles pullulaient. Sur la tente, sur le réchaud, et à peine sorti de son abri, sur Moth aussi. Leurs pattes minuscules tendues vers le ciel quand elles s'envolaient pour aller se poser à nouveau sur nos bras en quête de leur petit-déjeuner. Une vie entière passée dans la nature m'avait appris que la coccinelle adulte pond par centaines, de préférence dans les zones infestées de pucerons si bien qu'à l'éclosion les nouveau-nés ont de quoi se nourrir à portée de pattes. Mais là, elles étaient vraiment spéciales et ces petites merveilles rouges et brillantes, trop nombreuses : il devait y avoir une raison. Un message nous était adressé. Nous sommes restés là dans le petit matin à regarder ces centaines de créatures minuscules déployer leurs ailes pour la première fois et décoller de nos doigts pour s'envoler. Pas question d'avoir une attitude rationnelle à leur sujet : je me suis accrochée au mythe de la coccinelle porte-bonheur qui m'a transportée dans une brume de lumière rose et mouchetée. J'ai contemplé la même aura qui montait du corps de Moth et j'ai décidé de croire aux miracles.

« Tu sais, je me sens plutôt bien ce matin.

— Grâce aux coccinelles ?

— Non, je crois que c'est parce que je ne prends plus ces satanés médocs. J'ai l'impression d'être sorti du brouillard. C'est assez douloureux, mais je vais voir si je réussis à m'en passer. Je prendrai quelques ibuprofènes, mais c'est tellement bon de se sentir différent, lucide à nouveau. En route pour Clovelly, allons chercher quelque chose à manger, je meurs de faim.

— Moi je continue à croire que c'est grâce aux coccinelles. »

Le temps a brusquement changé et il a commencé à pleuvoir sans relâche entre les arbres. La chaussée de gravier de l'Hobby Drive sinuait inlassablement sur des kilomètres et semblait ne jamais atteindre Clovelly. Tout nous rappelait notre fringale : même les vols de faisans qui picoraient du grain dans des mangeoires en lisière du bois. Nous avions sans arrêt faim depuis une semaine, mais là, j'avais de vraies crampes d'estomac et la tête me tournait. Est-ce qu'on pouvait faire bouillir le grain destiné aux faisans ?

Clovelly est administrée comme un domaine privé, toutes les maisons appartenant à la même entreprise qui les loue, et contrôlée par les héritiers de la famille qui la possède depuis bientôt trois cents ans. La ville est connue pour ses rues pavées qui descendent en pente abrupte jusqu'au port, bordées par ses cottages si pittoresques. Elle n'était toujours pas en vue, et la succession de bois et de faisans paraissait interminable.

« L'acteur qui joue dans ce film habite là. Sa femme est morte de cette terrible maladie neuromotrice, tu te rappelles ?

— C'est vraiment triste, mais quel acteur ?

— Tu te souviens de ce film qui raconte un périple de Land's End à John o'Groats ? Mais les protagonistes ont des domestiques et une maison, ils ne font pas la randonnée à pied. Je ne veux pas mourir dans une tente, moi !

— Pas question que tu meures dans une tente. Tu penses qu'il aimait vraiment marcher ou que c'était seulement pour le film ? »

Je me suis rendu compte que j'enviais l'acteur en question. Pas parce qu'il avait perdu la femme qu'il aimait, mais pour avoir conservé leur maison, pleine des souvenirs de leur vie commune. Il pouvait fermer les yeux et se l'imaginer en train de lire dans son fauteuil ou de regarder par la fenêtre. Moi, qu'allait-il me rester ?

« Tu crois que nous sommes masochistement occupés à faire comme si nous avions encore un toit ? Encore un but dans la vie ? »

Les faisans s'envolaient à notre approche et se rassemblaient à nouveau derrière nous. La faim nous tenaillait maintenant, et j'avais la migraine.

« Mais oui, bien sûr. »

Moth s'était arrêté, ébloui par ce qu'il venait d'apercevoir.

« Qu'est-ce que c'est, bon sang ? Dis-moi que ce n'est pas encore une hallucination ?

— Non, c'est bel et bien un énorme dindon.

— Et que fabrique ce gros dindon gris dans la forêt avec les faisans ?

— Pas la moindre idée.

— Je sens comme une odeur de voitures ; on doit être presque arrivés. »

Nous avons contourné la pancarte annonçant que l'entrée au village était payante – six livres cinquante par personne – et nous avons dévalé les pavés de la rue principale de Clovelly, le poids de nos sacs décuplant notre élan. L'épicerie n'en était pas vraiment une, plutôt un fourre-tout pour touristes qui vendait surtout des glaces et des bonbons.

« Si vous voulez manger, il faut aller au pub ou à l'office du tourisme. »

Nous avons continué vers le port et nous sommes assis sur un banc dans la bruine qui reculait peu à peu.

« Ils nous feront peut-être du cash-back au pub si on partage une assiette de frites ? »

Un adolescent boutonneux est passé sous l'arche en pierre du port, vêtu de noir comme s'il allait prendre son service dans un bar. Il mangeait un énorme friand. J'avais tellement faim que j'ai songé à tendre la main pour récupérer les miettes de pâte feuilletée avant qu'elles atteignent le sol. C'était un gamin, ça lui serait égal.

« Mon garçon, où as-tu acheté ce friand ? On n'a rien trouvé dans la boutique. »

Il a eu l'air plutôt surpris qu'un clochard quinquagénaire et nauséabond lui adresse la parole et nous a dévisagés un long moment en continuant à mâcher.

« Ils en vendent à l'office du tourisme.

— On pensait aller au pub. Les prix sont raisonnables ?

— Non. C'est là que je travaille. Ils font payer des fortunes aux clients. Même à moi. C'est pour ça que je vais toujours à l'office du tourisme pour m'acheter un friand avant de commencer mon service. En fait, aussi à cause de la fille aux cheveux roses qui les vend, a-t-il ajouté en souriant.

— Pas très sympa pour toi, mon garçon. Merci pour le tuyau. C'est pas facile de trouver un pub abordable dans les parages. »

Le jeune homme semblait se sentir proches de nous et il s'est perché sur le banc voisin.

« À qui le dites-vous ! Pas question d'enrichir les bourges du coin d'un seul penny ! Ils ont les poches assez pleines comme ça. C'est comme ça par ici. Tout appartient au Monsieur sur sa colline.

— Tu ne t'y plais pas trop, alors ? J'aurais cru que c'était un endroit agréable à habiter.

— Moi, je suis plutôt le mauvais garçon du village prospère. Je pars bientôt à l'armée. J'ai fait mon temps dans ce bled.

— Il doit pourtant y avoir quelques bons côtés. Je veux dire, c'est vraiment joli, et puis il y a la fille aux cheveux roses.

— Non, elle me calcule pas de toute façon. Je fais quand même de temps en temps un peu de rabattages : les gars du domaine sont cool.

— Ah, tu chasses ? Parle-moi un peu des dindons.

— Quoi ? Les dindons qui sont dans la forêt ? C'est rare de les voir. Les gens d'ici en élèvent parce qu'ils encouragent les faisans à s'approcher pour se nourrir, et à la chasse de Noël, il y a un prix pour celui qui dégomme le dindon. Comme ça, ils abattent eux-mêmes la volaille qui atterrit dans leur assiette et ils gagnent une bouteille de whisky en prime. Ils nous donnent cinq livres pour une journée entière à rabattre. Bon, en tout cas, il faut que j'y aille. Profitez bien de votre rando.

— Bonne chance pour l'armée. »

Je craignais qu'il ne fasse que troquer une hiérarchie contre une autre, mais il semblait que la vie lui avait donné les moyens de résister.

Nous étions pratiquement sur les rotules lorsque nous avons atteint le sommet de la colline et l'office du tourisme. Je n'avais mangé qu'un biscuit de la journée et j'étais tout étourdie.

La cafétéria semblait prometteuse et nous avions de l'argent sur notre compte. Nous avons mis nos imperméables à sécher sur des dossiers de chaise et nos téléphones à charger avant de commander ce qu'il y avait de moins cher au menu. La fille aux cheveux roses nous a regardés d'un air désolé et nous a expliqué qu'ils venaient de fermer et qu'elle n'avait plus le droit de rien vendre.

« Est-ce que vous pouvez nous donner un pichet d'eau chaude ?

— Je sais pas trop… a-t-elle dit en jetant un coup d'œil par-dessus son épaule. Allez, d'accord, si vous mettez une petite pièce dans la tirelire à pourboires.

— On pourrait peut-être vous acheter deux friands ? On fait le Sentier de la Côte et on n'a plus rien à manger. On pensait pouvoir trouver quelque chose à la boutique mais…

— Non, non, vous ne pouvez rien acheter ici. Je ne peux rien vendre après la fermeture. Allez vous asseoir, je vous apporte votre eau. »

Nous avons attendu sagement, la vapeur d'eau s'échappant de nos vêtements.

« Qu'est-ce qu'on va faire ? Il faut qu'on trouve à manger. »

La table voisine avait été libérée par une famille et des assiettes de salade intactes étaient encore sur la table. J'étais en train de prendre mon courage à deux mains pour en déplacer deux vers la nôtre quand la fille aux cheveux roses s'est approchée.

« Il faut seulement que vous attendiez que le patron s'en aille. Alors je pourrai vous donner deux friands à emporter. Je suis censée jeter les invendus, mais c'est un vrai gâchis, autant que vous les preniez. Je peux pas vous laisser partir comme ça sans manger. J'aurais l'impression de laisser ma grand-mère crever de faim dans un buisson. Ça serait vraiment moche. »

Sa grand-mère ? Je ne devais décidément plus avoir l'air très fraîche.

« Merci, c'est vraiment très gentil. »

Je pouvais peut-être faire quelque chose pour elle en échange.

« On a rencontré des gens très accueillants par ici, notamment le jeune homme qui vous achète des friands et qui travaille au pub… Très sympa, la langue bien pendue.

— Je sais, mais il part à l'armée. Je voudrais vraiment qu'il ne parte pas.

— Vous devriez peut-être le lui dire. On ne sait jamais. Il ressent peut-être la même chose.

— Vous croyez ?

— J'en suis sûre. »

Nous sommes repartis avec un sac de friands et nous avons acheté quatre paquets de fudge et une bouteille de cidre de poire brassé dans la boutique de souvenirs avant de quitter les lieux. Nous avons payé avec la carte bancaire pour obtenir du cash-back.

Le garçon rencontré sur le port me hantait. Je comprenais comment il se sentait étranger dans ce village. Ayant grandi en tant que fille de métayer dans un grand domaine agricole, je n'avais pas eu besoin de lui demander qui était le « Monsieur ». Enfant habituée à voir les gens du village « toucher leur chapeau » quand ils croisaient le propriétaire et le traiter, ainsi que tous les siens, avec un respect déférent, je sympathisais avec son mépris. C'est cette enfance qui m'avait poussée à rejoindre les rassemblements socialistes, à manifester contre la *poll tax*[1], à protester contre les ogives nucléaires américaines à Greenham Common, à me politiser de façon générale. Lorsque mes parents avaient tenté de m'arranger un mariage avec le fils d'un propriétaire terrien, c'est un sentiment de révolte contre l'establishment et toute forme de contrôle qui m'avait poussée à me précipiter dans les bras de Moth qui considérait que la liberté est notre droit le plus fondamental. Ma mère ne m'avait jamais vraiment pardonnée d'avoir refusé le confort d'une vie mariée à un homme qui possédait plusieurs hectares et, jusqu'à sa

1. Impôt locatif forfaitaire par tête instauré par le gouvernement Thatcher en 1989. Jugé très inégalitaire notamment pour les foyers les plus modestes, cet impôt provoqua des manifestations et des émeutes appelées « *the poll tax riots* » le 31 mars 1990 à Trafalgar Square, à Londres.

mort, elle n'a jamais accepté de reconnaître la valeur de Moth. En traversant les bois dans la lumière déclinante du soir, les senteurs acides des sous-bois humides dans les narines, je l'entendais presque rire de moi.

« Je parie que tu regrettes, maintenant, ma fille ! »

Non, maman, je ne regrette rien.

Le sentier suivait la lisière des bois et remontait jusqu'à une vaste étendue de prairies, les cônes de treillis métalliques autour des jeunes plants signalant qu'il s'agissait d'un parc à cerfs. Les lumières de la grande maison brillaient dans le lointain.

« Tu crois que Monsieur est en train de se changer pour le dîner ? ai-je demandé, imaginant déjà un bon feu dans l'âtre et des vêtements secs.

— Tu es envieuse, c'est tout.

— Non, vraiment pas. Pourquoi ne pas camper ici ? L'endroit m'a l'air parfait.

— Pas la peine de prendre de risque. Il y aura forcément un régisseur en Land Rover qui viendra nous faire décamper aux aurores.

— Alors il faudra seulement qu'on se lève de bonne heure. »

Les chouettes ont ululé avec ostentation toute la nuit. L'herbe était douce et le terrain bien plat, mais je n'ai pas réussi à fermer l'œil. J'ai essayé de les compter, il devait y en avoir quatre ou cinq, à moins que ce ne soit la même qui vole d'arbre en arbre. Si confortable que soit la grande maison du Monsieur, lui n'avait pas cette chance : il n'entendait pas battre les ailes d'une chouette entre les branches des chênes, ni ses serres griffer l'écorce d'un hêtre. Il ne sentait pas le parfum sucré des orties ou l'odeur âcre des ajoncs quand il posait la tête sur un oreiller. Mais bien sûr, il avait un oreiller, lui.

Lorsque j'ai fini par me réveiller, Moth était déjà debout, il griffonnait une note sur une feuille de papier.

« Qu'est-ce que tu fais ?

— J'écris un mot de remerciement. Qu'est-ce que tu en penses ? »

J'ai pris mes lunettes rangées dans ma chaussure et j'ai déchiffré le message sur le papier froissé. *Cher Monsieur, merci pour une nuit très agréable passée dans votre parc à cerfs. Je ne manquerai pas de parler à tous mes amis de votre hospitalité.*

« Je compte le glisser dans le goulot de la bouteille de cidre et la placer dans un cône en treillis. Ils ne pourront pas ne pas le trouver.

— Que fais-tu de "Ne laissez aucun déchet" ?

— Ce n'en est pas un. C'est un mot de remerciement. »

Huit heures et demie. Nous ne nous étions jamais levés aussi tôt. Nous avons chassé les coccinelles de la tente et décampé.

8

LE BOUT DU MONDE

Quand on est étendu au soleil sur l'herbe délicieusement brûlante, qu'on a parcouru six kilomètres avant le déjeuner et cueilli des baies de sureau aux branches de l'arbuste, la vie de vagabond a ses avantages. Lundy nous faisait face ; nous marchions vers elle depuis plusieurs jours et bientôt nous l'aurions dépassée. Sur l'autre versant du vallon que nous venions de traverser, les bois étaient graduellement remplacés par de hautes fougères et la pente abrupte conduisait à un cours d'eau parmi tant d'autres avant de remonter jusqu'au point où nous nous trouvions. Deux petites silhouettes avançaient à grand-peine entre les ajoncs, les fougères et les orties de l'autre côté, et nous nous sommes offert le luxe de notre divertissement favori : regarder d'autres marcheurs commettre les mêmes erreurs que nous. Les deux inconnus ont vite disparu de notre champ de vision et nous avons attaqué une tablette de fudge. Du fudge au petit-déjeuner, au déjeuner et sûrement encore au dîner. Nos vêtements malodorants et imprégnés de sueur avaient séché et il était temps de reprendre la route. Ensuite, un spectacle rare. Deux randonneurs sont apparus sur la crête de la colline. Des randonneurs avec des sacs à dos rebondis qui semblaient engagés dans une longue marche. Les deux jeunes gens se sont arrêtés quelques minutes pour poser les questions d'usage sur notre destination.

« Land's End ? Génial, voilà de vrais randonneurs. »

Ils ont détaché leurs sacs et les ont posés à côté d'eux sur l'herbe.

« Au fait, on vous a déjà vus. Vous campiez près du Great Hangman. Comment vous avez réussi à nous doubler, sans rire ? »

Bonne question. Ils ont fouillé dans leur barda, rempli dans le plus parfait désordre, typique des jeunes gens, leurs affaires elles-mêmes fourrées dans des sacs de supermarché qui débordaient de chaque poche. Les bretelles de leurs sacs avaient été réparées avec du papier à bulles et leurs matelas, attachés par de la ficelle.

« Vous avez campé où la nuit dernière ? Nous, on n'a rien trouvé et on a fini sur la pelouse de l'office du tourisme.

— Le parc à cerfs. C'était super, mis à part les chouettes. Mais je croyais me rappeler que vous étiez quatre au Great Hangman.

— Exact. Le premier a déclaré forfait à Woolacombe, alors on a passé deux jours là-bas. Et le deuxième vient juste d'abandonner sur la falaise de Greencliff. Il faisait tellement chaud, il n'a pas supporté. On l'a raccompagné jusqu'à Westward Ho!, puis on a pris le car pour Barnstaple, on lui a dit au revoir là-bas, on a fait le plein de provisions au supermarché, retour à Westward Ho! en car, et on s'est refait Greencliff.

— Greencliff, c'est un vrai cauchemar. On a failli abandonner là-bas. Quelle bonne idée de vous arrêter au supermarché. À Clovelly, on n'a rien trouvé à manger à part quelques friands et du fudge.

— Un peu plus haut, on a perdu le Sentier et on s'est retrouvés empêtrés dans les ronces. »

Il a retiré ses chaussettes pour examiner ses ampoules et retirer des épines de ses chevilles.

« Oui, on vous a aperçus. »

C'était tellement agréable d'être en compagnie de ces deux jeunes, si insouciants et sans idées préconçues, qui semblaient pleinement profiter de la vie. J'ai eu un petit coup de mou en songeant à mes enfants, le même âge, la même légèreté. J'ai ravalé mes larmes, nettoyé ses plaies avec des lingettes antiseptiques et lui ai posé des pansements anti-ampoules.

Nous avons bavardé pendant une heure sous le soleil de feu, échangeant des anecdotes sur le Sentier qui nous unissaient dans une familiarité chaleureuse. Josh et Adam étaient partis de Minehead quelques jours après nous, et leurs divers détours et notre lenteur conjugués nous avaient fait nous retrouver là au même moment. Le lendemain, ils arriveraient à Bude et entameraient le chemin du retour. Nous serions alors quelques pas ou quelques kilomètres plus au sud et nous ne les reverrions sans doute jamais. Mais ce n'était pas ce qui comptait.

« Vous allez vraiment jusqu'à Land's End ? J'aimerais tellement avoir le temps. On est censés déménager dans trois jours.

— Oui, et la petite copine d'Adam avait cru qu'il partait seulement pour une semaine. Tu vas passer un sale quart d'heure, mec !

— Bah, on s'en fout. Elle s'en remettra.

— Oui, j'en suis sûre. Nous, on va peut-être pousser jusqu'à Poole si on y arrive. »

Cela semblait terriblement loin, mais rien que prononcer son nom rendait la ville un peu plus proche.

« Vous êtes de sacrés veinards ! »

On a échangé des sachets de café en poudre contre un paquet de couscous et on leur a dit au revoir. Quand ils ont disparu, on s'est mis lentement en route dans leur sillage. Main dans la main sous le soleil impitoyable de ce milieu d'après-midi. Sans abri, mourants, mais de façon bizarre, malgré la transpiration, malgré la déshydratation, timidement, involontairement heureux. *De sacrés veinards*.

Hartland Point fait la joie des géologues. La roche sur cette côte ne cesse de se métamorphoser, mais à Hartland Point davantage que nulle part ailleurs. Les strates de sédiments qui se sont formées dans des mers peu profondes il y a trois cent vingt millions d'années se composent de couches de sable, de shale et de boue calcaire lithifiée. Il y a deux cent quatre-vingt-dix millions d'années, lorsque la plaque tectonique du Gondwana est remontée du sud et est entrée en collision avec la Laurasie plus au nord, elles se sont heurtées dans un immense surgissement rocheux connu sous le nom d'orogenèse varisque. Ce choc a créé des montagnes au Portugal, en Espagne, en Cornouailles, dans le Devon et dans toute la partie sud-ouest du pays de Galles et de l'Irlande. Les falaises de Hartland Point s'étagent en nervures de grès qui prennent la forme de plis rocheux à l'aspect de chevrons. Un mouvement tellurique vieux de plusieurs millénaires encore visible et toujours vivant sous nos pieds.

Tout ce que je voyais, c'était un ballon de football piqué sur un bâton. Un gigantesque ballon dans le ciel qui nous faisait face. Piqué sur un bâton.

« Calme-toi, Ray. C'est une station radar, le guide en parle. Elle sert au contrôle aérien.

— Il faut que je m'assoie.

— Tu as mangé trop de fudge ? Je crois que tu fais une surdose de sucre. Ce qu'il te faut, c'est un vrai repas. Mais on ne va rien trouver avant l'hôtel de Hartland Quay. Donc pas avant plus de quinze kilomètres. Je ne suis pas sûr qu'on en soit capables.

— Ça va aller. On a encore une demi-tablette de fudge et un paquet de couscous. »

J'ai toujours aimé les guirlandes avec des fanions. Celles qui décorent les joyeux goûters d'enfants dans les jardins et égaient les campings. Mais les guirlandes qui pendaient de l'auvent du minuscule café au refuge de Hartland Point étaient les plus jolies que j'aie jamais vues. Une oasis de fanions. Des guirlandes de fanions accrochées avec cœur. La promesse de bonnes choses à manger. Découvrir une source de ravitaillement inattendue, c'est comme vous rendre compte brusquement un matin au réveil que c'est votre anniversaire.

« Est-ce qu'on peut dépenser quatre livres chacun pour un panini ou tu préfères qu'on en partage un ? »

Réponds « un chacun », s'il te plaît, Moth !

« Non, tu as besoin de manger et qui sait quand et où nous pourrons renouveler nos provisions. Un chacun. »

La mozzarella, le basilic et les tomates se fondaient en un véritable paradis battu par les rafales dans un tourbillon de mouettes. Assise dos au ballon de football, le vent me fouettant le visage, je regardais par-delà l'extrémité du canal de Bristol la naissance de l'étendue infinie de l'océan Atlantique. Il est sauvage, ce bout du monde, les marées, les vents et les plaques tectoniques s'y entrechoquent dans le tumulte d'un chaos élémentaire. C'est le lieu de tous les commencements, de toutes les fins, un lieu de naufrages et d'éboulements. L'air s'engouffrait dans le mirador près des balustrades et se soulevait, régénéré, en une gerbe d'embruns froids. Je volais moi aussi, emportée par la force des bourrasques. Vivants, nous étions vivants.

« On continue ? »

Quelque chose est en train de changer, quelque chose se prépare. Je ne sais pas encore quoi, mais je le sens venir. Nous avons tourné à gauche et mis le cap au sud. Je gardais les yeux rivés sur la mer, évitant soigneusement de regarder le ballon de football.

Montées et descentes se succédaient. Les arbres avaient disparu, la végétation se faisait plus rase : opiniâtrement enracinée dans une fine couche de terre, elle résistait au déchaînement des forces de l'Atlantique. Les promontoires plongeaient régulièrement dans des vallons où coulaient de petites rivières. Deux formations rocheuses, baptisées La Vache et Le Veau, bien qu'elles ne ressemblent à aucune vache ni à aucun veau qu'il m'ait jamais été donné de voir, sont devenues pour nous des amies avant de se fondre peu à peu dans notre dos tandis que de nouvelles falaises ne cessaient d'apparaître devant nous. Le soleil s'est couché derrière un voile de nuages bas et le jour est tombé peu à peu tandis que nous atteignions un plateau d'herbe rase au sommet d'une falaise balayée par le vent. L'arche d'une tour en ruine capturait la lumière déclinante qui dessinait les contours du clocher de Stoke Church. Nous avons envisagé de camper au pied de la tour, en espérant qu'elle nous protège du vent mais, dans le noir, il était difficile de mesurer si elle était encore assez stable. Nous avons donc résolu de planter la tente face aux vents de l'Atlantique dont les rafales déferlaient sur le plateau, trop fatigués pour nous en soucier.

Le vacarme d'une pluie torrentielle m'a réveillée en sursaut. Les gouttes tambourinaient sur la toile tendue. J'avais l'impression d'avoir du sable dans les yeux, j'étais encore dans le brouillard du sommeil, mais je me suis rendu compte que la pluie venait du sud. Elle aurait dû venir du nord, ou de l'ouest, depuis la mer et donc, marteler l'entrée de la tente. Brusquement, elle s'est arrêtée. Un véritable déluge inondait la tente par l'arrière, et puis soudain, plus rien. Bizarre. J'ai passé la tête à l'extérieur pour regarder les étranges nuages qui devaient filer à toute allure. Il n'y en avait aucun. Le soleil commençait à peine à poindre sur l'océan, effaçant les limites entre l'eau et le ciel dans la lumière bleu pâle du petit matin. Ce n'était pas un nuage. J'ai aperçu le responsable de l'averse soudaine qui s'éloignait en trottinant, un sourire satisfait sur son visage émacié. Au bout de la laisse, le chien qu'il promenait paraissait tout aussi fier de son mauvais coup. J'avais le choix entre me préparer une tasse de thé et nettoyer la pisse de la tente : nous n'avions pas assez d'eau pour ces deux opérations. J'ai choisi le thé en espérant que les taches sécheraient vite.

Un matin de lente ascension, harassante pour les jambes, nous a confirmé que Paddy Dillon est sans doute surhomme. En fait, je suis convaincue qu'il a appartenu aux forces d'élite de l'armée britannique, mange des algues crues au petit-déjeuner, court un marathon quand il n'y a rien à la télévision et porte des pyjamas de camouflage vert olive. Il a l'air de penser que nous en sommes au neuvième jour, alors que c'est notre dix-septième, qu'il est tout à fait possible d'arpenter les vingt-quatre kilomètres de la plus « spectaculaire » mais aussi la plus rude étape du Sentier et d'avoir encore la force d'admirer les chutes d'eau. Il précise que ce parcours peut être « assez fatigant » quand il pleut ou qu'il vente. On dirait qu'il parle d'une promenade au parc par une belle journée ensoleillée. Au moins, il y avait d'innombrables ruisseaux où nous pouvions remplir nos gourdes. Il a raison quand il parle du paysage le plus « spectaculaire ». Immenses promontoires dénudés, rochers déchiquetés et rongés par les vagues, une ligne côtière qui va de Hartland Point à une tache grise à peine visible à l'horizon : un paradis pour les contrebandiers. La température ne cessait de monter. Sur les plateaux au sommet des falaises sans ombre aucune, mes joues ont commencé à se parcheminer et mon troisième nez a commencé à apparaître sous les deux autres complètement pelés.

Parvenus après une descente abrupte dans un vallon ombragé, et une fois franchi un pont de bois, nous avons été inopinément accueillis par un panneau sur lequel on lisait « Bienvenue en Kernow », le nom local des Cornouailles. Nous avions arpenté toute la côte nord du Devon et une nouvelle contrée s'étendait désormais à perte de vue vers l'ouest. Le soir tombait quand nous sommes arrivés dans un autre vallon. Sur le versant d'en face, la montée paraissait si escarpée que, sans discussion, nous avons planté notre tente dans un petit carré d'herbe près d'un cours d'eau et nous sommes accordé une sieste d'une demi-heure. Huit kilomètres et six carrés de fudge plus loin, la journée était terminée. J'ai laissé Moth occupé à farfouiller dans son sac et j'ai suivi le ruisseau jusqu'à ce qu'il chute brutalement de deux mètres de haut avant d'entamer une descente en pente douce entre les rochers et la mer. Je me suis débarrassée de mes vêtements trempés de sueur et couverts de poussière et, caracolant entre les pierres, j'ai gagné la partie basse et me suis offert une douche glacée sous la chute d'eau qui tombait de la corniche. J'avais pris un bain de mer à Peppercombe, mais n'avais pas connu d'eau claire depuis Combe Martin, onze jours plus tôt. Le sable, le sel et une puanteur répugnante noyés dans la mer. Tout mon corps pelait, ma peau était rouge et brune, elle s'était transformée en cuir sur mes bras et mes joues et j'avais les jambes gonflées et écarlates. Mes cheveux ressemblaient à l'herbe drue et épaisse qui pousse au sommet des falaises, et mon gros orteil avait perdu la moitié de son volume et doublé de largeur, littéralement écrasé par les renforcements de mes chaussures de marche. La falaise s'avançait dans la mer sous la forme d'un éperon rocheux déchiqueté qui protégeait la rivière de la violence des courants et créait un bassin d'eau tranquille. Derrière une faille dans la ligne noire des rochers, le soleil paraissait suspendu en l'air, comme si quelque chose l'empêchait de couler dans la mer. Les vagues blanches d'écume se brisaient sur l'éperon des écueils et se glissaient épuisées dans la baie. J'ai escaladé la pente en sens inverse pour reprendre mes vêtements, veillant à ne croiser personne. Alors que j'enfilais mes haillons raides de crasse, j'ai cru entendre le compte rendu d'un match de cricket. De fait, devant la tente, Moth s'était étendu par terre, les pieds posés sur un rocher, une tasse de thé à la main, et il écoutait la petite radio dont j'aurais juré que nous l'avions laissée au garde-meubles.

« Comment tu as pu porter ce poste depuis si longtemps ? Il pèse autant qu'un paquet de sucre ! Non, la question c'est plutôt “pourquoi ?”.

— Pour suivre les matchs de cricket.

— Je vois. »

Je me sentais gênée. Ce transistor me paraissait déplacé, comme un intrus dans l'espace naturel qui était devenu notre nouvelle réalité.

« Alors, on en est où ?

— Il reste cinq overs à jouer. Mais il ne fait peut-être plus assez jour, ils en discutent en ce moment. On va sans doute aboutir à un match nul. C'est dommage. On tenait presque la victoire. »

Allongés dans l'herbe près de la tente, nous regardions les nuées de mouettes tournoyer en attendant que l'Angleterre remporte le tournoi des Ashes, mais il nous a fallu nous résoudre au match nul, et Jonathan Agnew, le commentateur, a déclaré, tout excité, que c'était vraiment « une honte ».

Le jour était presque tombé et les mouettes continuaient d'affluer en lançant de longs appels paisibles, rien à voir avec cette fanfare de cris rauques et éraillés qu'elles poussent durant la journée.

« Où crois-tu qu'elles vont ? »

Nous les avons observées tandis qu'elles fondaient au-dessus de nos têtes jusqu'à la corniche, puis descendaient en piqué vers la baie en rejoindre des centaines d'autres qui s'étaient posées sur les eaux calmes du bassin, protégées par l'éperon rocheux.

« Elles dorment sur l'eau. Elles s'y sentent à l'abri.

— Aucun danger ne les guette ici. L'endroit est sûr. J'y vivrais bien si je pouvais. »

Moth a marqué une pause.

« Quand ce sera fini, tu pourrais me ramener ici, si tu le souhaites.

— Qu'est-ce que tu veux dire ? Quand on aura terminé notre randonnée ?

— Non. Quand tout sera fini. »

Ses mouvements déplaçaient l'air autour de moi. J'ai senti au-dessus de ma peau la forme de son corps dans la lumière qui déclinait.

« Si on allait nager ? »

Au large, la mer était fraîche, mais des poches d'eau avaient conservé la chaleur de la journée. Flottant dans l'obscurité, Moth a nagé vers les silhouettes grises qui tanguaient doucement et dansaient dans un silence presque total. Le reflet de la lune s'attardait parfois sur leurs têtes blanches qui se tournaient vers lui avec une curiosité tranquille. Nous sommes restés en apesanteur dans l'eau salée alors que peu à peu tout se fondait dans l'obscurité. Il ne restait plus que la mer, la lune et ces fantômes bruissants qui se partageaient les ténèbres.

Les mouettes se laissaient bercer par le rythme bleu nuit mais la fraîcheur humide nous a poussés à regagner notre tente. Rien ne finira jamais. Nous ne finirons jamais.

TROISIÈME PARTIE
LE GRAND FETCH

« Souvent, pour son courage indomptable,
le destin épargne l'homme
qu'il n'a pas encore marqué. »

Beowulf, traduit du vieil anglais
par Seamus Heany

9

POURQUOI ?

Le poète Robert Stephen Hawker s'était construit une cabane en bois flotté en un lieu bien précaire sur les falaises en contrebas de Morwenstow. C'est aujourd'hui la plus petite habitation que possède le National Trust. Hawker était un ardent Cornouaillais, animé d'une réelle passion pour son pays et ceux qui y vivaient. À en croire l'un de ses nombreux écrits, « vingt mille Cornouaillais en sauront la raison ». Moi, je ne savais pas pourquoi les hommes dans ce poème voulaient à tout prix sauver Trelawny, mais je commençais à comprendre pourquoi ils aimaient tellement cette terre et pourquoi Hawker avait élu résidence dans cet endroit si exposé. Parce que, à l'abri de sa cabane en bois, entouré du parfum des ajoncs porté par le vent, parmi les rochers, entre la mer et le ciel, ses pensées pouvaient s'envoler librement.

L'homme était en réalité si libre qu'il passa sa vie de vicaire de Morwenstow à arpenter les sentiers et les chemins accrochés aux falaises, affublé d'un habit violet, d'un chapeau rose et d'une cape jaune. Nous aurions au moins eu en commun notre mauvais goût vestimentaire. J'aurais aimé connaître celui qui passa des années à arracher à la mer des marins naufragés et à donner aux morts une sépulture décente dans son cimetière. Il semblait tout à fait approprié que nous ayons trouvé un refuge contre la fournaise dans sa cabane, naufragés de la vie que nous étions, sauvés par le bois flotté.

Il nous aurait peut-être aussi nourris. C'était le deuxième jour presque complet de régime fudge et ça ne nous réussissait pas. Les maux de tête, les vertiges et la faim ne nous quittaient plus. Nous aurions pu nous enfoncer dans les terres pour trouver un café à Morwenstow, mais il aurait fallu dépenser des sommes d'argent imprévisibles que nous n'avions pas, et quand on commence un régime, il faut savoir s'y tenir. Nous serions bientôt à Bude de toute façon.

Un peu moins de deux kilomètres plus loin, nous avons compris notre erreur. Nous aurions dû opérer un demi-tour pour remplir nos gourdes, mais nous ne pouvions supporter l'idée de revenir sur nos pas et nous avions continué à avancer. La chaleur était caniculaire au sommet de la falaise, elle rebondissait sur la terre brûlée et se réfléchissait sur la mer. Pas un souffle de vent, une pure fournaise qui nous enveloppait d'une brume surchauffée et suffocante, chargée de poussière et de sueur. Nous avons vidé nos gourdes jusqu'à la dernière goutte. La chaleur nous écrasait, il fallait nos dernières onces d'énergie pour rester debout et continuer à marcher. Là où auraient dû se trouver des ruisseaux, il n'y avait que des fissures asséchées dans la terre. La soif a supplanté la faim et créé un besoin de boire impérieux. Il nous fallait de l'eau et il nous en fallait tout de suite.

Stupides, stupides, stupides.

Nous avions été stupides de penser que nous pourrions suivre ce Sentier, de ne pas avoir assez d'argent, de faire comme si nous n'étions pas sans abri, d'avoir mal compris la procédure judiciaire, d'avoir perdu la maison de nos enfants, de manquer d'eau, de prétendre que nous n'étions pas au bout du rouleau et, encore une fois, de ne pas avoir assez d'eau.

Stupides, stupides, stupides.

Braillant, pleurant, jetant la gourde de rage. Furieux contre nous-mêmes d'avoir pris la mauvaise décision, d'avoir sans cesse pris les mauvaises décisions. Si tu dois mourir, meurs, et le plus tôt sera le mieux. Ne m'entraîne pas dans la mort. Si tu dois partir, fais-le, ne me condamne pas à des années de renoncement, où en spectatrice, j'attendrai que la lame glacée me découpe le cœur. Fracasse-moi un os après l'autre, bousille-moi, recrache-moi, détruis-moi. Si tu dois partir, va-t'en, finissons-en. Je ne peux pas te dire adieu, je ne peux pas vivre sans toi. Ne me quitte jamais. Va-t'en. Je suis déjà morte. Je suis morte quand tu as laissé ce monstre nous prendre notre maison et jeter nos enfants à la rue. Oui, que la mort vienne et me sauve, me sauve de toi, m'épargne de devoir dire une fois de plus que ce n'est pas grave. Tout va bien, nous allons bien, ça n'était la faute de personne. Nous avons craché tout ce que nous portions en nous de douleur, d'apitoiement sur nous-mêmes, de haine – à la face des médecins, des faux amis, au visage l'un de l'autre. Le besoin d'eau, déchirant et désespéré évinçait tous les autres, effaçait la douleur dans nos articulations, dans nos pieds meurtris et couverts d'ampoules, nous faisait oublier nos peaux brûlées par le soleil, entaillées et tuméfiées. Plus rien ne comptait. Il nous fallait de l'eau, et il nous en fallait de toute urgence.

Moth a jeté son sac par terre.

« Il faut qu'on aille sur la plage de Duckpool.

— Pourquoi, pourquoi, pourquoi est-ce qu'il faut tout à coup qu'on aille à Duckpool ?

— Parce que sur la carte, juste à côté, il y a un trait bleu plus épais. Une rivière qui n'est peut-être pas encore à sec. Et même si elle l'est, à environ huit cents mètres à l'intérieur des terres, il y a des maisons. On trouvera bien quelqu'un pour nous donner à boire. »

Je lui en voulais terriblement de savoir mieux lire les cartes que moi et d'avoir toujours raison.

« Paddy note aussi qu'il y a des toilettes publiques. »

Steeple Point a surgi de la brume de chaleur avant de disparaître à nouveau. Le sentier longeait le bord de la falaise et puis lui aussi a disparu. Nous nous sommes assis sur l'herbe chauffée à blanc, les jambes flageolantes, avec un début de nausée, non pas seulement à cause de l'épuisement dû à la température, mais aussi de la vue. Le chemin amenait jusqu'au bout de la pointe et puis plus rien. Il fallait bien qu'il conduise quelque part, pourtant. Où qu'il mène, il fallait d'abord dévaler le versant escarpé, pratiquement vertical, de la colline.

Sur la corde raide de l'air, du vent et des mouettes, le sentier atteignait l'extrémité de la pointe. Ensuite, il virait brusquement sur la gauche sur une corniche qui semblait déboucher sur une étroite piste, loin en contrebas. Chaque pas devenant un acte de volonté et d'attention, nous nous agrippions aux touffes d'herbe en sentant les pierres rouler sous nos semelles. Il nous a fallu une éternité pour arriver au niveau de la mer. Les cuisses tremblantes, les genoux détruits et les orteils écrasés.

Les toilettes étaient verrouillées et la rivière, à sec. Stupides, trois fois stupides.

Nous avons lâché nos sacs à dos et nous sommes fondus dans la poussière.

« Je parie que vous ne diriez pas non à une petite glace. »

La voix rocailleuse nous avait survolés comme une nuée de mouches tortionnaires. Nous avons fait la sourde oreille.

« Il n'y a plus d'eau nulle part, mais vous pouvez toujours vous offrir une glace. »

Moth a trouvé la force de répondre.

« C'est sans doute possible, mon vieux, mais je n'en vois aucune par ici. Elles sont où, les glaces ? »

On est restés allongés par terre, les yeux fermés, incapables de bouger.

« Dans le camion, un peu plus haut sur la route. »

Lentement, nous nous sommes relevés. Un peu plus loin, il y avait effectivement un camion de glaces. Ni panneau publicitaire ni musique, rien qu'un type qui vendait sa marchandise dans sa fourgonnette.

« Il me reste plus que des sucettes glacées à la rhubarbe. »

Nous en avons acheté quatre et sommes retournés remercier l'autre type.

« C'est quoi, votre plan ? Quelle idée de marcher par cette chaleur avec ces gros sacs ! Il a fait jusqu'à trente-huit degrés par ici ; maintenant, il fait un peu plus frais, c'est tombé à trente-quatre.

— On est partis de Minehead. On compte aller jusqu'à Land's End, peut-être un peu plus loin. Trente-huit degrés, vous dites ?

— Oui, oui, trente-huit. »

Il a hésité un instant, plissant les paupières en se

tournant vers le soleil et en détaillant Moth de la tête aux pieds.

« Vous avez réservé quelque part où dormir cette nuit ?

— Non, on campe. On n'arrivera jamais à Bude avant ce soir, alors quelque part entre les deux.

— Sérieusement ? Je loue une ferme à environ vingt minutes d'ici. Vous pouvez monter votre tente dans le verger. »

On a pris place sur la banquette arrière du 4 × 4 rutilant de Grant qui s'est dirigé vers l'intérieur des terres sur une route ombragée par de hautes haies. Environ quarante-cinq ans, grand et maigre, son crâne rosi par le soleil luisait, il portait des socquettes blanches dans ses sandales et avait les jambes grêles et roses elles aussi. Il nous a expliqué qu'il louait cette ferme avec sa femme et son personnel de maison. Il avait l'air de beaucoup s'intéresser aux gens que nous avions rencontrés en chemin et à la façon dont nous avions été accueillis.

« On a un immense plat de lasagnes pour ce soir, il y a largement de quoi faire. Alors on va écluser quelques bières et, si vous voulez, vous m'en direz un peu plus sur vous. »

On avait avant tout retenu les mots « lasagnes » et « bière ». Brusquement, nos jambes étaient moins fatiguées.

La pittoresque maison de pierre était entourée par un verger, juste à côté d'un ruisseau, une vraie oasis de verdure et de fraîcheur. Nous avons monté la tente sous les pommiers sur une pelouse parfaitement entretenue.

« Entrez, prenez une douche, je vais nous servir une bière. »

L'impression de fraîcheur d'une maison d'un autre

âge m'a serré le cœur. Murs épais, poutres sombres et basses, cheminées de pierre : c'était comme si j'avais à nouveau passé le seuil de chez moi. Pense à autre chose, pense à autre chose. C'était presque un combat physique de remiser ce sentiment de perte.

« La douche, c'est par là. Sur la véranda de derrière. Ensuite, venez faire connaissance avec les filles. »

J'ai bu des litres d'eau au robinet. Ensuite, je me suis campée bouche ouverte sous la douche. L'eau ruisselait de mes cheveux comme des coulées de boue pendant que je les lavais à plusieurs reprises avec un shampoing de luxe avant de les enduire de baume revitalisant pour la première fois depuis des semaines. Ça n'a pas changé grand-chose ; le grand miroir au-dessus du lavabo continuait de me renvoyer une image de moi largement défraîchie.

Dans la cuisine, trois jolies jeunes femmes nous ont accueillis, et j'ai soudain compris que ce n'était pas seulement ma maison que j'avais perdue. J'ai serré la main d'une géante aux cheveux bouclés, l'épouse ; puis celle d'une gouvernante impeccablement permanentée à la peau d'ivoire ; enfin celle d'une secrétaire rêveuse et légèrement éthérée aux cheveux blonds très clairs. Campée sur les ardoises fraîches du carrelage, j'ai eu distinctement l'impression d'être une sorcière de cinquante ans à la tignasse impossible et au visage de homard. Grant, toujours en socquettes blanches, décapsulait des bières sur la table. Que faisaient là ces magnifiques jeunes créatures ? Il a surpris mon regard, haussé les sourcils et continué à servir la bière.

La secrétaire a pris Moth par le bras et l'a conduit vers la table, avant de lui présenter une belle assiette de lasagnes. J'ai éclusé ma bière. Je déteste ça, mais je n'avais jamais rien bu d'aussi bon. J'ai continué avec un broc d'eau glacée, tandis que Moth entamait sa troisième bière. J'ai voracement dévoré mes lasagnes, un monticule de salade et la moitié d'un pain à l'ail pendant que les autres bavardaient, puis j'ai dit oui quand on a proposé de me resservir.

La crinière blonde voletait autour de Moth tandis que la jeune femme lui passait une main sur les épaules et entreprenait de lui masser le dos.

« J'étais kiné pour sportifs avant que Grant me détourne de ma vocation. Vous voudriez que je vous fasse un massage ? Je sens que vous avez beaucoup de tension dans les épaules. »

Sans y réfléchir à deux fois, le voilà sur le canapé dans l'autre pièce tandis que je continuais à m'empiffrer de lasagnes.

« Parlez-moi un peu de vous, Grant. »

Il fallait bien qu'il ait quelque chose de spécial et j'ai vite compris quoi. Il m'a longuement raconté que, adolescent, il s'était enfui de chez ses parents pour crapahuter dans toute l'Europe avec un sac à dos. Vivant d'expédients, avec seulement du pain et un bout de fromage en poche, jusqu'à atteindre l'Italie. Il s'était alors retrouvé dans un vignoble, où il avait travaillé pendant plusieurs années, dormant dans une grange ou à la belle étoile, apprenant tout ce qu'il fallait savoir sur le vin. Finalement, il était rentré en Angleterre et avait commencé à importer les vins qu'il avait appris à connaître en chemin et à les vendre du fond d'un entrepôt désaffecté. Il avait fini par devenir multimillionnaire et par attirer les belles filles qui composaient sa maisonnée. Et elles étaient là pour la qualité de sa cave à vins, bien entendu.

L'épouse s'est levée pour quitter la pièce.

« N'écoutez pas ce qu'il vous raconte. Il a étudié l'œnologie en cours du soir, et c'est son père qui lui a trouvé un emploi chez un marchand de vin qu'il connaissait. »

Grant lui a jeté un regard exaspéré tandis qu'elle s'éloignait.

« Lorsque je prendrai ma retraite, je veux écrire. Je suis certain que je pourrais devenir un très bon écrivain. C'est une belle histoire, non ? Je pense que Moth, puisqu'il a décidé de se faire appeler comme ça le temps de ce périple, pourrait l'utiliser. Une bonne trame pour un de ses romans, vous ne pensez pas ? »

Je réfléchissais au récit de Grant et à ce qui le poussait à affabuler. Quand vous racontez une histoire, vous êtes la première personne à convaincre. Si vous pouvez vous persuader qu'elle est vraie, alors tout le monde vous suivra. Grant voulait être le personnage qu'il avait créé : un type qui avait vécu à la dure et su se battre contre les vicissitudes de la vie, mais avait réussi par ses propres moyens, sans l'aide d'un riche papa qui avait des relations. Nous, nous avions inventé notre histoire pour nous protéger. Lorsqu'ils croisent des sans-abri, les gens s'imaginent tout de suite des problèmes d'alcool, de drogue et de santé mentale, et ils prennent peur. Les quelques premières fois où on nous avait demandé comment nous avions trouvé le temps de faire une randonnée aussi longue, nous avions répondu candidement : « Parce que nous sommes SDF, nous avons perdu notre maison, mais ce n'était pas notre faute. Nous allons simplement là où le Sentier nous entraîne. » Les gens reculaient et on n'entendait plus le vent parce qu'ils avalaient aussitôt bruyamment une grosse goulée d'air. Dans tous les cas, la conversation s'interrompait brutalement et notre interlocuteur s'éloignait très vite. Nous avons donc mis au point un mensonge plus appétissant. Pour eux comme pour nous. Nous avions vendu notre maison, en quête d'aventure la cinquantaine venue, et nous allions là où le vent nous portait – les derniers temps, il nous poussait vers l'ouest. Au bout du Sentier, où irions-nous ? Nous n'en savions rien, tout dépendait du vent. Notre réponse était saluée par des « Super ! Magnifique ! Comme vous nous faites envie ! » Quelle était la différence entre ces deux récits ? Un mot, un seul, mais qui faisait toute la différence pour nos auditeurs : « vendu ». Nous pouvions soit être sans abri – parce que nous avions vendu notre maison et placé l'argent à la banque – et susciter admiration et envie ; soit être sans abri – parce que nous avions perdu notre maison et nous étions retrouvés sur la paille – et devenir des parias de la société. Nous avons choisi la première version. Plus facile à caser dans une petite conversation au passage. Plus facile pour eux, plus facile pour nous.

Plus nous répétions ce mensonge, moins nous ressentions le chagrin de la perte. Si nous nous racontions cette histoire assez longtemps, la peine disparaîtrait-elle jusqu'à ce que finalement nous réussissions à accepter la perte sans douleur ? J'agissais peut-être de la même manière pour la maladie de Moth. À moins que j'aie réellement cru que le médecin s'était trompé. Difficile à dire. La randonnée était désormais moins un moment de ressaisissement et de réflexion sur l'avenir qu'une méditation, une façon de faire psychiquement le vide pour emplir nos têtes d'embruns, de poussière et de lumière. Chaque pas avait sa propre résonance, son sentiment de pouvoir ou d'échec. Ce pas, le suivant, et le suivant encore, était à la fois la raison et le futur. Chaque vallon franchi était une victoire, chaque jour où nous avions survécu, une raison d'aborder le lendemain. Chaque bouffée d'air salin décapait nos souvenirs, en arrondissait les angles et les émoussait.

« Il s'appelle bien Moth, mais il n'est pas écrivain.

— OK, je ne dis plus rien. Reprenez donc des lasagnes. »

J'ai obtempéré et Grant a servi un vin d'un violet aussi sombre qu'une aubergine qui a virevolté dans mon verre et dont le seul arôme me faisait déjà tourner la tête.

C'est seulement quand j'ai eu presque vidé mon verre que j'ai remarqué que l'épouse et la gouvernante avaient disparu. Grant et moi sommes passés dans l'autre pièce ; Moth était allongé torse nu sur le canapé et la secrétaire lui massait le dos pendant que la gouvernante lui frottait les pieds avec des huiles essentielles. Assise dans un fauteuil, l'épouse faisait défiler des photos sur l'écran de son appareil numérique et en prenait de nouvelles.

« Les filles, vous me privez de mon invité ! J'ai besoin de l'entendre me raconter une histoire ou deux ou peut-être me dire un poème avant d'aller me coucher. »

J'avais peut-être éclusé deux verres de vin, mais je savais qu'il faudrait plus qu'un massage pour convaincre Moth de réciter de la poésie. Il s'est relevé et a enfilé son T-shirt.

« Un poème ? Comme ça ? Un poème que j'aurais écrit ?

— Ne faites pas le timide. Nous sommes tous au courant. Et maintenant, j'ai des photos magnifiques pour accompagner l'histoire.

— Je ne comprends pas très bien.

— Peu importe. Venez prendre un verre et parlez-nous de vous. Pour commencer, vous ne vous appelez pas vraiment Moth, n'est-ce pas ?

— Bien sûr que si !

— Magnifique, magnifique ! Mais nous vous appellerons tout simplement Simon.

— Appelez-moi comme vous voulez, mon vieux. Nous vous sommes tellement reconnaissants de votre hospitalité.

— Et vous ne voyez pas d'objection à ce que j'utilise les photos ? Ça va nous faire une jolie publicité.

— Une jolie publicité ? Je ne vois pas trop comment un vieil épouvantail assis sur un canapé peut vous aider à vendre du vin, mais allez-y.

— Alors, dites-moi, où donnez-vous votre prochain spectacle ? »

Le troisième verre de vin plongeait toute la scène dans le brouillard. J'avais tellement sommeil que j'allais m'écrouler sur la table. Moth buvait un second verre et je voyais bien qu'il ne comprenait pas mieux que moi de quoi parlait Grant.

« Bude. On sera à Bude demain, et ensuite Boscastle. Après, j'ai oublié…

— Et vous passez au Minack ?

— Le Minack ? Où ça se trouve ? »

Ils ont échangé des regards entendus et ont tapoté Moth sur le dos en riant.

« Oh, Simon, vous êtes tellement drôle ! Allez, dites-nous un poème avant qu'on aille tous se coucher.

— Eh bien, j'en sais un que mon père récitait dans la cabane des chantiers. »

Moth a respiré un grand coup et s'est rencogné dans son fauteuil.

Le garçon se tenait sur le pont en flammes
D'où tous sauf une chèvre avait fui...

Je l'avais entendu tant de fois. Il fallait vraiment que je dorme.

« Vous êtes vraiment un type formidable. Ça va faire une histoire épatante. »

En moins de trois secondes, je me suis endormie sur le carré de terre meuble sous les pommiers du verger. Nous nous sommes réveillés en entendant des pommes tomber sur la toile de tente et Grant nous annoncer que des sandwichs au bacon nous attendaient dans la cuisine.

Après qu'ils eurent tous pris des selfies avec Moth et que nous nous fûmes empiffrés de sandwichs au bacon, les sacs remplis de pommes et les gourdes pleines, Grant nous a ramenés sur le Sentier et nous avons repris la marche.

« Dis-moi un peu, Simon, qu'est-ce qui s'est passé dans l'autre pièce ?

— Désolé, mais ce qui se passe côté jardin doit demeurer côté jardin. Il me paraît plus important de savoir qui est ce Simon. Ce satané vin m'a fait tourner la tête, mais c'était tout de même très bizarre.

— "Ce qui se passe côté jardin" ? Tu ne peux pas t'en tirer à si bon...

— Un poète, en plus. Tu crois que c'est à cause du chapeau ? Je ressemble un peu à mon grand-père irlandais, j'ai peut-être l'air d'un poète irlandais vagabond. Les filles ont trouvé que j'avais des mains d'artiste.

— Les filles ont trouvé quoi ?

— Et elles m'ont demandé de venir faire la lecture à leurs amies quand elles seront de retour à Londres.

— Pourquoi, elles ne savent pas lire ?

— Non, des lectures de poésie.

— Mais tu n'en as jamais lu pour toi-même, mis à part *Beowulf* et le poème de ton père sur la chèvre.

— J'ai toujours eu un faible pour la poésie.

— C'est faux ! On appelle ça comme ça, aujourd'hui ? Un faible pour la poésie ?

— Tu as vraiment l'esprit mal placé. Ce qui s'est passé entre ces jeunes femmes et moi est quelque chose de bien supérieur.

— Va te faire voir, Byron. À moins que tu préfères que je t'appelle Simon à partir de maintenant ?

— Je peux supporter l'opprobre. Nous autres poètes avons l'habitude d'être incompris.

— Tu dis des conneries ! »

Paddy Dillon parcourt la distance entre Hartland Quay et Bude – une des portions les plus sauvages et ardues du Sentier – en une journée. Il nous en a fallu trois. Mais nous avons survécu, comme nous survivions à tous les rocs de douleur qui nous avaient précipités sur ce chemin. Des épreuves que nous nous serions crus incapables d'endurer se faisaient moins insupportables, comme des silex peu à peu transformés en galets par les flots. Notre charge restait lourde à porter, mais nous avions moins de mal à la soulever.

Les matins demeuraient difficiles, cependant. Je continuais à ramper hors de la tente percluse de douleurs. Mes chevilles craquaient avec une sensation de brûlure comme si les os frottaient les uns contre les autres et s'usaient réciproquement. J'avais mal à la hanche jusqu'à ce que j'aie chargé mon sac et parcouru deux, trois kilomètres, et je faisais tout pour oublier mon gros orteil. Je ne sais pas si c'étaient les lasagnes, le vin rouge, le massage ou l'idée de manger du bacon mais, ce matin-là, Moth est sorti de la tente sans demander mon aide. Il perdait du poids à vue d'œil, son corps déjà mince le devenait plus encore. Je m'illusionnais peut-être en voulant croire au miracle mais j'avais tout de même l'impression qu'il se mouvait plus facilement.

Le sentier descendait vers Bude et nous avec lui. Il y aurait de l'argent à la banque, ainsi qu'un supermarché pratiquant des prix abordables où acheter des provisions pour la semaine. Nous marchions depuis une heure sans nous en rendre compte, nous imaginant déjà le pain frais et les fruits qui nous attendaient. Bude est une petite bourgade tranquille, beaucoup moins animée qu'Ilfracombe. Nous avons suivi le sentier qui la contourne et ne sommes entrés vraiment dans la ville que pour chercher un distributeur de billets. J'ai inséré ma carte, m'attendant à trouver la somme habituelle disponible, mais mon estomac s'est noué d'un seul coup. Solde : onze livres. Comment expliquer cette somme dérisoire ?

« Qu'est-ce qu'on va faire, où est passé cet argent ?

— Merde, merde, merde ! »

J'ai pris les dix livres que proposait la machine en m'agrippant au rebord en craignant qu'un changement d'avis ne se produise dans son cerveau mécanique entre la commande et l'action.

Au guichet, nous avons écouté un employé nous expliquer que le virement était bien arrivé mais qu'un ordre de débit automatique avait été exécuté. Comment avions-nous pu oublier de l'annuler ?

« C'est un virement permanent pour payer l'assurance d'une maison qui n'est plus la nôtre. S'il vous plaît, pourriez-vous nous le rembourser ? avons-nous supplié – nous savions que c'était sans espoir mais cela valait la peine d'essayer.

— Je suis désolé, mais c'est une affaire entre vous et la compagnie d'assurances. »

Stupides, trois fois stupides. Comment avions-nous pu oublier ?

« Vous avez les informations relatives à votre contrat ? Ils peuvent sans doute vous rembourser. »

Nous ne les avions pas. Et même s'ils acceptaient de nous rembourser, ça prendrait des semaines. Bon Dieu !

« Est-ce que je peux retirer la livre qui reste, s'il vous plaît ? »

Nous aurions dû vendre nos derniers meubles plutôt que de les entreposer dans la grange d'une amie. Nous aurions pu tirer quelques livres du buffet en pin que nous avions acheté à une vente aux enchères pour notre première maison. Ou la table de la cuisine qui avait partagé toute la vie de notre famille, depuis Rowan qui couchait dessus quand elle était bébé parce qu'elle ne voulait pas dormir ailleurs jusqu'aux derniers repas avant que les enfants ne quittent le foyer. C'est sur cette table que nous avions fait les plans pour notre avenir et gémi lorsque nous avions tout perdu. Nous aurions pu la vendre. Ou le fauteuil de papa. Ou les photos de famille de maman. Nous n'avions pas pu nous y résoudre.

« Comment on va faire, maintenant, bordel ? »

Perchée sur un muret devant la banque, je ne pouvais plus m'empêcher de m'apitoyer sur notre sort ni retenir mes larmes.

« On a perdu la partie. Plus d'argent, plus de provisions, plus de toit. Moth, il faut que tu manges. Tu es malade, bon Dieu de merde ! Pourquoi est-ce que j'ai mal compris la procédure judiciaire ? Une putain d'erreur de débutante. Et, je t'ai traîné sur ce Sentier alors que tu devrais être en lieu sûr à te reposer, et surtout pas charrier un sac aux confins du monde. Et pour aller où ? Pour quoi faire ? Pour quoi faire, putain de merde ? »

Je ne pouvais plus m'arrêter, je ne pouvais plus me retenir. Les sanglots et la morve m'étouffaient.

« Et puis ces filles, si jeunes, si belles. Moi aussi, je l'étais avant. Tu avais du désir pour moi. Je ne t'en veux pas, je t'assure. Je suis vieille et moche aujourd'hui. Ne te reproche rien, on te les a offertes sur un plateau mais, dis-moi, tu n'as plus envie de moi ? »

Je me balançais d'avant en arrière, je suffoquais, je ruisselais d'auto-apitoiement.

Moth m'a serrée dans ses bras, comme il l'a toujours fait.

« Tu veux que je te dise ce qui s'est passé là-bas ? Ces filles m'ont donné le meilleur massage de ma vie, puis elles m'ont raconté leur quotidien merveilleux avec Grant : voyages incessants pour acheter le vin, réceptions en série, il ne les laisse jamais manquer de rien. Elles ont voulu prendre des photos parce qu'elles pensent pouvoir les utiliser sur les réseaux sociaux de l'entreprise. Je ne sais pas bien où ça pourrait les mener, mais c'est sans importance pour nous. Je voulais seulement te taquiner tout à l'heure. C'était marrant de te voir faire comme si ça ne te dérangeait pas.

— Connard !

— Et je te désire toujours. J'ai simplement l'impression de ne plus être moi-même. Quand les choses s'arrangeront, ça reviendra peut-être.

— Ça n'arrivera pas. Je serai toujours grosse et laide.

— En réalité, tu as perdu un peu de poids ces derniers temps, et tu n'as jamais été laide.

— On va être obligés de manger des nouilles toute la semaine.

— Je le sais, mais on survivra. Après avoir survécu à Duckpool, on peut survivre à tout. En revanche, pas question de nous retrouver sans eau à nouveau. »

Nous avons quitté Bude avec assez de paquets de nouilles à vingt pence pour tenir une semaine et beaucoup d'eau. Laissant derrière nous la charmante station balnéaire, nous sommes passés devant le club de tennis des retraitées, les rochers aux plis insolites et la tour sur la falaise. Le Sentier nous semblait étranger, désormais. Sans argent, nous étions entrés dans un autre monde. Il faisait presque nuit quand nous avons trouvé un coin où dormir dans un champ de chardons, nous avons mangé des nouilles et nous sommes endormis.

10

VERT/BLEU

Alors que nous avancions sans nous presser sur le chemin qui mène de Bude à Widemouth Sand, une table est soudain apparue de façon totalement inattendue entre les ajoncs et les chardons. Un présentoir, en fait, qui proposait tout un choix de bouquins à dix pence. Nous n'avions que *Beowulf* à lire et la tentation était trop forte. Parmi des livres de poche plus mauvais les uns que les autres, Moth a déniché un exemplaire de *Robinson Crusoe*. Nous avons laissé la monnaie nécessaire et un beau galet dans le tronc pour équilibrer le poids et nous sommes descendus vers la plage, envahie de surfers et de châteaux de sable.

Nous avions découvert que les cafés ne faisaient pas payer l'eau chaude et, donc, nous sommes restés quelque temps dans un bar rutilant de propreté pour profiter de l'air conditionné et commander deux tasses d'eau chaude que nous avons emportées à l'extérieur avant d'y plonger un sachet de thé. En observant les familles attroupées sur la plage, nous avons réussi à annuler la prime d'assurance, ce qui nous a coûté tout le crédit de notre carte téléphonique.

Du rivage, un groupe s'est rapproché. Certains promeneurs flânent, d'autres traînent tristement la jambe, d'autres encore s'avancent avec détermination, mais à l'évidence ceux-là étaient des marcheurs. Des pros de la marche sportive. Vêtus de l'uniforme du marcheur tel qu'on en trouve dans tous les magasins de sport de plein air : pantalons de randonnée à séchage rapide, pourvus de poches multiples, T-shirts à séchage plus rapide encore et chapeaux de brousse à larges bords. Leurs sacs à dos étaient légers, mais assez volumineux pour qu'on les identifie comme des randonneurs, pas des promeneurs du dimanche. Un groupe de quatre, à l'air déterminé, s'est installé à la table voisine et ils ont vite sorti des liasses de billets de leurs poches pour aller commander à boire.

« Dépêche-toi un peu, John, tu lambines ! »

Cela semblait relever de la politesse la plus élémentaire que d'adresser la parole à des gens qui, comme nous, couvraient de longues distances à pied, même s'ils semblaient avoir un horaire précis à respecter. Moth s'est balancé en arrière sur sa chaise.

« Alors, les gars, vous faites le Sentier ?

— Oui.

— Super. Et vous allez jusqu'au bout ? On dirait que vous arrivez de Poole.

— Non et oui. »

Ils baissèrent les yeux vers leur table.

« Presse-toi, John. Il faut qu'on y aille. »

Moth, jamais du genre à accepter qu'on lui batte froid, a poursuivi :

« Mais vous voyagez léger, c'est ça ? Je parie que vous devez parcourir pas mal de kilomètres par jour ?

— Oui, ont-ils consenti à lâcher. De Padstow à Hartland Quay en trois jours.

— Ça alors ! Et là, vous allez où ?

— À Hartland Quay. »

L'homme a jeté un coup d'œil à nos sacs à dos et à ma robe déchirée.

« Vous faites une journée de trekking, c'est ça ? »

Moth a eu du mal à réprimer un petit sourire satisfait.

« Non, nous, on arrive de Minehead.

— En car ?

— Non, à pied. Camping sauvage et tout et tout. On compte pousser jusqu'à Land's End. »

Le plus âgé du groupe s'est brusquement retourné, de toute évidence gêné par notre présence.

« Tout va bien tant qu'il fait beau, mais c'est franchement irresponsable. Comment allez-vous faire si le temps se gâte ?

— On mettra un manteau.

— John, ça prend des plombes. Allons-y ! »

Nous les avons vus se diriger vers la falaise, têtes baissées, comme des métronomes. Lorsque nous nous sommes levés à notre tour pour partir, il m'a semblé que Moth avait grandi : il avait les épaules plus droites quand il a soulevé mon sac pour que j'enfile les bretelles.

« On n'est pas en cavale, tu sais ? On devrait même être fiers de faire ce qu'on fait. Allez, en route.

— OK. »

Trois kilomètres plus loin, nous nous sommes aperçus que j'avais oublié ma polaire et nous avons dû revenir sur nos pas en espérant que personne ne l'aurait prise. Derrière son comptoir, le barman me l'a tendue.

« C'est la serveuse qui l'a ramassée. Elle m'a dit qu'elle appartenait aux deux vieux randonneurs. On trouve que c'est génial ce que vous faites. Bonne chance. »

On est repartis, tout rayonnants. Ce n'était plus

seulement la question d'être sans abri. On était en train de réussir quelque chose. Même si on n'était plus tout jeunes.

Au-delà de Widemouth, que les habitants du cru prononcent sans diphtongue, le Sentier a commencé par nous plonger dans une espèce de transe, avant de devenir tout simplement pénible. Devant nous, il apparaissait comme une interminable succession de falaises qui se fondait peu à peu en une infinité de bleus et de verts. Bleu – vert – bleu – vert. Avec des variations comme vert – bleu – vert – bleu – bleu – bleu – vert – vert – bleu. Il se déroulait parallèlement en une suite de vagues qui montaient et descendaient sans répit : montée – montée – descente – descente – descente – forte montée – très forte montée – vraiment très forte montée. Descente – descente – vert – bleu – vert – montée. Et puis planter la tente, nouilles, nuit de sommeil, nouilles, démonter la tente, s'accroupir dans les fougères, reprendre la marche. Vert, bleu, montée, vert, descente.

Crackington Haven nous a semblé pittoresque et nous nous sommes attardés à regarder deux femmes qui s'offraient un *cream tea* à dix heures et demie du matin. Quand elles ont eu dévoré la dernière miette et englouti l'ultime goutte de confiture de fraise trop liquide, nous sommes repartis. Je mettais peu à peu au point un programme qui transformerait l'alimentation virtuelle en outil de perte de poids. Montée, montée, descente, vert, bleu, bleu, vert.

Nous sommes arrivés à Boscastle cinq minutes avant 17 heures, presque à temps pour entrer dans un magasin d'articles de sport où nous aurions pu acheter de nouveaux lacets pour nos chaussures de marche, mais la porte s'est fermée sans que Moth ait pu glisser le pied à l'intérieur pour l'en empêcher. Il a fait un nœud à son lacet hors d'usage et remonté la rue. Le village est célèbre – enfin, tristement célèbre – pour les inondations de 2004 qui avaient emporté boutiques, voitures et habitants et tout dévasté. J'avais pensé trouver un village chaleureux et accueillant, heureux d'être reconstruit et à nouveau en pleine activité. À la place, tout était fermé, chacun se précipitait pour empiler les sacs de sable au cas où. La friterie était ouverte, mais une simple barquette étant hors de nos moyens, nous avons passé notre chemin et campé au pied d'un vieux fortin sur une colline qui dominait le village. Planter la tente, nouilles, nuit de sommeil, nouilles, démonter la tente, s'accroupir dans les fougères, reprendre la marche. Vert, bleu, montée, descente, descente, vert.

Manifestement, Paddy Dillon doit manger des épinards au petit-déjeuner, porter un cilice et dormir sur un lit de clous, parce qu'il ne met qu'une journée pour aller de Bude à Boscastle.

Vert, bleu. La côte est déchiquetée, des forteresses de rochers défient les assauts de l'Atlantique. La Ladies' Window apparaît et disparaît à la vue au moment où les vagues envahissent cette arche rocheuse avant de se replier. Fournaise et transpiration, froid glacial et frissons. Le vent s'est levé et des nuages noirs venus de l'ouest ont déferlé. Transpiration. Montée, descente, vert, bleu. Je me suis arrêtée pour pisser dans les broussailles et l'urine m'a brûlée comme de l'acide. La tête martelée par la migraine, tout le corps douloureux. À la prochaine halte, je pisse du sang. Bleu, bleu, vert, rochers.

Une file d'attente s'est formée dans la Rocky Valley parce qu'une famille en tongs s'est mis en tête d'escalader les rochers. Le téléphone a sonné alors que la pluie commençait à tomber, drue et hardie. Nous nous sommes abrités sous une corniche. C'était Rowan, en route vers un travail de fin de saison en Croatie mais coincée à Venise. Elle pense qu'elle a raté sa correspondance à la gare routière. Autrefois, quand nous étions des parents encore responsables, nous lui aurions envoyé de l'argent pour qu'elle puisse prendre un avion, assurant sa sécurité. Aujourd'hui, transformée en amie inutile, je ne peux que me réfugier dans une crevasse, je ne suis désespérément d'aucun secours, je ne sers à rien et je parle à ma fille, seule et naufragée dans un pays étranger. Enfin c'est surtout elle qui parle, qui parle encore, manifestement en proie à la panique. Le bip qui annonce que la batterie est presque vide a retenti…

« Tout va bien. Le car est là. Je ne l'avais pas raté en fait. Il était juste en retard. Je t'aime, maman, prenez soin de vous… »

Je me suis recroquevillée sur la corniche et j'ai éclaté en sanglots. Moth m'a serrée dans ses bras, il m'a caressé les cheveux jusqu'à ce que je réussisse à respirer à nouveau normalement.

Paddy déconseille le Camelot Castle et recommande de poursuivre son chemin, mais cet hôtel m'est apparu comme une véritable oasis quand nous avons péniblement atteint Tintagel. Moth a posé nos sacs dans un coin du hall et commandé une carafe d'eau.

« Il te faut un médecin. Reste ici, je vais voir si je trouve un camping, je monte la tente et je reviens te chercher.

— Inutile. J'ai seulement besoin de boire des litres

et des litres d'eau et de dormir. Je te suis, c'est moi qui suis censée prendre soin de toi.

— Arrête, arrête tout de suite. Je ne m'appelle pas Rowan. Ni Tom. Tu n'es pas ma mère. Lâche prise, Ray. Et reste ici. »

Je me suis pelotonnée dans un fauteuil et j'ai dormi. En ouvrant à demi les paupières, j'ai cru voir un chevalier sur son destrier. Puis je me suis rendormie. À mon réveil, Moth était de retour.

« J'ai vu un chevalier. Une hallucination, tu crois ?

— Sans doute, mais peut-être seulement un rêve. Je pense que toutes ces fadaises sur le roi Arthur ont dû t'entrer dans la tête. Il y a un camping au bout de la route, j'ai monté la tente. On peut se doucher sans jeton.

— On n'a pas de quoi payer.

— Je sais. »

Le vent d'ouest déferlait en rugissant à travers un magma de gros nuages, poussant les cumulus à l'est longtemps avant qu'ils aient déchargé leurs trombes d'eau sur le Devon. Debout devant la tente dans le noir, j'ai laissé pénétrer en moi cette énergie sauvage. Emportée par le tourbillon de la tempête, enchaînée à cette extase, je me sentais appartenir à un cycle infini de molécules. Tout à la fois esclave et affranchie, prisonnière et libre.

Je suis paysanne et fille d'un paysan. J'ai la terre dans le sang. Fin août. Septembre approchait et avec lui, le moment où j'aurais dû enfermer les moutons dans leur enclos au fond du pré. Les attraper un par un, les retourner, limer leurs sabots, les vermifuger, mener les brebis au bélier. Labourer le champ pour y planter le maïs d'hiver, l'automne préparant le printemps, au défi de l'hiver à venir. Je suis sevrée de ce lien, j'ai perdu le rythme de mon existence. Je flotte, perdue et déracinée. Pourtant je le sens encore en moi.

Enfant, quand on m'envoyait au pré chercher une brebis et son petit, je devais porter l'agneau dans mes bras pour que la mère me suive et je les conduisais tous les deux vers la sécurité de la bergerie. Un jour, en soulevant le petit, je m'étais rendu compte que la brebis allait mettre bas à nouveau. J'avais attendu, allongée dans l'herbe humide du printemps, les nuages filant au-dessus de ma tête, la brebis à quelques pas en train d'agneler, tandis que le premier-né se relevait déjà sur ses pattes. À ce moment-là, j'avais senti que je ne faisais qu'un avec tout ce qui m'entourait, les vers dans la terre, les nuages dans le ciel. Je faisais partie de cet univers, j'appartenais à ce tout et tout était dans ma tête d'enfant. La nature n'avait jamais été source de peur, je n'avais jamais éprouvé le besoin de m'en protéger. C'était mon refuge. Le havre vers lequel je me précipitais.

Notre ferme avait donné la même chose à nos enfants. Grandissant comme de jeunes arbres dans la tempête, ployant sous les rafales mais rendus plus vigoureux à l'intérieur, enracinés mais souples et forts à la fois, libres de courir dans le vent mais aussi guidés par lui. Aujourd'hui alors que notre terre était perdue, sauraient-ils garder ce qu'elle leur avait donné ? J'avais tellement craint de perdre ce lien à la réalité quand on nous avait pris notre ferme. Assise dans l'herbe sous les bourrasques d'air chargé d'humidité qui rugissent au-dessus de ma tête, je me sens emplie de la force sauvage du vent, dangereuse, indépendante, incontrôlée. Prisonnière de la tempête. Captive. Les liens sont renoués. Comme un métal chélaté. Libérée.

Rendue à moi-même. Impossible de perdre tout cela. Je suis tout autant l'orage que la poussière desséchée et les cris aigus des huîtriers. Tous les biens matériels s'éclipsaient mais, dans leur sillage, un noyau d'énergie commençait à se reformer.

Nous avons quitté le coin du camping où nous avions élu domicile au bout de deux nuits. Un peu faible mais raisonnablement rétablie. Nous sommes passés devant le guichet de la réception sans nous retourner.

Tintagel et la légende arthurienne derrière nous, nous avons fait halte non loin de l'église de Sainte-Materiana pour nous désaltérer encore une fois. Le téléphone a sonné à nouveau. Rowan. On venait de lui proposer un emploi dans une entreprise de relations publiques et elle devait commencer tout de suite. Comment allait-elle se rapatrier ? Elle était déjà dans le train. Elle avait trouvé une solution par ses propres moyens.

11

SURVIVRE

Les carrières d'ardoise émaillaient le chemin de leurs taches grises. C'était le signe avant-coureur de tout ce qui allait se passer, la preuve immanquable de la rapacité de l'homme. Même les déchets de cette destruction de l'environnement étaient réutilisés pour bâtir les célèbres murs de pierre sèche de Cornouailles. Au pays de Galles, ce genre de murs, renforcés de part et d'autre par de la terre au milieu et des haies plantées dessus, s'appelle un *clawdd*. Mais là, où les pierres plates sont mises bout à bout et disposées en chevrons, les déchets récupérés dans les carrières ont donné aux murs un caractère ondoyant que l'on appelle localement « *curzy way* ». Ils donnent l'impression qu'on est arrivé dans un autre pays, doté d'un mode de vie différent, où les générations successives ont trouvé des façons alternatives de lutter contre les éléments. Nous avons poursuivi notre chemin, entre les murs et la mer, sur cette bande de nature encore sauvage qui semblait nous appartenir.

Le sentier est vite descendu en pente abrupte vers l'étroite anse de Trebarwith Strand. Les nuages blancs épars paraissaient accueillants, mais les tempêtes avaient laissé la mer en furie, les vagues montant rageusement à l'assaut du rivage rocailleux. Un café minuscule proposait un cornet de frites pour une livre. Il nous restait cinq livres soixante-quinze, mais nous en avons inconsidérément commandé deux, ainsi que deux tasses d'eau chaude, et nous avons pris place parmi les surfeurs, juste hors d'atteinte des vagues. Inlassablement, Poséidon se cabrait avant de se laisser retomber, pareil à un rottweiler au bout d'une laisse rétractable.

Le chemin était si escarpé que j'avais le nez pratiquement collé au sol en passant devant des jardins décorés de filets de pêche et de bouées. Au sommet, nous avons croisé un couple qui mangeait d'énormes friands, accompagné d'un croisé whippet/lurcher/lévrier, un bâtard tout galeux qui attendait patiemment les miettes. Un friand entier chacun. À côté d'eux, deux énormes sacs à dos.

« Salut, les randonneurs ! »

Il avait failli s'étouffer avec son friand dans son empressement à nous saluer ; il avait probablement découvert, comme nous, d'ailleurs, que nous étions très peu dans les parages.

« Randonneurs vous-mêmes ! »

Nous nous sommes arrêtés pour partager ces informations qu'échangent habituellement les voyageurs. Ils étaient partis de Tintagel et iraient aussi loin que possible en une semaine. Quand ils nous ont demandé jusqu'où nous comptions marcher, Moth leur a répondu avec confiance que ce serait Land's End et peut-être plus loin. Stimulés par leur étonnement de nous voir attaquer toute la côte nord, nous sommes repartis avec des ressorts sous nos semelles.

Nous avons poursuivi notre route à travers de vastes

pâturages où commençaient à pousser de gros champignons blancs et nous en avons ramassé quelques-uns, ainsi que quelques poignées de mûres encore aigres en traversant des vallons boisés.

Nous sommes passés devant un colley qui aboyait face à une étendue de fougères et nous avons caressé son museau sympathique avant qu'il ne recommence à aboyer. Il était manifestement seul. Nous avons fait le tour du plateau, redoutant que ses maîtres ne soient tombés de la falaise, mais n'ayant rien vu de spécial, nous avons repris notre chemin. En contrebas, dans une gorge aux parois escarpées, nous avons aperçu des gens sur le sable, mais apparemment il n'y avait aucun accès. Étaient-ils arrivés là par bateau ? Soudain, un petit garçon a jailli des fourrés et sauté sur la plage, bientôt suivi par le chien. Il devait y avoir un passage secret. Manquant d'énergie pour tenter de le découvrir, nous sommes repartis au fil d'une succession de combes encaissées jusqu'à ce que le soleil décline en éclairant le ciel d'une palette de couleurs pêche, jaune citron et mauve. Nous avons planté la tente sur Bounds Cliff et dîné de nouilles agrémentées de champignons tandis que les couleurs s'estompaient pour laisser place aux étoiles sous les cris nocturnes des mouettes.

Nous étions en train de démonter la tente quand un groupe de seniors affublés de shorts élégants à poches multiples se sont approchés.

« Serre les dents, on va sans doute pour la première fois se faire passer un savon pour avoir campé là où il ne fallait pas. »

Moth a affiché son plus beau sourire d'enfant chéri

à sa grand-mère, pendant que je m'efforçais de détourner le regard.

« Où est le Sentier de la Côte ? a demandé un type rougeaud qui avait du mal à parler et à respirer en même temps.

— Vous êtes dessus.

— Mais non, je parle du sentier côtier qui longe le rivage. Nous voulons marcher jusqu'à Tintagel.

— C'est bien ça. Quand il ne passe pas par la plage, il escalade les falaises.

— Et il y en a beaucoup comme celle-ci ?

— Six ou sept. Je n'ai pas vraiment compté.

— Eh bien tant pis alors. On fait demi-tour. »

Et ils ont tourné les talons avant de s'éloigner à pas lents en ronchonnant.

« Ils n'ont qu'à appeler ça le Sentier des Falaises au lieu du Sentier de la Côte. »

Port Isaac était autrefois un village de pêcheurs. Les propriétaires des quelques bateaux qu'on peut voir sur la plage vous diraient que c'est toujours vrai. Mais les milliers de touristes qui viennent en voiture ou en car savent que c'est le village où vit Doc Martin. Nous nous sommes faufilés par les rues étroites et noires de monde où des foules de visiteurs essayaient de faire des selfies devant la maison du célèbre acteur. Un croisé whippet/lurcher/lévrier bondissait dans le tas : les téléphones mobiles et les cornets de glace volaient dans tous les sens.

« Simon, Simon, retenez ce chien, s'il vous plaît. »

Moth a saisi le chien par son collier et l'a immobilisé pour que le couple aux friands puisse passer.

« On savait bien que c'était vous. On en était sûrs.

— Qui ça ?

— On le savait. Vous avez répondu à votre prénom, pas vrai ?

— Effectivement, parce qu'on m'a déjà appelé comme ça.

— Oui, bien sûr, ha ha ha, votre mère, entre autres.

— Écoutez, ça suffit maintenant. Qui est Simon ?

— Simon Armitage.

— Qui est ce Simon Armitage, bon Dieu ? Depuis Combe Martin, on entend prononcer ce nom sans arrêt et on ne sait toujours pas qui c'est.

— Mon Dieu, vous êtes excellent ! Vous voulez garder ça secret. On vous débusquera quand même. On vous suit à la trace, comme vous savez. »

Moth a rendu le chien à son maître et nous nous sommes frayé un chemin à travers les hordes de badauds, et pour sortir du village, nous avons gravi la colline où un groupe d'élégantes dames du troisième âge étaient rassemblées.

« Simon, Simon, est-ce qu'on peut prendre une photo de vous près de la maison de Doc Martin. D'une pierre deux coups ! Oh, quelle chance !

— Non.

— Oh, Simon ! Quelle belle imitation de Doc ! Bonne chance pour votre randonnée. »

J'ai suivi Moth qui s'est éloigné sans se retourner, en martelant le sol de ses semelles, au fil d'un sentier escarpé et bordé d'ajoncs jusqu'à ce que, hors d'haleine, je lui crie de s'arrêter.

« Qu'est-ce qui te dérange tellement ?

— Je ne sais pas. Je veux seulement savoir qui est ce type ; ça pourrait être n'importe qui. »

Montagnes russes entre rocs et ajoncs, la mer nous suivait de ses rugissements. Un tempo de souffrances constantes et de faim, parfois atténuées pour se transformer en simples douleurs et en soif, au point de presque se fondre en une basse continue. Les besoins diminuaient tandis que les vents harcelaient les vagues et que les mouettes nous montraient le chemin. Des pêcheurs vivaient autrefois à Port Quinn, mais aujourd'hui le village n'était plus qu'un ramassis oublié de maisons de campagne. On raconte que les marins sont partis au Canada en quête de pêches plus abondantes et qu'ils ont laissé leurs casiers à homards qui pourrissent comme ornements dans les jardins. Derrière nous, les paysages marquaient le passage des kilomètres mais, devant, le panorama s'amenuisait, inexorablement arrêté par des tournants abrupts, alors qu'on descendait toujours plus loin vers le sud.

Le soleil déclinait, brossant les minuscules îles de Mouls de la lumière rase de septembre quand nous sommes redescendus de Com Head. Une crécerelle, qui volait au-dessus de nos têtes depuis une éternité, s'est doucement posée sur une clôture devant nous, les rayons du couchant teintant son dos noir de reflets roux. Nous avons hésité à nous approcher par crainte de la déranger. Et comme si elle devinait notre indécision, elle s'est envolée, a décrit plusieurs cercles concentriques et atterri sur un rocher juste dans notre dos. Nous avons poursuivi notre chemin. La lisière d'un champ cultivé offrait une possibilité pour planter notre tente mais, redoutant le chaume pour notre tapis de sol, nous avons continué et sommes parvenus à Rumps Point à la tombée du jour.

Il y avait autrefois un fort qui regardait derrière lui vers la presqu'île de Tintagel et vers l'Atlantique droit devant. Si le roi Arthur avait existé, c'est sûrement là qu'il aurait bâti son château, certainement pas au milieu des friands et des bibelots que l'on trouve partout plus à l'est. De là, il aurait pu voir ses ennemis arriver de toutes parts. Un lieu secret plein d'histoires oubliées. Nous avons caché la tente derrière les monticules herbus d'anciens terrassements, à l'orée d'un terrier de lapins encore habité et nous avons escaladé Rumps Point tandis que le soleil disparaissait à l'horizon, ne laissant que des traînées de couleurs flamboyantes qu'aucun mot ne saurait décrire.

La nuit venue, nous avons consommé le dernier sachet de nouilles. Il nous restait de l'eau mais plus rien à manger. J'ai songé à chasser un lapin. Rien d'extraordinaire là-dedans : mon père et moi en abattions par centaines, parce qu'ils dévoraient des arpents entiers de maïs, capables de réduire à néant la récolte d'une année entière en une semaine. Nous remplissions le congélateur, en vendions aux bouchers, faisions des ragoûts, des tourtes, des brochettes, des pâtés, des soupes et des sandwichs jusqu'à ce que plus personne ne puisse voir un lapin en peinture. Allongée dans le noir, j'ai pensé fabriquer un piège, mais je n'avais ni l'énergie ni assez de gaz pour faire cuire un lapin si jamais j'en attrapais un. Pendant la nuit, je me suis réveillée en en entendant un brouter des touffes d'herbe. Vu le tintamarre qu'il faisait en reniflant, je me suis dit qu'il aurait bien rempli une marmite.

Dans les lueurs roses de l'aurore, je me suis aperçu que les lapins avaient creusé des trous partout. Des crottes toutes fraîches s'empilaient sous l'auvent, et quand j'ai ouvert la fermeture Éclair, des dizaines de lapins grassouillets se sont éloignés de quelques pas en bondissant. Je n'aurais eu qu'à tendre la main pour en attraper un et le passer à la casserole. À la place, nous avons fait du thé. Moth a déniché une gomme au vin pleine de poils au fond de sa poche et nous l'avons partagée.

En nous retournant vers les Rumps, nous avons découvert que le terrain sur lequel nous avions campé se trouvait juste au-dessus de l'entrée d'une immense grotte. Des éboulis rocheux avaient mis à nu les tunnels du terrier, ils jaillissaient de la terre et ouvraient sur le vide. Combien de lapins avaient dû se retrouver à la mer et combien avaient été emportés par le ressac ? À moins que le fracas des vagues n'ait constitué un avertissement assez puissant pour qu'ils rebroussent chemin.

En contournant la petite presqu'île, nous sommes passés devant un mémorial à ceux qui étaient « Tombés ». Trop fatiguée pour sortir mes lunettes de mon sac et lire la plaque entière, je n'ai jamais su s'il s'agissait des soldats tombés à la guerre, des malheureux qui étaient tombés de la falaise ou de ceux que, comme nous, la société, l'espoir et la vie avaient laissés tomber.

Évidemment, le monument avait été érigé à la mémoire des hommes décédés durant les deux guerres. Morts, disparus, sans aucune chance même de s'être plaints de leur sort. J'ai resserré la sangle ventrale de mon sac, fait taire les gémissements qui montaient dans ma poitrine et repris la marche. La vie c'est aujourd'hui, en cet instant précis, et nous ne possédons rien d'autre. Nous n'avons besoin de rien d'autre.

Le Sentier descendait ensuite vers les deux Polzeath : la nouvelle et l'ancienne. Un vaste chantier d'une extrémité à l'autre. Des constructions récentes, des extensions, des rénovations, des immeubles, des immeubles, encore des immeubles. Une longue plage s'étendait sous nos yeux, de Daymer Bay à l'embarcadère du ferry à Rock. La marée était basse, ce qui transformait la Camel, d'ordinaire une très large rivière, en un étroit chenal à deux voies pour les bateaux et les jet-skis. Nous n'avions pas la moindre idée du prix du passage. J'étais certaine que les quelques pièces qui me restaient en main ne suffiraient pas, mais je priais tout de même pour que si, incapable que j'étais d'affronter l'idée du long détour par l'intérieur des terres qu'il faudrait faire pour rejoindre le pont de Wadebridge. Moth a lâché son sac et s'est assis dans le sable.

« J'ai un peu la tête qui tourne. Quand est-ce qu'on va pouvoir tirer de l'argent ?

— Demain, je crois. Je n'en suis pas sûre. On peut tenir à condition de boire beaucoup.

— Peut-être, mais je me sens un peu bizarre. »

Amaigri ou pas, son mètre quatre-vingt-huit ne pouvait pas continuer d'avancer sans combustible. J'ai à nouveau compté les pièces dans mon porte-monnaie et me suis dirigée à travers les dunes vers la baraque à sandwichs.

Elle était pleine à craquer de seaux, de filets, de parents et d'enfants. J'ai parcouru les rayons pour trouver ce qu'il y avait de plus économique à manger. Rien que des confiseries en fait, mais j'ai eu l'impression d'un menu cinq étoiles qui réclamait toute mon attention. Je me suis décidée pour six tablettes de fudge, à vingt-cinq pence l'une, qu'on pourrait faire durer toute la journée. L'air glacé du frigidaire m'a caressé la tête tandis que j'en approchais une bouteille de Coca, humide de condensation et délicieusement fraîche. Je l'ai remise en place et j'ai pris mon tour dans la queue. J'étais tout près de la porte. Derrière son comptoir, la jeune fille avait les yeux rivés sur sa caisse. Des enfants couraient dans tous les sens en chahutant bruyamment. La file d'attente n'avançait pas. J'étais près de la porte. Les pièces me brûlaient la paume. Et je suis partie sans payer.

À travers les dunes, j'ai rejoint Moth d'un pas rapide, l'air serein et discret, mais avec sur la tête une enseigne lumineuse qui clignotait : voleuse, voleuse, voleuse !

« Debout, allons un peu voir combien coûte ce ferry. »

Je l'ai aidé à se relever, pressée de mettre les voiles.

« Tu ne préférerais pas grignoter quelque chose avant ?

— Non, on va peut-être trouver un endroit à l'ombre là-bas et un peu d'eau pendant qu'on attendra. »

Moth, dépêche-toi. Voleuse, voleuse, voleuse ! Cette fois, ça y était, la barrière était franchie. Le cliché de la sans-abri. Sale, affamée et maintenant voleuse. Une paria de la société.

« Manges-en une en route, ça nous aidera peut-être à marcher plus vite. »

Il n'y avait pas d'eau, mais le billet de ferry coûtait moins de deux livres par personne. J'avais juste assez d'argent pour retourner payer le fudge, mais je me suis accrochée à mes pièces et les ai remises dans mon porte-monnaie.

De l'autre côté de l'estuaire, Padstow regorgeait de visiteurs. Encore un de ces villages pittoresques qui avait été un port de pêche important dans une autre vie, mais qui était désormais plus célèbre pour le restaurant de poisson de Rick Stein[1] que pour sa faune marine. Des cars entiers de touristes écoutaient des musiciens ambulants sur le port en dévorant la moitié des stocks de cabillaud de l'Atlantique. Rick semblait s'être rendu maître des lieux, son nom s'étalait sur le restaurant, la friterie, un pub, un bistro, une pâtisserie… Enfin, la plupart des commerces affichaient leur lien avec lui. Nous nous sommes assis sur le port, laissant pendre nos jambes du rebord de pierre, et nous avons écouté les jeunes musiciens enchaîner les reprises populaires de ballades rock, tandis que l'étui de leurs guitares s'emplissait de pièces et de billets.

« Dommage que je n'ai pas apporté ma guitare.

— Dommage que tu n'aies jamais appris à en jouer.

— Ne va pas t'imaginer qu'eux jouent. C'est un enregistrement. »

L'odeur de l'iode était une torture constante. À manger des nouilles toute la semaine, nous avions moins d'appétit, et quand on se nourrissait, il nous fallait des quantités bien moindres pour nous sentir rassasiés. Mais l'assaut visuel de bonnes choses à manger était intolérable et la nourriture virtuelle n'apaisait pas la faim.

« On s'en va ? Je n'en peux plus de voir ça.

— Vérifions la banque avant de décoller, au cas où.

— Au cas où quoi ?

— Nous avons trente-deux livres et soixante-quinze pence sur notre compte, et on a le droit de tirer trente livres aujourd'hui. »

Certes pas les quarante-huit livres que nous attendions, mais peu importait où étaient passées les seize livres manquantes ou si les trente-deux autres étaient

1. Chef, restaurateur et présentateur de télévision anglais.

effectivement là ou pas. Peu importait non plus qu'on soit mardi alors que nous nous étions crus jeudi, et nous avons serré les billets dans nos mains comme des pierres précieuses.

Moth s'est acheté de nouvelles boîtes d'ibuprofène et nous sommes retournés sur le port nous offrir une barquette de frites de chez Rick.

« Comment tu les trouves ?

— Pas mal. Rien que des frites ordinaires. »

Nous nous sommes frayé un chemin pour quitter le port à nouveau parmi des foules de gens qui protestaient contre nos gros sacs et nous avons fait une halte pour acheter des glaces, un caprice exorbitant et ridicule, mais nous avions oublié de remplir les gourdes et elles étaient à présent complètement vides.

« Merci. Pourriez-vous s'il vous plaît remplir nos gourdes ?

— Non. Vous n'avez qu'à acheter une bouteille. On ne peut pas se payer le luxe de remplir des gourdes gratuitement alors qu'on vend de l'eau. »

C'était la première fois qu'on nous refusait de l'eau et nous étions abasourdis. En nous arrêtant dans un pub en lisière du port, nous avons rempli nos gourdes dans les toilettes avant de quitter le village et de retrouver le Sentier avec soulagement.

Entre les dunes de Harbour Cove, la tente ne paraissait pas bien haute et nous espérions qu'elle serait à l'abri des chiens en laisse et de la marée. L'eau avait reflué dans la rivière et les huîtriers filaient en piaillant au long de la mince bande de sable qu'il leur restait. Plus loin sur la plage, des sternes se blottissaient les unes contre les autres, et plus loin encore, des goélands argentés se rassemblaient. Chaque espèce sur son pré carré, délibérément à l'écart des autres.

Septembre était arrivé, et le jour tombait désormais vers 21 heures. Les nuits sous la tente étaient de plus en plus longues et de plus en plus fraîches. Nous n'avions encore jamais dormi sur le sable et le sol nous a paru atrocement froid. Impossible de se réchauffer. J'ai enfilé mon legging court par-dessus l'autre, deux gilets, le T-shirt à manches longues, la veste polaire, me suis enfoncé le chapeau en chanvre d'Ibiza sur la tête, et j'ai passé la nuit à claquer des dents dans mon duvet ultraléger conçu pour les températures estivales.

J'ai attendu le matin avec impatience et, dès que j'ai pu, je suis sortie de la tente. Pas tout à fait aussi vite qu'un croisé de labrador/épagneul/terrier qui s'est précipité vers moi à travers les dunes, a renversé le camping-gaz, bondi dans la tente et s'est mis à farfouiller dans nos sacs. Réveillé en sursaut, Moth s'est assis sur son séant pour parer aux assauts de cette grosse boule de poils.

« Il n'y a rien à manger là-dedans, mon pote. »

L'animal est ressorti à toute allure, courant après le sifflet de son maître en soulevant des gerbes de sable dans son sillage.

« Ce n'est pas un camping, vous savez. Vous ne pouvez pas planter votre tente ici. C'est répugnant de dormir comme ça en public.

— Oui, bonjour à vous aussi. Je vous souhaite une excellente journée. »

Le maître du chien est reparti de son pas lourd, la boule de poils bondissant sur ses talons.

Tentant de chasser de la tente la lourde condensation due à la proximité de la mer, nous avons seulement réussi à faire entrer du sable qui s'est collé aux parois intérieures, et donc nous avons abandonné la partie, roulé la toile en boule et repris notre chemin dans la lumière du petit jour. Les oiseaux de mer étaient déjà au large et les chiens et leurs maîtres dûment rentrés pour le petit-déjeuner quand nous nous sommes approchés de Stepper Point, de nouveau accueillis sur le rivage par le vent.

12

DANSEURS DES MERS

Nous aurions facilement pu éviter Stepper Point en coupant à travers la presqu'île de Gunver Head. Mais nos pieds ont instinctivement suivi le sentier, poussés à marcher toujours plus vers l'ouest sur ce cordon ombilical poussiéreux qui nous permettait de nous développer, loin des regards, dans notre coin de nature sauvage. Trevose Head est devenue plus distincte et à l'arrière-plan s'est dessinée dans la brume une interminable succession de falaises qui s'enfonçaient vers le sud et qu'il allait nous falloir franchir.

Les tamarins prospéraient en grand nombre et formaient des murs de haies végétales dont les branches duveteuses caressaient le ciel. Plus doux au regard, davantage avenants que les ajoncs et les fougères rencontrés plus à l'est, ce sont des arbres solides, au cœur résistant, qui savent ployer sous la brise comme sous la bourrasque. Sur un banc, caché entre les branches, nous avons aperçu un tas de chiffons, entouré de sacs de supermarché pleins à craquer et assiégés par les mouches.

Un vieil homme avec sa vie entière dans des sacs en plastique.

Il était immobile. Comme un lapin couché sous

une haie harcelé par les corbeaux, autour de lui les mouches bourdonnaient, pondaient leurs œufs, les larves grandissaient, il paraissait englouti et absorbé dans le cycle de la vie. Nous nous sommes approchés du corps étendu sur le banc, sentant que c'était notre place d'être auprès de lui, la place que nous occupions nous aussi dans ce cycle, un pied déjà dans les haies de la putréfaction.

« Cassez-vous ! »

Donc, il n'était pas mort.

« Vous avez besoin de quelque chose, mon vieux ? On a du pain.

— Cassez-vous !

— Une barre chocolatée ?

— Posez-moi ça sur le banc, et cassez-vous, je vous dis. »

Moth a déposé la moitié de nos rations à côté des chiffons et nous nous sommes éloignés, résolus à tourner le dos aux mouches. Décidément pas notre place, enfin, pas encore. Mais si nous arrêtions de marcher, si nous restions immobiles un instant de trop ?

Nous avons mendié de l'eau auprès des gardecôtes de Harlyn Bay. Ils venaient d'Afrique du Sud et d'Australie pour sauver la vie des vacanciers malchanceux qui affrontaient les vagues sur leurs planches en mousse, avant de repartir vers le sud telles des oies sauvages à la fin de l'automne. Si seulement nous pouvions trouver un endroit chaud où nous réfugier avant les intempéries de l'hiver. Nous sommes repartis, envieux de leur vie facile, à travers une vaste étendue de sable clair pour gagner un éperon rocheux de l'autre côté de la baie. Plongeant nos vêtements sales et nauséabonds dans un trou d'eau entre les rochers, nous les avons laissés tremper avant de nous jeter en criant dans l'écume, lavés par les vagues, décapés par le sel. Une oasis de clarté : l'eau transparente, le sable ondoyant sous les marées. Libérés du temps.

Allongés sur les rochers, nos vêtements mis à sécher au vent autour de nous, bien à l'abri, nous avons fait la sieste jusqu'au milieu de l'après-midi. À notre réveil, nous nous sommes retrouvés en compagnie d'une famille nombreuse, toute retraite coupée par la marée montante. Tandis que nous escaladions ensemble une paroi rocheuse d'une vingtaine de mètres, le grand-père nous a expliqué qu'ils venaient souvent en vacances à Harlyn Bay, et ce, depuis que ses enfants avaient l'âge de ses petits-enfants. Ils avaient une caravane au camping perché sur la colline. Parvenus à Mother Ivey's Bay, ils ont disparu derrière un vaste portail métallique pour s'enfoncer dans le dédale bétonné et éclairé au néon d'une véritable cité de caravanes. Toutes les apparences d'un camp de prisonniers mais, au moins, ils étaient libres de passer leurs journées à la plage. Nous avons obliqué vers la droite, irrésistiblement attirés par la falaise, pressés de nous éloigner de cette civilisation.

Le phare de Trevose resplendissait dans le soleil de fin d'après-midi, d'une blancheur aveuglante contre l'immensité bleue, trop brillant pour qu'on puisse le fixer. Étendue dans l'herbe sèche, épluchant mon nez brûlé, j'avais l'impression que tous mes besoins vitaux s'étaient évanouis. Moins faim, moins soif, moins tout. Nous avons sommeillé paisiblement jusqu'en début de soirée quand un vent frais nous a réveillés et nous avons quitté la falaise pour descendre sur une plage idéale prolongée par des dunes couvertes d'oyats. Nous avons planté la tente dans les hautes herbes, en espérant que les tiges écrasées d'un vert profond nous protégeraient du froid. Nous avons aussi ouvert la toile au vent pour sécher le tissu détrempé.

La marée est montée et des vagues cristallines sont rapidement venues à l'assaut de la plage. C'est à ce moment-là qu'ils ont fait leur apparition. Silhouettes de néoprène, leurs planches sous le bras, venus de la route, surgissant des dunes dans toutes les directions, les surfeurs ont envahi l'espace. Leurs corps brillants et disgracieux se sont dandinés quelques instants au bord de l'eau, leurs planches soulevées par les bourrasques. Ensuite, ils se sont avancés en barbotant à la limite des rouleaux, serrés les uns contre les autres tel un banc de poissons noirs jusqu'à ce que la vague déferle et qu'ils redeviennent des individus autonomes, debout sur leur planche, et ne fassent plus qu'un avec les mouvements ascendants et descendants de l'océan, traçant élégamment leur course oblique par-delà les crêtes et les creux. Des êtres humains transformés en danseurs des mers.

Assis à l'entrée de notre tente, emmitouflés dans nos duvets, nous sommes restés à contempler le ballet jusqu'à l'ultime lueur du jour et au départ du dernier surfer. La marée a commencé à redescendre et, tandis qu'elle semblait hésiter encore, les oiseaux sont venus reprendre possession de la plage déserte. Arpentant le rivage en piaillant dans la nuit, entre le sable et l'océan.

Le lendemain matin, une forte condensation avait trempé la toile et nous avons attendu qu'elle sèche en buvant notre thé, regardant les passants qui promenaient leurs chiens et les surfeurs du petit jour, jusqu'à ce que Moth se glisse sans aide hors de la tente et que nous décampions. La faim était toujours présente, mais tout comme les articulations douloureuses et les ampoules qui durcissaient, c'était davantage un phénomène à observer qu'une sensation à éprouver.

Le vent d'ouest continuait à souffler par rafales, violentes et glacées. Barattant l'écume qu'il rabattait sur les petits îlots rocheux non loin du rivage. Les récifs étaient de plus en plus gros jusqu'à devenir les Bedruthan Steps, d'énormes rochers que, selon la légende, le géant Bedruthan utilisait comme marches pour traverser la plage. Personne ne semble savoir qui a créé cette légende : les anciens Cornouaillais ou le National Trust qui vend aujourd'hui des tas de cailloux aux nombreux touristes qui arpentent le Sentier et remplissent le salon de thé. Nous avons entendu les habitants du cru ronchonner contre le National Trust qui possède plus du tiers du littoral du Devon et des Cornouailles, racheté par le projet Neptune pour sauver la côte des investissements immobiliers. On se plaignait que le National Trust impose des réglementations trop strictes et ne comprenne pas que les habitants ont besoin de gagner leur vie. J'ai habité à la campagne et je sais que survivre y est difficile. Je suis aussi allée à Mother Ivey's Bay et je ne doute pas une seconde qu'il faille épargner un sort similaire à cette partie du littoral. Mais en traversant le parking bondé, en sillonnant les allées pavées et en voyant les caisses enregistreuses des magasins, j'ai senti comme un parfum d'hypocrisie.

« Remontez donc la vallée vers l'intérieur des terres, vous trouverez un petit camping. Un peu hors du temps, mais franchement pas cher. »

Il avait commencé à pleuvoir et nous nous étions

abrités sous l'auvent d'une baraque de plage. La jeune fille essayait de se rendre utile.

« On va aller y faire un tour et demander le prix. On pourrait toujours camper dans le bois, sinon. Ce serait plus abrité que les falaises par ce temps. »

Le vent avait redoublé avec cette pluie et l'idée d'être au sec était tentante.

Le long du chemin qui menait au camping, nous sommes passés devant un van à chevaux, une bétaillère et un silo à grains mobile aux planches disjointes et envahies d'herbes folles. Aucun des trois ne semblait avoir été déplacé de tout l'été. Dans une clairière nous attendaient quelques maisons en bois, un pré avec des cochons et deux ânes, et un chapiteau. Un homme affublé d'une barbe hirsute et bouclée, vêtu d'un pull-over déchiré, est sorti de derrière l'une des baraques, armé d'une serpillière et d'un seau. Cinq livres par nuit pour la tente et douches froides. Il continuait à pleuvoir à verse et nous avons accepté.

Au-delà du chapiteau, nous avons traversé une grange en tôle ondulée, meublée de vieux canapés et dotée d'un lave-linge, puis nous sommes passés devant plusieurs bungalows en bois, quelques-uns en pierre, et un autre van, pour finir par déboucher dans un champ bordé d'arbres.

« Venez donc faire un tour à la grange un peu plus tard, les gars seront là et, en général, ils amènent des bières. »

Quels gars ? Apparemment, il n'y avait pas âme qui vive dans les parages.

J'ai commencé à me déshabiller dans les douches, plutôt un abri de jardin équipé de deux pommeaux et d'une chaise, mais j'ai vite tendu la main vers une serviette en m'apercevant que je n'étais pas seule. De l'autre côté de la pièce, une femme me regardait : les cheveux en broussaille, le visage tanné par le soleil et le nez pelé et rouge, les pieds couverts de durillons, les jambes fines et musclées, et les côtes qui saillaient sous la chair avachie. J'ai passé la main sur cette poitrine dans le miroir : elle m'a semblé totalement étrangère ; on ne me voyait plus les côtes depuis des années. J'ai tenté de démêler mes cheveux sous le jet d'eau froide. Aucun succès. Alors je me les suis séchés en vitesse et me suis enfoncé le chapeau de chanvre sur la tête. Une douche froide par temps froid, c'est comme un repas virtuel. On peut passer une misérable polaire tout élimée ensuite et on a l'impression d'avoir enfilé un douillet anorak en plume. Toutefois, cette sensation ne dure pas longtemps : le froid a vite fait de vous assaillir à nouveau, et comme la faim, avec une intensité accrue. Plutôt que de rester à grelotter sous la tente, nous avons pris le chemin de la grange.

La porte latérale du van s'est ouverte et un jeune blond bronzé en est sorti. Des différents bungalows en bois au long du chemin ont surgi d'autres jeunes gens bronzés d'environ vingt ans, et quand nous sommes parvenus à hauteur de la grange, un couple coiffé de dreadlocks est apparu sur le seuil du bungalow en pierre. Nous avons essayé de nous laisser tomber dans un canapé avec la même décontraction nonchalante que les autres, mais sans le moindre succès.

« Qu'est-ce que vous faites tous ici ? On pensait qu'il n'y avait personne dans les environs. Vous êtes en vacances ? »

Nous nous sentions si vieux, si étrangers à leur monde, et nous peinions à trouver un sujet de conversation.

« Non, mec. On vit là. On travaille dans le coin et Kurt nous laisse habiter dans ses cabanes en échange de petits boulots et de courses qu'on fait pour lui, parce qu'en hiver, les vagues, c'est fini.

— Vous vivez dans ces cabanes à l'année, donc. Vous travaillez où ?

— On bosse presque tous comme surveillants de baignade, il a aussi deux serveuses, mais on est tous des surfeurs à la base. Aucun de nous pourrait se payer un vrai logement. Les prix des loyers sont complètement dingues. Alors, oui, ces cabanes, c'est cool. Ça va faire ma troisième année ici mais, l'an prochain, j'aurai droit à la catégorie supérieure : j'emménagerai dans le van.

— Et le bungalow en pierre ?

— Ah ça non ! Il faut vraiment faire partie des élus pour le décrocher. »

En entendant ça, le type à la chevelure rasta planté devant le lave-linge s'est retourné et a désigné de la pointe du menton le garçon assis dans le canapé.

« Eh, branleur, va donc chercher les bières ! Vous, les petits vieux, qu'est-ce que vous faites par ici, échoués dans cette grange ? »

Moth m'a jeté un coup d'œil avant de hausser les épaules. Aucune raison de mentir.

« On est SDF. On a perdu notre maison, notre boulot, tout ce pour quoi on avait trimé toute notre vie, on se retrouve fauchés et j'ai une maladie incurable, alors on s'est dit : "Putain de merde, partons donc faire la route !" On arrive de Minehead et on marche vers l'ouest. Après ça, on ne sait pas vraiment.

— Sérieux ? Tu me racontes des bobards, pas vrai ?

— Pas du tout.

— Quelle merde !

— Comme tu dis.

— Mais ce qui est bien, mec, c'est que tu es comme une vague.

— Une vague ?

— Pour qu'une vague soit bonne, il faut que la nature y mette du sien. Elle commence à enfler quand le vent souffle sur la mer, loin au large, et ensuite, tout dépend de la force de ce vent, combien de temps il souffle et quelle distance il couvre. On appelle ça le fetch. Un grand vent, un long fetch, une bonne longueur de littoral et c'est bon, tu fonces. Mais toi, tu es pris dans une putain de bourrasque, mec, et tu tiens la distance, tu vas droit vers la plus puissante, la plus pure des déferlantes. Tu vois le truc, mec ? Tu vas glisser grand, genre ! Kurt, Kurt, ils sont cool, ces deux-là. Ouvre-nous donc la réserve ! »

Le barbu a déverrouillé la porte d'une cahute en préfabriqué. Elle était pleine à craquer de toutes les sortes d'alcool dont on pouvait rêver. Les gars entreposaient les caisses dans ce qui apparaissait comme un box fermé au fond de la grange, mais quand la porte s'est ouverte, Kurt était derrière un comptoir encastré et il réapprovisionnait les rayonnages.

Il était tôt dans la soirée et on avait vraiment besoin de manger si on voulait éviter que des affamés qui n'avaient pas touché d'alcool depuis des semaines ne sombrent immédiatement dans le brouillard. Le Colonel Roots beuglait son reggae dans les haut-parleurs posés sur le lave-linge et nous nous sommes laissés aller. Nous étions avec les meilleurs amis que nous ayons jamais eus, dans notre coin préféré du monde.

« Alors, mec, c'est quoi cette maladie incurable ? »

Moth dansait, tout en douceur, détendu, son corps ondoyait sur le rythme avec aisance, un verre de Jack

Daniel's à la main. Je ne savais pas qu'il aimait le whiskey, mais il y a toujours des choses qu'on ignore.

« Mes jambes vont arrêter de fonctionner, et ensuite, peu à peu, tous les organes vitaux, et je finirai asphyxié.

— Quelle saloperie !

— Comme tu dis !

— Tu sais, Kurt en connaît un rayon question plantes. Il aurait peut-être quelque chose pour toi.

— Kurt. C'est son vrai nom ? Qu'est-ce que vous faites en réalité avec lui ? Pourquoi vous restez dans les parages ?

— On nourrit les cochons, on fauche l'herbe… On se rend service, quoi. Ça marche dans les deux sens. Après, il vient surfer avec nous au Costa Rica et on lui porte ses planches, on conduit la camionnette… Comme je te le dis, on se rend service mutuellement. Et on lui paie pas de loyer. C'est tout bon ! »

Kurt est sorti de derrière son bar.

« C'est mon vrai nom. Prends ça et inhale un grand coup : toutes tes douleurs vont disparaître.

— Je ne fume pas.

— Mais si, tu vas voir. »

Une délicieuse brume de bonheur a empli la grange et je me suis pelotonnée dans le canapé avec un sentiment de pure extase. Moth continuait à danser et la vie semblait belle.

C'était déjà le matin lorsque j'ai ouvert un œil pour adresser un signe d'adieu à deux des surveillants de baignade qui partaient avec leurs planches attachées à leurs vélos, mais il était près de midi quand nous avons plié bagage et repris la route d'un pas peu assuré.

« Emporte ça avec toi, mon pote. C'est médicinal. Et chaque fois que tu auras besoin d'un endroit où te poser, on est là.

— Merci, Kurt. »

Le ciel se dégageait, les derniers nuages traversaient l'immensité bleue à toute allure tandis que Watergate Bay se déployait sous nos yeux jusqu'à l'horizon. Nous avons longé la plage, trop peu en forme pour affronter les déclivités de la falaise. Au-delà des restaurants et des cafés, la vaste étendue de sable était vierge et déserte. La seule silhouette que nous avons peu à peu distinguée était celle d'un vieil homme qui promenait ses deux épagneuls. Il s'est arrêté pour nous parler quand nous l'avons dépassé.

« Vous suivez le Sentier de la Côte ?

— Une partie. Jusqu'à Land's End au moins.

— J'ai toujours voulu le faire. Marcher pendant des jours de suite…

— Faites-le. Remplissez un sac à dos et lancez-vous. Personne ne sait jamais quelle sera la longueur de son fetch, tout dépend du vent. »

Les silhouettes de l'homme et de ses chiens ont peu à peu diminué dans notre dos, alors que nous progressions entre la falaise en partie éboulée et la frange d'écume. Les hautes vagues de la marée montante se brisaient avec fracas et semblaient élargir le panorama vertical, nous acculant entre la terre et la mer. Captifs et libérés, à la lisière du monde mais en faisant toujours partie. Poussés par le vent et sentant nos forces croître avec la distance.

En direction de Zacry's Island, les rochers paraissaient bleus tant ils étaient couverts de moules. Nous avons rempli notre casserole et en avons fait bouillir quelques-unes, extirpant les mollusques charnus de la pointe du canif. De rares promeneurs passaient, mais sans jamais vraiment observer ni participer. Des corbeaux croassaient dans l'air humide, leurs cris surnaturellement cristallins résonnant contre la paroi de la falaise. Notre monde était en train de changer, ses bords se dissolvaient au fur et à mesure du périple qui nous menait entre ciel, mer et roc. Ne faire plus qu'un avec ces confins primitifs de la terre que nous habitions, notre fetch redéfini par le chemin de sel que nous tracions.

La tente plantée entre les fortifications de Trevelgue, les lumières de Newquay devant nous, l'obscurité de Watergate Bay dans le dos, nous étions exposés à l'Atlantique. Le vent s'est levé et a apporté un déluge de pluie. Nous avons enfilé tous nos vêtements les uns sur les autres, recouvert nos duvets de nos imperméables et dormi douze heures à poings fermés.

13

PEAUX

L'étalement urbain de Newquay nous a fait un choc après toute cette contrée sauvage mais, à la fois, il nous a paru étrangement bienvenu. L'agglomération commence à Porth et s'étend jusqu'au Gannel : une succession de promontoires rocheux, entrecoupée de plages de sable, où l'on peut surfer sur certaines des plus hautes vagues du pays. La ville a bâti sa réputation sur la culture du surf qui s'est forgée dans les années soixante, mais ces beaux jours sont désormais terminés et Newquay a peu à peu décliné. Elle accueille désormais les enterrements toujours plus nombreux de vie de garçon ou de jeune fille : les fêtards déguisés envahissent les rues de leurs clameurs et abandonnent sur le seuil des magasins bouteilles vides et flaques de vomi. Familles ou surfeurs – toute cette population que les boutiques souhaiteraient attirer – sont également rebutés. Mais les pubs et les restaurants ont besoin des revenus que leur procurent ces fêtes pour rester ouverts hors saison. Cette contradiction a conduit la ville à une situation étrange et sans issue. Il ne reste aujourd'hui qu'une poignée de magasins spécialisés dans les articles de surf pour nous rappeler le passé et donner un peu d'espoir pour l'avenir.

Nous retrouver isolés pendant de longues périodes a fait baisser notre seuil de tolérance mais, pour un temps limité, nous avons trouvé confortable de faire à nouveau partie de l'humanité. Pour un temps limité. Et c'était aussi un bon endroit pour s'abriter des pluies abondantes portées par un vent d'ouest dominant. J'avais remonté la fermeture Éclair de la capuche de mon imperméable et c'est à travers un tunnel que j'ai découvert Newquay.

Il nous est vite apparu évident que, à part les vacanciers encore très présents en septembre, il y avait un autre aspect de cette ville, un aspect que ces touristes ignoraient. Les invisibles. Des SDF rassemblés dans les zones commerçantes en plus grand nombre que nous n'en avions vu depuis Glastonbury. Des corps trempés allongés sur le pas des portes. Ceux-là n'étaient pas des mendiants professionnels au baratin bien rodé, c'étaient de vrais clochards endurcis qui ne connaissaient plus que la rue. Un ancien militaire, grand et large d'épaules, nous a demandé de l'argent, et quand nous avons répondu que nous étions nous-mêmes sans abri il nous a crus sans hésiter et nous a indiqué une soupe populaire. Moth lui a donné quelques pièces et sa dernière barre chocolatée. Nous n'avions pratiquement plus rien, et donc, pour éviter la pluie, nous sommes allés quémander un bol de potage gratuit.

Les indications du soldat nous avaient conduits à St. Petroc, une association de bienfaisance qui se consacrait à secourir les sans-abri célibataires qui étaient passés à travers les mailles du filet des aides sociales. Je n'ai pas demandé ce qui arrivait aux couples dans le même cas, mais ils nous ont redirigés vers la soupe populaire. Selon les statistiques que vous lisez, les Cornouailles se situent à la deuxième ou à la cinquième place pour le nombre de sans-abri du pays, Londres exceptée. On a prétendu qu'il s'agissait seulement de quarante ou soixante-cinq personnes environ. Si c'était vrai, tous les sans-abri des Cornouailles auraient été en train de tremper un bout de pain dans leur soupe à la tomate au fond d'une église désaffectée de Newquay. Cette anomalie dans les chiffres nous a été expliquée par un volontaire ; apparemment, seuls ceux qui se trouvaient dans la rue à un endroit donné et durant les heures du comptage pouvaient être inclus dans les chiffres. Et encore seulement si la personne en question confirmait qu'elle était bien SDF et qu'elle dormait à la rue. Et si le type dormait, ou avait l'air de dormir, on ne pouvait pas le réveiller pour lui poser la question.

« Alors tous les sans-abri sont à la rue dans le même périmètre à des heures précises ?

— Bien sûr que non. Ils sont partout. Il y a un groupe qui dort dans les bois, mais la municipalité veut les chasser pour créer un espace vert accessible au public. Ce qu'il leur faut, en fait, ce sont des endroits où passer une nuit de temps en temps, pas de jolis sentiers dans la forêt qui entameront davantage encore leur sécurité. On va ouvrir de nouveaux abris cet hiver, dix lits par-ci, dix lits par-là. C'est mieux que rien, mais très loin du compte.

— Le problème, c'est que les gens se disent qu'ils ont affaire à des alcooliques et des drogués. Ça les décourage d'apporter leur aide. Ils pensent que c'est une perte de temps.

— Il est certain qu'il y a une forte proportion de toxicomanes de tout poil dans les rues, mais quelle que soit la raison pour laquelle ils se sont retrouvés sans abri, ils ont tout de même le droit d'être aidés. »

La pluie avait cessé et le soleil clignotait entre les nuages, répandant une faible lumière embuée. Assis sur un banc sur le trottoir fumant, nous regardions les passants. Des gens qui faisaient leurs courses, des vacanciers, des mères avec leurs enfants tout juste sortis de l'école dans leur uniforme flambant neuf, des skateurs sur leurs planches, un jeune SDF avec son sac sur l'épaule. Nous étions tous ces gens et, en même temps, nous n'étions aucun d'eux. La boulangerie à côté de la poste écoulait ses derniers friands à vingt-cinq pence l'unité. Moth en a acheté autant qu'il pouvait, en a offert à tous ceux qu'il voyait affalés sur leurs tas de chiffons devant les portes et en a conservé quelques-uns pour nous.

La plage de Fistral retentissait du fracas des vagues et était envahie de danseurs en néoprène qui s'avançaient dans la mer. La rue qui la borde était pleine de jeunes gens blonds et bronzés dans leur minibus Volkswagen qui scrutaient attentivement les vagues en attendant qu'elles soient favorables. Nous avons poursuivi notre chemin et traversé l'estuaire de Gannel par le pont de bois piétonnier juste avant la marée montante. Et ensuite, en route pour les falaises en quête de notre chambre pour la nuit.

Le ciel ne répandait que la plus pâle des brumes de lumière quand Moth est sorti de la tente le premier pour faire du thé. J'étais encore emmitouflée dans mon duvet, sous la couverture thermique que nous avions échangée contre *Robinson Crusoe* dans une vente de charité à Newquay. Un troupeau de moutons nous entourait au moment où il a ouvert l'auvent, mais ils se sont enfuis en entendant glisser la fermeture Éclair. Un îlot tout proche de la falaise, étrangement baptisé « The

Chick » (Le Poussin), était envahi d'oiseaux de mer. Leur cacophonie noyait le fracas des vagues qui se précipitaient sur l'étroit espace qui le séparait de la côte. Goélands argentés et marins, huîtriers, cormorans et sternes se disputaient âprement ce même tas de rochers déchiquetés et inhospitaliers. On aurait dit que toutes les créatures vivantes de la région voulaient occuper Kelsey Head et qu'aucune n'était ravie de devoir partager l'espace. Nous l'avons laissé aux oiseaux, sommes passés devant le camp militaire désaffecté de Penhale avec ses cabanes Nissen abandonnées et nous sommes dirigés vers Perranporth Beach. J'aurais facilement pu vivre dans une de ces cabanes en tôle ondulée. Avec un peu d'imagination, le site entier pourrait accueillir tous les sans-abri de Newquay désespérément à la recherche d'un lieu où loger mais, sans aucun doute, il sera bientôt transformé en base de loisirs.

La plage est étale et aussi longue qu'une piste d'atterrissage. Moth avait les épaules ankylosées et j'étais plus fatiguée que d'ordinaire, alors nous nous sommes posés sur le sable sous deux sculptures réalisées à partir de débris charriés par la mer. Des déchets abandonnés par les hommes façonnés à leur image. On a refait du thé et partagé le dernier ibuprofène. Un vieux monsieur a soigneusement étendu sa serviette non loin de nous, puis s'est méthodiquement dépouillé de ses vêtements jusqu'au dernier avant de s'y allonger. Ce vieil homme tout nu avait quelque chose d'une tortue : couvert de rides, la peau flasque comme si elle allait glisser de son corps pour en révéler un autre, tout neuf, lisse et bien rose. Je ne pouvais pas m'empêcher de le regarder. Nous nous appliquons si bien à nous cacher, nous exposons notre peau quand nous sommes jeunes alors qu'elle n'a pas encore grand-chose à révéler, mais l'autre peau, celle qui porte les traces du temps et des événements, nous ne la montrons que rarement.

Un homme nu, c'était plutôt intéressant, mais deux, c'est devenu un peu gênant. Lorsqu'un troisième nous a crié « Salut ! » au passage, vêtu de ses seules chaussettes bleues et de ses chaussures de marche, je me suis dit qu'il valait mieux ranger le réchaud et mettre les voiles. L'autre option, c'était de leur faire du thé et de parler de crèmes solaires antirides. Nous avons choisi de partir, mais non sans le sentiment d'être engoncés dans nos vêtements et à moitié tentés par un bronzage intégral.

La plage ne finissait jamais et se métamorphosait en un désert qui s'étendait implacablement à l'infini. Le sable incandescent nous brûlait les pieds et nous nous sommes rechaussés. Coupant à travers les dunes pour trouver un peu d'ombre, nous avons perdu tout sens de l'orientation. Plutôt qu'indiquer la sortie, chaque nouveau monticule de sable révélait une nouvelle et interminable suite de dunes qui réfléchissaient la chaleur. Desséchés, en passe d'être réduits en poussière, nous avons pesamment repris le chemin de la plage, les yeux rivés sur les falaises par-delà Perranporth, une oasis qui chatoyait dans le lointain et que nous n'atteindrions peut-être jamais. Finalement, une foule de gens et quelques haies ont surgi de la brume de chaleur près d'un parking. Le bout du chemin. Nous avons mendié de l'eau glacée dans un café et l'avons avalée à grands traits en écoutant nos corps siffler de plaisir.

Je continue à m'arracher la peau par lambeaux pour découvrir encore un nouveau nez.

Les falaises de St. Agnes Head sont désertiques, raclées et scarifiées par leur passé minier. Trouées aujourd'hui de galeries à ciel ouvert et constellées de bâtiments en ruine, elles sont exposées à tous les vents et laissent échapper fumées de soufre et nuages de poussière, le sol irrémédiablement souillé par les reflets multicolores des minerais.

Les jours se suivaient et se ressemblaient. Du matin au début de soirée, on voit des campings partout. Après 18 heures, plus un seul. Les nuits se faisaient toujours plus longues et plus froides ; dès que le soleil se couchait, la température chutait brutalement. Ce matin-là, nous avions levé le camp plus tôt que jamais, sans nous rendre compte que cette journée de marche allait devenir la plus longue de notre périple. Maintenant, nous étions épuisés, nous cherchions désespérément un endroit où passer la nuit. La station radar de la Royal Air Force de Nancekuke Common s'élevait sur notre gauche, avec ses hautes grilles en acier qui nous confinaient à un étroit ruban de chemin bordé d'ajoncs et de ronces. La terre était figée dans son immobilité et la clôture semblait ne jamais vouloir prendre fin. S'abaissant en pente douce jusqu'à un vallon peu profond, une colline herbue nous a paru prometteuse. Mais l'accès au vallon avait été barré du côté de l'intérieur des terres par une sorte de digue de décombres amenés par l'homme puis envahie par les ajoncs, les ronces et les chardons. Tout autour de ce mur, une eau boueuse suintait, irisée par la présence de minerais. Nous avons continué, la lumière déclinait, la tombée de la nuit guettait, jusqu'au moment où la clôture a soudain obliqué vers les terres et où la base aérienne s'est transformée en prés et en champs de choux. Aux dernières lueurs du crépuscule, nous avons planté la tente dans un coin du pâturage. Le temps était loin où il nous fallait batailler pendant plus d'un quart d'heure avec les piquets et les crochets, la tente s'est montée en cinq minutes dans l'obscurité. J'ai réchauffé une conserve de soupe ; nos jambes flageolaient, le sable et les haies nous avaient amenés à la limite de nos forces.

Le ciel s'est illuminé de couleurs que nous n'avions pas vues depuis les Rumps avant de se fondre dans la nuit et qu'un rayon d'argent ne balaie la mer.

« Dis-moi, j'ai des visions ou ces choux sont phosphorescents ? »

Moth déambulait dans le pré pour essayer d'apaiser les tensions de ses muscles avant de dormir.

« Tu crois que c'est un tour que nous joue le clair de lune ? »

Le champ baignait dans une lumière d'un vert surnaturel.

« Non, ils sont vraiment phosphorescents. Remarque, on peut toujours se dire que c'est à cause des rayons obliques de la lune.

— Qu'est-ce que tu penses qu'ils fabriquent derrière ces grilles ? »

Désormais une station radar, ce site avait été construit durant la Seconde Guerre mondiale et s'appelait alors le « RAF Portreath ». Au début des années cinquante, l'armée de l'air n'en voyant plus l'utilité l'avait restitué à l'État. À l'aide d'équipements récupérés en Allemagne nazie, le gouvernement transforma l'aéroport en usine de production d'armes chimiques, pour prolonger les recherches militaires menées à Porton Down, et on avait commencé à y manufacturer du sarin B, un gaz neurotoxique mortel. La production se poursuivit pendant deux, trois ans, parallèlement à celle d'autres armes chimiques. Une enquête menée par le journal *The Independent* révéla la mort de quarante et une personnes et un taux élevé de maladies graves parmi les employés chargés de produire le sarin B. Au cours de l'étude « Incidences sur la santé à Nancekuke » réalisée en 1970, on découvrit que les ouvriers de l'usine qui avaient participé à la production de ce gaz avaient des chances supérieures de 33 % à la moyenne de contracter des maladies graves et de 50 % celles de souffrir de maladies respiratoires, conséquence répertoriée de l'exposition à un gaz neurotoxique. Le gouvernement refusa de reconnaître la moindre erreur, fit disparaître le rapport lui-même et en modifia les conclusions, se contentant de déclarer qu'au cours de cette période on avait constaté « un taux plus élevé d'absentéisme ». Néanmoins, en 1971, il reconnut sa négligence et offrit de « généreuses » compensations financières, de l'ordre de cent vingt livres par personne. En 2000, le gouvernement finit par admettre publiquement que les machines utilisées dans la production du sarin B avaient été détruites dans les galeries minières de la communauté et entreprit l'assainissement du site en 2003.

Le lendemain matin, les choux avaient retrouvé leur vert naturel et, non loin de là, les vacanciers commençaient à affluer dans la vallée de Portreath.

Le Sentier serpentait au bord de combes profondément encaissées et traversait plusieurs parkings parce qu'il était parallèle à la route, la proximité de cet axe rendant les environs parfaits pour y faire gambader son chien. Nous en étions venus à mesurer les défis qu'on rencontre quand on promène son fidèle compagnon et qu'on se retrouve face à un échalier. De nombreux échaliers de bois sur le chemin ont une partie ouverte sur le côté, avec une barre en bois coulissante qui permet aux chiens de se faufiler. Cela semble fonctionner parfaitement pour les animaux de petit gabarit, mais tout gros chien doit subir un entraînement digne d'un animal de cirque à moins que le maître ne se résigne à prendre à bras-le-corps cette énorme masse de poils maculés de boue et ne la soulève pour la hisser par-dessus bord. Les marches des échaliers sont parfois constituées de dalles de pierre qui s'enfoncent à l'horizontale dans le mur, ce qui oblige le promeneur à monter d'un côté, à franchir le mur et ensuite à redescendre de l'autre. Certains des échaliers en question sont d'imposantes et solides constructions qui trouveraient naturellement leur place dans un château fort. Ils sont parfaits pour les gros chiens, mais il faut porter les plus petits.

Nous nous trouvions devant un portail. Les portails conviennent très bien aux chiens, même si, comme celui-ci, ce sont des portillons à chicane. Il s'agit de dispositifs ingénieux : dans une clôture en forme de C, on insère un portillon articulé sur le côté opposé, ce qui permet au promeneur d'entrer dans le C, puis d'ouvrir la barrière et de franchir l'obstacle. C'est magnifique pour tout le monde : les chiens et leurs maîtres passent facilement, les fermiers sont satisfaits, sauf s'ils ont des bêtes vraiment très intelligentes. En revanche, le système n'est pas idéal pour les randonneurs ou les obèses. Je suis convaincue que l'accessibilité du portillon à chicane est directement proportionnelle à la taille de celui qui l'a construit. S'il est gros, il pensera à laisser un grand espace entre le bord de la barrière et le dos du C, assez d'espace en tout cas pour qu'on puisse se faufiler derrière le portillon et passer de l'autre côté. Un homme plus menu aura une conception radicalement différente de cet espace. Après avoir vu nos sacs à dos rester coincés à de nombreuses reprises, nous avions trouvé une technique pour éviter ces déboires. Entrer dans le C par le portillon grand ouvert, escalader le dos du C jusqu'à ce que le sac soit plus haut que le portillon, le refermer d'un coup de talon, ensuite redescendre et enfin sortir du C.

Après avoir passé la matinée devant des échaliers à attendre que des chiens les franchissent, à en faire passer d'autres par-dessus, à en récupérer d'autres encore qui venaient d'être jetés par-dessus bord, nous sommes arrivés devant un spécimen de taille minuscule. J'ai escaladé le C au moment précis où un homme plutôt grassouillet, en retraite depuis peu, et qui nous suivait depuis un certain temps, s'est précipité vers le portillon parce qu'il avait trop hâte de rentrer chez lui lire le journal. Il n'a absolument pas remarqué que j'étais perchée en équilibre instable en haut de la clôture et il a fait entrer ses trois chiens un par un. Ensuite il a levé les yeux vers moi, le visage de plus en plus rouge de colère.

« Alors, vous passez ou quoi ? »

Je me suis extirpée du C, suivie de Moth, et j'ai laissé le gros homme me doubler à toute vitesse. Des applaudissements nourris venant de l'autre côté de la haie ont retenti.

« Bravo, quelle adresse, vous avez franchi cet échalier à la perfection ! »

Un couple d'élégantes personnes âgées battaient des mains avec enthousiasme.

« Accepteriez-vous de recommencer pour que je puisse vous filmer ? »

Moth est courtoisement remonté puis redescendu, tandis que les deux seniors roucoulaient autour de leur caméra puis lui serraient énergiquement la main dès qu'ils eurent fini de tourner leur chef-d'œuvre.

« Nos amis du club de lecture vont adorer ça. M'autorisez-vous à poster la vidéo sur le blog ?

— Je vous en prie, mon vieux.

— Nous venons vous entendre à St. Ives. Nous sommes très impatients.

— Vraiment ? »

Moth a renfoncé son chapeau et reculé d'un pas.

« Dites-moi exactement qui vous vous attendez à voir.

— Vous, bien sûr. Oh, est-ce un indice ? Le thème de la soirée serait nos différentes personnalités ? Splendide ! Et aujourd'hui, vous êtes qui ?

— Je suis un vagabond sans abri qui fait une petite promenade.

— C'est parfait, absolument parfait ! Follement excitant. Nous sommes si pressés de vous voir sur scène, Simon. À bientôt, donc. »

Et ils ont poursuivi leur chemin dans la direction opposée.

« Dédoublement de personnalité, contradictions, mise en évidence des contraires. C'est vraiment magnifique d'avoir cette longueur d'avance. Nous allons vite poster tout ça dès que nous serons à la maison. »

Nous les avons regardés s'éloigner, en pleine conversation.

« Pourquoi tu n'as pas démenti ?

— Ça commence à m'amuser, maintenant. Imagine la volée de bois vert qu'il va se prendre quand son club de lecture verra son blog. Il ne s'en remettra jamais.

— Tu es cruel.

— En attendant, nous ne savons toujours pas qui est Simon Armitage.

— Non, mais on a un indice. Il intéresse les clubs de lecture, ce doit donc être un écrivain.

— Et ils vont le voir sur scène à St. Ives.

— Les écrivains ne donnent pas de spectacle, si ?

— C'est peut-être une signature ou un truc du genre. Non, je n'appellerais pas ça un spectacle.

— Tu es impayable ! Qui qu'il soit, on aura peut-être l'occasion de faire sa connaissance.

— Je ne suis pas certain d'en avoir envie. J'aime assez ce mystère. »

Nous étions penchés au bord de Hell's Mouth pour apercevoir les phoques sur la plage au pied de cette falaise : des formes grises qui paressaient au soleil ou se jetaient à l'eau. Ils semblaient tellement heureux de profiter d'un intervalle de silence entre les flots de touristes qui déferlent du parking et du café de la plage. Un vent chargé d'ozone soufflait depuis la mer et nous portait les cris graves et mélancoliques de ces créatures dont l'écho se réverbérait entre les rochers. Cette tristesse était sans doute une illusion, une interprétation anthropomorphique. Le son en lui-même n'avait rien de funeste ni de nostalgique : les phoques étaient probablement en train de se disputer l'espace – leur vie entière, tout comme leur mort, circoncise par les rochers et la mer. Non pas une émotion, rien que l'écho des tonalités graves de l'existence.

Nous avons décampé à l'arrivée des touristes et dépassé le phare de Godrevy qui scintillait sous les rayons du soleil réfléchis par la mer. Derrière nous, une lumière éclatante balayait l'infinie succession des falaises jusqu'au phare de Trevose et peut-être même, moins vive dans le lointain, jusqu'à Hartland Point. Nous avions peine à croire que nous étions les deux mêmes personnes qui avaient fait une halte dans un café décoré de fanions à cet endroit, et encore moins les deux épaves qui étaient descendues du car à Minehead. Et avant encore ? Hors d'atteinte, trop éloignée désormais, notre maison s'était évanouie par-delà l'horizon. Elle existait toujours, mais la distance la rendait inaccessible. La douleur viscérale de la perte, nue et tranchante, s'était émoussée, mais les souvenirs demeuraient vifs si je fermais les yeux et les laissais refluer. Ce n'était pas à Godrevy mais sur une autre falaise que je les avais laissés. La douleur d'aujourd'hui n'en était que l'écho.

Le vent s'était levé et il fouettait la mer au point de la rendre folle. Hayle Beach s'étalait sous nos yeux sur plusieurs kilomètres, éclairée par les reflets des lumières blanches de St. Ives, qu'on distinguait désormais clairement de l'autre côté de Carbis Bay. Nous avancions aisément sur ce sable compact, rien à voir avec l'horreur instable et collante de Perranporth, les yeux rivés sur le niveau de l'eau qui montait rapidement, les vagues se soulevant et se brisant dans un nuage d'écume et de mousse. Dans le ciel, ballottés par les courants, les goélands argentés poussaient leurs cris diurnes et semblaient se moquer de notre lenteur. Des kitesurfeurs, soulevés par les vagues, exploitaient l'air et l'eau à la fois et, l'espace d'une seconde, suspendus entre les éléments, se libéraient des deux. À marée basse, à condition d'être prudent, il est possible de traverser à pied l'embouchure de la Hayle, mais dès que les courants commencent à gagner en force, l'estuaire se transforme en piège mortel. La marée nous a poussés à reculer vers l'intérieur des terres et nous avons repris le Sentier que bordait un chapelet de petites cabanes en bois décorées avec des coquillages, des bouées, du bois flotté et divers débris soigneusement ramassés sur la plage. J'aurais pu vivre dans une de ces cabanes, un refuge minuscule et bleu qui nous aurait abrités de l'hiver approchant. Les jours étaient plus courts et les estivants déjà moins nombreux, si bien que la plupart des cabanes étaient vides, prêtes à être barricadées pour les protéger des tempêtes.

Le Sentier a disparu en atteignant une esplanade en béton près du vieux quai avant de devenir une sorte de trottoir longeant la route sur plusieurs kilomètres. Paddy rapporte que certains randonneurs choisissent de s'épargner cette portion urbaine qui s'étend de là à St. Ives en prenant le car. On était déjà en fin d'après-midi et nous allions nous perdre dans une zone résidentielle après la tombée du jour avec nulle part où camper, et donc, nous avons nous aussi opté pour le car. Nous avions juste assez d'argent pour payer ce trajet et, sûrs de trouver dès la nuit suivante une falaise où planter notre tente au-delà de St. Ives, nous avons pris place dans la file d'attente.

« Vous allez où comme ça, les mecs ? Il est déjà tard dans la saison pour les randonneurs. »

Un garçon d'une vingtaine d'années en bermuda et haut à capuche était devant nous dans la queue.

« Land's End. Ensuite, ça dépendra du temps. On va peut-être pousser un peu plus loin.

— Vous avez combien de jours devant vous ?

— Tout le temps qu'on veut.

— Quoi, vous voulez dire que rien ne vous attend ? C'est vachement rare de faire un truc pareil à votre âge. Vous prenez la route et vous faites ce qui vous chante.

— Pas tout à fait.

— Mais si, mon vieux. Si vous êtes pas obligés de rentrer, vous êtes libres, vous menez votre barque. Je vous envie, les mecs. »

Il est monté dans le car qui prenait la direction opposée et nous a crié en se retournant :

« Vivez votre vie, les vieux ! »

On s'est assis dans le car ; c'était une sensation étrange d'aller tout à coup aussi vite et de couvrir en quelques minutes une distance que nous aurions mis des heures à parcourir. Le Sentier nous avait appris que les kilomètres à pied ne sont pas comme les autres. On connaissait la distance, l'espace à franchir d'un arrêt à l'autre, d'une gorgée d'eau à la suivante, on l'éprouvait dans nos os, comme la crécelle la mesure dans le vent et la souris l'évalue de son regard. Dans une voiture ou un car, les kilomètres ne sont pas affaire de distance. Seulement une question de temps.

Nous sommes descendus à St. Ives, une heure avant la tombée du jour, du mauvais côté de la ville par rapport aux falaises. Aucune importance. Rien n'en avait vraiment. Moth était toujours là, tout proche, et nous étions libres. Nous vivions notre vie.

14

POÈTES

Au soleil couchant, St. Ives a quelque chose de lumineux. Face au nord, mais entourée sur trois côtés par l'Atlantique, la ville baigne dans un haut niveau de rayons ultraviolets réfléchis par la mer, qui font chatoyer ses façades peintes et leur donnent un caractère irréel, même au crépuscule. En 1920, Bernard Leach y a installé une poterie, toujours en activité, suivi par Barbara Hepworth et ses sculptures géantes. La lumière a attiré des artistes du monde entier et le petit port de pêche s'est transformé en haut lieu de la vie de bohème. Ensuite, les touristes sont arrivés, la galerie d'art Tate St. Ives a ouvert ses portes, davantage de touristes encore, les sardines ont disparu et le sort de la ville a été scellé. Désormais c'est une Mecque du tourisme de masse en Cornouailles, où les marins-pêcheurs promènent les visiteurs au lieu de tirer leurs filets et où il y a plus de galeries que d'artistes. Mais la lumière reste authentique, elle inonde les ruelles et les terrasses des maisons de pêcheurs d'un éclat digne de la Méditerranée.

« Ce serait chouette de rester une journée et de jeter un coup d'œil alentour.

— Impossible. Il n'y a nulle part où camper. »

Assis sur le muret du port, nous regardons les fenêtres s'éclairer l'une après l'autre. Un vieil homme vêtu d'un pull-over tout déchiré, avec aux pieds des bottes basses en caoutchouc et sur la tête un bonnet enfoncé jusqu'à la barbe, remballait des casiers à homards tout neufs dont un n'était encore qu'à moitié tressé. L'espace d'un instant, nous nous sommes pris pour des peintres des années trente en train de s'imprégner de l'atmosphère locale en préparation d'un tableau.

« Vous pêchez dans le coin avec vos casiers ?

— Je ne pêche pas, ma belle, vous ne me trouverez jamais sur un bateau.

— Alors vous faites quoi avec ces casiers ?

— Je les vends aux touristes. Pourquoi, vous en voulez un ?

— Non, merci.

— Effectivement, vous m'avez plutôt l'air d'avoir besoin d'un camping que d'un casier à homards. Passez devant la Tate pour sortir du village, prenez le chemin de la côte et vous trouverez un camping en haut de la colline sur la gauche. »

Nous avons quitté le Sentier et gravi la colline, passé un portail et pénétré dans le dernier carré d'une longue enfilade de prés, qui constituait le camping pour tentes et caravanes au-dessus de la ville.

« On ne peut pas se payer un truc pareil.

— C'est vrai. Mais il fait nuit, ils ne vont pas venir vérifier à cette heure-ci. Et demain on peut décamper aux aurores. »

La tente a parfaitement trouvé sa place dans le coin le plus reculé du dernier pré, derrière des buissons d'ajoncs. On a dormi comme si on venait de parcourir vingt kilomètres à travers collines et rochers, sable et macadam. Quand on a fini par se réveiller, on a décidé de tenter notre chance et de rester.

Aux douches, j'ai retiré mes chaussures, puis les chaussettes que je portais depuis trois jours et trois nuits. Mon gros orteil était aplati, les bords de l'ongle se soulevaient. J'ai découpé la partie de l'ongle qui se décollait en laissant une mince bande encore attachée au milieu d'un orteil rose tremblotant. Toutefois, le carrelage était chaud sous mes pieds : un chauffage par le sol dans des douches. Je n'en avais jamais entendu parler. J'ai passé mes chaussettes au séchoir à cheveux accroché sous un immense miroir, ce qui a fait voler du sable, de la poussière et des lambeaux de peau sur tout le comptoir auparavant d'une propreté impeccable. La radio marchait à plein volume : une voix sirupeuse annonçait qu'on pouvait gagner des bons d'essence gratuits en collant un sticker « Pirate FM » sur son pare-chocs. « Da da da da Pirate FM ». Ce petit jingle m'est resté dans la tête, et même Bon Jovi beuglant ensuite *Dead or Alive* pendant que je prenais ma douche n'a pas réussi à l'en déloger.

J'ai séché ma tignasse, l'air chaud et sec… un plaisir oublié. À vivre à la dure sur ce Sentier, nous étions toujours mouillés. Dégoulinant de sueur ou d'eau de pluie, ou même seulement humides de l'air ambiant. Moites ou carrément en nage durant la journée, l'humidité nous pénétrait la nuit et le froid glacial du matin nous givrait. Il y avait des moments plus au sec, comme ceux où nous nous reposions au soleil, sacs et chaussettes posés par terre pour qu'ils sèchent, avant de les reprendre et qu'ils soient à nouveau trempés vingt minutes plus tard. L'humide nous était devenu aussi familier que le sec dans la vie normale, si familier que nous n'y pensions plus vraiment. C'était peut-être la raison pour laquelle mes chaussettes n'avaient pas quitté mes pieds depuis plusieurs jours. Nous étions passés sans crier gare de la civilisation moderne à un état d'existence élémentaire, de simple survie. Ce sol chaud et sec était une vraie balnéothérapie pour la plante de mes pieds et je suis restée une éternité campée dans cette chaleur, les cheveux secs et la radio dans les oreilles. J'adore la civilisation. *Da da da da Pirate FM*. Et merde ! Vu la qualité des douches, ce camping devait être hors de prix. Il fallait filer avant qu'on nous réclame de l'argent.

St. Ives était noire de monde, des hordes de visiteurs se pressaient dans ses rues étroites. Des banderoles annonçaient que le Festival de septembre se tiendrait ce week-end, mais la ville était déjà envahie, chacun s'appliquant à arriver à son hôtel avant la foule. Nous avons déambulé dans les ruelles, nous sentant tout légers d'être débarrassés de nos sacs à dos.

« De l'argent doit être arrivé sur le compte, tu sais.

— Mortel ! Il y a tellement de choses à manger partout. »

Nous avons collé le nez aux vitres d'un restaurant de poisson et pris un petit-déjeuner virtuel composé d'œufs pochés et de saumon fumé, presque aussitôt suivi par un cappuccino que nous n'avions pas encore terminé quand une serveuse est sortie pour nous demander de décamper parce que notre présence écœurait les clients. Charcuterie fine, donuts, glaces, pâtisseries à la crème et friands. Ah, les friands… Nous sommes allés au distributeur.

Solde à ce jour : vingt-cinq livres et soixante-deux pence. Retrait autorisé : vingt livres. Pourquoi si peu ? Nous ne pouvions rien y faire ; nous n'avions pas accès au relevé de compte complet et, même si nous l'avions eu, nous n'aurions pas pu nous payer le coup de téléphone nécessaire pour comprendre ce qui se passait. Nous avons retiré les vingt livres et nous sommes assis en silence dans un petit parc verdoyant près de l'église.

Moth m'a passé un bras sur les épaules.

« On va se débrouiller. Ça nous est déjà arrivé.

— Je sais, mais j'avais vraiment envie de ce friand. Continuons quand même à nous balader. »

J'avais du mal à retenir mes larmes.

« On est de nouveau bons pour les nouilles.

— Génial ! J'adore les nouilles. »

Les rues étaient à chaque heure plus pleines de badauds et de musiciens ambulants, mais la lumière semblait déjà avoir un peu baissé. Nous avons suivi les venelles au-delà de l'église et jeté un coup d'œil par la vitre d'un élégant hôtel, parquet ciré, murs peints en différentes nuances de blanc et lambris à rainures et languettes bleu glycine.

« Comment tu sais ça ?

— Ce sont les mêmes couleurs que j'ai utilisées dans la cuisine de la grange, tu ne te rappelles pas ? »

Une boutique de bibelots new age a attiré notre attention : l'étalage regorgeait de bijoux en argent, de cristaux et d'attrape-rêves. Sur la porte, une pancarte : « Aujourd'hui, lecture de tarots. » Nous sommes restés plantés devant la vitrine, sans vraiment regarder, pour le plaisir de poser les yeux sur une nuée d'objets scintillants.

« Vous voulez que je vous lise les tarots ? »

Une vieille dame en pantalon de jogging, cardigan et pull-over assortis, nous ouvrait la porte.

« Non, merci. Nous ne pouvons pas nous le payer.

— Entrez quand même. Tout ce flot de touristes

semble m'avoir laissée de côté. Je vais vous faire une lecture rapide. »

J'ai avancé d'un pas.

« OK, pourquoi pas ?

— Non. »

Moth était resté sur le seuil, il secouait la tête et refusait de bouger. La dame lui a tendu la main pour l'inviter à entrer.

« Je lirai seulement les tarots de votre femme, mais vous pouvez venir vous asseoir. »

Nous l'avons suivie jusqu'à son box dans l'arrière-boutique, fermé par des rideaux et envahi de bibelots. Là, elle a battu les cartes et j'en ai choisi neuf. Elle les a disposées l'une après l'autre sur la table.

« Oh mon Dieu, vous avez le soleil au centre de votre jeu et la lune au-dessus. Vos trois dernières lames représentent la Terre-Mère, les Arts et la Justice. Une très belle et prestigieuse combinaison. Prenez le temps de faire ce que vous savez devoir faire et votre vœu le plus cher se réalisera.

— Vraiment ?

— Vraiment. »

Elle a tendu le bras vers Moth et lui a pris la main.

« Et vous irez bien. Elle a une longue ligne de vie et vous êtes dessus. »

Nous sommes repartis vers la mer et avons marché le long de la digue de béton. Sur la plage, un artiste réalisait des installations de galets, de véritables sculptures offertes aux regards des promeneurs jusqu'à ce que la mer monte, tandis que son public jetait des pièces dans un tuyau qui débouchait sur un seau un peu plus bas.

« Donc, te voilà partie pour vivre une éternité.

— Et toi, tu seras toujours avec moi.

— Et ton vœu le plus cher se réalisera.
— Faisons-le alors !
— Quoi donc ?
— Achetons-nous un friand. »

Il y a d'innombrables marchands de friands en Cornouailles et chacun d'eux prétend être soit le meilleur, soit le plus ancien, soit le plus original. Nous en avons acheté un gros dans une boutique qui déclarait être les trois à la fois et sommes allés le déguster sur le port. Les gens s'entassaient sur les bancs et s'empiffraient de frites et de glaces. Nous nous sommes juchés sur le muret, balançant les pieds dans le vide, et Moth a mangé sa moitié du friand. Perchés sur les toits, les balustrades et les réverbères, les mouettes poussaient des cris stridents, pleins de colère ou d'impatience. Un oiseau à l'air particulièrement féroce avait élu domicile sur le toit de l'embarcadère des promenades en bateau et nous fixait de son œil de verre. Je veillais attentivement sur mon précieux friand enveloppé dans son papier taché de graisse. C'était vraiment le meilleur que j'aie jamais mangé. Du bœuf haché parfaitement tendre, pommes de terre et rutabaga, et juste assez de sauce pour qu'elle ne me coule pas dans la main. J'ai pris une deuxième bouchée, m'appliquant à mastiquer lentement pour la faire durer, sans perdre la mouette de vue une seule seconde. Ma main s'est éloignée de ma bouche, j'ai senti un souffle d'air au moment où quelque chose m'a effleuré la tête par-derrière et le friand a disparu. Abasourdie, je serrais encore le papier entre mes doigts quand la mouette de l'embarcadère s'est envolée en poussant des cris rauques. Quelle idiote ! Je n'avais pas regardé derrière moi. Les mouettes chassent-elles en meute ?

« Elle a dit que ton vœu serait exaucé. Elle ne t'a pas donné de garantie de durée.

— Facile à accepter pour toi, tu avais déjà mangé ta part.

— Oh, ne fais pas ta mauvaise tête. Tu dois reconnaître que c'était plutôt drôle.

— Je ne trouve pas. »

Moth s'est levé pour aller jeter le sac en papier dans la poubelle.

« Bon, eh bien tu peux rester ici à te lamenter sur ton sort. Moi, je dois aller prendre quelque chose dans la tente. Ne bouge pas, sinon je ne te retrouverai pas. »

Et le voilà parti dans la foule. Il y avait quelque chose d'étrange dans sa façon de marcher, fluide, bien régulière, au contraire des saccades habituelles causées par la douleur. Normale. Insolite. *Da da da da Pirate FM.* Nous ne nous étions pratiquement jamais séparés depuis notre départ du pays de Galles et je me sentais bizarrement désorientée, comme s'il avait emporté la moitié de moi en se relevant. Un friand à demi mangé. Les mouettes s'attroupaient derrière le fish and chips, toujours guidées par leur instinct – elles préféraient clairement le poisson –, mais auraient pu manger n'importe quoi à l'occasion. Elles fondaient sur leur victime, droit sur le butin, et réussissaient parfois leur coup. *Da da da da Pirate FM.* J'ai essayé de composer une chansonnette sur St. Ives. « En chemin vers St. Ives, j'ai rencontré un homme qui n'était pas là… » Ah non, ça, quelqu'un l'a déjà écrit. Et si Moth ne revenait pas ? S'il en avait trop marre de mes jérémiades, il pouvait aussi bien avoir fait son sac et s'en aller. Non, il ne ferait jamais une chose pareille : c'est moi qui avais l'argent. C'est à ce moment-là que l'idée a fait son chemin en moi, le toit a commencé à s'affaisser, le toit que j'avais soutenu durant tout l'été avec le bois de mine du déni. Que se passerait-il s'il ne revenait pas ? S'il m'abandonnait pour de bon ? Je serais pour toujours un friand à demi mangé, plus jamais un tout. J'ai serré mes genoux dans mes mains et me suis concentrée sur les mouettes, tout pour tenir cette menace à distance. *Da da da da Pirate FM.*

« Je ne voulais pas dire qu'il fallait m'attendre à cet endroit précis.

— Eh bien, c'est ce que j'ai fait. Qu'est-ce qui t'a pris tout à coup ?

— J'avais besoin de *Beowulf.* Allez, viens.

— Où ça ? »

Nous avons fendu la foule jusqu'à un endroit où la rue s'élargissait et où se produisaient quelques artistes ambulants. Moth a choisi un emplacement derrière la charcuterie et il a ouvert *Beowulf*, ce volume à la couverture bleu marine toute simple et son titre en lettres rouges, si familier.

« Tu es prête ?

— Non, non, tu ne vas tout de même pas… »

Moth s'est adossé au mur avec un air désinvolte, comme si c'était la chose la plus naturelle du monde. En fait, il avait toujours été un excellent conteur. Il déclamait des histoires dans les cabines de chantier, dans la file d'attente des cars, à nos enfants en leur faisant faire le tour du jardin, aux clients de notre grange, à tous ceux qui étaient prêts à se laisser faire pendant un bout de temps. Il captivait ses auditoires avec des récits historiques ou des explications botaniques. Là, c'était différent. Ces rues étaient pleines d'inconnus, ce n'était par un public captif. Et beaucoup d'entre eux n'étaient pas des vacanciers oisifs adeptes du château de sable, c'étaient des amateurs d'art venus pour le festival.

« Moth, je t'en prie.

— *Eh quoi...* »

Oh mon Dieu. Rouge de honte, j'ai tenté de reculer. Il avait toujours eu une voix si puissante, pas le genre à murmurer.

« *Eh quoi ! nous avons entendu parler de la valeur des rois qui gouvernèrent jadis les Danois des Lances et de l'héroïsme dont firent preuve ces princes !* »

Plusieurs badauds s'étaient arrêtés et se sont retournés. Puis, deux vieux messieurs qui ont hoché la tête en croisant les bras. Il était bien entré dans son rôle, à présent, il oubliait la foule, on sentait qu'il était mentalement de retour dans la baraque du chantier.

« *Mais alors un puissant démon qui rôdait dans la nuit...* »

Il m'a jeté son chapeau – comment pouvait-il penser une seconde que j'allais... – et des pièces ont commencé à tomber dedans. Des pièces d'une livre. J'ai fait le tour des spectateurs et la pluie a continué : vingt pence, cinquante pence...

« Vous avez une autorisation ? »

Une voix s'était élevée en marge du public qui avait grossi au point de pratiquement obstruer la rue. Une autorisation ?

« *Encore et encore des malheurs m'ont assailli...* »

Moth a refermé le livre.

« C'est tout pour aujourd'hui, les amis. Mes remerciements à *Beowulf* et à Seamus Heaney, son traducteur. Et merci à vous pour votre attention. »

Tonnerre d'applaudissements.

« Bravo, c'était un bel hommage, il aurait été fier, a dit un des deux vieux messieurs en serrant la main de Moth. J'espère que de là-haut, il regarde le festival cette semaine.

— Excusez-moi, rappelez-moi. Quand nous a-t-il quittés ? Je suis sur les routes depuis un certain temps. J'ai perdu le fil.

— Il y a deux semaines. Un hommage très réussi, vraiment très réussi. Merci. »

La foule s'est dispersée et j'ai glissé le chapeau sous ma polaire.

« Je ne savais pas que Seamus Heaney était mort. J'ai l'impression d'être un crétin et de lui avoir manqué de respect.

— Je ne pense pas qu'il t'en voudrait. Ça l'aurait sans doute plutôt fait rire.

— Il faut qu'on disparaisse. Tu as entendu ce truc à propos de l'autorisation ? »

De retour dans la zone calme du port, nous avons vidé le chapeau et compté la recette. De belles pièces bien brillantes. Nous les avons recomptées. Et recomptées à nouveau. Vingt-huit livres et trois pence. Vingt-huit livres bien à nous ! Nous avons dansé de joie, puis sauté sur place en riant aux larmes, rejouant la scène pour nous-mêmes.

« J'ai adoré le moment où tu t'es balancé à ce poteau, c'était tellement théâtral !

— À manger, à manger, à manger ! »

Nous avons posé nos pièces sur le comptoir du Co-op et empli nos sacs de pain, de fruits, de légumes verts, tout ce dont nous avions tant envie et qui ne ressemblait pas à des nouilles. Un pull-over chacun chez un fripier, deux cornets de frites, et il nous restait encore dix livres à ajouter à celles que nous avions en poche. Et encore cinq à la banque. Nous vivions notre vie.

En rentrant au camping, nous avons vu une affiche dans la vitrine d'une galerie d'art. Simon Armitage. Un poète. Qui allait à pied de Minehead à Land's End et donnait des lectures en chemin. L'une d'elles était annoncée à St. Ives ce dimanche. Entrée gratuite. Déjà complet.

« Eh bien au moins, maintenant, on sait qui c'est.

— Il ne te ressemble pas du tout, je trouve.

— Que veux-tu que je te dise ? Les gens sont peut-être irrésistiblement attirés par mon caractère poétique.

— Tu dis des conneries ! »

Nous avons passé la soirée dans les douches à laver nos vêtements et à utiliser les séchoirs.

Da da da da Pirate FM. J'ai essayé de finir ma chansonnette sur St. Ives, mais sans succès.

Hommage à Simon Armitage
Des mouettes, des mouettes partout,
Jusque dans mes cheveux.
Friands, friands partout,
Dans le bec de l'oiseau.

« Ray, c'est complètement nul.

— Pas du tout. De vrais hexasyllabes.

— Tu dis des conneries ! »

QUATRIÈME PARTIE

DES MÛRES UN PEU SALÉES

« Comment choisir ? Lesquels jeter,
lesquels garder et rapporter. »

Simon Armitage,
« Plage de galets »

15

CAPS

C'était un de ces matins presque trop parfaits. Une lumière intense et cristalline dès que le soleil était apparu à l'horizon. Le cap de Godrevy était d'un vert vif et on apercevait Trevose à l'horizon avec une netteté étonnante. C'était trop beau pour durer. Ce genre de matin a tendance à se transformer au moins en un chaos de nuage et souvent en quelque chose de bien pire. Mais nous avions découvert que le camping faisait payer vingt livres la nuit et nous ne pouvions pas rester un jour de plus.

Depuis Clodgy Point, la lumière verte s'est répandue à l'est mais, à l'ouest, d'énormes cumulus aux sommets blancs se rassemblaient et détachaient déjà leurs éclaireurs qui, sous la poussée du vent, traversaient le ciel à vive allure. Le Sentier se poursuivait à travers une multitude de promontoires rocheux désertiques : Hor Point, Pen Enys Point, Carn Nuan Point, jusqu'à se perdre à l'horizon. Rien que l'Atlantique et une succession de caps, déchiquetés, primitifs et menaçants. Et encore un. Nous avons continué de marcher, l'ouest était déjà assombri, des fragments de rochers se détachaient et tombaient dans la mer, de l'écume blanche commençant à se former à la crête des vagues, tandis que la densité croissante de l'eau imitait celle des nuages de plus en plus bas. Une terre secrète, toute de rocs et d'intempéries, déserte et isolée. Immuable au fil des millénaires et pourtant sans cesse remodelée par l'océan et le ciel, un paradoxe vivant à l'extrême ouest. Laissée intacte par le temps ou la main de l'homme, cette contrée ancienne nous vidait de nos énergies et de notre volonté, et nous courbions la tête sous la force des éléments qui la façonnaient.

La terre se craquelle et se soulève, elle donne naissance à d'énormes rochers qui transforment le Sentier en une cascade de blocs de pierre acérés et infranchissables. Tant bien que mal, nous avons avancé, escaladant, longeant ou contournant les obstacles. Le soleil allait à la rencontre de la terre, nous à celle du ciel. L'eau suintait partout, elle traversait nos vêtements, faisait gonfler nos chaussures. Quelque part sur notre droite, l'océan rugissait entre les écueils, mais nous ne le voyions pas. Une averse a éclaté, laissant derrière elle une traînée d'air gris et humide, si opaque que nous n'avions plus aucune chance de nous frayer un chemin entre les blocs de pierre. Privés de tout repère vers lequel nous diriger, nous avons continué à tâtons à travers les éboulis, résignés à la possibilité d'être condamnés à errer dans ces champs de rochers à jamais, dans un Hadès gris et détrempé.

À un moment donné cependant, sans savoir comment, courbée vers le sol comme la pluie rabattue par le vent, je me suis rendu compte que mes pieds foulaient à nouveau de la terre ; ils avaient instinctivement retrouvé le Sentier qui maintenant remontait vers Zennor Head. Les rochers avaient cédé la place aux fougères que nous écrasions, le regard rivé au chemin de peur de le perdre. Il a fini par redevenir plat et j'ai relevé les yeux pour me trouver nez à nez avec deux Allemands d'un certain âge, les premières personnes que nous croisions de la journée.

Ils paraissaient tout aussi heureux que nous de cette rencontre.

« Oh, Dieu merci ! Nous avons cru mourir ici. Nous sommes passés trois fois par ce même endroit. Où sommes-nous ? »

Vous avez cru mourir ? Moi, je pensais que j'étais déjà morte. Moth a tiré son Paddy Dillon tout mouillé de sa poche et a décollé délicatement les pages, tandis que nous faisions cercle autour de lui, essayant de sécher nos lunettes à l'aide de nos vêtements trempés.

« Vous voulez aller où ? a demandé Moth.

— Zennor. Nous avons réservé une chambre au Tinner's Arms.

— Alors descendez cette colline et suivez la route qui s'enfonce dans les terres. »

Ils ont tourné les talons et, deux mètres plus loin, le brouillard les avait déjà engloutis.

« Le Tinner's Arms ? »

L'idée d'être au chaud et au sec dans un pub paraissait irrésistible.

Épuisées, nos jambes se traînaient péniblement sur le macadam. L'eau ruisselait de nos sacs mouillés qui pesaient deux fois plus lourd mais, après les rochers, la surface plane nous a paru paradisiaque.

Selon la légende, la Sirène de Zennor était une belle créature à la voix enchanteresse qui se rendait parfois à l'église. Un jour, elle y aperçut Mathey Trewella, qu'elle fascina aussitôt, il partit avec elle et on ne le revit jamais plus sur terre, sauf peut-être une fois sur un bateau, lorsque les brumes s'élevaient du côté du couchant... Enfin, c'est ce que nous avait raconté la vendeuse du glacier Moomaid of Zennor à St. Ives. En mémoire du couple, les villageois avaient sculpté une sirène sur un montant du banc où elle s'asseyait autrefois, et cette légende n'avait pas du tout été imaginée par une congrégation fondée au XVe siècle, experte en marketing, qui venait d'inventer un nouveau dessert à la vanille.

Et donc, à l'instant où l'église de St. Serena a surgi du brouillard, nous nous sommes sentis obligés d'y faire un tour. De fait, la sirène trônait là dans sa gloire avec sa queue de poisson. Nous étions en train de réfléchir à nous abriter pour la nuit dans l'église quand la porte s'est ouverte en grand et deux hommes chargés de sac à dos et efficacement protégés par des couvertures imperméables sont entrés d'un pas martial. Le plus grand s'est dirigé tout droit vers la sculpture et s'est tourné pour la regarder.

« Eh bien, la voilà ! »

Ensuite, il a pivoté sur lui-même et il est ressorti de la nef, en entraînant son compagnon sans même lui laisser le temps d'admirer la sirène. Sans doute des soldats en manœuvre.

Au Tinner's Arms, nous avons trouvé des tabourets dans un recoin sombre près du bar, retiré nos imperméables et commandé deux thés. Les Allemands nous ont fait signe depuis l'autre côté de la salle, déjà penchés sur d'énormes assiettes bien remplies. J'ai accroché mes chaussettes rouges au rebord de la table et l'eau qui s'en écoulait est allée rejoindre la flaque derrière les sacs à dos. Nous avons bientôt eu si chaud que de la vapeur s'est mise à monter de nos vêtements et nous avons disparu dans le brouillard au fond de notre recoin.

La porte du pub s'est ouverte brusquement et les

deux types que nous avions croisés à l'église sont entrés d'un pas toujours aussi énergique, bientôt suivis de quatre autres. Ils n'étaient plus mouillés, ils s'étaient manifestement douchés et portaient des vêtements propres et secs. Nous avons attendu qu'ils viennent nous raconter ce qu'ils faisaient : les randonneurs ne peuvent jamais s'en empêcher, tôt ou tard il faut qu'ils confient à leurs congénères les vicissitudes du chemin. Il ne leur a pas fallu longtemps.

« On suit le Sentier de la Côte. De Minehead à Plymouth. Il faut qu'on soit arrivés d'ici deux semaines max. Nous en sommes à notre dix-huitième jour, donc on est dans les temps. »

Apparemment, le grand type était leur porte-parole.

« Pourquoi on le fait ? Eh bien, pour une œuvre de bienfaisance, évidemment. Personne ne ferait un truc pareil si ce n'était pas pour soutenir une association ou une autre. Ça serait vraiment trop égoïste. On bénéficie d'un soutien logistique, bien sûr, la camionnette nous suit. »

C'est le moment de la conversation où, normalement, les randonneurs auraient jailli de leur cachette et où les clients de la salle auraient échangé en toute convivialité leurs histoires de marche. Là, les Allemands étaient déjà partis et les autres consommateurs n'étaient clairement pas des randonneurs. Eh bien, en fait, nous aussi nous faisons le Sentier. Non, pas pour une œuvre de bienfaisance. Juste une sorte de promenade. Vous avez un soutien logistique ? Non, seulement nos sacs à dos. Camping ? Oui, et notre tente est absolument gorgée d'eau. Alors vous dormez où cette nuit ? Pas la moindre idée.

Eh bien, nous avons décidé de ne pas jouer le jeu. Nous sommes restés dans notre coin obscur et nous avons commandé un autre pichet d'eau chaude. À 22 heures, ils sont repartis « pour se coucher de bonne heure et décoller aux aurores ».

À 23 heures, il a enfin cessé de pleuvoir et le brouillard s'est légèrement dissipé. Nous avons renfilé nos vêtements mouillés et sommes sortis dans la nuit. Au bord de la route, un champ nous a semblé idéal, mais la présence d'un tas de compost nous a fait comprendre qu'il s'agissait du bout d'un jardin. Nous avions repéré une autre possibilité sur le cap et nous y sommes retournés. Après s'être faufilés entre les fougères, nous nous sommes retrouvés dans un champ, les lumières de la ferme assez éloignées pour risquer le coup. Le vent s'est levé pendant que nous tentions d'éponger la toile de tente avec une serviette mouillée et nous avons donc décidé d'attendre qu'elle sèche suffisamment pour sortir nos sacs de couchage. Trempés et frissonnants, nous avons mangé du riz au thon à 1 heure du matin sur ce promontoire exposé à tous les vents. Portés par l'air humide nous sont parvenus de la combe en contrebas les cris plaintifs de quelques phoques ; puis, d'un peu plus loin, une réponse. Ces animaux se parlaient manifestement par cette nuit noire et pluvieuse.

« Bon Dieu, ce que c'est mouillé par ici !

— Pareil ici.

— Ras le bol de cette putain de sirène ! Elle peut pas la boucler ? J'arrive pas à dormir. »

À moins que ce ne soit les gémissements d'autres phoques. Difficile à dire. En tout cas, alors même que je me glissais dans mon sac de couchage humide, sous une tente mouillée, sur un promontoire battu par les vents et que j'entendais les phoques geindre dans la nuit, je me suis réjouie de ne pas être couchée sur un carton derrière les poubelles dans une ruelle obscure.

Les vaches qui viennent de brouter de la bonne herbe dans un pré produisent le son particulier de gaz qui s'échappent. Et ce son était tout proche de moi. Si une vache rotait près de ma tête, cela signifiait que ses sabots devaient pratiquement toucher la tente, qu'elle s'était peut-être empêtrée dans un cordage, ou pire encore, que sa patte s'était enfoncée dans la toile. J'ai essayé de rester calme et j'ai chuchoté :

« Moth, Moth, il y a une vache là tout près.

— Et ?

— Juste devant la tente.

— Fais comme si elle n'était pas là et elle s'en ira. »

J'en étais bien incapable et j'ai tenté d'ouvrir lentement la fermeture Éclair pour ne pas l'effrayer et la faire se ruer sous la tente. Impossible de réaliser pareille opération sans faire de bruit. Ensuite, j'ai buté contre le réchaud et je suis tombée dans l'herbe mouillée. La vache avait déjà reculé et s'éloignait paisiblement, broutant de-ci de-là, dans l'indifférence la plus totale. De son échine montait de la vapeur d'eau et, dans l'air froid et immobile, je distinguais son haleine de la brume qui l'entourait alors qu'elle allait rejoindre son troupeau de spectres ruminant à la lisière du brouillard. Je les ai écoutés déchiqueter l'herbe, mastiquer, roter et respirer à la faible lumière humide d'une lune qui restait cachée. Les phoques continuaient à pousser leurs bêlements rauques et répétitifs, interrompus de temps à autre par le cri aigu d'un huîtrier. J'ai sorti mon duvet de la tente et m'en suis enveloppée tandis qu'une lueur commençait à poindre à l'est, illuminant les caps l'un après l'autre, jusqu'à ce que les rayons de lune s'estompent et que le brouillard se dissipe peu à peu. Les mouettes ont retrouvé le volume de leurs piaillements de jour et les fenêtres de la ferme se sont éclairées.

Les nuages s'étaient suffisamment élevés pour qu'on distingue la masse de la Gurnard's Head et les différents caps qui nous en séparaient. Le ciel toutefois demeurait bas et gris et menaçait de le rester si le vent ne résistait pas. Le Sentier passait par une ravine traversée d'un petit ruisseau aux berges toutes fleuries, comme si tous les enclos de Zennor avaient laissé tomber leurs graines dans l'eau pour qu'un sol humide les accueille et qu'elles fleurissent à profusion dans un jardin sauvage et secret.

Et en route pour un nouveau cap ! Assis sur un banc, nous dégustions une tablette de fudge détrempée en tendant l'oreille vers des voix et des bruits de pas qui se rapprochaient.

« J'en ai vraiment rien à faire de tes ampoules. On dépassera Land's End ce soir, juste dans les temps. »

Ils sont passés devant nous en nous ignorant complètement et ils ont disparu. Land's End aujourd'hui ? Nous étions à plusieurs jours de marche du grand point d'interrogation de Land's End. Le fameux « Et après ? ».

Deux autres silhouettes sont apparues dans les lacets d'un chemin qui remontait de Pendour Cove et se sont engagées sur le sentier qui passait près de nous. Deux seniors, le dos voûté, de corpulence et d'âge similaires. L'un d'eux était équipé de pied en cap : bottes, imperméable et bonnet de laine. Il était maigre, avait les traits tirés et le teint gris, et en main un ballot de vêtements. L'autre, peut-être un peu plus jeune, portait un short de bain et des tongs, il avait une serviette enroulée autour du cou et tenait un Tupperware. Alors qu'ils se rapprochaient, les mouvements, la forme de leur crâne et leur dispute nous ont clairement fait comprendre qu'ils étaient frères.

« Salut. Vous allez vous baigner ? Nous, on en vient. Enfin, moi, parce que lui, il n'y a pas moyen de lui faire enlever ses bottes. On se demande ce qui se passerait si sa peau voyait la lumière du jour, peut-être qu'elle se détacherait par lambeaux ? »

Le nageur était aussi celui qui avait la parole plus facile. Son frère gardait le silence, un demi-sourire aux lèvres.

« L'air est parfait, ce matin ! Chaud et humide, c'est très bon pour la peau. Une goutte d'eau de mer bien froide, une brume tempérée, je n'arrête pas de lui dire, ça vous garde en bonne santé et vous fait rester jeune. »

Il nous a tendu son Tupperware, à moitié rempli de fruits violets, luisants et gorgés de sucre.

« Vous voulez une mûre ? »

Celles que nous avions cueillies en chemin étaient petites et encore acides, et c'est par politesse que j'en ai accepté une, mais quand je l'ai goûtée, elle ne ressemblait à aucune des mûres que j'avais mangées dans ma vie. Douce, sucrée, une explosion de riches saveurs d'automne et, en arrière-bouche, à peine perceptible, un léger goût de sel.

« Vous pensiez que la saison des mûres était finie, pas vrai ? Ou alors vous en avez cueilli et vous ne les avez pas aimées ? Eh, il faut savoir attendre le dernier moment, juste entre bien noires et déjà gâtées. Les merles, eux, ne s'y trompent pas. Et si le brouillard se lève et pose une pellicule d'air marin sur les ronces, vous obtenez des fruits exceptionnels et meilleurs que tout ce qu'un grand chef cuisinier peut vous préparer. Une mûre parfaite et légèrement salée. L'homme n'y est pour rien. C'est l'œuvre du temps et de la nature. Un don du ciel quand on croit que l'été s'achève et que toutes les bonnes choses sont derrière nous. Un don du ciel. »

Il a passé un bras sur les épaules de son frère, pâle et frissonnant, évidemment malade.

« Donne-moi mes vêtements, mon vieux, et je te ramène à la maison, au coin d'un bon feu. »

L'aîné s'est contenté de sourire et ils ont poursuivi leur chemin vers la ravine.

En suivant le parcours sinueux du Sentier vers Gurnard's Head, les paumes toutes violettes, nous avons dévoré des mûres par poignées.

Le ciel s'est ouvert d'un coup, aspiré par l'océan, et a écrasé la terre ; il nous a aussitôt transformés en larves de boue rampant sur les pierres du sentier accidenté. Des rouleaux gigantesques venaient se briser au pied de la falaise, tout comme la pluie déferlait sur nous. Elle traversait tout ce qui n'était pas imperméable, tous les vêtements entre autres, elle s'engouffrait dans les chaussures et en ressortait comme des geysers de soupe boueuse mêlés de sueur. En milieu d'après-midi, nous avons renoncé, monté la tente dans un champ, échangé nos vêtements trempés contre des vêtements mouillés, mangé une assiette de riz, joué à « Je vois quelque chose qui commence par… » – un jeu plutôt limité sous une tente, puis à « Qu'est-ce qu'on fait après Land's End » – un jeu très limité quand on n'a que deux possibilités : poursuivre ou pas –, déclamé des passages de *Beowulf* – une version

très limitée du jeu « Qui a la plus grosse épée ? » et pas très conseillée sous une tente, et enfin, nous avons dormi douze heures d'affilée.

Une lumière vive s'infiltrait dans la tente, plus vive en tout cas que nous n'en avions vu depuis deux jours, mais peu importait s'il faisait vraiment jour ou non : des crampes dues aux mûres me tordaient le ventre, qui n'avait pas supporté cette énorme quantité de fruits frais après des semaines de nouilles et de riz. Je me suis accroupie à côté d'un mur de pierres sèches dans une explosion de soulagement violette tout en regardant le duvet blanc des cumulus traverser le ciel bleu. Ce n'est qu'à ce moment-là que je l'ai repérée. Une femme, assise sur un tabouret, la tête posée contre le flanc d'une vache qui mangeait quelque chose dans un seau. Que faisait-elle donc là à traire au beau milieu d'un champ ? Est-ce que j'étais malade, victime d'une hallucination ou d'un voyage dans le temps comme en évoque Thomas Hardy dans *Tess d'Urberville* ? Personne ne s'assied plus sur un tabouret pour traire les vaches, et encore moins dans un champ. Ensuite, elle m'a adressé un signe de la main. Oh merde, elle m'avait vue m'accroupir à côté de son mur. J'avais confirmé le préjugé local que les touristes sont tous des êtres sauvages, des païens buveurs de lait de soja.

« Moth, lève-toi, il faut qu'on décampe. »

Le Sentier s'aplanissait et s'incurvait en pente douce vers Portheras Cove. Le vent séchait nos vêtements tandis que nous longions une rivière vers le rivage. Un border collie s'est précipité vers nous, en bondissant de rocher en rocher, suivi par une petite femme aux cheveux gris-blond, tellement longs que sa tresse lui descendait jusqu'au-dessous de la taille.

« Bonjour. Vous faites le Sentier ? Vous allez jusqu'où ?

— Land's End. Peut-être plus loin.

— Vous y êtes presque, alors. Vous êtes partis d'où ? Vous campez ?

— Minehead, et oui, on a fait du camping sauvage partout où on a pu.

— Je l'aurais juré. Ça se voit.

— Qu'est-ce qui se voit ?

— Vous avez été touchés. C'est écrit sur votre visage : vous avez senti la main de la Nature. Elle ne vous quittera plus, maintenant. Vous êtes salés à vie. Moi, je suis arrivée ici il y a trente ans et je ne suis jamais repartie. Je viens nager tous les jours et je promène mon chien. Les gens luttent contre les éléments, contre le temps, en particulier par ici. Mais quand vous avez été touché, si vous lâchez prise, vous n'êtes plus jamais le même. Je vous souhaite bonne chance, où que vos pas vous conduisent. »

Elle a suivi son chien et disparu sans effort derrière le promontoire rocheux.

« Est-ce que cette côte est le pays des sages et des prophètes ? On en croise un à chaque détour du chemin.

— "Salés". Le mot me plaît. Assaisonnés, préservés, comme les mûres.

— Le soleil commence à chauffer. Profitons-en pour sécher un peu nos affaires. »

Nous avons vidé le contenu de nos sacs sur les rochers alentour et une légère vapeur d'eau s'en est peu à peu échappée sous le soleil de midi. Des objets qui nous étaient apparus étrangers mais indubitablement pratiques quand nous les avions achetés nous étaient désormais familiers. Nous connaissions leurs défauts et leurs limites, si furieux qu'ils puissent nous rendre,

mais nous ne pouvions vivre sans chacun d'eux, nous les aurions défendus jusqu'au dernier. Même les sacs de couchage à l'épaisseur d'une feuille de papier que nous étions prêts à haïr nous étaient aussi indispensables que des frères et sœurs exaspérants. Le granit rugueux absorbait la chaleur, la réverbérait ; il a réchauffé notre peau humide et ridée, détendu nos muscles contractés, et nous nous sommes réveillés en début de soirée en nous étant endormis vers midi. Je me suis tout de même relevée un peu raide, ma peau brûlée gémissait, mais j'étais aussi dispo que notre équipement sur les rochers. J'ai entrepris de refaire les bagages. Les sacs de couchage et les pull-overs d'occasion étaient enfin chauds et secs. Si seulement ils pouvaient conserver cette chaleur jusqu'à la nuit !

« Et si on restait là ce soir et qu'on reparte seulement demain ?

— D'accord. Pourquoi pas ? Je piquerais bien une petite tête. »

Moth s'est élancé vers le large tandis que les vagues se retiraient au-delà de la plage. Son corps était plus maigre que je l'avais jamais vu, sa peau d'un blanc brillant là où le T-shirt ne l'avait pas laissé se tanner. Les muscles jouaient dans son dos, moins robustes après des étés passés à bâtir des *clawdd*, à tailler des haies et à creuser des fossés, mais plus déliés et mieux dessinés qu'ils ne l'avaient été depuis le début des douleurs à l'épaule et l'atrophie. Il nageait, lançant ses bras en avant en un crawl puissant, un mouvement de rotation complet, toujours plus loin dans l'eau plus profonde, alors que le soleil déclinait et éclaboussait l'océan déjà assombri de longues traînées d'or. Puis, entre les teintes bleu marine et lie-de-vin, s'est fait jour un arc de couleur gris foncé, un gris très

doux, qui jaillissait, replongeait et réapparaissait par intermittence. Puis un autre, et bientôt un troisième : des grands dauphins qui s'approchaient peu à peu du rivage. Moth les avait repérés et avait cessé de nager, se laissant porter par l'eau pendant qu'ils traversaient la baie, leur nez ou leur queue émergeant par instants, et fendaient silencieusement les flots, difficiles à distinguer des vagues qui moutonnaient. Ils étaient l'océan incarné qui déferlait, ils appartenaient au même élément. Ils sont repartis avec la marée dans la lumière du couchant, filant vers l'horizon et le grand large.

La population de grands dauphins dans les Cornouailles, contrairement à celles du pays de Galles et de l'Écosse, ne bénéficie d'aucune protection de son espace vital. Elle a été réduite de moitié au cours des dix dernières années alors qu'elle s'est stabilisée dans les autres régions. Pour avoir le droit à être protégés, il faudrait qu'ils soient reconnus comme « résidents » par les organismes de préservation des espèces animales, mais en l'absence d'études suffisantes, ces dauphins ne peuvent pas se voir attribuer ce statut. Les scientifiques ont cependant observé – ce qui devrait constituer une preuve absolue de « résidence » – que les grands dauphins de Cardigan Bay communiquaient dans un dialecte différent de ceux qui vivaient dans les eaux d'Irlande. Il est donc indubitable que ces dauphins constituaient une espèce locale puisqu'ils parlaient gallois. Assurément, les natifs de Portheras ont un accent épais et grumeleux : de quelle autre preuve a-t-on besoin ?

Même si une protection finit par leur être accordée, rien ne garantit qu'ils seront sauvés, tant qu'on ne pourra pas compter sur les autorités pour démontrer qu'elles savent faire preuve de cohérence. Le gouverne-

ment gallois considère aujourd'hui que la biodiversité dans Cardigan Bay et les Zones spéciales de conservation de Pen Llyn a profité d'un traitement exceptionnel durant suffisamment longtemps. Il vient de faire paraître un décret autorisant les chalutiers qui ratissent les fonds marins à y reprendre la pêche à la coquille Saint-Jacques. Ayant déserté la zone auparavant systématiquement draguée pendant plusieurs années, la vie marine n'y a fait que progressivement sa réapparition, ce qui a permis à l'Assemblée galloise d'en conclure qu'un désert de sable sous-marin est l'état naturel des eaux de notre littoral. Mais en même temps que les coquilles Saint-Jacques, les griffes métalliques ont arraché au passage toutes les créatures marines : moules, anémones et éventails de mer, éponges, algues, toutes les espèces de poissons. Un monde sous-marin qui ne peut pas se reconstituer à court terme, mais auquel il faudra des dizaines, voire des centaines d'années pour renaître. Un environnement spécifique qui nourrit les mamans dauphins quand leurs petits sont encore jeunes et se déplacent lentement.

Le schiste argileux des falaises qui bordaient la plage étant instable, nous avons jugé plus prudent de monter la tente à bonne distance, sur l'autre rive d'un cours d'eau vive, bien au-dessus de la ligne d'algues et de coquillages que laissait derrière elle la mer en se retirant. Des semaines passées à observer les mouvements de l'océan nous permettaient d'avoir une idée précise des changements de marée. La nuit est tombée, le faisceau du phare de Pendeen balayant rythmiquement le cap sans jamais atteindre la plage. Les huîtriers ont fait leur apparition et, avec eux, un froid glacial qui montait du sable et nous a gelés jusqu'aux os.

J'ai enfilé tous mes vêtements et une partie de ceux de Moth qui n'avait pas froid du tout et j'ai fini par sombrer en grelottant dans ce sommeil profond qui sous une tente ne dure jamais bien longtemps.

C'est à ce moment-là que la mer a surgi, se précipitant avec une puissance inouïe bien au-delà de la ligne des marées et manifestement décidée à ne pas s'arrêter là. Nous avions choisi cette tente pour sa capacité à rester debout même sans piquets, mais qu'elle y parvienne alors qu'elle était soulevée dans les airs avec les matelas et les duvets à l'intérieur tenait sans doute du prodige. Plus étonnante encore que la constance de la tente Vango était celle de Moth. Courant sur la plage en caleçon, il l'a empêchée de s'envoler. Même lorsqu'il lui a fallu patauger jusqu'aux genoux dans l'eau salée qui refluait dans la rivière, il n'a pas lâché prise. Il avait renversé la vapeur, c'était indubitable, en dépit des prédictions des médecins. À les en croire, la DCB était sans retour.

Il s'en rendait compte, lui aussi.

« Je me sens plus fort. J'ai l'impression de pouvoir mettre un pied devant l'autre et de savoir où il va se poser. Les choses me tombent moins souvent des mains. Mais c'est surtout mon épaule : j'ai moins mal. Ça a été vraiment dur quand j'ai arrêté de prendre la prégabaline, mais quelque part juste avant d'arriver à Newquay, je me suis aperçu que je souffrais beaucoup moins. En fait, je ne me suis pas senti aussi bien depuis des années et j'ai les idées beaucoup plus claires. Ma tête fonctionne normalement. Je ne sais pas combien de temps ça va durer ni même si c'est possible. Peut-être que tout va recommencer quand j'arrêterai de marcher. Je n'en sais rien.

— Avant d'arriver à Newquay ? Alors c'est sûrement grâce aux herbes médicinales de Kurt.

— Moi, je crois plutôt que c'est à cause de l'exercice physique intense. Il va peut-être falloir que je continue à marcher toute ma vie.

— Ne plaisante pas avec ça. On va sans doute y être obligés de toute façon. Ça m'est égal. Si l'exercice te maintient en forme, je marcherai avec toi jusqu'au bout du monde.

— Qu'est-ce qu'on va faire après Land's End ?

— Je n'en ai aucune idée. »

La nécessité d'acheter des provisions nous a fait entrer dans Pendeen. Une minuscule boutique proposait des miches de pain cuites au four de la taille de ballons de football. Nous n'avons pas résisté et en avons dévoré une d'un seul coup. Mourant d'envie d'une tasse de thé, nous avons mendié un pichet d'eau chaude au café et tenté de recharger le téléphone, mais il n'avait pas survécu à la pluie et a refusé d'aller plus loin que l'écran blanc.

« Et vous allez où comme ça ? a demandé le patron, dont la curiosité avait manifestement été éveillée par ces deux pique-assiettes pas très reluisants au fond de son établissement.

— Au départ, ça devait être Land's End, mais on n'est plus très sûrs. Il est possible qu'on continue.

— Vous n'êtes pas obligés de rentrer ?

— Non, on est SDF maintenant.

— Vous voulez dire que vous avez vendu votre maison pour faire la route ? C'est super courageux à votre âge. Je n'en connais pas beaucoup qui oseraient à votre place. »

Ce n'était pas exactement ce qu'avait dit Moth, mais nous avons décidé de laisser passer.

« Moi, je rêve d'un trip à vélo et en canoë à travers la France, en le tirant derrière le vélo. Vous pourriez venir. J'ai une maison dans le Pas-de-Calais. Vous me la loueriez pour l'hiver, cinq cents livres par mois. Là-bas, on pourrait pédaler tout notre saoul.

— Quelle idée géniale ! On reprend contact avec vous dès qu'on a fini le Sentier, à quelque moment que ce soit. »

Nous avons quitté le café dans la chaleur de la fin de matinée. On venait de nous proposer un toit. On ne pouvait pas se le payer, c'était à l'étranger, et même s'il avait retrouvé ses forces, rien ne disait que Moth serait capable de parcourir mille kilomètres à vélo en tirant un canoë derrière lui. Mais tout de même. On nous avait proposé quelque chose. Certes, si tout cela venait de l'idée erronée qu'on avait un magot en réserve depuis la vente de notre maison et si ce type avait su la vérité, il n'aurait sans doute rien proposé du tout. Il y avait des possibilités. Il y avait de l'espoir.

Geevor était une mine d'étain en activité jusqu'en 1991. Moins de dix ans après la fermeture de la dernière des mines d'étain d'Angleterre, on arrêta les pompes et ses galeries furent inondées jusqu'au niveau de la mer. Certains mineurs s'exilèrent en Australie, d'autres furent engagés sur le chantier du tunnel sous la Manche. C'était la fin d'une ère – l'histoire minière de Cornouailles était terminée.

Pas pour longtemps. Comme la plupart des choses dans cette contrée, Geevor se transforma en attraction touristique et fait maintenant partie du Cornish Mining World Heritage Site. Un site qui ne produit plus ses tonnes et ses tonnes de minerai, qui, à la place, exploite

les visiteurs, un projet à long terme plus viable. L'excavation de l'étain, c'est sans doute fini, mais l'héritage demeure, et sans elle, le pays serait assurément moins riche. Après tout, sans la mine, nous n'aurions jamais connu les inimitables friands. Ni même la série télévisée *Poldark.*

Ce jour-là, elle était fermée : une mine silencieuse et abandonnée, parfaitement rénovée. Par-delà Geevor, à nouveau sur le Sentier, les vestiges d'une industrie morte sont partout. Hangars désaffectés et cheminées brisées, une contrée de schiste et de destruction, une zone de guerre. La bataille livrée par l'homme contre la roche a laissé une dévastation que rien ne peut réparer. La Terre en esclavage. Nous avons quitté ce paysage irréel et, avec lui, les touristes qui s'en repaissent aussi vite que possible.

Le Sentier continuait en lisière des falaises, entre ajoncs, prunelliers et ronces, et ne perdait jamais de vue sur la droite l'éminence de Cap Cornwall et la cheminée de la mine qui le surplombe. En vieux cornouaillais, on l'appelait Kilgoodh Ust, c'est-à-dire « le dos d'oie de Saint Juste ». Il ne ressemblait de près ou de loin à aucun dos d'oie que j'aie vu, mais donnait l'impression d'une île du bout du monde assaillie par l'écume. Jusqu'il y a deux cents ans, on le considérait comme le point le plus à l'ouest de la Grande-Bretagne. Et de fait, on pourrait le penser : loin de tout, il s'avance en saillie, telle une dernière sentinelle qui irait se noyer dans la mer. Assis dos au granit tiède de la cheminée, nous avons laissé nos regards se perdre jusqu'à l'horizon. La chaleur a même ressuscité le téléphone qui s'est mis à vibrer.

Land's End n'était qu'à quelques kilomètres sur notre gauche, mais le voir depuis cette cheminée nous donnait l'impression de voyager sur un immense paquebot prêt à s'avancer dans l'Atlantique, le plus à l'ouest possible. Une plaque représentant une étiquette de conserve de haricots blancs commémore l'acquisition du cap par la société Heinz en 1987. Il appartient aujourd'hui au National Trust. Moth a toujours adoré les haricots blancs en boîte, et tandis que le soleil commençait à décliner et que le ciel s'illuminait d'une blancheur infinie de fin d'été reflétant l'éclat aveuglant de l'écume, il a grimpé sur le banc, bras en croix, et il a crié son enthousiasme dans le vent.

« Merci ! »

Même si ce n'était qu'une manœuvre habile pour payer moins d'impôts, ça aurait été un crime d'abandonner ce lieu aux promoteurs immobiliers.

« Merci, monsieur Heinz ! »

Land's End était à présent si proche que nous pouvions presque le toucher. Le phare de Longships se distinguait clairement, érigé sur l'îlot rocheux de Carn Bras, tout près de l'extrémité du cap. Nous aurions pu l'atteindre le jour même, mais rien ne nous pressait. Pourquoi se hâter alors qu'au-delà de ce bout du monde commençait le grand inconnu ? Si la Terre était plate, Land's End était son bord ultime. Nous avons continué à progresser tout le début de soirée sur un chemin assiégé de broussailles coriaces. Résistantes au vent et au sel, impossible de les coucher pour planter la tente. Les rares arpents de terrain plat étant occupés par des camping-cars, nous nous sommes éloignés de la plage rocailleuse avec le sentiment que nous n'allions peut-être trouver nulle part où dormir et qu'il nous faudrait continuer à marcher. Jetant un coup d'œil en arrière tandis que le sentier s'enfonçait dans davantage encore de broussailles, nous avons aperçu un carré d'herbe bien plat au bord d'un éperon rocheux qui jaillissait de Carn Leskys pour s'avancer dans la mer.

« Qu'en dis-tu ?

— Exposé, très exposé. »

Un étroit chemin conduisait à cette minuscule bande de verdure, juste assez large pour la tente si nous n'utilisions pas tous les cordages. Au-delà de la corniche, la falaise piquait sur les rochers, une vingtaine de mètres en contrebas, sur lesquels les vagues venaient se briser avec des jets d'embruns qui auraient presque pu nous atteindre.

« Surtout, ne sors pas de la tente cette nuit.

— On parlera de nous demain sur Pirate FM : "Vus pour la dernière fois sur la corniche de Leskys." »

Le soleil a fini par disparaître entre les sommets du récif des Brisons, drapant tout le cap de rose et d'orange. Allongés sous la tente que nous avions laissée ouverte, nous regardions les goélands argentés se percher sur les rochers tout proches quand le phare de Longships s'est mis à clignoter.

« C'est quoi, cette lumière qui bouge, là-bas, au-delà du phare ? »

Nous étions aux confins de la baie et de la Manche et nous venions d'apercevoir pour la première fois un des cargos qui la sillonnent.

« Bon Dieu, Moth, nous y sommes ! Qu'est-ce qu'on va faire maintenant ?

— On va dormir. Et ensuite on verra ce que demain nous réserve. »

Le matin charriait des gerbes d'eau qui venaient régulièrement éclabousser la tente. Lorsque j'ai ouvert au réveil le rabat à moitié, j'ai senti le jet pétillant se rapprocher encore. Fouettée par le vent, la toile rugissait frénétiquement. Il ne pleuvait pas, mais le ciel était couvert de nuages qui filaient à toute allure et des paquets d'eau s'abattaient sur la tente toutes les trente secondes. Nous avons plié bagage, enfilé nos imperméables et porté les sacs à dos au sec entre deux assauts d'écume. L'Atlantique s'apprêtait à pousser vers nous une grosse tempête mais, heureusement, elle n'était pas encore arrivée. Une fois la tente démontée, nous étions déjà trempés, mais secs à nouveau, en quelques secondes grâce aux bourrasques, lorsque nous avons escaladé les rochers pour nous mettre à l'abri. Les vagues qui se creusaient au large déferlaient sur la plage en une masse blanche effervescente. À n'en pas douter, la menace se précisait. Le vent gonflait nos sacs comme des voiles mais, par chance, le Sentier sinuait doucement au lieu de zigzaguer et restait éloigné du bord, en pente douce jusqu'à Sennen Cove. La plage était déserte, les surveillants de baignade avaient fermé la porte de leurs cabanes pour se protéger des remous de sable chargés de sel qui tourbillonnaient vers les terres et abrasaient tout sur leur passage. Puis, la pluie s'est mise à tomber, d'abord de fines gouttelettes mêlées de sable, puis des javelots furieux et horizontaux qui s'abattaient avec fracas sur les imperméables et meurtrissaient les parties exposées de la peau. Portes et volets se fermaient, Sennen Cove se barricadait. Nous nous sommes précipités dans un café et avons choisi la banquette près de la vitrine, un mince panneau de verre pour nous protéger de la bête hurlante.

Toujours affamés, nous avons cédé et échangé un billet soigneusement conservé contre des petits pains ronds au maquereau et du thé. Un groupe est passé devant nous – difficile de dire sous cette pluie battante si c'étaient des randonneurs ou des fous. Quelle différence, au fond ? Au milieu de l'après-midi, la patronne a voulu fermer. Nous étions ses seuls clients et elle était prête à rentrer chez elle. Nous avons repris nos sacs et sommes sortis affronter les bourrasques.

« Donc on repart pour Land's End ?

— Il n'y a pas d'autre solution. »

Land's End. La fin de la terre. Le point de départ et d'arrivée de tant d'épopées. Un piège à touristes, une catastrophe architecturale, un désastre écologique. Les pistes tracées sur la falaise par des millions de pas conduisaient entre les nuages à un immense complexe en béton. Absolument désert. C'était la fin de l'après-midi et même le photographe installé derrière le poteau indicateur pointant vers John o'Groats en Écosse avait abandonné la partie et plié boutique. Nous avons sauté par-dessus les barrières et pris des photos sous la pluie avec notre téléphone. Pas un comité d'accueil, aucune célébration particulière, rien que deux individus trempés qui s'accrochent à un poteau indicateur devenu célèbre. Les boutiques étaient fermées, la galerie d'exposition était fermée, même Arthur et les chevaliers de la Table ronde avaient déserté les lieux pour un climat plus sec. Nous étions seuls, ruisselant de pluie dans une enclave en béton.

« Alors, c'est ça ? »

Et tandis que je prononçais ces mots, un autocar à double étage s'est arrêté sur le parking. Nous nous sommes approchés, tels deux zombies quittant le désert d'une zone postapocalyptique. Les portières de ce mastodonte à toit ouvrant qui fait visiter toute la côte aux touristes se sont ouvertes. Des trombes d'eau ont déferlé dans l'escalier et jailli à l'extérieur.

« Où va ce car ? a crié Moth pour couvrir le vent qui mugissait.

— St. Ives. Là-bas, ça va encore. Ici par contre, c'est vraiment l'horreur.

— Oui, c'est l'horreur. »

Près de quatre cents kilomètres de douleur, d'épuisement, de faim, de nuits de cauchemar et de tempêtes étaient derrière nous. Nous n'avions qu'à monter dans ce car et nous enfuir, repartir vers les terres familières du pays de Galles, nous inscrire sur une liste d'attente pour obtenir un logement social et trouver un camping bon marché où passer l'hiver. Moth m'a tenu la main pendant que les portières se refermaient.

16

EN QUÊTE

Nous avons regardé le car s'éloigner depuis le porche de l'office du tourisme. Assis sur nos sacs à dos, ruisselants de pluie. On n'était qu'à la mi-septembre et on aurait dit que l'automne était déjà là. Nous aurions pu nous arrêter, mais nous n'avions rien à perdre et aucune bonne raison de ne pas continuer à marcher. Là, nous étions libres, malmenés par les éléments, affamés, fatigués, transis de froid, mais libres. Libres de marcher ou non, de nous arrêter ou pas. Nous ne plantions pas notre tente chez des amis ou des membres de la famille, un fardeau pour tous, une source de gêne, l'amitié se réduisant peu à peu à une vague tolérance. Là, nous restions aux commandes de notre vie, de notre parcours, de notre destin. L'eau coulait de nos sacs quand nous les avons hissés sur nos épaules. Nous avons choisi de marcher et de jouir de la liberté qui accompagnait ce choix.

À quelques centaines de mètres du parc à thème de Land's End, la nature reprend ses droits. Les falaises sont parmi les plus impressionnantes de celles que nous avions vues en Cornouailles : d'abruptes parois de granit dentelées, lacérées par des courants marins qui remontent des profondeurs de l'Atlantique et viennent prendre d'assaut un cap après l'autre avec une violence proprement inimaginable. Nous assistions à l'époustouflant déchaînement des forces de la nature, tandis que d'immenses panaches d'embruns traversaient l'arche formée par le rocher de l'Armed Knight à quelques encablures du rivage. Deux silhouettes esseulées sur une falaise de pierre à l'herbe rendue aussi rase que celle d'un terrain de golf par les tondeuses du vent. Pas d'abri, pas d'arbres, rien que la perspective d'une tente humide. Cinq livres vingt, un Mars, un sachet de riz, une banane et un demi-paquet de gommes au vin. Au moins, la pluie s'était arrêtée.

Le jour tombait quand nous avons caché la tente entre les rochers, légèrement protégée du vent. Deux couches de nylon entre nous et le Canada.

Il y a encore eu quelques brèves ondées, mais le plafond de nuages s'est soulevé et ils se sont envolés avec la brise du matin. Nous nous sommes arrêtés sur Gwennap Head, avons mis nos chaussures à sécher au vent et partagé le dernier Mars. Nous étions perclus de douleurs et ralentis, nos articulations grinçant encore du vent et de la pluie de la veille. Prendre la direction de l'est nous apparaissait comme le début d'un nouveau voyage. À moins que nous ne soyons en train d'obliquer désormais vers le sud. Ou le sud-est. Nous nous étions peu à peu approchés de notre but, nous l'avions atteint mais, maintenant, nous ne faisions plus rien d'autre que marcher, flânant toute la journée sans le sentiment d'aller quelque part. Quand nous avons rejoint Porthgwarra, le paysage avait déjà changé. Sur la côte nord, nous nous étions habitués à une végétation composée de buissons résistants, d'herbe et de phlox mousse, avec des arbres rares et rabougris. En comparaison, Porthgwarra arborait une flore luxuriante, les arbres restaient noueux mais ils étaient bien droits, et les jardins étaient emplis de fleurs exotiques. Au terme de notre virage, nous étions entrés dans une nouvelle contrée.

En début de soirée, assis sur un banc de pique-nique dans un pré récemment tondu proche de quelques maisons, nous avons réfléchi à la possibilité de monter notre tente derrière un bosquet d'arbres. Jusqu'à ce que plusieurs voitures arrivent et que nous comprenions que c'était un parking.

« Il se passe peut-être quelque chose dans ce village. Où sommes-nous d'ailleurs ?

— Je n'en sais rien. On n'a pas regardé la carte depuis un bon bout de temps. C'est peut-être la soirée loto. »

Nous avons fait bouillir de l'eau, bu un thé et partagé une banane tandis que le parking se remplissait et que les gens sortaient des voitures, chapeaux sur la tête et couvertures sous le bras.

« Un loto en plein air ? »

Une Land Rover s'est arrêtée près de nous et un vieux couple en est descendu.

« Attendons que ce groupe soit passé, ensuite on ira à notre tour. »

Ils restaient adossés à leur véhicule, ayant manifestement peu de goût pour les foules.

« Excusez-moi, que se passe-t-il ici, où vont tous ces gens ?

— Au Minack. Le célèbre théâtre en plein air.

— Ah, je vois, je ne m'étais pas rendu compte que c'était là.

— Vous n'allez pas voir la pièce, alors ?

— On ne savait pas. Et puis, je ne pense pas qu'on pourrait se payer des billets d'entrée.

— Qu'est-ce que vous faites ? Vous campez ?

— Oui, on campe et on suit le Sentier de la Côte. On arrive de Minehead.

— Bon, si vous voulez voir la pièce, je vous offre des places, mais il faut faire vite, sinon on va rater le début. »

Nous avons suivi le couple jusqu'au pavillon d'entrée puis sur la falaise.

« Eh bien, au revoir. Vous êtes tout là-haut et nous en bas. Bonne chance pour la suite de votre randonnée.

— Merci beaucoup. Je vous rembourserai. Comment vous appelez-vous ?

— David. Pas question de remboursement. Profitez bien du spectacle. »

La falaise descendait en terrasses qui formaient des rangées de sièges aménagés dans l'amphithéâtre naturel du promontoire et, tout en bas se trouvait la scène devant le décor de la mer. Au début des années trente, Rowena Cade avait décidé que ce serait une excellente idée d'avoir un théâtre au bout de son jardin, un endroit où mettre en scène les productions du club théâtre local. Et c'est ainsi qu'elle transforma la moitié du flanc de la colline pour en créer un. En tout cas, c'est ce que disait la brochure, mais comme toujours dans ce genre de projets, ce sont les jardiniers qui firent tout le travail et elle se contenta de leur donner ses instructions, n'hésitant cependant pas à pousser de temps en temps sa petite brouette dans les allées pour planter çà ou là quelque chose. C'est du moins ce que m'a expliqué mon voisin et il en savait long sur la question puisque son père était un des jardiniers en question. Enfin, à l'en croire.

La pièce a commencé, et d'ailleurs ce n'en était pas une, mais un opéra-comique de Gilbert et Sullivan, *Iolanthe.* Nous avons eu du mal à saisir le fil de l'intrigue alors que la musique tourbillonnait dans l'amphithéâtre. Depuis notre perchoir, nous n'entendions que vaguement le léger murmure des voix emporté par le vent. Alors que l'océan s'assombrissait et que la lune se levait derrière la scène, nous nous sommes néanmoins laissé transporter vers un monde où les bergers se faisaient asperger de poudre de perlimpinpin.

« Où est-ce qu'on va camper ?

— On va attendre que tout le monde s'en aille. C'est le parking ou rien. »

Nous avons suivi les derniers spectateurs qui remontaient les marches et quittaient le théâtre.

« Oh mon Dieu, mais que faites-vous avec ces gros sacs ? »

Un homme aux cheveux attachés dans un filet remontait la colline à grands pas. Je l'ai reconnu : c'était un des acteurs de la pièce.

« On fait le Sentier de la Côte. On campe.

— Mais où allez-vous trouver où camper dans le noir ?

— On va trouver, ne vous en faites pas.

— Jill, Jill, que pouvons-nous faire ? Ces pauvres gens ont besoin d'un endroit où camper. Il faut qu'on les sauve de la tempête. »

Parce que tu appelles ça une tempête ? Tu aurais dû voir celle d'hier.

Une fée escaladait les marches derrière nous.

« Camping de Treen. Il faut faire vite, sinon on va dépasser l'heure des dernières commandes au pub. »

Nous nous sommes entassés à l'arrière d'une camionnette et avons roulé en cahotant sur ce qui m'a semblé être plusieurs kilomètres, pendant que toute la troupe de bergers, d'aubergistes et de fées discutait avec animation.

« Comment tu as fait pour oublier ton texte, Gerald ? Il a fallu que je répète un vers entier pour te couvrir, j'en ai la voix tout éraillée. »

La fée a lâché une petite toux.

« Je n'ai pas oublié. Il fallait que j'envoie un texto. En tout cas, tu as adoré rester sous les feux de la rampe. »

Le berger a retiré le filet de ses cheveux et enfilé un bonnet tandis que les freins de la camionnette couinaient et qu'elle s'arrêtait avec fracas devant l'entrée d'un pub.

« OK, le camping est un peu plus loin sur la route. Bonne marche ! Nous, on va écluser quelques bières. »

L'instant d'après, ils avaient disparu et nous nous retrouvions sur le macadam, au milieu d'un village inconnu en pleine nuit.

« Alors, on est où ?

— C'est surréaliste ! s'est exclamé Moth, qui avait allumé sa lampe frontale et ouvrait son Paddy. Ça doit être la première fois que je ne consulte pas ce guide de toute la journée. Regarde, il est même écrit “Théâtre en plein air”, mais il n'y a que la moitié de Treen sur la carte. »

Nous avons suivi une allée qui menait au camping. Il était près de minuit et la plupart des tentes étaient plongées dans l'obscurité. Nous avons monté la nôtre sans faire de bruit.

« Qu'est-ce qu'on fait là ? On n'a plus d'argent.

— Je ne sais pas. C'est arrivé sans qu'on y réfléchisse. Douche tout de suite et décollage aux aurores ?

— Il va bien falloir. »

Des moineaux se chamaillaient déjà dans la haie dès le lever du jour, un soleil encore pâle nimbait les nuages épars de reflets dorés. Une brume légère se dissipait mais tout était couvert d'une abondante rosée et l'herbe luisait de grosses gouttes qui réfléchissaient la lumière. La Manche s'étendait sous nos yeux, ce n'était plus le Canada mais la France avec qui nous partagions les assauts des marées. Assise sur le bord d'une table de ping-pong, enveloppée dans mon duvet et plus au chaud que je l'avais été de la nuit, je sentais parfaitement le changement de saison. À l'autre bout du camping, un type à vélo avec des dreadlocks blondes empilées sur la tête, et qui portait de multiples couches de vêtements en coton délavé, allait de tente en tente pour vérifier les justificatifs de paiement accrochés aux cordages. Il se rapprochait de plus en plus. Aucune possibilité de se cacher.

« Où est votre ticket ?

— Nous n'en avons pas. Nous sommes arrivés à minuit et serons repartis d'ici moins d'une heure.

— On ne peut pas monter sa tente sans payer au préalable. Vous n'avez pas lu les pancartes ?

— Je ne les ai pas vues. Il était tard…

— Camper sans payer, c'est du vol d'espace. Allez régler tout de suite, c'est quinze livres. »

Du vol d'espace ? Qu'est-ce que… ?

« On finit de plier bagage. On paiera en partant.

— Je vous ai à l'œil. »

Et il s'est éloigné : sous ses allures de hippy cool et détendu, un maniaque de l'ordre et de la propriété.

Ce camping était idyllique. Dans une autre vie, nous aurions été heureux d'y planter une tente de luxe et d'y camper pendant un mois. Mais dans celle-ci, nous avons fait le mur et filé vers la côte.

Les falaises ont bientôt cédé la place à des éboulis de rochers et à une jungle de racines d'arbres et de végétation anarchique. Les bois humides et infestés de mouches valaient tout de même mieux que les espaces ouverts où la chaleur montait sans arrêt. Pas aussi effroyable que durant les quelques jours de canicule sur la côte nord, mais là, il n'y avait aucun vent et l'atmosphère était proprement suffocante. Nous transpirions, vidions nos gourdes, les remplissions dans les cours d'eau, transpirions davantage encore. Et ainsi de suite. Le chaos de rochers brûlants s'est abaissé jusqu'au niveau de la mer, puis élevé à nouveau, pour retomber presque aussitôt. Nous sommes demeurés à l'abri des arbres aussi longtemps que possible, mais les mouches sont devenues insupportables. Nous repartions vers la fournaise lorsque nous avons aperçu une femme assise par terre, adossée à une branche tombée. Elle était toute pâle, paraissait fiévreuse et en bien plus mauvais état physique que nous.

« Salut, ça va ?

— Oui, pas de problème. Je fais seulement une petite pause. »

C'était une dame corpulente, d'environ soixante-dix ans, et elle parlait avec un fort accent américain. Elle s'est levée et appuyée à un arbre.

« Je suis à la recherche de la maison de mon ami John Le Carré. J'ai séjourné chez lui quand j'étais plus jeune ; nous passions les étés ici à écrire et à nager. Des moments formidables. Je viens ici faire votre Sentier chaque année et chaque fois je recherche mon vieil ami, mais je n'arrive pas à me rappeler où était la maison.

— Vous avez sûrement des sentiers de randonnée magnifiques en Amérique, beaucoup plus beaux qu'ici, la vraie nature sauvage, le Sentier des Appalaches, le Pacific Crest Trail…

— Oui, mais on reste prisonnier des arbres. La grande randonnée chez nous, c'est toujours dans la forêt.

— Ici les gens rêvent de suivre les grands sentiers américains.

— C'est parce qu'on ne sait jamais apprécier ce qu'on a chez soi, et c'est vrai des deux côtés de l'Atlantique. On est pareils à cet égard. Je vais remonter ce chemin maintenant, la maison de David est peut-être cachée là-haut.

— David ? Mais je croyais que c'était John Le Carré que vous cherchiez.

— C'est son nom de plume, voyons. Tout le monde sait qu'en fait, il s'appelle David. »

Et la dame est repartie, en quête d'étés lointains, ses souvenirs toujours au croisement du prochain chemin. Au fond, peut-être que tous ceux qui comme nous suivaient ce Sentier étaient sur la même longueur d'onde. Nous étions tous à la recherche de quelque chose. Le regard tourné vers le passé, ou dirigé vers l'avenir, ou bien seulement occupés à tenter de combler un manque. Attirés par les confins, par des lieux encore sauvages où laisser venir ou non les réponses, où trouver une façon d'accepter la vie, notre vie, quelle qu'elle soit. Étions-nous en train de fouiller cette bande étroite entre la terre et la mer pour découvrir une nouvelle façon d'être et, chemin faisant, devenir pleinement des êtres de la marge ? Suspendus entre un monde et le suivant. Sur la corde raide du domestiqué et du sauvage, du perdu et du trouvé, de la vie et de la mort. À la marge de l'existence.

« Ressaisis-toi, Ray. Tu es en passe de te changer en vieux sage celte.

— C'est peut-être la solution.

— Moi, je croyais qu'on marchait à défaut d'avoir autre chose à faire. »

Depuis Porthcurno, la côte avait une qualité d'air différente, que ce soit à cause de l'effet de la chaleur sur les sous-bois humides ou seulement de l'absence de vent. C'était difficile à déterminer mais, en tout cas, l'atmosphère était lourde, chargée d'une inertie mélancolique. Assis sur un affleurement rocheux à Carn-Du, nous trouvions aussi notre premier coucher de soleil au bord de la Manche différent. Là, pas de sphère dorée qui s'enfonce lentement dans la mer, rien que la lumière qui effleure les vagues en une nuée de couleurs. Nous avons campé dans un pré et regardé les bateaux croiser à l'horizon. Les nuits devenaient plus froides, beaucoup plus froides. Le dos et les épaules de Moth se raidissaient douloureusement à nouveau, ne se décontractant qu'à la chaleur du soleil.

Une pluie fine a commencé à tomber au moment où nous atteignions Mousehole, dont la postière nous a expliqué comment les locaux prononçaient le nom – quelque chose comme « Mouzel ». Le petit village était en train de fermer avec la fin de l'été. Nous avons vérifié notre compte en banque et retiré les trente livres proposées, en nous accrochant à l'idée que faire les courses à Penzance nous reviendrait moins cher. Une chaumière construite à l'ancienne en bloc de granit, et avec vue sur mer, avait une pancarte fixée sur la porte : « À louer. » Une vieille dame qui passait par là avec son sac de provisions a vu que nous l'avions remarquée.

« Ils en demandent mille livres par mois. Complètement stupide. Résultat : elle est restée vide toute l'année. Ils ne veulent toujours pas baisser le prix, ils disent qu'ils en feront une location saisonnière s'ils n'y arrivent pas. Ils sont tous les mêmes, je suppose. Plus rien n'est pareil depuis le bateau de sauvetage. Tous les journalistes qui avaient rappliqué, trop d'inconnus ont vu le village et ont voulu le visiter. »

Lors de sa toute première traversée, juste avant Noël 1981, les machines du cargo *Union Star* tombèrent en panne au large de la côte. Tempête de force 12, vagues d'une hauteur de trois mètres. Le bateau de sauvetage *Solomon Browne* insuffisamment équipé d'une coque en bois, fut appelé depuis Mousehole. Mais après un message radio annonçant que quatre marins du cargo avaient été repêchés, aucun membre de l'équipage de l'une ou l'autre des deux embarcations ne fut retrouvé vivant. Un appel aux dons publics permit de récolter des sommes considérables, ce qui entraîna parallèlement un conflit majeur quand le gouvernement tenta de taxer ce fonds de solidarité alors que des corps et des débris d'épaves étaient encore repêchés tout au long de la côte. Le petit village fit la une des journaux partout dans le monde pendant plusieurs semaines, tandis que ses habitants pleuraient les seize disparus, les huit secouristes et les huit marins de l'*Union Star*, y compris le capitaine et sa famille. Lors de la date anniversaire de la catastrophe, on éteint toutes les guirlandes lumineuses de Noël en souvenir, mais l'atmosphère reste lourde dans le village, comme si les habitants avaient désormais décidé de fermer leurs portes à toute intrusion.

Newlyn vivait au rythme de l'industrie portuaire. Les chaluts d'une des plus importantes flottes de pêche du pays attendaient que la marée remonte dans la boue sablonneuse des bassins. Les camions attendaient sur la route qu'on les charge des paniers en plastique contenant les poissons. Les caisses en plastique attendaient sur le chemin qu'on les remplisse des poissons en question. Mouettes et goélands tournoyaient par centaines dans les rues envahies par l'odeur forte du poisson cru. Nous avons continué à marcher jusqu'à ce que Newlyn devienne Penzance, la ville mitoyenne.

Nos sacs déjà emplis de provisions, nous avons parcouru les magasins de sport et de loisir à la recherche d'une recharge de gaz. Personne n'avait les bonnes et, à la place, nous avons acheté deux tapis de sol isolants pour quatre livres, avant de partir en quête de la recharge de gaz dans le reste de la ville, jusqu'à finir par en dénicher une – la dernière – dans un recoin obscur d'une quincaillerie qui s'apprêtait à fermer. Nous avons acheté un friand chez le plus ancien vendeur de friands du monde, sans aucun doute, et sommes repartis vers la côte en traversant les Bolitho Gardens, un étroit carré de verdure coincé dans le béton. C'était déjà le début de soirée et, après ce petit parc, l'espace vert le plus proche se trouvait à plusieurs kilomètres au long d'un chemin dallé de béton, par-delà Marazion. On avait du mal à déterminer jusqu'où pouvait monter la marée ; après les tempêtes, les débris charriés par l'océan jonchaient toute la grève et, même au-dessus de la digue, la route qui la longeait. Camper sur la plage aurait donc été trop risqué. Nous nous sommes assis sur un banc dans le parc et nous avons attendu que la nuit tombe. Un homme aux cheveux gris clairsemés et muni d'un sac à dos rebondi était installé sur le banc voisin.

« Randonneurs, je vois ?

— Oui. Et vous ?

— Non, moi je vis sur le Sentier.

— Le Sentier de la Côte ? »

Il avait certes un gros sac, mais rien d'exceptionnel non plus.

« Comment ça ? En hiver aussi ? Comment comptez-vous faire pour lutter contre le froid ?

— Non, pour cet été, c'est fini. Je passe la nuit dans ce parc, et demain, je prends le train.

— Vous allez où ?

— En Thaïlande.

— En Thaïlande ?

— Oui. Il fait toujours chaud là-bas, les plages sont magnifiques et les filles superbes.

— Vraiment ? »

Nous avons laissé le vieil homme à sa nuit dans le parc et nous avons suivi le chemin dallé, pour finir par renoncer à aller plus loin et par monter notre tente sans planter les piquets, à même le béton. La nouvelle couche de tapis de sol sous les matelas autogonflants était étonnamment confortable, plus une seule bosse, et surtout on sentait beaucoup moins le froid. Le béton était de toute façon plus chaud que le sable. C'est peut-être la raison pour laquelle la plupart des SDF restent dans les villes. Après tout, un carton derrière les poubelles n'était peut-être pas une aussi mauvaise idée que ça pour passer l'hiver. À moins que nous ne nous décidions pour la Thaïlande. Nous aurions dû lui demander le prix du billet d'avion.

Dès l'aube, Moth est sorti de la tente en s'étirant, trouvant manifestement moins difficile de mobiliser ses articulations après une nuit passée plus au chaud. À la liste déjà très longue de ce qu'il faut faire ou éviter de faire pour lutter contre la DCB, il conviendrait d'ajouter : « ne pas prendre froid ». Qu'avait dit le médecin à peine trois mois plus tôt ? « Ne vous fatiguez pas, ne marchez pas trop longtemps et prenez garde aux escaliers. Ne portez rien de lourd et ne faites pas de projets à trop long terme. » Comment ne pas faire de projets à long terme quand tout mon avenir passait par lui ? Je ne pouvais pas l'accepter. Nous étions en train de vaincre cette maladie, ou au moins de la tenir à distance. Au contraire donc, le médecin aurait dû lui conseiller de marcher tous les jours, de soulever des poids, de se battre, de garder son esprit en éveil, d'aller de l'avant, de se battre encore. Alors si la maladie est la plus forte, le jour où elle vaincra, vous saurez que vous avez tout essayé, que vous ne vous êtes pas couché sur les rails en attendant le train. Moth a repris un ibuprofène et nous avons décampé, le soleil se levant sur le mystère médiéval de St. Michael's Mount, distant d'un kilomètre dans la baie. La mer se retirait lentement, transformant peu à peu l'îlot en terre rattachée au continent par une digue submersible construite par les hommes.

Nous avons passé la journée sur le port de l'îlot, nous précipitant pour retraverser la digue avant la marée haute. Ensuite nous avons quitté Marazion et nous sommes éloignés de la zone urbaine pour gagner Stackhouse Cove et un petit promontoire herbu qui dominait la mer. Perchés sur les rochers, les huîtriers ont criaillé toute la nuit, mais c'était sans importance. Je voulais sentir chaque nuit et chaque jour, et chaque seconde entre les deux, m'imprégner de tous ces instants qui nous restaient avant de devoir affronter les rigueurs de l'hiver.

Au-dessus de Cudden Point, Land's End n'était plus qu'un souvenir caché derrière des nuages de plus en plus noirs. La courbe de la presqu'île de Lizard s'enfonçait vers le sud, elle traversait Prussia Cove, autrefois le champ de bataille des contrebandiers et des gardes-côtes et émaillée de cottages pittoresques à flanc de colline. Aujourd'hui des résidences secondaires, vides pour la plupart. J'aurais volontiers habité là, au moins durant l'hiver. La pluie a commencé à tomber, une légère bruine d'abord qui s'est transformée en une avalanche de solides barres verticales. Une pluie qui s'abattait sur nos prétendus imperméables dans un fracas assourdissant, nous cognait douloureusement sur la tête et nous a laissés trempés jusqu'aux os. Après deux heures de douche à hydromassage, nous avons enfin atteint Porthleven. Les rues étaient inondées et nos pieds n'étaient plus seulement mouillés mais complètement submergés. La ville était déserte. La publicité décrit Porthleven comme la nouvelle Mecque des passionnés de cuisine, avec des rumeurs d'attribution d'étoiles à ses plus grands chefs. Nous avons acheté un friand et nous sommes abrités sur le seuil d'une boutique. Alors le déluge a vraiment commencé. La digue du port a disparu, puis le port lui-même et, avant peu, le trottoir d'en face. Quand la pluie a fini par suffisamment se calmer pour que nous apercevions le bout de nos chaussures, nous avons quitté notre retraite afin de nous diriger vers la plage de galets de Loe Bar, où nous avons trouvé refuge au pied de la falaise.

Le matin suivant a apporté des brumes froides, mais la pluie s'était arrêtée, ne laissant que du brouillard sur le cap. Nous l'entendions vibrer comme de l'air humide autour d'une ligne électrique et nous nous sommes enfoncés dans le nuage de vapeur d'eau en nous attendant presque à nous trouver face à un transformateur, mais en fait un groupe d'hommes armés de débroussailleuses qui abattaient toutes les hautes herbes détrempées en sont sortis. Ils se sont arrêtés pour nous laisser passer.

« Merci beaucoup, les gars.

— Pas de problème. »

L'un d'eux a retiré son casque pour libérer ses longs cheveux décolorés par le soleil, et un autre, celui qui avait parlé avec un accent australien, l'a imité. Ils auraient pu figurer dans une pub pour un shampoing : il aurait suffi de remplacer les mouettes par des perroquets sur fond de chutes d'eau. Ça aurait vraiment valu son pesant d'or.

« Comment se fait-il que vous fassiez un travail pareil ?

— C'est l'hiver, chez nous. On signe un contrat d'été en Angleterre, on débroussaille la côte, on taquine un peu la vague, et puis on rentre pour notre été à l'école de surf en Australie.

— C'est une belle vie.

— Une vie géniale. Pas d'attaches, pas de problèmes. »

Les surfers-débroussailleurs ont remis leurs outils en marche et nous avons poursuivi notre chemin dans le brouillard à travers une succession de petites baies, Gunwalloe, Church, Poldhu, Polurrian, Mullion. Le brouillard ne se levait toujours pas. Caps gris, mer grise. Nous sommes entrés dans un café à Mullion Cove et j'ai commandé un thé avec deux tasses. Épuisés et trempés comme nous l'étions, l'attrait d'une chaise au sec dans un café était trop fort. Un jeune homme d'une vingtaine d'années assurait le service, débarrassait les tables, répondait poliment aux clients grognons, découpait les parts de gâteau, balayait le plancher, aidait les vieilles dames à s'asseoir et s'occupait d'encaisser. Nous avons fait durer le thé, peu pressés de quitter ce confort. C'est alors que le patron est arrivé.

« Qu'est-ce que tu fabriques, bon Dieu ? Il y a deux tables à débarrasser. Je te paie pourquoi, au juste ? Putain de flemmard ! »

Le jeune homme a obtempéré sans rechigner. Le patron est reparti, bientôt suivi par la plupart des clients. Quelques minutes avant la fermeture, le jeune serveur est sorti de la cuisine avec deux paninis et les a posés sur notre table.

« Désolé, mon gars, mais on n'a pas commandé ces trucs.

— Je sais, mais vous avez l'air d'en avoir besoin. Il faut seulement que vous alliez les manger ailleurs parce que je dois fermer.

— Pardon, mais on ne peut pas se les payer. On ne peut pas les prendre.

— Mais si. Je ne vous ai pas demandé de régler.

— Impossible, vous allez avoir des ennuis.

— Je peux le faire parce que je m'en vais. Il peut se foutre son boulot où je pense. »

Nous sommes sortis nous asseoir à l'extérieur. Il nous a suivis et a verrouillé la porte, avant de glisser la clé dans la boîte aux lettres.

« Vous allez faire quoi, maintenant ?

— Je sais pas très bien, mais il doit y avoir mieux à faire que ça. Je connais des types qui débroussaillent les chemins, il est pas impossible que je parte en Australie avec eux.

— Bonne chance. »

La facilité avec laquelle il avait quitté son emploi était marquée par l'assurance de la jeunesse. La conviction que si on laisse tomber quelque chose aujourd'hui, on trouvera autre chose demain. Cette force disparaît-elle avec l'âge quand on fixe l'horizon et qu'il nous reste peu de temps ? Ce garçon et les surfeurs-débroussailleurs me faisaient penser à Tom. Il devait suivre les courants pour trouver la plus belle vague, au lieu de quoi il s'était attaché à se trouver un emploi fixe et un appartement. Le fait d'avoir perdu la sécurité de la maison de son enfance lui avait-il enlevé la capacité de rêver ? Encore une couche de culpabilité à ajouter aux autres.

Le soleil s'est couché derrière Land's End, emprisonnant la mer dans les traînées des riches teintes ambrées de l'automne, et nous avons dormi pendant dix heures d'affilée, enfin au sec sur Predannack Head.

La réserve naturelle nationale de Lizard a été créée dans les années soixante-dix et protège une grande partie de la presqu'île. Nous avons arpenté le sommet de la falaise, à travers les étendues de la précieuse lande de Cornouailles, regorgeant de plantes qui ont suscité l'enthousiasme de Moth. D'autres randonneurs du Sentier de la Côte Ouest parlent de kilomètres parcourus en un jour, de records à égaler, de cibles atteintes. Nous, nous marchions de plus en plus lentement. Peut-être à cause de l'heure entière consacrée à contempler la spiranthe d'automne – une orchidée rare –, ou de l'après-midi passé à essayer de photographier un unique papillon, ou encore de la soirée où nous sommes restés sur les falaises de Kynance pour admirer les phoques dans la crique en contrebas, nous rendant subitement compte que nous n'aurions parcouru que cinq kilomètres dans la journée et que nous allions planter la tente tout près de l'endroit où nous l'avions démontée le matin même.

Dans la lumière de l'aube, des craves ont commencé

à tournoyer entre les falaises et l'îlot de Bellows, leur bec et leurs pattes rouges se découpant avec netteté sur la roche noire. Les alouettes s'élevaient haut dans le ciel, hors de notre vue, sans jamais cesser de chanter, puis elles redescendaient en piqué pour reprendre leur souffle. Quelques mouettes des brumes se chamaillaient sur les corniches. N'auraient-elles pas déjà dû s'envoler vers l'Atlantique ? La douceur de l'arrière-saison les avait-elle désorientées ? Ne se rendaient-elles pas compte que l'été était terminé ?

À regret, nous sommes descendus à Kynance Cove, et sur la crique, nous avons mis de l'eau à chauffer. Les rochers n'étaient désormais plus des blocs de granit gris et compact, ils chatoyaient de teintes allant du vert émeraude au rouge. La calanque parfaite, avec ses rochers chamarrés comme une peau de serpent, ses calmes eaux turquoise et son sable blanc. Enfin, jusqu'au milieu de la matinée. Ensuite, ils sont arrivés. Dévalant le flanc des collines, sur tous les chemins, dans chaque ravine. Des vieux, des jeunes, des tout-petits, des enfants qui auraient dû être à l'école, avec leur attirail de seaux, de transats, de Caddie pleins d'objets hétéroclites – chacun revendiquait une place près des rochers, puis une place sur le sable au bord de l'eau : des gens aussi déconcertés que les mouettes par la clémence du temps. Un exode biblique, mais que cherchaient-ils ? Je pense que c'étaient seulement les derniers rayons de soleil de l'été. S'ils étaient en quête de quelque chose de plus spirituel, ils arrivaient trop tard : mission impossible après dix heures et demie. Nous avons rangé notre camping-gaz et fendu la marée humaine pour repartir. Puis à nouveau la lande jusqu'à Lizard Point et les rochers situés le plus au sud des Cornouailles.

C'était le fond, la base : si on voulait aller plus au sud, il ne restait plus qu'à nager. Quelque chemin qu'on prenne à partir de là, ce serait toujours vers le nord que nous marcherions. Nous ne pouvions que remonter. Un lieu de choix à opérer, de directions à favoriser, de photographies à prendre et de décisions à assumer. Une femme du nom de Phoebe Smith a écrit un livre intitulé *Extreme Sleeps* sur le camping sauvage aux quatre coins les plus reculés de Grande-Bretagne, nord, sud, est et ouest. Au point situé le plus au sud, elle attend qu'il fasse nuit, déplie son sursac de couchage et passe comme elle s'y attendait une nuit affreuse sur une corniche au-dessus des vagues ; elle se réveille avec les alouettes, ou peut-être les mouettes, se promène un peu au long de la côte, puis reprend sa voiture, et en route vers un autre point cardinal et le prochain promontoire rocheux. J'aurais aimé prendre un bon repas, puis dérouler mon sac de couchage avec insouciance, sachant que, si j'avais froid ou me retrouvais trempée, ça ne durerait pas. Mais ce n'était pas notre chemin, c'était le sien. Le nôtre allait nous amener à remonter vers le nord et à décider de ce que nous ferions cet hiver.

Jamais nous ne rentrerions à la maison, je le savais. Jamais nous ne passerions notre porte, poserions nos sacs sur le sol d'ardoise, donnerions à manger aux chats, tondrions la pelouse et resterions à flâner dans le jardin pour admirer la Grande Ourse qui brillait sur les sommets plus au nord. Je ne la voyais plus jamais au-dessus des montagnes. Elle était toujours au nord mais mon point de vue avait changé. J'avais perdu mes repères. Le pays entier me dominait de toute sa hauteur, un espace vide et blanc qui n'avait rien à nous offrir. Une seule chose était réelle, plus réelle pour moi que le passé que nous avions perdu ou l'avenir qui ne nous attendait pas : si je mettais un pied devant l'autre, le chemin me ferait aller de l'avant, et une bande de terre, parfois guère plus large que trente centimètres, était devenue notre port d'attache. Ce n'était pas seulement ce frisson dans l'air, l'horizon plus bas, la densité de la rosée ou le caractère résigné des cris des oiseaux, mais quelque chose en moi qui marquait aussi le changement de saison. Je ne luttais plus, je n'essayais plus de changer ce qui ne pouvait pas l'être, je ne serrais plus les poings avec angoisse pour agripper une vie que nous avions laissée filer, je ne m'emportais plus contre un système arbitraire trop bureaucratique pour reconnaître la vérité. Une nouvelle saison s'était glissée en moi. Une saison plus douce où j'acceptais notre sort. Brûlée par le soleil, chassée par les tempêtes, je pouvais sentir le ciel, la terre et l'eau, et je savais désormais me réjouir de faire partie de la spirale des éléments sans qu'un abîme de douleur s'ouvre sous mes pas à la pensée de notre ancrage perdu. Je faisais partie d'un tout. Je n'avais nul besoin de posséder un carré de terre pour l'éprouver. Quand je me dressais face au vent, j'étais le vent, la pluie, la mer. Tout cela, c'était moi, et je n'étais pourtant rien dans cet univers. Le fondement de mon être résistait. Translucide, évanescent, mais plus fort à chaque cap franchi.

Le phare, érigé au point le plus méridional de la péninsule, tanguait et roulait dans un nuage de centaines, voire de milliers d'hirondelles. Comme si la gravité les avait poussées à se poser là, dernier moment d'hésitation avant qu'elles ne s'élèvent vers le ciel pour entamer leur voyage vers le sud. Les hirondelles de notre ferme étaient-elles là ? Avaient-elles passé l'été dans la porcherie et attendaient-elles ici avec leur nouvelle famille le moment où une force irrésistible soulèverait leurs ailes et les pousserait vers un monde plus chaud ?

Moth s'est redressé avec raideur pendant que je soulevais son sac pour qu'il passe les bras dans les bretelles. Nous avons suivi le Sentier des yeux, puis épousé son mouvement vers le nord.

17

FROID

Quand accepte-t-on que celui ou celle qu'on aime soit malade ? Quand un médecin vous le dit ou quand vous le constatez de vos propres yeux ? Et si vous l'acceptez enfin, que faites-vous ensuite ? La plupart des gens normaux prendraient instinctivement soin d'eux, soulageraient leurs douleurs, apaiseraient leurs souffrances. Moi, j'en étais incapable. Je ne pouvais pas l'accepter et donc je me disais tout simplement que ce n'était pas vrai. Moth aurait pu se tenir au chaud et au sec dans un gîte. Au lieu de quoi nous étions sous une tente sur le cap Carrick Luz, près d'un autre bastion de l'âge de fer, le vent déferlait depuis la Manche et nous regardions des gens armés de détecteurs de métal fureter dans la nuit. Le phare de Lizard Point éclairait la mer par intermittence toutes les quelques secondes. Nous aurions pu camper dans le jardin d'une amie, près d'un hôpital, et avec des toilettes à proximité. Mais nous pissions dans le noir, sur les prunelliers rabougris, mouillés par le jet rabattu par le vent, et nous prétendions qu'il n'aurait jamais besoin d'un médecin. Nous aurions pu être au chaud. Au lieu de quoi, nous campions sur un promontoire rocheux dans des sacs de couchage fins comme de la gaze, et octobre approchait.

Dans la lumière de l'aube, des hordes de stratocumulus se ruaient vers le rivage et un banc de dauphins « résidents » étaient en train de pêcher à portée de vue tandis que nous chargions nos sacs pour partir.

Dans le poste de vigile des gardes-côtes de Black Head où nous nous étions abrités, nous avons pu consulter un panneau expliquant comment s'était formée la superposition déconcertante des différentes strates géologiques composant la péninsule de Lizard. Apparemment nous avions passé la nuit sur de la péridotite serpentinisée incorporée à des gabbros lithés, mais voisinant avec divers péridotites, gneiss, troctolites, basalte : le schiste des roches anciennes de Lizard Head ayant manifestement copulé avec le magma du Meneage. C'était une langue étrangère ou de la pornographie géologique, suivant la nature de votre imagination. Nous avons repris la marche en psalmodiant les noms des diverses formations rocheuses jusqu'à ce qu'ils se mélangent complètement dans nos têtes et que le Sentier entame sa descente vers Coverack. Ensuite, vingt-cinq livres en poche, ravitaillés en riz, thon et mini-tablettes de fudge, l'estomac plein d'une assiette de frites consommées dans un café, nous avons poursuivi notre chemin. Basalte, troctolite et gneiss, jusqu'à ce que nous fassions un long détour par l'intérieur des terres pour éviter un barrage, un glissement de terrain, ou un paysan en colère, le conseil n'était pas très clair. Péridotite, gabbros, le Sentier a quitté les champs pour s'enfoncer dans la forêt.

L'intérieur des terres, même à toute petite distance de la côte, et ce n'étaient déjà plus les Cornouailles que nous connaissions. Luxuriantes, abritées, accueillantes, et il y faisait bon. Nous ne pouvions pas nous offrir une halte au café Fat Apples, mais ce nom évocateur de fruits rebondis et sucrés nous a irrésistiblement attirés et nous nous sommes sentis obligés de suivre une flèche qui annonçait la possibilité de camping sauvage dans les bois. Nous avons planté la tente sur une esplanade herbue dans la forêt. À l'abri du vent, les arbres avaient pris une belle hauteur, des oiseaux des bois voletaient dans les branches et des faisans grattaient la terre au pied des troncs. Les feuilles commençaient à prendre des tons roux et jaunes. C'était comme une autre planète après les falaises ; un intervalle de sérénité dans un écosystème de verdure, pour seulement cinq livres. Nous n'avions pas l'intention de prendre notre repas au café, mais c'était trop tentant, et nous avons cédé au plaisir de deux fourchettes et d'une grande assiette de délice végétarien.

« Le patron dit que vous êtes en randonnée. Vous allez où ? »

Deux Australiennes s'étaient installées à notre table, bientôt suivies par deux de ces petits-déjeuners pantagruéliques qu'on servait toute la journée. Un chacune. Je me suis appliquée à ne pas respirer trop fort, tout sentait tellement bon.

« On n'est pas très sûrs. Ça va dépendre du temps. Et vous ?

— On a soit campé soit pris des chambres d'hôtel jusqu'ici, mais il commence à faire frisquet, alors maintenant ça sera des gîtes tout du long. Prochaine étape, Falmouth, on va laisser la tente dans une vente de charité, et ensuite je file chez le coiffeur pour me faire les racines.

— Eh ben ! Quel luxe ! Moi, ça fait des jours et des jours que je n'ai pas vu mes cheveux dans un miroir.

— Vous savez quoi, ma fille, il vaut mieux pas. Mais regardez-moi un peu toute cette bouffe ! Si je mangeais autant chez nous, je serais grosse comme une vache. Depuis qu'on marche, j'ai tout le temps envie de manger. Il va pourtant falloir que je m'arrête en rentrant. »

Est-ce que je leur enviais cette surconsommation alimentaire et la perspective d'un lit et d'une douche tous les soirs ? La nourriture, sans doute. La sensation constante de faim à l'arrière-plan était quelque chose que j'aurais volontiers échangé contre des repas réguliers, mais nous pouvions très bien survivre sans douche ni lit. Tout de même, je n'aurais pas dit non à un meilleur sac de couchage. C'était dur de quitter le sanctuaire du Fat Apples, j'aurais avec joie passé l'hiver dans leurs bois à utiliser le robinet d'eau froide de leurs toilettes extérieures, mais nous n'aurions sans doute pas été des clients très rentables.

Au pied de la colline, sur la plage de Porthallow se trouve un gros bloc de pierre gravé : la borne qui marque le milieu du Sentier de la Côte Ouest : cinq cents kilomètres dans un sens, cinq cents dans l'autre. *Ne marchez pas trop longtemps et évitez les escaliers.* Moth avait-il effectivement parcouru cinq cents kilomètres ? Et moi aussi ? Le superchampion de la marche rapide, Paddy Dillon, couvre cette distance en vingt-quatre jours. Le vingt-quatrième jour de notre randonnée, nous, nous quittions Tintagel, dans une autre vie, un autre monde. C'était notre quatre-vingt-huitième jour. Paddy, lui, était déjà arrivé à Poole au bout de son quatre-vingt-huitième jour, il prenait le train pour rentrer chez lui, il rangeait ses chaussures de marche, il était déjà allé faire un tour au pub et avait assommé tout le monde avec ses histoires de randonnée, il avait tondu sa pelouse et il préparait déjà sa prochaine expédition. À la vitesse où nous avancions, quand nous arriverions à Poole, les guirlandes de Noël seraient déjà accrochées, si nous n'étions pas morts d'hypothermie entre-temps ou si nous n'avions tout simplement pas dépéri.

La marée était haute et nous avons pris le ferry pour traverser Gillan Creek. Pas vraiment un ferry, plutôt une barge en bois qui aurait voyagé dans le temps. La chaleur de l'été indien restait suspendue au-dessus de l'eau stagnante, des enfants armés d'épuisettes pataugeaient en maillots de bain ; des cabanes de berger émaillaient la rive ; le chien du passeur était posté à la barre. Une espèce de paradis. Moth se sentait fatigué et nous nous sommes assis sur un banc pour profiter du soleil de l'après-midi. Trois ferrys de plus au cours des prochains jours. Nous n'aurions vraiment pas dû faire cette halte au Fat Apples : la perspective des nouilles paraissait inévitable. Nous avons campé au bord d'un champ de navets au-dessus de l'Helford. Les paysages exposés et farouches du nord étaient loin derrière nous, presque oubliés dans cette atmosphère pastorale du sud de l'Angleterre.

Il faisait clair ce matin-là, l'air de ce début d'automne était chargé de rosée et des toiles d'araignée voletaient, la brume légère se dissipait déjà quand nous avons traversé un sous-bois broussailleux pour atteindre un endroit d'où on avait une belle perspective sur la rivière et que nous avons fait du thé. Des yachts rejoignaient la mer sur le paisible ruban bleu de l'Helford, tous en route vers Falmouth à travers une campagne silencieuse à la tranquillité précaire. La paix du moment a été soudain brisée par une agitation frénétique dans les buissons, bientôt suivie par l'arrêt in extremis d'un dalmatien au bord de la falaise.

« Bon sang, Buster ! Assis, j'ai dit ! »

Le chien a reculé avec l'air aussi contrit que peut en prendre un chien au pelage moucheté.

« Oh, bonjour. On vous a dérangés ? »

L'homme venait de Liverpool.

« On vient toujours se promener par ici. La vue est magnifique. Chaque année, mais ce cabot stupide ne s'en souvient jamais. Qu'est-ce que vous faites là ?

— On prend une tasse de thé.

— Une sacrément bonne idée.

— Vous en voulez une ?

— Je dis pas non, mais alors deux, s'il vous plaît, deux sucres dans chaque. »

À eux deux, ce grand gaillard et sa femme remplissaient tout l'espace de la corniche.

« On n'a pas de lait.

— Ben, on se débrouillera sans. Vous auriez dû vous installer près des cabanes des bergers, ça les aurait pas dérangés.

— Vous les connaissez ?

— Non. »

Trois jack russell agités avaient tiré un autre couple jusqu'au point de vue.

« Qu'est-ce qui se passe ici ? Un rassemblement ? »

Le Liverpuldien a sauté sur l'occasion sans même nous laisser le temps d'ouvrir la bouche.

« On se boit un petit thé. Ça vous tente ? Il va falloir que vous attendiez qu'on ait fini de vider nos tasses, cela dit. Ces deux-là, ils font le Sentier de la Côte.

— Depuis Falmouth ?

— Non, Minehead.

— Où ça se trouve ?

— Dans le Somerset.

— Incroyable ! C'est si loin. »

Je leur ai tendu deux tasses de thé qu'ils ont bues aussitôt.

« Et pourtant, c'est la vérité.

— Non, je ne vous crois pas.

— Et pourtant…

— Et comment vous avez trouvé le temps de faire une randonnée pareille ? »

J'ai entendu Moth soupirer et hausser les sourcils.

« Parce que nous sommes au chômage et sans domicile fixe. »

Un certain désordre s'est ensuivi. Les chiens ont reculé. Les femmes ont fait un pas en arrière.

« Bon, ben, il faut qu'on y aille. Merci pour le thé.

— Oui, pareil pour nous. Merci beaucoup. »

En quelques secondes, ils avaient décampé et Moth s'est adossé au banc.

« Encore un peu de thé ?

— Pas possible. On n'a plus d'eau. »

Nous avons rangé le réchaud et repris le ferry pour traverser l'Helford.

Nous avions très mal calculé le moment de notre arrivée à Falmouth et il faisait nuit quand nous nous sommes hâtés de monter la tente près du château de Pendennis, trop fatigués pour nous soucier de la bande de jeunes qui éclusaient du cidre sur les rochers. D'ailleurs, ils ne se sont pas intéressés à nous, continuant à boire et à rire, trop absorbés par leur monde agité par les hormones pour nous prêter attention.

« Tu crois que Tom et Row se conduisent comme ça ?

— Bien sûr, ils sont étudiants. Enfin, ils l'étaient.

— Est-ce qu'on les a abandonnés ? On leur a

annoncé qu'on avait perdu la maison, mais on n'a pas beaucoup communiqué sur ta maladie et ses conséquences. Je leur ai toujours parlé de tout. Chaque bosse, chaque égratignure, chaque petite tristesse dans leurs vies. Mais de ça, non. De ce gros truc-là, non. Ni des effets que ça pouvait avoir sur nous tous. Comme si c'était un terrain trop pénible pour s'y aventurer. Le tigre est lâché. Aucun de nous ne peut en dire un mot. »

Je me suis tournée vers Moth dans l'obscurité de la tente.

« Tu ne penses pas que ce qui t'arrive, ce qui arrive à cette famille, va leur faire du mal ? Je ne supporte pas l'idée que ça leur laisse des cicatrices.

— Ils ne t'en parlent pas, parce que c'est un problème pour toi, pas pour eux. Moi, ils m'en parlent. Nous avons abordé la question très franchement. Ça sera dur, ça l'est déjà, mais ils sont forts. C'est en train de tous nous changer, et si tu peux regarder cette vérité en face, nous pourrons peut-être tous l'affronter. Il n'y a pas de tigre. Il ne peut pas y en avoir. On n'a pas la place.

— Alors disons que la girafe est sous la tente.

— Ray, il est temps de dormir. »

Les étudiants étaient rentrés à l'université de Falmouth pour le premier semestre. La ville était pleine de jeunes gens colorés qui arpentaient les rues en affectant un style bohème et revenaient à leurs études artistiques avec une nonchalance soigneusement exagérée. Même comparés à eux, il semblait que nous avions été sur les routes depuis très longtemps. Moth était saucissonné dans son pantalon de treillis, retenu par sa ceinture serrée au dernier cran. Son T-shirt noir était devenu marron dans le dos à force de porter son sac, ses cheveux gris avaient étonnamment viré au blanc et ses quelques poils volontairement mal rasés s'étaient transformés en barbe. Je portais les mêmes chaussettes depuis St. Ives, mon legging court par-dessus le long, le pull-over trouvé à la vente de charité se déformait chaque jour un peu plus et ma tignasse ressemblait désormais résolument à un nid d'oiseau. J'ai pensé à nos amies australiennes qui devaient être quelque part à Falmouth en train de se refaire une couleur, d'engloutir des repas pantagruéliques, et je me suis dit que je ne les enviais pas du tout. Tandis que nous marchions dans les rues animées, j'ai compris que rien de tout cela ne m'affectait, je me sentais forte et détachée à un point que je n'aurais pas imaginé possible deux mois plus tôt encore. Notre chemin passait par un pays aux antipodes du leur.

« Six livres par personne ! Nous n'avons même pas de voiture !

— C'est le prix. À prendre ou à laisser. »

Nous nous sommes éloignés de l'embarcadère du ferry et avons parcouru le port à la recherche d'un bateau quelconque qui puisse nous amener à St. Mawes, mais sans succès, alors nous sommes retournés au centre-ville et avons acheté des nouilles pour quatre jours, réduisant notre ration de nourriture pour pouvoir payer le ferry. Nous n'aurions décidément pas dû nous arrêter au Fat Apples.

St. Mawes bourdonnait de *cream tea* et de guêpes, et la file d'attente pour la correspondance vers Place Creek paraissait interminable. À peine débarqués sur l'autre rive, nous avons disparu entre les arbres comme des lapins sous les ronces, nous sentant désormais plus à l'aise dans les sous-bois que dans les rues.

Le paysage s'inclinait graduellement vers Greeb Point, un pré d'herbe plate et lisse s'étendait juste sous le promontoire rocheux, dérobé aux regards de la grande maison bâtie au sommet. La lune, encore pleine la veille, se levait dans un ciel clair et nimbait le site de nuances de gris et d'argent. De riches vagues sombres venaient doucement lécher la roche humide. Nous avons retiré nos vêtements crasseux et nous sommes plongés dans l'eau froide. Alors que nous tentions de nous éloigner des rochers, la mer nous y ramenait sans cesse, et nous avons été obligés de faire des mouvements de brasse pour rester sur place pendant quelques minutes. Ensuite, Moth est allé plonger plus au large avant de revenir.

« Viens un peu plus loin, il faut que tu voies ça.

— Je ne peux pas. C'est trop profond.

— Mais non. Ça vaut la peine, crois-moi. »

En s'éloignant du bord, dans l'eau illuminée par le clair de lune, le froid vous saisissait davantage.

« Plonge la tête et ouvre les yeux.

— Je ne peux pas, le sel…

— Tu peux. »

J'ai pris une profonde inspiration, puis, une fois sous l'eau, luttant contre mes réactions instinctives, j'ai ouvert les yeux. Au lieu des ténèbres profondes auxquelles je m'attendais, des gerbes de blanc et d'argent dansaient dans la mer, chaque vague étincelant d'une poussière de cristaux irisés. La lune, source de toute cette lumière, traversait l'eau en ondoyant doucement jusqu'à se refléter sur le sable et le roc des fonds marins. Je suis remontée pour respirer et, à la surface, l'océan scintillait avec le même éclat. Moth m'a pris la main et m'a conduite plus loin encore. Puis il m'a fait plonger à nouveau. Le sable était plus profond mais toujours visible, et Moth m'a lâchée en écartant les bras. Incarnation de l'océan baigné du clair de lune, des poissons flottaient dans les profondeurs, des reflets d'argent chatoyant sur leurs écailles. J'ai tendu la main pour en toucher un : d'un mouvement paisible et sinueux, son corps lisse s'est légèrement éloigné avant de venir reprendre sa place dans le petit banc de ses congénères. Ils se laissaient porter sans remuer leurs nageoires jusqu'à ce qu'ils ressentent au même instant qu'ils étaient trop près du rivage et qu'avec un bel ensemble, ils repartent vers le large, transformant la lumière diffractée en écume moirée.

Nous sommes sortis de l'eau, frissonnants mais silencieux, touchés par le même et presque imperceptible sentiment d'appartenir à ce lieu, et nous sommes allés dormir entre la mer et le ciel, la peau encore salée, mais au sec.

Nous avons traversé Portscatho, animée par la foule des visiteurs du début d'automne – de jeunes couples accompagnés de petits enfants, seaux, bottes en caoutchouc, légères parkas –, avec une sorte d'indifférence, légèrement décalés, croisant les passants comme on regarde les vidéos de vacances de quelqu'un d'autre, pressés de retrouver nos tunnels de prunelliers et d'ajoncs. Sur Pendower Beach, nous avons songé à ramasser des algues, mais il aurait fallu trop de gaz pour les faire cuire. Le temps était en train de changer, un vent humide se levait et le ciel s'assombrissait au sud et à l'ouest. Nous portions pull-overs et polaires pour marcher, une fraîcheur nouvelle était dans l'air, le vent pénétrait sous les vêtements, nous pinçait le visage et cravachait nos sacs à dos pour nous pousser à presser le pas. Avancez, avancez ! Il était tôt mais nous cherchions déjà un endroit où nous poser. Mission impossible parce que le sentier abrupt était enserré par des buissons épineux. Finalement, résolus à nous en éloigner pour trouver un endroit possible, nous avons rampé parmi les prunelliers et les ronces jusqu'à un champ qui bordait une ferme abandonnée. Une légère bruine s'est mise à tomber tandis que nous faisions cuire nos nouilles, mais nous avions réussi à distancer la pluie.

Elle nous a rattrapés durant la nuit, martelant la toile de tente et secouant les cordages. Une pluie lourde et sonore, comme un roulement de tambour qui n'en finirait pas. Couchés tout habillés dans nos duvets, pelotonnés sous notre couverture, nous avions tout de même froid. Les températures chutaient drastiquement la nuit, une impression renforcée par la chaleur du jour. Vers 4 heures du matin, nous nous sommes retrouvés blottis comme des loirs au centre de la tente. Moth dormait par à-coups et gémissait dans son sommeil. Le froid nous ramenait en arrière, au pied des hauteurs de Portheras Cove et il luttait à nouveau pour avancer. L'effort physique était sans doute son meilleur ami, mais le froid, son pire ennemi. J'ai poussé la couverture vers lui, déplié les imperméables dessus, et il s'est enfoncé dans un sommeil plus profond. Nous n'aurions jamais dû choisir des sacs de couchage aussi inefficaces. Privilégier un moindre poids plutôt que le confort : nous aurions dû faire le contraire. Mais il nous fallait quelque chose d'aussi léger que possible, et ces duvets étaient si bon marché. Maintenant, nous ne pourrions plus nous en acheter d'autres. Nous avions juste assez d'argent pour manger. Tandis que le vent grondait contre la toile, je suis restée éveillée à regarder les piquets ployer sous la force des bourrasques, accueillant avec soulagement le moment où une pâle lueur grise est apparue et où les rafales ont commencé à s'apaiser.

Le gros de la pluie est arrivé porté par le vent et nous avons repris la route sous une bruine épaisse, des rafales horizontales chargées d'eau nous balayant depuis le sud-ouest et des rideaux de gris glissant des nuages à la mer : le cycle de la pluie se déployant sous nos yeux. Les promontoires rocheux sont devenus flous avant de disparaître complètement. Sans quitter le chemin des yeux, concentrés sur une bande de terre rocailleuse et embourbée d'environ trente centimètres de large, nous avons manqué la déviation par l'intérieur des terres qui permet d'aller de West Portholland à East Portholland et nous nous sommes retrouvés sur la digue qui les relie. Ballottés par le vent, piégés à la lisière des terres pendant que les vagues se brisaient sur les galets en contrebas, nous avons avancé sur une corde raide de béton et de pierre entre les éléments. Nous avons fini par retrouver le macadam devant une rangée de petites maisons au moment où une femme sortait sur son seuil.

« Entrez vite. Je ne veux pas laisser la porte ouverte comme ça.

— On est trop mouillés.

— Posez seulement vos affaires sur le carrelage. Je vous ai vus arriver sur la digue. Vous n'avez pas vu le panneau de déviation ? La mer aurait pu vous emporter. »

À l'intérieur régnait une chaleur lourde et notre tas de plastique dégoulinant a eu tôt fait de transformer la pièce en sauna. Ce n'était pas une maison, en fait, mais un petit commerce. La dame nous a fait entrer dans ce qui avait dû être la salle de séjour mais qui était désormais un minuscule salon de thé. Comment faisions-nous notre compte pour nous retrouver chaque fois dans des salons de thé, comme si quelqu'un nous attendait toujours derrière sa caisse avec une théière et que les actes de générosité se faisaient au minimum payer quatre livres vingt ? La pluie s'abattait sur les vitres ; même les mouettes avaient trouvé un rocher derrière lequel se réfugier, alors nous avons accepté le thé. Moth a appuyé la tête contre un coussin et il s'est aussitôt endormi, son bras agité de spasmes et le visage déformé de temps à autre par une grimace. Le froid et l'humidité lui causaient plus de douleurs qu'il n'était prêt à le reconnaître, mais quand il dormait, il ne pouvait pas le cacher. Sans prégabaline, il souffrait de violents élancements à l'épaule et à la tête, d'un engourdissement pénible de la jambe et d'une étrange sensation de démangeaison sur toute la peau comme s'il avait été piqué par des orties. La DCB avait encore de mauvaises surprises en réserve, mais il y avait déjà de quoi perturber son sommeil et assombrir ses jours.

Nous avons passé plusieurs heures dans la chaleur de cette pièce jusqu'à ce que la pluie se transforme en brouillard et que nous reprenions notre ascension boueuse vers le vaste promontoire de Dodman Point où nous sommes arrivés tôt dans la soirée. Nous nous sommes assis au pied d'une immense croix en granit, pendant que le brouillard se dissipait en longues traînées d'air humide, dévoilant par instants des panoramas allant jusqu'à Lizard Point au sud et d'autres caps en direction de l'est, avant de s'empresser de les dissimuler à nouveau. Protégée du vent, une vieille guérite de guet a émergé des brumes parmi les ajoncs et les arbres rabougris : une petite construction en pierre édifiée sur le site d'une tour bâtie autrefois pour surveiller l'approche des navires français sur la Manche durant les guerres napoléoniennes. Nous avons mis la tente à l'abri du mur d'enceinte en ruine et nous sommes installés dans la guérite pour faire cuire nos nouilles. On a joué à avoir une maison, à être des vagabonds, ou les deux à la fois. La nuit est vite tombée, les derniers lambeaux de lumière disparaissant juste après 19 heures.

« On doit être fin septembre maintenant.

— Vraiment ? »

Moth a compté les jours en se servant du guide à partir du moment où nous savions encore la date.

« On est presque en octobre. D'ici quelques semaines, on passera à l'heure d'hiver.

— Comment va-t-on faire quand il fera nuit à 17 heures ? »

De retour au pied de la croix, nous avons observé les lumières qui se déplaçaient lentement à l'horizon. Le vent était tombé et les bruits de la nuit commençaient à monter. Les mouettes descendaient se poser sur les falaises. Une bande d'huîtriers jacassaient sur les récifs. Les vagues se brisaient contre le roc avec un grondement sourd. Silencieusement, presque comme s'il flottait dans l'air, un petit chevreuil, gris sous le mince croissant de lune, est passé devant nous pour s'enfoncer dans les fourrés sans faire bruisser la moindre feuille. Nous l'avons suivi des yeux jusqu'à nous endormir, plongés dans les ténèbres vertes de la nuit.

Nous étions allongés sur le sol près des bancs sur le quai de Gorran Haven pour profiter de la chaleur accumulée par le béton, et nous regardions mouettes et goélands se rassembler au-dessus de nos têtes.

« Gorran Haven n'est pas le genre de ville à supporter des ivrognes affalés par terre, vous savez ? La police va vous déloger. »

Je me suis relevée, m'attendant à ce que cette grosse voix appartienne à un solide gaillard avec une ancre tatouée sur le bras, mais j'ai découvert un couple de vieilles personnes blotties sur le banc. Ils portaient des anoraks et mangeaient des frites. L'homme à la voix de stentor en a jeté une à une mouette, et trois autres se sont aussitôt posées pour la lui disputer.

« Nous ne sommes pas ivres. Nous profitons juste un peu de la chaleur.

— Les gens comme il faut ne se couchent pas par terre dans la rue. Vous êtes des clochards, c'est ça ? »

Des clochards ? Voilà ce que nous étions, maintenant ? Et nous ne dormions même pas dans la rue.

« Ce n'est pas la rue, ça. C'est un endroit où s'asseoir pour admirer le paysage. Exactement ce que nous sommes en train de faire. Et vous ?

— On mange des frites. »

Et sa femme en a lancé une autre aux mouettes.

« Faux ! Vous nourrissez les mouettes. Vous n'avez pas vu les panneaux qui l'interdisent ? Vous devriez faire attention, vous ne pouvez pas savoir qui vous observe. »

Nous avons ramassé nos sacs et étions déjà quelques pas plus loin, quand il nous a crié :

« Clochards ! »

Moth s'est retourné pour rétorquer :

« Engraisseurs de mouettes ! »

Nous avons continué notre chemin à travers ce joli village en direction de Mevagissey, la multitude de goélands argentés indiquant que nous étions arrivés. Ils avaient le même air rusé que la bande d'oiseaux de

St. Ives, attroupés autour des bateaux et des cheminées, flânant par groupes autour des poubelles et s'attardant près des bancs publics. Nous avons hardiment acheté une barquette de frites, mais nous l'avons tenue serrée contre nous, l'un mangeant, l'autre faisant le guet. Quelques vieilles dames étaient assises sur le banc à côté de nous, avec chacune en main une portion de fish and chips. Nous avons tendu l'oreille pour entendre leur conversation.

« Je vous le dis, j'ai vécu dans plusieurs endroits sur cette côte et je ne retournerai jamais habiter à St. Ives. Weymouth, oui, Mevagissey aussi, mais St. Ives, jamais.

— Mais c'est à Mevagissey que tu habites », a dit une deuxième dame.

Un goéland au regard d'acier s'est approché en sautillant de leur banc, en fixant l'air de rien la direction opposée.

« Eh bien, quand j'en serai partie, j'y reviendrai. Mais jamais à St. Ives.

— Pourquoi t'en aller si tu comptes revenir ? »

Le goéland leur a tourné le dos, comme pour contempler la mer d'un air nostalgique, tout en poursuivant son approche latérale.

« C'est une hypothèse, Sheila. Je dis que *si* je devais m'en aller un jour, je reviendrais.

— Pour continuer avec les hypothèses, Doris, si tu sais déjà que tu reviendrais, pourquoi voudrais-tu partir ? »

Le goéland a soigneusement choisi son moment et, dans un envol de frites renversées, il a disparu, un morceau de poisson dans le bec.

« Saletés de mouettes ! Voilà pourquoi je veux

quitter Mevagissey. C'est exactement la même chose qu'à St. Ives.

— Oh, Doris, quelle catastrophe ! Mais si c'est pareil qu'à St. Ives, pourquoi veux-tu revenir ici ?

— Sheila... »

Nous avons planté notre tente sur le cap de Black Head, près du monument à la mémoire du poète A.L. Rowse, sur lequel on peut lire : « Dans ce pays, j'ai connu toutes les satisfactions. » L'esprit, sinon l'estomac, satisfait, nous avons mangé des nouilles pendant que de gros goélands repus de frites se posaient sur les corniches.

« C'est bizarre, d'habitude, ils ne s'intéressent pas aux nouilles.

— On les comprend. »

La région qui s'étend au nord de St. Austell est le bassin minier du kaolin. Cette argile blanche très fine est exploitée ici depuis le milieu du XVIIIe siècle, date à laquelle William Cookworthy a mis au point un procédé permettant de la débarrasser de ses impuretés. L'industrie s'est développée autour de la manufacture de porcelaine fine, mais s'est étendue à l'exportation du kaolin dans le monde entier où il est utilisé dans la fabrication de produits aussi divers que les tasses à thé et le dentifrice. Alors que les mines d'étain et de cuivre s'épuisaient ou simplement fermaient, les carrières d'argile ont continué à accroître leur production. Malheureusement, pour chaque tonne de kaolin se créent cinq tonnes de déchets. Cela a peu à peu produit dans tout le centre de la région des monticules que les locaux appellent affectueusement « les Alpes des Cornouailles », mais qui pour le profane ressemblent fâcheusement à des décharges publiques.

Apparemment, quand on se retrouve avec un énorme trou blanc dans le sol, plusieurs possibilités s'offrent à vous. Vous pouvez le laisser naturellement se remplir d'eau boueuse verte et faire pousser des buissons autour et ensuite baptiser le tout « site patrimonial » ; vous pouvez aussi créer là un nouveau jardin d'Éden et le remplir de plantes venues du monde entier, biome artificiel et, à la clé, des millions de visiteurs à vingt-cinq livres l'entrée ; vous pouvez encore bien sûr rejeter tous ces déchets dans le trou et l'aménager, mais ce serait sans doute une solution trop simple et aucun touriste ne serait prêt à arpenter une prairie en lisant une brochure qui dirait : « Si incroyable que ça puisse paraître, cet espace vert était autrefois une mine à ciel ouvert. »

Charlestown, qui s'appelait autrefois West Polmear, reste un port pittoresque, construit, assez bizarrement, par Charles Rashleigh, qu'on ne saurait accuser du moindre égocentrisme et qui a changé une population jadis composée de pêcheurs fabriquant eux-mêmes leurs casiers à homards et leurs pipes en trois mille manutentionnaires qui chargent des cargos de kaolin en moins de temps qu'il n'en faut pour demander : « Voulez-vous un cataplasme à l'argile blanche ? » Néanmoins, les dizaines de milliers de tonnes de kaolin qui partaient chaque année des ports locaux au XIXe siècle n'étaient rien à côté des millions de tonnes exportées au XXe. Aujourd'hui, Charlestown est devenu un port pittoresque qui vit de son patrimoine culturel et le repaire favori de Ross Poldark.

Alors que nous approchions de Par, le monde est soudain devenu blanc, une fine couche de poussière pareille à du talc recouvrant toute la contrée. Forcé de contourner le site de l'usine de transformation de l'argile, coincé entre les clôtures électrifiées et la ligne de chemin de fer, le Sentier traversait un village et continuait ensuite vers une plage assiégée par le hangar et les cheminées de l'usine de transformation d'argile d'un côté, et un camping pour caravanes en pleine expansion de l'autre. Tout était blanc. Des arbres blancs, un sentier blanc, des gens qui promenaient leur chien, blancs eux aussi. Nous avons vite laissé derrière nous la grappe de pubs et de cafés de Polkerris en prétendant être indifférents aux bonnes odeurs de nourriture, pour découvrir à flanc de colline un bois d'arbres vigoureux qui luisaient dans le soleil d'automne, heureux d'avoir retrouvé un monde de couleurs.

Nous avons planté la tente en laissant les rabats ouverts sur l'herbe rase de Gribbin Head et nous avons regardé passer les bateaux et les étoiles. Nous étions sur les terres des Rashleigh, cette riche famille qui possède le domaine de Menabilly depuis le démantèlement des monastères par Henri VIII. À l'endroit même où Daphné du Maurier avait été invitée à résider et où elle avait imaginé Manderley, nous nous trouvions sans argent et sans toit sur la tête. Nous avions tout perdu sauf nos enfants et chacun, l'autre, mais il nous restait l'herbe verte et la musique de la mer sur les rochers. Cela nous suffirait-il pour survivre ? Nous connaissions la réponse, mais abandonner la partie et retourner dans le monde ne nous semblait pas non plus être la solution.

Suivant le Sentier dans un paysage de douces collines, de bois parés de jaune et d'orange, de criques rocheuses peuplées de mouettes, toujours les mouettes, nous sommes arrivés à Fowey. Le village s'était développé en même temps qu'un port naturel dans un profond estuaire, ses rues étroites et ses maisons de toutes les couleurs escaladant les pentes escarpées. Apparemment, on y trouve les habitations estimées les plus chères de tout le Sud-Ouest, et à voir les yachts encore amarrés là en ce début d'automne, l'argent était sans doute arrivé par la mer. Encore un salon de thé, encore une théière d'eau chaude, et la possibilité de recharger le téléphone ; nous avions presque oublié que nous en avions un et ne l'avions pas consulté depuis plusieurs jours.

« Row va me passer un savon pour n'avoir pas rechargé le portable. »

Quand il s'est rallumé, parmi la multitude de textos des enfants, il y avait un appel manqué d'une ancienne camarade de classe, Polly. La dernière fois que nous nous étions parlé, c'était juste avant de quitter la maison. Je trouvais la perspective de devoir remettre les pendules à l'heure peu réjouissante. « Ah oui, je vois, vous êtes toujours sans abri, toujours à l'agonie, mais comment allez-vous ? »

Nous avons retiré l'argent à la banque, acheté une miche de pain et une conserve de soupe, puis nous avons pris le ferry qui nous a fait traverser la rivière jusqu'à Polruan, une réplique de Fowey mais en plus petit. Assis sur le quai, nous avons regardé les étincelles jaillir d'un fer à souder qui réparait un bateau sur le chantier de construction de l'autre côté de la passerelle. Notre voyage était en train de devenir plus paisible, moins chaotique, moins ballotté par les tempêtes, quelque chose comme de l'eau s'écoulant lentement sur du sable que fait ondoyer la marée. Nous avions changé en chemin, nous étions plus forts, plus sereins, ce passage était maintenant plus tranquille. Un cormoran s'est dirigé vers le large en rasant la surface de l'eau. Le ciel était gris, aucune menace de pluie, rien qu'un ciel gris qui se fondait dans la mer grise. Les étincelles continuaient à jaillir de derrière le bateau. Je m'imaginais que le soudeur écoutait *Flashdance* dans son casque audio, mais il était plus vraisemblablement amateur de Pirate FM.

Nous avons remonté la pente abrupte qui sort du village et surplombe Lantic Bay pour rejoindre Pencarrow Head, puis mis la tente à l'abri derrière des ajoncs avant de rester un long moment à admirer les lumières des bateaux qui quittaient Plymouth dans le lointain.

Le matin est revenu comme une tranche du jaune le plus pâle entre des couches de gris. Un oiseau a décollé de derrière le sommet de la falaise, l'ombre de ses ailes largement déployées contre le ciel qui s'éclairait peu à peu. Porté par le vent, il a retourné son dos gris pour dévoiler un ventre pâle et strié avant de fondre en piqué à une vitesse telle que l'instant d'après il avait disparu. Les lapins s'étaient dispersés et les passereaux avaient cessé de chanter.

Un vieil homme a traversé le promontoire pour s'avancer lentement vers nous. L'air plutôt débraillé, les vêtements sales, il s'aidait d'un bâton de marche d'un côté, d'une branche de noisetier de l'autre. Il s'est approché de plus en plus avant de s'arrêter. Et quand il a ouvert la bouche, ses mots se sont déversés comme des flots de crème Chantilly.

« Vous l'avez vu, le faucon pèlerin ? Il est là seulement depuis quelques semaines, il est bien beau, pas vrai ? Je l'avais jamais vu avant, il est nouveau dans les parages. Vous, vous l'aviez déjà vu ?

— On est arrivés seulement hier soir, donc c'est la première fois qu'on le voit. Il est magnifique.

— Vous êtes de passage, pas vrai ? Moi, je vis ici

depuis toujours. J'ai une cabane dans les bois, j'élève quelques poules et je coupe du bois. Il est bien beau, pas vrai ?

— Oui, magnifique.

— Vous allez vers l'est, c'est ça ? C'est ce qu'ils font tous. Vous allez passer par Rame Head, Bigbury et Bolt Tail. Ils disent que je pourrais bien avoir un glau… glau, je sais plus quoi, à l'œil, ils disent que je pourrais devenir aveugle, que c'est parce que j'aurais mangé trop de biscuits.

— Un glaucome.

— Ah, c'est ça ? Je viens ici tous les jours que je peux, faut que je me le mette dans la tête pour quand j'y verrai plus.

— C'est une image superbe à garder en mémoire.

— Je suis content qu'il soit là, il est spécial cet oiseau, magnifique, pas vrai ?

— Oui, magnifique. »

La lumière s'est intensifiée, séparant le ciel et l'océan. Avais-je vu assez de choses ? Quand je ne les verrai plus, est-ce que je me les rappellerai, et leur souvenir suffira-t-il à me remplir et à me faire me sentir entière ? L'homme est reparti lentement vers l'endroit d'où il était venu. Qui aura jamais accumulé assez de souvenirs ?

Le portable a sonné brutalement, interrompant le cours de mes pensées.

« Où êtes-vous ?

— Toujours sur la côte sud-ouest. Pourquoi, que se passe-t-il, Polly ?

— Écoute, vous ne pouvez pas passer l'hiver là-bas. J'ai une espèce de remise, c'est là qu'autrefois on découpait la viande. Ils y ont installé des sanitaires, mais tout est encore emballé dans du plastique. Vous pouvez y loger un moment si vous voulez. Il faudrait seulement finir les travaux.

— Je ne sais pas…

— Comme vous voulez. C'est à prendre ou à laisser. »

La tente tournait le dos aux ajoncs, elle faisait face à l'est, la direction qu'il ne nous restait plus qu'à prendre. Des criques à découvrir, des caps et des caps à franchir, des levers de soleil vers lesquels marcher, des crépuscules sous lesquels nous endormir, les variations du temps pour nous surprendre, le froid à endurer… Et le froid que nous ressentions à présent n'était rien comparé à celui de l'hiver à venir, lorsque les tempêtes s'abattraient sur cette côte et qu'il nous faudrait nous enfoncer à l'intérieur des terres. Mais pour aller où ? Polly vivait en pleine campagne, dans un endroit que nous connaissions à peine : qu'allions-nous faire là-bas, quel avenir nous était-il réservé de toute façon ? La décision paraissait impossible à prendre.

Nous avons laissé la tente là où elle était et exploré la côte jusqu'à Lantivet Bay. Jusqu'à un obélisque en granit peint en blanc et une guérite de guet blottie contre la falaise. Nous avons mangé du riz au thon et dévalé le chemin escarpé qui descend vers Lantic Bay, puis suivi le rivage à la limite de la ligne des algues. Le faucon pèlerin a tournoyé autour de Pencarrow trois matins de suite. Il nous fallait un abri, il nous fallait nous mettre au chaud, il nous fallait de l'argent. Nous pouvions soit essayer de recommencer une vie dans le monde normal, soit affronter l'hiver sur le Sentier. Moth avait besoin de chaleur.

Parfois, il est facile de se rendre compte qu'on a pris la mauvaise décision et de rectifier le tir : on s'est trompé de train, on descend à la station suivante. D'autres fois, on comprend qu'on a fait fausse route seulement quand il est trop tard.

« Salut, Row. Est-ce que tu pourrais nous prêter quarante livres pour le train ?

— Je ne les ai pas. Je peux vous en envoyer vingt. »

« Tom, est-ce que tu peux nous faire parvenir vingt livres pour le train ?

— Oui, OK, mais je pense que c'est une erreur. Au fond de moi, je sens que c'est une erreur. »

CINQUIÈME PARTIE
CHOIX

« Chacun a besoin de beauté autant que de pain. »

John Muir, *Le Yosemite*

18

MOUTONS

Délogés, déconnectés, déracinés. Aussi loin de la côte qu'il était possible de l'être. Tandis que la pluie s'abattait sur le toit en tôle ondulée de la remise désaffectée, nous avons monté la tente au milieu du plancher et nous sommes blottis sous cet abri familier. Nous nous sentions perdus. Le peu de paix intérieure que nous avions retrouvée s'envolait à tire-d'aile.

Nos sacs à dos étaient tristement abandonnés dans un coin, soutenant un pan de plastique qui menaçait de se décoller du mur. Même si quelqu'un avait déjà temporairement occupé les lieux, ils continuaient à ressembler à un atelier d'équarrissage. Un poêle à bois avait été installé trop près du plastique et l'avait fait fondre et se recroqueviller. De la mousse poussait sur les fenêtres ; des panneaux isolants pendaient entre les poutres ; la lumière d'une barre de néon accrochée au plafond maculé de taches vacillait. Néanmoins, nous avions un toit au-dessus de nos têtes et nous en étions reconnaissants.

Polly était heureuse de nous accueillir, heureuse de nous rendre service. Non, elle ne voulait pas de loyer, mais si nous pouvions donner un coup de main pour finir d'aménager cette construction et faire tourner la ferme, l'arrangement serait parfait. Moth pouvait-il commencer par poser des panneaux isolants et plâtrer le tout ? Nous avions traversé ensemble les crises de l'adolescence et les angoisses de l'âge adulte. Ça pouvait marcher. Nous allions nous aider réciproquement.

J'ai longé la haie jusqu'aux bois au sommet de la colline, comme égarée dans ce paysage inconnu du centre de l'Angleterre. Au-dessus de ma tête, des corneilles tournoyaient dans l'air froid de cette fin octobre. Se laissant porter par les courants, une buse a glissé vers la vallée en poussant de longs cris plaintifs. Les gros cônes d'un mélèze abattu s'étaient répandus sur le sol, des touffes d'herbe et des orties poussant entre les branches mortes depuis longtemps. Dérangé dans sa tranquillité par mes pas, un faisan s'est envolé des broussailles en battant des ailes avec un cri de panique. Je venais désormais dans ce bois dès que je pouvais m'échapper de la ferme de Polly. Je lui étais immensément reconnaissante de nous avoir donné un toit mais, à l'intérieur de moi, je ressentais un grand vide. Mes journées n'avaient aucun sens, rien que la répétition de tâches mécaniques qui ne nous apportaient rien à part la possibilité d'être au chaud et au sec. Je me sentais comme seule parmi des amis. Être sans domicile m'avait appris que même si les gens pensent vouloir vous aider, dès que vous vous installez chez eux, vous devenez rapidement le coucou qui usurpe leur nid, l'invité qui abuse de l'hospitalité offerte. Un fardeau superflu. Là en tout cas, nous nous sommes rendus utiles, pendant un certain temps au moins.

Dès que Moth a posé son sac et cessé de marcher, l'ankylose est revenue et les douleurs neuropathiques se sont intensifiées. Il dormait douze heures par nuit et avait du mal à bouger le matin. Nous sommes retournés voir le médecin pour lui expliquer combien Moth allait mieux quand il faisait de l'exercice et comment ses symptômes avaient reculé jusqu'à ce qu'il commence à faire froid.

« Eh bien, vous n'avez fait qu'empirer les choses et accéléré votre déclin. Vous devriez vous reposer, éventuellement faire de petites balades, jamais trop loin, et prendre garde aux escaliers.

— Mais est-ce que l'exercice constant et la répétition des mouvements n'améliorent pas son état ? Peut-être l'apport supplémentaire d'oxygène réussit-il à freiner le processus, à ralentir l'action de la protéine tau ? À moins que quelque chose d'autre ne se soit produit, une réaction bénéfique ?

— Absolument pas. Vous êtes dans le déni. C'est d'ailleurs tout à fait naturel : la plupart des patients passent par cette phase. »

Nous marchions dès que nous en avions l'occasion mais ces promenades n'avaient pas les mêmes effets que les longues heures de mobilité forcée et répétitive avec un sac sur le dos. Nous avons essayé la salle de gym, mais Moth en est revenu avec des douleurs terribles pendant plusieurs jours. Il a pédalé sur un vélo d'intérieur ; le mouvement régulier et itératif lui a fait un peu de bien, mais pas assez, et une lenteur handicapante s'est installée, ponctuée par des tremblements du bras.

Le repos n'était pas envisageable. Nous gagnions le toit au-dessus de nos têtes à la sueur de nos fronts. À grand-peine et lentement, Moth a posé les panneaux de placo, les mouvements nécessaires lui causant des douleurs lancinantes dans les épaules. Il a ensuite carrelé le sol. Il a construit un mur extérieur en parpaings dans le froid glacial. Il parvenait à travailler environ quatre heures par jour mais chaque effort lui paraissait de plus en plus pénible.

L'hiver a frappé avec force, un froid de loup, les températures dégringolant au-dessous de zéro, le sol gelé dur comme de la pierre et quinze centimètres de neige. Dans des moments pareils, je me réjouissais que nous ne soyons pas sous la tente, dans la nature. Nous avions un toit et un poêle, même s'il nous fallait couper nous-mêmes le bois pour l'alimenter.

Nous avons passé Noël chez le frère de Moth. Dormant sur le plancher, mais avec une impression de confort, de chaleur, de famille heureuse, chacun faisant tout pour prétendre qu'il ne s'était rien passé et que la vie restait semblable à ce qu'elle avait toujours été. Fin décembre, nous sommes repartis chez Polly et avons entrepris de découper les arbres abattus en sections qui seraient ensuite sciées pour devenir des rondins. Nous passions nos journées à débroussailler et à empiler le bois, puis, le soir venu, nous rentrions et Moth, perclus de douleur, devait rester allongé par terre. J'ai réparé une vieille cuisinière pour l'installer dans la remise, abattu un mur de séparation, posé des lambris dans l'entrée, nettoyé les chambres que Polly louait pendant les vacances et me suis échinée dans la buanderie. Nous ne payions pas de loyer, seulement l'électricité, mais nous n'avions pas d'argent. Il fallait que je trouve du travail. Or, je ne pouvais pas laisser Moth seul. Il était épuisé, chaque jour plus faible. Si heureux que nous soyons d'avoir le toit que nous avait fourni Polly, le prix physique que payait Moth pour ce luxe était très élevé.

« Tu ne peux pas continuer comme ça. Tu vas y laisser ta peau.

— Nous avons un toit, et de ça, je suis reconnaissant. »

Le printemps est revenu et le sol de la forêt a soudain débordé de vie : des tapis de jacinthes des bois auparavant invisibles paraient de lumière le sommet de la colline comme une couronne bleue. Nous avons vu plusieurs fois une daine passer par-dessus le mélèze abattu, hissant avec énergie ses pattes fines sur le tronc avant de sortir du bois pour aller brouter dans le pré au crépuscule. Nous n'en avons pas parlé de peur qu'elle ne finisse ses jours dans un congélateur. L'animal était solitaire, magnifique et libre. C'était notre secret.

Avec le printemps est arrivé le temps de l'agnelage. Nous nous sommes mis à surveiller des centaines de brebis dans de vastes hangars en tôle ondulée, guettant les signes que la mise bas commençait : des femelles perturbées, cherchant un endroit où s'isoler, martelant le sol de leurs sabots, puis se couchant sur le flanc, le cou tendu, la tête tournée vers le ciel. Et presque aussitôt, le petit, tout luisant, qui déjà se tortille de vie. Une époque d'enthousiasme, d'espoir et de nouveaux départs. Mais je me sentais extérieure à tout ça, comme une coquille vide, exécutant mécaniquement les gestes indispensables. Je badigeonnais le nombril des agneaux avec de l'iode pour prévenir les infections. Je nettoyais les box d'agnelage et y étendais de la paille fraîche. Des actions familières dans une vie familière, mais une vie qui n'était plus la mienne. Je ne vivais pas ma vie. J'existais seulement dans celle de quelqu'un d'autre.

Tout ce pour quoi nous avions travaillé, tous les projets que nous avions formés ensemble au cours de ces années de vie commune, avaient disparu. Notre premier foyer, une minuscule maison mitoyenne de style victorien au bord d'une route qui donnait sur un bois, où nous rentrions chaque soir du travail pour nous occuper de la restaurer. Nageant dans les débris de papier peint arrachés aux murs le dimanche après-midi, rénovant des cheminées sur le toit à 2 heures du matin, rêvant d'acheter une ferme avec un lopin de terre où nous pourrions échapper à la routine du 9 à 5. Vendant ensuite cette première maison et investissant tout l'argent dans notre rêve. Même ça, nous l'avions perdu, les souvenirs asséchés, sans valeur, parce que tout avait disparu. Je me réjouissais de la vie que nous avions partagée, de ce lieu qui avait été le nôtre, alors que tant de gens aspirent sans jamais y parvenir à en posséder un semblable un jour. Mais nous avions travaillé si dur pour y arriver, pour transformer le rêve en réalité : notre temps, notre énergie, notre ambition s'y étaient engouffrés. C'était tout pour nous. Quand nos amis s'offraient des vacances à l'étranger, nous, nous refaisions le toit de la grange. Les enfants allaient à la plage avec d'autres familles parce que nous creusions des tranchées pour enfouir les canalisations. Cette ferme nous avait tout pris et maintenant, c'était comme si trente années étaient parties en fumée. Et maintenant ? Et maintenant, bordel ?

Ma maison me manquait à cause de tous les souvenirs de notre vie de famille qu'elle contenait, à cause du sentiment de sécurité qu'elle me procurait, parce que je savais où je dormirais la semaine suivante, l'année suivante, pour toutes les dizaines d'années qu'elle représentait. Mais aujourd'hui, quelque chose d'autre me manquait tout autant. Je me réveillais la nuit en sentant la poussière chaude du chemin recuit de soleil ou les parfums citronnés d'une averse de pluie chargée de sel sur la terre en fusion. Je vibrais déjà de joie en rêvant de suivre une buse survolant les bois silencieux et mouchetés de lumière jusqu'à l'espace ouvert des falaises ensoleillées, emplie de l'espoir qu'un avenir nous attendait par-delà la prochaine baie. Je me réveillais en imaginant les cris des mouettes portés par le vent qui précipitait le mouvement des nuages et j'avais la vision d'un horizon infini, je me sentais soulevée et attirée vers un monde d'innombrables possibilités. Alors, les lieux qui m'entouraient se matérialisaient dans le noir et je reprenais conscience du néant de la réalité. Je vivais la vie de quelqu'un d'autre et Moth se mourait à petit feu. Le temps marchait à reculons, le passé devenait l'avenir, des choses qui s'étaient produites étaient projetées dans le futur, les souvenirs filaient comme des ruisseaux d'eau vive et se transformaient en rivières qui n'existeraient peut-être jamais. Dans le noir, j'ai commencé à croire les médecins et à accepter l'idée que j'avais vécu dans le déni, à me dire qu'ils avaient peut-être raison. J'avais beau lutter contre cette idée, Moth allait mourir, et il me faudrait d'une façon ou d'une autre vivre sans lui. Je m'enfonçais dans une spirale infinie. Je ne puisais aucun réconfort dans l'idée que l'on trouve dans les livres selon laquelle mon comportement était normal et relevait de la préparation à la douleur du deuil. J'étais hantée par les fantômes de Moth qui habitaient ses jours. Une spirale infinie.

Nous avons arpenté les environs à la recherche de quelque chose à louer, mais rien n'avait changé. Nous traînions les casseroles de notre dette où que nous allions. J'ai cherché un emploi, mais dans une région rurale comme celle-ci aucun salaire n'aurait même couvert les frais d'essence pour me rendre au travail. Et puis qui voudrait engager une femme de cinquante ans dont le CV faisait apparaître qu'elle avait été à son compte durant ces vingt dernières années ? Peu importait que j'aie été agricultrice, plombier, maçon, électricienne, jardinière, décoratrice, architecte d'intérieur, comptable, arboricultrice et gérante de gîte. Je n'avais pas le moindre papier ni attestation d'employeur pour le prouver. J'allais devoir me former à nouveau. Mais qui voudrait engager une femme de cinquante ans, nouvellement qualifiée, quand ils pourraient embaucher la même avec vingt ans de moins ? Sans emploi ni revenu, nous ne pourrions jamais trouver un domicile indépendant. Spirale, spirale infinie.

Moth avait un diplôme de maître plâtrier. Le geste de poncer des panneaux de placo n'était pas nouveau pour lui, plutôt un savoir-faire auquel il était souvent retourné dans sa vie, une sorte de mémoire des muscles. Pourtant son corps criait comme s'il n'avait jamais tenu une truelle de sa vie. Je ne pouvais pas le seconder : la capacité de créer une finition parfaitement lisse ne s'acquiert pas en quelques leçons. Les matins sont devenus de plus en plus difficiles. Je l'aidais à se tirer du lit, puis à soulever ses membres réfractaires jusqu'à ce que, lentement, vers midi, il soit prêt à commencer. Il lui a fallu un temps infini mais il a réussi à transformer cet atelier d'équarrissage en un lieu d'habitation confortable. Il ne manquait plus que la plomberie à modifier pour installer la cuisinière Rayburn désormais réparée, quelques touches de décoration, et tout serait fini. Nous avions terriblement envie de la sécurité qu'allait représenter pour nous cette remise mais, en même temps, il nous fallait autre chose : un avenir sur lequel nous ayons la main.

« Parfois, Ray, je me réveille et je ne me souviens pas de ce que je suis censé faire. C'est comme si mon corps était en train d'oublier comment fonctionner. Je suis obligé de me rappeler que je devrais manger, boire ou aller aux toilettes parce qu'il le faut, pas parce que c'est ce que je voudrais. Tu crois que cette fois c'est la bonne ? Que je suis en train de mourir ? »

C'était la fin avril, les hirondelles revenaient, les agneaux devenaient chaque jour plus vigoureux dans leur pré à flanc de colline. Au cœur de la forêt, par-delà le mélèze abattu, j'ai à nouveau aperçu la daine, mais elle n'était plus seule. Quatre petites pattes fragiles se collaient aux siennes. Hésitant à s'aventurer hors du couvert des arbres, elle s'est à nouveau enfoncée dans l'ombre. Des mouettes piaillaient en virevoltant au-dessus d'un champ fraîchement labouré, en rangs plus serrés que sur la côte. Mes pensées se sont envolées vers le sud, comme chaque fois que je me retrouvais seule un moment. Les mouettes devaient avoir fort à faire là-bas. Il leur fallait nourrir leurs petits sur les falaises et les toits, mais sans renoncer aux incursions sur le port pour voler des friands.

De bonne heure un matin de mai, Polly est arrivée en courant dans la remise.

« Je t'ai trouvé du travail si tu veux. »

Bien sûr que j'en voulais.

« L'équipe des tondeurs a besoin d'un emballeur. Tu crois que tu pourrais le faire ?

— Bien sûr. »

Je n'en avais évidemment pas la moindre idée. Emballer nos quelques toisons après la tonte, c'était une chose. Emballer pour une équipe de trois tondeurs de niveau professionnel capable chacun de terminer la tonte d'une brebis en moins de quatre minutes, c'était une autre affaire.

Le pick-up s'est arrêté devant la remise à 6 heures du matin, tirant derrière lui une remorque branlante bricolée à partir de planches et de pièces de métal. Je me suis assise à l'arrière au milieu d'un bric-à-brac d'outils, de vêtements maculés de graisse et de boîtes à sandwichs. Il y avait aussi un chien noir, en sueur et haletant. En route vers la ferme, nous avons pris au passage d'autres tondeurs qui avaient été engagés pour retirer leur toison à plus de huit cents brebis.

« On en a pour deux jours si tout se passe bien. »

La ferme à moitié délabrée était tenue par un couple de vieillards aux vêtements tout déchirés, leurs tabliers en coton et leurs pantalons retenus par des ficelles. Le vieux fermier, voûté et perclus d'arthrose, nous a conduits de la cour à une espèce de trou creusé à flanc de colline. Dans ce trou avait été bâti à la va-vite une sorte de hangar en tôle ondulée envahi de quads, tracteurs et autres équipements de la ferme. Je n'avais jamais vu de ma vie huit cents moutons enfermés ensemble quelque part. Ils fourmillaient littéralement, emplissant la moitié du bâtiment, l'enclos de parcage et le champ juste derrière. Gordon, le chef d'équipe, a fait entrer la remorque à reculons dans le hangar et a commencé à déplier le dispositif de planches et de pièces métalliques. C'était en fait une espèce de rampe qui conduirait les moutons jusqu'à la partie supérieure de la remorque où ils entreraient dans un couloir de cinquante centimètres de large et aussi long que la remorque elle-même, qu'on appelle « le goulet ». Là, trois trappes s'ouvraient sur une plateforme où les attendaient les tondeurs, chacun ayant accroché ses outils au-dessus du passage. Un fil électrique était relié à chacun des petits moteurs qui alimentaient les têtes de tonte. Les hommes ont retiré leurs bottes et enfilé d'épais mocassins en cuir enduits de lanoline brute. Je me tenais sous la plateforme d'environ un mètre de haut, devant un cadre métallique auquel était suspendu un sac en plastique tissé de deux mètres de long destiné à accueillir les toisons. À 8 heures, nous étions prêts à lancer les opérations.

Chaque tondeur a ouvert sa trappe, saisi une brebis et l'a poussée sur la plateforme avant de refermer la trappe derrière elle. Le cordon électrique a transmis le courant à la tête des tondeuses et ils se sont mis à l'ouvrage. La brebis était assise sur son arrière-train tandis que la laine se détachait de son ventre d'abord, puis de sa tête et de son cou. Ensuite, couchée sur le côté, solidement maintenue entre les jambes de l'homme, et dépouillée tout le long d'un flanc puis de l'autre à grands allers-retours de la tondeuse. On débranche le cordon électrique, libère la brebis qui se retourne aussitôt pour bondir de la remorque vers un enclos où on parque les bêtes déjà tondues : leurs têtes chauves, minces et blanches paraissent énormes sur leurs corps dénudés.

Quand la première toison est tombée sur la plateforme, ma journée de travail a commencé. Je devais rouler la toison, en faire un paquet bien serré et le déposer dans le sac. D'abord retourner la toison sur son côté propre, la tête face à moi, replier les jambes vers le dos, l'enrouler en comprimant très fort pour qu'elle ne dépasse pas trente centimètres de large, saisir la partie arrière et l'enfoncer dans le cylindre précédemment obtenu pour créer un paquet bien compact. Ensuite, nettoyer la plateforme des déchets avec le bord plat d'une baguette. À peine la toison était-elle tombée sur les lattes que le tondeur s'était déjà tourné vers la brebis qui la suivait dans le goulet, si bien que l'enroulage devait se faire dans l'étroit espace laissé libre par la prochaine victime. Si elle s'approchait trop près, la plateforme se transformait en une jungle de laine enchevêtrée autour des pattes de la bête qui martelait le sol de panique. Opération multipliée par trois.

Le début de la journée a été difficile parce que les trois professionnels tondaient plus ou moins à la même vitesse, et que je devais courir de l'un à l'autre. Mais au fil de la matinée, le temps consacré à chaque brebis s'est mis à varier et j'ai trouvé le rythme. Quand le sac était plein, je devais prendre une cheville en bois d'une vingtaine de centimètres dans un seau et la faire passer deux fois des deux côtés de l'embouchure du sac pour le fermer. Quatre chevilles, le sac était hermétiquement clos et un des tondeurs sautait de la plateforme pour m'aider à le tirer vers le mur du hangar.

J'avais quitté notre remise à 6 heures et la matinée m'a semblé longue, avec une seule pause à dix heures et demie avant le déjeuner à 13 heures. L'après-midi m'a paru plus long encore, après la pause de 16 heures, nous avons continué jusqu'à 19 heures. À la fin de la journée, le fermier a amené le dernier lot de moutons. Les béliers. Des bêtes musclées de race Texel. Assis sur leurs arrière-trains, ils étaient presque de la taille du plus petit des tondeurs. Après en avoir terminé avec les mâles, nous avons assuré la répartition des bêtes : les déjà tondues dans un champ, celles qu'il restait à tondre dans un autre. Ensuite, trajet de retour. Éreintée, je suis enfin rentrée dans notre abri de placo un peu après 20 heures.

« C'était comment ?

— Ça a été. Je n'avais jamais travaillé aussi dur de ma vie, mais tout va bien. »

Je suis restée sous la douche à regarder la lanoline verte s'écouler par la grille d'évacuation. J'ai pris un bol de soupe et à 21 heures, je dormais déjà. Réveillée au milieu de la nuit par des douleurs dans les muscles de mes bras qui tremblaient, je me suis relevée, j'ai avalé quelques ibuprofènes et suis retournée m'allonger, les coudes soutenus par des oreillers jusqu'à ce que le réveil sonne à 5 heures.

Et rebelote.

Certaines exploitations où nous travaillions étaient de petites fermes familiales, trois générations sur une petite centaine d'hectares, isolées dans l'immensité de la lande. D'autres étaient d'impressionnants domaines industrialisés avec des cheptels de milliers de brebis. Les tondeurs, confrères de longue date, m'adressaient rarement la parole, se contentant de discussions sur l'équipement et les différentes races de moutons. Moi, je n'en perdais pas une miette. Je n'avais pas vraiment besoin de parler. Les jours sont devenus des semaines, avec des interruptions pendant les orages au cours d'un début d'été particulièrement chaud et sec. La cuisinière Rayburn était à présent installée, la décoration terminée, les volets posés. J'ai eu de longues conversations avec Polly pour tenter de ranimer notre amitié de jeunesse. Ce temps où nos relations n'étaient pas entachées par le temps et les événements. Mais ça ne pouvait plus être la même chose. J'étais dorénavant une employée sans salaire, une locataire, une bénéficiaire de sa philanthropie si particulière, reconnaissante, obéissante et toujours consciente de ma position. Elle était désormais une propriétaire, avec une locataire qui ne payait pas de loyer, l'employeuse d'une travailleuse non rémunérée, la détentrice d'une vie qui représentait tout ce que son amie avait perdu. Elle était aux manettes. En de rares occasions, elle m'invitait à la ferme et nous passions un moment dans son jardin à flanc de colline à admirer les étoiles. La Grande Ourse était bien à sa place au nord, mais tout changeait autour d'elle.

« La remise est magnifique, beaucoup mieux que je l'espérais. Restez autant que ça vous chante. Toute la vie si vous voulez. »

Une maison, un endroit où être, des fondations sur lesquelles rebâtir. Est-ce que j'avais bien entendu ? Est-ce que ça pouvait marcher ?

Il y avait régulièrement une rapide mêlée quand tout le monde essayait de capturer la brebis avant qu'elle ne quitte la plateforme. Cela se produisait environ cinq fois par jour. Les brebis enfermées dans le goulet se serraient tellement les unes contre les autres pour tenter de s'échapper que lorsqu'on faisait passer l'une d'elles par la trappe, les autres forçaient le passage à sa suite, sautaient de la plateforme, et s'enfuyaient dans l'enclos des bêtes déjà tondues. On perdait alors un temps précieux à l'isoler pour la ramener vers la tonte.

Les énormes brebis obtenues par croisement des Leicester et des Suffolk produisaient des toisons massives, épaisses et peu serrées, et il en fallait deux fois moins que celles des autres races pour remplir un sac. Au moment où Gordon a fait passer la brebis par la trappe, deux de plus se sont ruées pour sortir et leurs grosses toisons ont tourbillonné dans l'air jusqu'à devenir un magma de laine et de boue verte. Non ! L'une d'elles s'est retournée brusquement et s'est jetée dans le vide tout près de ma tête. Instinctivement, je l'ai saisie par la toison et je m'y suis accrochée. Le plancher du hangar, propre et sec en début de journée, était couvert de lanoline et de déjections, et elle m'a tirée derrière elle jusqu'à ce que mon pied se coince derrière un parpaing détaché et que nous roulions ensemble dans une flaque de fange, deux têtes, quatre pattes et deux jambes embourbées dans le vert.

« C'est toi qui la tonds, Gordon. Moi, j'y touche pas !

— Putain, on a bien mérité une pause, je crois ! »

Je me suis lavé les mains et les cheveux à une colonne d'eau avant d'ouvrir ma Thermos de thé.

« Tu t'es accrochée comme un chef, je le reconnais. »

Est-ce que maintenant que j'avais été passée au vert je faisais partie de la bande ? Gordon était-il bien en train de m'adresser la parole ?

« Vous avez fait du beau boulot dans l'ancien atelier de découpe de viande. Il me plaît beaucoup. Surtout le carrelage.

— Tu l'as vu ?

— Oui, Polly m'a fait visiter. Vous étiez sortis tous les deux. Non, vraiment, ça m'ira très bien.

— Ça t'ira très bien ?

— C'est juste ce qu'il me faut, maintenant que ma femme est partie. Un studio de célibataire. Le loyer n'est pas donné pour ce que c'est, mais c'est pratique pour moi. Juste au bon endroit. »

J'ai bu mon thé pendant qu'il me parlait de son emménagement dans la remise, « toute la vie si vous voulez » me résonnant dans la tête.

« Il n'y a pas eu de permis de construire, tu le sais ?

— Tant mieux. Pas de taxe d'habitation, comme ça ! »

Lorsque je suis rentrée, Moth était en train de refaire le plâtre autour du conduit de la cuisinière, désormais installée, chrome et émail beige rutilants.

« Je ne peux pas dire que ça m'étonne. Tout le monde doit se débrouiller pour trouver de l'argent, j'imagine. Je me demande seulement à quel moment elle comptait nous le dire. Après la tonte, sans doute. Il faut qu'on fasse des plans pour la suite.

— Je sais bien, mais quoi ? »

J'ai regardé Moth, raide et voûté, à peine capable de lever les mains plus haut que ses épaules, étalant du plâtre avec une petite truelle, aussi près du mur que possible. Quels plans pouvions-nous bien échafauder ?

« J'ai beaucoup réfléchi ces deux derniers mois quand tu n'étais pas là. Manifestement, je ne peux pas reprendre un travail physique, mais j'ai passé plus de la moitié de ma vie à bricoler. J'ai acquis beaucoup de savoir-faire que je pourrais transmettre. Je me suis dit que, peut-être, je pourrais enseigner. J'irais d'abord à l'université pour obtenir un diplôme et ensuite je me formerais comme prof. On repartirait de zéro. On pourrait se chercher une chambre d'étudiant pas chère.

— Mais tu crois que tu en serais capable ? Si ton état s'aggrave ? Tu es franchement plus mal qu'au moment où on est arrivés ici. Je croyais que c'était moi qui étais dans le déni.

— Et si justement, mon état ne s'aggravait pas ? J'ai regardé sur Internet. Je pourrais décrocher un diplôme en Cornouailles – il y a un campus qui dépend de l'université de Plymouth. Ensuite une formation pour enseignants. Il n'est pas trop tard pour s'inscrire. Il leur reste de la place. Peut-être mon cerveau a-t-il besoin d'un coup de fouet. Il faut que je m'oblige à faire quelque chose. Tu te rappelles combien mon état physique s'est amélioré quand je me suis forcé à faire le Sentier. Ça pourrait marcher pour mon cerveau aussi. J'ai besoin d'essayer.

— Pourquoi tu n'as rien dit ?

— Parce que tu venais de retrouver tes amis. Je pensais que tu étais heureuse.

— Vraiment ? Eh bien, c'est sûrement réconfortant d'une certaine façon de se retrouver avec des gens qu'on connaît bien. Mais même si ça avait pu se prolonger, on aurait eu du mal à s'inventer une nouvelle vie ici. »

Moth a déposé un dossier de candidature et, après un entretien par Skype, il a été accepté. Nous avons demandé une aide au financement des études – heureusement, notre historique de crédit ne nous a pas interdit de recevoir les sommes fixes et régulières auxquelles cette aide donnait droit. Nous pouvions vivre à deux sur ce prêt jusqu'à ce que je trouve du travail, nous avions déjà vécu avec moins. Nous voulions attendre de voir ce qui se passait avec la remise avant de prendre une décision définitive. Renoncer à la sécurité d'un toit et retourner volontairement dans l'abîme du statut de sans-abri paraissait contraire à toute logique.

La chaleur de l'été a augmenté avec le début juillet. Les brebis qui ne s'étaient pas encore fait tondre commençaient à se faire attaquer par les vers. Les mouches pondaient leurs œufs dans la laine sale des moutons, en général dans la zone du postérieur ; les œufs éclosent et des vers se mettent à circuler de la toison à la peau, ils s'enfoncent sous la laine, la soulèvent et provoquent des plaies à vif qui s'infectent rapidement. Si on les laisse prospérer trop longtemps, ils pénètrent sous la peau et autour de la colonne vertébrale et ils finissent par tuer le mouton. En retirant les colonies de vers de la dernière toison de la saison, j'ai laissé tomber sur le sol l'ultime poignée de laine, de peau et d'appâts pour la pêche. Deux mois et demi de travail prenaient fin. Nous sommes allés au pub et Gordon a réparti les gains de la saison. Un seul paiement, mais j'avais quinze cents livres entre les mains. Une fortune comparée aux jours passés à Bude où nous avions onze livres pour tenir la semaine.

Nous avons caché notre magot dans une boîte en fer-blanc sous le lit et j'ai continué à travailler à la blanchisserie et à faire le ménage dans les locations. Moth souffrait tellement qu'il songeait à reprendre la prégabaline. Était-ce une idée absurde de s'être inscrit à l'université ? Sa santé semblait se dégrader à une telle vitesse. Peut-être que si nous nous accrochions, Gordon n'emménagerait pas dans la remise, peut-être qu'il avait mal compris. Nous n'avons pas parlé à Polly de l'inscription à la fac, peu certains que Moth parvienne à mener à bien ce projet de toute façon. Jusqu'à ce que par un brûlant après-midi d'été, Polly nous annonce, adossée au plan de travail dans sa cuisine, les bras croisés et l'air inquiet, que, vu ses difficultés financières, il lui fallait absolument trouver des revenus supplémentaires pour sa ferme.

Je pouvais le comprendre. Même durant les périodes les plus fastes, les finances d'une ferme restent précaires, et je voyais bien qu'elle n'arrivait pas à dire tout ce qu'elle avait en tête. Il a fallu que je parle à sa place. Le moment était venu. Si nous voulions que notre vie reparte, ce devait être maintenant. J'ai respiré un grand coup et je lui ai annoncé l'inscription de Moth à la fac, sautant mentalement par-dessus bord et étendant les bras pour amortir la chute.

« Gordon m'a dit que tu lui avais fait visiter la

remise, alors si son loyer peut t'aider, nous partirons dès que possible. »

Nous avons fait nos bagages, assuré à nouveau notre camionnette, déposé assez d'argent à la banque pour une caution et un mois de loyer, et nous avons rendu les clés. Pour l'instant, en attendant le prêt étudiant qui devait être débloqué fin septembre, nous ne pouvions rien louer nulle part. Nous avions deux mois devant nous, nous ne savions pas où aller et la santé de Moth était au plus bas. Avec deux cents livres en poche, nous avons chargé la camionnette et fait nos adieux. Mais déjà, je sentais le vent souffler dans mes cheveux.

Nous avons pris la route, à nouveau sans abri, mais cette fois, nous savions où nous allions.

SIXIÈME PARTIE

À LA MARGE

« Rejoins-moi là où la mer rencontre le ciel,
perdus mais enfin libres. »

Inscription sur le banc du souvenir,
Mên-y-grib Point

19

EN VIE

Le vent apportait des courants d'air chaud de la Manche. Cette fois, nous avions choisi de nous tenir debout sur le sable, le sel voletant sur nos cheveux. L'eau bleue clapotait à nos pieds, l'eau de la vie qui montait par vagues incontrôlables en un mouvement irrésistible. Pas encore, parce que nous la dominions de toute notre taille, respirant la vie à pleins poumons. Toujours sans abri, mais avec en vue cette fois une échéance.

Nous sommes descendus du ferry qui nous amenait de Poole et nous avons pris une photographie du poteau indicateur avec le gland blanc familier de son logo qui annonçait : mille kilomètres de South Haven Point à Minehead. Dans une autre vie, celle où nous aurions miraculeusement survécu à un hiver de camping sauvage, cela aurait pu être le terme de notre voyage. Au lieu de quoi, nous partions de la ligne d'arrivée et nous marchions vers l'ouest en direction de Polruan, avançant vers l'endroit où notre expédition s'était brutalement interrompue près d'un an plus tôt. Plus que quatre cents kilomètres pour arriver au bout, un nombre infini de pas que nous ne ferions peut-être jamais. La sculpture en acier représentant une boussole et des voiles marquait la fin du Sentier de la Côte, bleue sur fond de ciel bleu, comme un point de départ à l'arrivée.

Moth se courbait sous le poids de son sac, les muscles contractés par l'assaut de la protéine tau. La confusion s'abattait sur lui par vagues successives et il se désagrégeait en silence comme un château de sable dans la montée de l'eau qui précède la marée. Le début de la dégénérescence des facultés mentales qui accompagne la DCB. L'eau salée me léchait les jambes et montait peu à peu, tiède et poisseuse comme du sirop. Attirés là par les épreuves et les larmes de l'année précédente, toutes les marques du chemin de sel que nous avions suivi, inexorablement ramenés vers la mer dont nous sentions chaque grain de sable alors qu'elle se retirait. Il fallait si peu de temps pour que les parapets disparaissent sous ses ondoiements.

Au-delà des dunes à la chaleur suffocante, les yeux rivés sur la mer, nous avons emprunté un chemin tracé par les algues et la bruyère foulées aux pieds. Des vagues de soulagement libéraient des filets de sueur salée qui coulaient de mon visage. Après des mois de confinement à l'intérieur des terres, nous noyant petit à petit dans un refuge qui n'en était pas un, retourner vers le cocon d'un horizon insondable me provoquait de véritables spasmes de joie. Nous nous sommes abrités à l'ombre des arbres au bord d'un sentier d'herbe rase où toute une procession se dirigeait vers les formations calcaires qui dessinent les Old Harry Rocks et le bord de la falaise. Des hirondelles fendaient l'air chaud, gobant au passage des insectes alors qu'elles planaient au-dessus de buissons d'ajoncs étincelant de fleurs jaunes. Respirant à pleins poumons et nous détournant de la foule des photographes amateurs, nous avons avancé face au vent en direction du Sentier qui sinuait vers l'ouest le long des falaises de craie blanche de la Côte jurassique.

À partir des Old Harry Rocks, un site naturel (le World Heritage Site) inscrit au Patrimoine mondial de l'Unesco s'étend sur plus de cent cinquante kilomètres sur la côte sud jusqu'à Orcombe Point, près d'Exmouth. C'est une région côtière creusée par l'érosion, où les rochers exposés à tous les vents témoignent de plus de cent quatre-vingt-cinq millions d'années de l'histoire de la planète, du trias au jurassique et au crétacé. Dans la pierre et le limon, on trouve les restes fossilisés de créatures et de plantes, arbres, fougères, insectes, mollusques et mammifères, dont certains recèlent encore les restes de leur dernier repas. Les roches retracent cette évolution du sel à l'humus, elles conservent la vie dans un mouvement qu'elles fixent pour l'éternité.

Mes pieds foulent à nouveau l'herbe rase balayée par les intempéries, je retrouve le soleil, le sel sur mes lèvres, l'intimité avec l'inconnu qui aplanit le chemin, l'attraction magnétique du Sentier qui me pousse toujours plus avant. Quel que soit le dénouement de cette aventure, je sentais que nous avions eu raison de l'entreprendre. Nous avons campé sur les flancs de Ballard Down, contemplant les lumières de Swanage qui clignotaient tout au long de la baie et leurs reflets scintillant sur l'eau noire.

« Est-ce que nous avons bien fait ? »

Moth avait pris quatre antalgiques et était assis sur un rocher tandis que je lui massais les épaules avec un baume chinois décontracturant déniché chez un herboriste. Ça sentait le chou bouilli et ne donnait aucun résultat mais, au moins, nous avions l'impression d'essayer de soulager ses douleurs.

« Pourquoi penser l'inverse ? Nous allons nous payer une chambre avec de l'argent que nous avons gagné, tu vas entamer une formation, et moi, je vais trouver du travail d'une façon ou d'une autre. Sinon, je m'inscrirai moi aussi à des études quelconques. Au moins, on aura un endroit à nous pour vivre, au lieu de dépendre de la charité des autres.

— Oui, je sais, tout ça est évident. Mais je parlais de reprendre le Sentier.

— C'est ce qu'on a fait de mieux jusque-là.

— Très bien. C'est exactement ce que j'espérais que tu dises. »

Nous nous sommes installés pour passer cette nuit clémente dans nos sacs de couchage « trois saisons » flambant neufs. Nous avions sacrifié cinquante livres et l'espace indispensable dans nos sacs à dos pour ces duvets. Nous pouvions nous passer d'assiettes et d'une lampe électrique de rechange, mais dormir au chaud était vital.

Comparé à nos débuts sur la côte nord, le sud était une partie de plaisir. De rares marches abruptes à dévaler avant de remonter sur l'autre versant, suivies par de longues étendues de promenade facile sur des pentes couvertes de fougères et d'ajoncs. C'était d'ailleurs la raison pour laquelle, à l'origine, nous avions voulu commencer par là, avant de découvrir qu'il nous faudrait consulter les guides à rebours. Cette gymnastique de lecture nous semblait moins importante aujourd'hui ; nous connaissions si bien la prose de Paddy que, même en sens inverse, nous comprenions ce qu'il écrivait. Des cerfs élaphes broutaient paisiblement au-dessus du sentier près de Dancing Ledge, tandis que des grimpeurs étaient suspendus aux falaises en contrebas, chacun d'eux apparemment indifférent à l'univers de ses voisins. Nous avons marché entre les uns et les autres, sans susciter la moindre attention, en laissant pour toutes traces celles de la jambe gauche de Moth, lourde et maladroite, qui marquait la poussière de ses pas désordonnés.

D'épais nuages noirs s'amoncelaient et traversaient le ciel du soir, et nous avons planté la tente dans un coin d'herbe sur les pentes de St. Aldhelm's Head. Sous le promontoire, les courants opposés se rencontraient avec fracas et formaient une masse d'eau bouillonnante. De petits bateaux se dirigeant vers Poole tentaient les uns après les autres de se frayer une route entre les vagues imprévisibles, avançant de quelques mètres avant d'être chaque fois contraints de reculer. Un chalutier s'est approché, décrivant un vaste arc de cercle pour contourner les remous, et il y est parvenu bien avant les autres qui continuaient à lutter contre ce chaos liquide. La lumière a décliné dans un camaïeu de gris et d'argent. Avant que la nuit ne nous engloutisse, un léger mouvement sur le sentier a attiré mon attention : une imposante silhouette noire a jailli de l'obscurité et la trogne zébrée de blanc d'un blaireau est apparue dans le crépuscule. Il a pilé net à deux mètres de nous, l'itinéraire de sa promenade du soir habituelle obstrué par notre tente. Le temps s'est figé pendant quelques minutes ou plusieurs secondes, tandis que nous fixions tous les trois les ténèbres, hésitant sur la conduite à tenir. Le blaireau a fait lentement volte-face et il s'est enfoncé entre les fougères pour trouver un autre passage. Nous sommes restés un long moment à regarder l'endroit où il avait disparu, enchantés par cet instant où la vie sauvage s'était imprimée dans la nuit.

Le lendemain matin, de petites embarcations essayaient toujours de franchir le chambardement des marées, sous le regard attentif de deux vieux gardes-côtes depuis leur poste de surveillance.

« S'il vous plaît, est-ce que nous pourrions remplir nos gourdes ?

— Ça sera une livre par bouteille.

— Oh ! Je pense qu'on va se débrouiller sans.

— Ne vous avisez pas de prendre des photos par ici. »

Les photos étaient interdites ? La mesure paraissait extrême. Je savais que nous approchions d'une zone militaire, mais je pensais qu'il s'agissait de terrains d'entraînement.

« Les rochers s'effritent, vous comprenez ? Un type est monté là-haut il y a quelques semaines, il a reculé pour prendre un selfie et il est tombé dans le vide. Quand on l'a revu, il était couché sur la plage. »

Moth a fait reculer sa patte folle à un mètre du bord.

Nous avons rempli nos gourdes sans payer à une source au pied de West Hill et entrepris la très lente escalade de la falaise de Houns-tout en direction des Kimmeridge Ledges, où les grimpeurs se laissaient sans effort pendre dans le vide dans un tourbillon de lycra et de sacs à magnésie. Quand nous étions jeunes, nous passions tous nos week-ends libres à pratiquer l'escalade sur les rochers escarpés du Peak District, mais en regardant ces corps agiles se balancer devant la paroi, j'avais l'impression de me rappeler la vie de quelqu'un d'autre. J'avais beau m'y efforcer, je ne parvenais pas à retrouver le sentiment de cette liberté de mouvement.

« On n'était pas aussi doués qu'eux.

— Bien sûr que si. Ils sont seulement mieux équipés. »

C'était une autre vie, enfuie depuis longtemps, et aujourd'hui, j'avais la sensation de quitter notre existence à pas lents pour nous avancer vers une zone inconnue où rien ne nous attendait si ce n'est une déchéance insidieuse. D'ici un millénaire, quelqu'un découvrirait les fossiles de deux randonneurs figés dans l'argilite. Dernier repas connu : des nouilles. L'ombre rampante de notre avenir prenait forme, mais je m'accrochais au souvenir de Portheras Cove, Moth portant la tente à bout de bras, et je gardais espoir.

La température est montée tandis que nous traversions des champs de blé. La poussière soulevée par les premières moissonneuses-batteuses collait à nos sacs, nos cheveux et nos vêtements étaient couverts de terre et de balle. L'année entière que nous avions passée loin de chez nous pouvait se mesurer à la crasse accumulée et aux rares occasions où nous avions réussi à nous laver. Souillés par la boue du chemin, par le vert des moutons, par la poussière du plâtre. La saleté faisait désormais partie du quotidien de nos vies. Surgissant de derrière les nuages, les rayons du soleil étincelaient depuis un parking à Gaulter Gap. La partie orientale de la côte sud est plus accueillante, davantage peuplée que le nord, là où le luxe de nous passer la tête sous un robinet aux toilettes et de poser nos sacs dans l'herbe à proximité d'un camion de glaces s'était mué en un rêve inaccessible. Là, le plaisir de trouver de l'eau quand nous en avions besoin ne pouvait être sous-estimé, mais déjà, nous nous surprenions à rêver d'endroits plus reculés et plus sauvages.

Une femme était allongée dans l'herbe, un chapeau sur le visage, un énorme sac à dos à ses pieds.

« Salut ! Vous êtes en randonnée ? Nous ne sommes pas nombreux dans les parages. »

Elle s'est relevée et a retiré ses lunettes de soleil : une marcheuse de notre âge, voilà qui était plutôt rare. Soudain, tout est devenu sombre. Une vaste forme noire a caché le soleil ; ça aurait pu être une éclipse, mais bientôt, les contours de deux glaces ont émergé de part et d'autre, et la silhouette d'un homme s'est glissée à côté de nous.

« Ça alors, des randonneurs ? On n'en voit jamais par ici, pas vrai, Ju ? D'ailleurs je mens, on en a aperçu deux près de Swanage, qui allaient dans l'autre sens. Ils ont dit qu'ils venaient de Minehead. On les a pas crus, pas vrai, Ju ? Ils avaient l'air trop propres sur eux. Et puis deux autres, mais ils étaient juste en balade pour le week-end, ça compte pas vraiment, hein ? Nous, on arrive de Poole. Enfin, de Bournemouth, en fait. On allait prendre le car jusqu'au ferry, puis on s'est dit qu'on pouvait aussi bien marcher, et on s'est retrouvés ici, et ils ont des glaces formidables. Vous campez ? Nous, on plante la tente là où on se trouve. On vient d'aller se laver les pieds aux chiottes. On peut dire qu'ils empestaient sacrément, mes pieds.

— Dave, ça suffit maintenant.

— Ben quoi ? Je leur raconte juste d'où on vient et ce qu'on a fait.

— Oui, nous aussi, on pratique le camping sauvage.

— C'est bien ce que je me disais. On a campé sur la colline de St. Aldhelm's Head la nuit dernière. Vous avez vu toute cette poussière sur le chemin ? On n'y voyait pas à deux mètres, pas vrai, Ju ? Bon Dieu, qu'elle était bonne cette glace, je crois que je vais m'en prendre une autre. »

Le soleil a reparu alors que le type se dirigeait vers le camion. Nous nous sommes regardés, puis nous avons fouillé les sacs à la recherche du porte-monnaie. Ces deux-là nous avaient plu tout de suite, et l'enthousiasme de Dave était communicatif. Nous nous sommes précipités pour acheter deux esquimaux puis nous nous sommes installés sur l'herbe pour bavarder, ce qui consistait à somnoler tout en l'écoutant jusqu'à ce que le soleil commence à plonger derrière Tyneham Cap. Nous les avons laissés sur le parking en train de boire un café et nous nous sommes mis en quête d'un endroit où monter notre tente.

Le flanc de la colline qui nous faisait face paraissait franchement prometteur jusqu'à ce que nous passions devant une pompe à pétrole et nous retrouvions face à une clôture de fils barbelés haute de six mètres. Elle annonçait la zone des Lulworth Ranges – là où l'armée cache dans les broussailles des tanks rouillés au rebut – qui s'étend jusqu'à Lulworth, plusieurs kilomètres plus loin à l'ouest. Une grande pancarte annonce qu'on ne peut ni camper, ni faire du feu, ni courir, ni prendre de photos, ni même respirer sauf nécessité absolue, mais c'était le week-end, et la voie était ouverte. Nous aurions pu faire demi-tour et aller camper sur le parking, mais nous nous serions inévitablement fait chasser ; nous pouvions aussi tenter l'escalade de Tyneham Cap avant la nuit tombée, planter la tente à l'abri des regards et espérer ne pas nous faire tirer dessus. Nous avons franchi le portail verrouillé et poursuivi notre chemin. Moth était resté assis trop longtemps dans ce parking, suffisamment en tout cas pour que ses muscles raidissent et refusent d'aller plus loin. Et donc, nous

nous sommes installés à mi-hauteur sur la colline, là où on ne pouvait pas nous voir depuis le village et d'où il nous serait possible de décamper assez tôt pour éviter de nous faire canarder par des troufions déguisés en moutons.

La nuit n'a pas été aussi calme que nous l'avions espéré. J'ai été réveillée par un cliquetis, une sorte de sifflement, d'abord autour de la tente puis un peu plus loin sur la colline. J'ai retenu ma respiration en m'attendant à ce qu'on déchire les rabats de la toile et que des bottes de cuir cirées apparaissent sur le seuil, mais le bruit s'est estompé, les bottes ne se sont pas montrées, et Moth, confortablement installé dans son nouveau duvet, a continué à ronfler. Au lever du jour, nous sommes partis avant que qui que ce soit ne découvre notre présence. Puis, quand nous avons décidé de faire une pause sur la crête de Tyneham Cap, nous avons retrouvé Dave et Julie qui buvaient leur café sur un banc de pique-nique.

« Vous êtes du genre à vous lever de bonne heure, pas vrai ? Bon sang, nous, on en est à peine à faire chauffer le café. Ça vous a pas fait peur, les cerfs, la nuit dernière ? Je me suis levé pour pisser et je me suis dit, putain, ils leur offrent un sacré spectacle. Ils broutaient tout autour de votre tente, ils étaient une bonne vingtaine, ces cerfs ! Et ils sont restés là pendant des lustres, et puis ils se sont rapprochés d'ici et ils sont passés entre les broussailles de ce côté de la colline. Magnifiques, qu'ils étaient !

— J'ai entendu des bruits bizarres mais on ne les a pas vus.

— On peut dire que vous avez raté quelque chose ! D'abord j'ai cru que c'étaient des chevreuils, mais pas possible, en général, ils sont solitaires, sauf quand ils se rassemblent pendant le rut, mais c'est pas la bonne période de l'année. En tout cas, c'étaient bien des cerfs et ils ont été se réfugier dans les broussailles pour la journée comme s'ils voulaient se planquer ou quelque chose du genre. Sans doute des élaphes, mais il faisait noir et on voyait pas s'ils étaient vraiment roux. »

Julie sirotait tranquillement son café, n'interrompant qu'occasionnellement le moulin à paroles de Dave, mais elle souriait, satisfaite de laisser bavarder l'homme au grand cœur.

Nous les avons laissés occupés à plier leur tente et nous avons repris le chemin dans l'air frais du matin en direction de Worbarrow Tout, en contournant le village de Tyneham, qui avait été réquisitionné par l'armée en 1943. Les locaux l'accusent de ne jamais l'avoir rendu, même si l'armée a techniquement usé de son droit de préemption d'achat sur les terrains et les habitations qui, de fait, lui appartiennent. Toutefois, les villageois ont bel et bien été déplacés et ont perdu toute attache tandis que les militaires utilisaient les lieux de leur histoire et de leur mémoire comme cibles d'entraînement. Étrangement, la limitation de l'accès public, l'arrêt de l'exploitation intensive des terres et les tirs occasionnels d'armes légères ont permis aux animaux sauvages et à la végétation de prospérer dans toute la zone. Une sorte de préservation de la nature aux couleurs kaki dont personne ne s'attendait à ce qu'elle se produise quand les paysans avaient dû quitter leurs fermes pour soutenir l'effort de guerre.

Dans le soleil du matin, les falaises de Worbarrow et de Mupe Bay brillaient d'un blanc éblouissant sur fond d'une mer aussi turquoise que la Méditerranée. L'ascension des flancs escarpés de Flower's Barrow nous a douloureusement rappelés à la vraie nature du

Sentier de la Côte. Rendues sèches et cassantes par la chaleur, les hautes herbes glissaient sous nos pas et il aurait été plus facile de ramper que de marcher pour les traverser. Nous avons fini par arriver au sommet, éblouis par le panorama qui s'ouvrait au nord sur les collines ondoyantes et les vallées du Dorset, et à l'ouest sur les falaises de craie blanche en direction de Lulworth. Nous avons dévalé Bindon Hill, aussi abrupte en descente que l'avait été Flower's Barrow dans la montée. Nous aurions pu nous offrir une balade le long de la crête avant de descendre en pente douce vers Lulworth Cove, mais nous n'avons pas trouvé le chemin et avons dû suivre le sentier escarpé qui mène à Mupe Bay, soulagés d'être contraints de nous arrêter à mi-parcours pour laisser passer une famille nombreuse qui allait en sens inverse. Armés de paniers de pique-nique, de couvertures, de glacières et accompagnés de chiens, ils grimpaient en file indienne : de jeunes tantes tout droit sorties d'un roman d'Enid Blyton flanquées de leurs neveux et nièces plus athlétiques devançaient des pères et des mères épuisés, chargés de sièges pliants ; les chiens bousculaient les enfants les plus lents ; les adolescents grommelaient dans leurs téléphones portables et, en fin de cortège, les grands-parents s'arrêtaient sous tous les prétextes pour marmonner : « Rappelez-moi pourquoi on fait ça chaque année ? » Ils nous ont croisés tandis que nous poursuivions une descente si difficile que chaque pas allait sans doute mettre à mal nos rotules et nos ligaments pour plusieurs années. Parvenus au pied de la colline, nous avons marqué une pause sur la corniche pour admirer d'énormes formations fossilisées dans les rochers en contrebas : des renflements de plus d'un mètre de large entourant une dépression centrale, pareils à des boutons d'acné géants récemment éclatés. Apparemment, selon Paddy, ce n'était pas le fossile d'un troll adolescent, mais les vestiges de conifères qui poussaient là il y a cent trente-cinq millions d'années, conservés dans leur humus d'origine.

Perclus de douleurs, épuisés et étourdis par notre voyage dans le temps, nous nous sommes arrêtés aux confins de la zone militaire pour retirer nos chaussures de marche. L'ongle qui s'était peu à peu reconstitué au cours de l'hiver avait à nouveau percé le bord de mon orteil. Je l'ai enveloppé dans du sparadrap en espérant qu'il ne tomberait pas avant que nous ayons franchi les galets au pied des falaises penchées de Lulworth Cove : d'immenses parois de roche blanche veinées de noir qui en s'effritant panachaient la rive d'un mélange bicolore de cailloux bien lisses. Infiniment pittoresque, cette baie est sans doute un des lieux les plus photographiés du Sentier de la Côte Sud-Ouest, et elle regorge inévitablement de touristes toute la journée. Mais alors que le soleil commençait à décliner et que l'éclat moins vif de la lumière de fin d'après-midi nimbait les falaises, leurs clichés auraient vraiment valu le coup d'œil. Nous avons trouvé une brochure au village et tenté de déterminer si nous étions effectivement en train de passer du crétacé au jurassique, mais nous avons vite abandonné nos recherches et acheté des barres chocolatées et de l'eau chaude à la place. Nous sommes repartis en début de soirée et avons longé la côte hérissée d'empilements rocheux jusqu'à l'immense arche de pierre de Durdle Door. La nuit tombait déjà sur ces montagnes russes crayeuses quand nous avons enfin monté la tente au-delà de Swyre Head, et j'ai contemplé les derniers lambeaux de lumière qui irisaient les falaises de bleu et de rose, non seulement réchauffée par le duvet « trois saisons » mais aussi réconfortée par les cris des mouettes, des goélands et des huîtriers qui sillonnaient la nuit. Un sentiment de paix tel que je n'en avais pas éprouvé depuis que j'avais admiré le faucon pèlerin à Pencarrow Head m'a submergée et j'ai sombré dans un long sommeil réparateur pour la première fois depuis des semaines.

Le paysage spectaculaire des hautes falaises blanches a disparu alors que le sentier rejoignait le niveau de la mer pour passer devant une cahute où on servait des petits-déjeuners. Après un matin clair et radieux, le ciel s'assombrissait et une lumière violette de plus en plus vive envahissait le ciel depuis l'île de Portland dont elle soulignait les contours avec une précision aiguë. En fait, cette île n'en est pas une mais plutôt une petite péninsule qui s'avance dans la mer et reste rattachée à la terre par un chemin de galets et une route. Un jour, ces voies d'accès aussi se verront érodées, et on pourra vraiment parler d'une île. Pratiquement au bout de nos provisions, nous avons partagé un sandwich à la saucisse et un broc d'eau chaude, incapables de résister aux fumets de petit-déjeuner, malgré notre résolution de ne pas puiser dans l'argent caché au fond du sac à dos. Venant de la plage, un groupe de plongeurs s'est rapproché dans un couinement de caoutchouc, pareils à des pingouins en combinaisons étanches avec leurs palmes à la main. Celui qui se tenait le plus près de la cahute a retiré sa combinaison pour en dévoiler une autre, isothermique celle-là, moulant des formes très féminines, et a ôté sa cagoule en néoprène pour libérer ses longs cheveux noirs, flottant aussitôt dans le vent qui se levait. Tandis qu'elle se tortillait pour se dépouiller de cette deuxième peau noire et adhésive, les vieux pêcheurs à la table voisine se sont brusquement tus. Quand elle a finalement réussi à la faire glisser sur ses cuisses pour dénuder un corps parfait dans son bikini rouge, ils sont presque tombés de leur banc dans une extase quasi mystique.

« Bon Dieu, la belle, vous feriez mieux de vous couvrir un peu si vous voulez pas attraper la mort ! »

Elle a levé les yeux vers Dave, apparemment inconsciente de l'effet que produisait son corps où des gouttes d'eau ruisselaient, pratiquement nue devant les marins à présent dans un état de catatonie avancée.

« Je n'y manquerai pas, merci. »

Sa voix rauque et sensuelle était plus que n'en pouvait supporter un des vieux pêcheurs : la tête entre les mains, il s'est mis à se balancer d'avant en arrière. Ses amis lui ont versé une tasse d'eau chaude et la lui ont tendue.

« Prends ton cachet pour le cœur, Doug, et regarde ailleurs.

— T'inquiète pas, mon pote. Si tu tombes dans les pommes, je peux te faire un massage cardiaque. »

Dave et Julie étaient assis de l'autre côté du banc. Ils nous avaient suivis depuis Tyneham Cap, s'écartant de notre itinéraire seulement pour entrer dans Lulworth Cove par un autre chemin, toujours un peu plus d'un kilomètre derrière nous.

« Bon Dieu de croulants ! Je veux pas vieillir, moi, angines de poitrine, diabète, arthrite et tout le tremblement. Non, je vais seulement continuer à marcher, et tout ira bien, pas vrai, Ju ?

— J'espère.

— C'est ce qu'on espère tous. »

Moth me décocha un regard qui voulait clairement dire : « Tais-toi. » Aux yeux des autres, il avait seulement l'air de prendre du bon temps en buvant son thé. Nous avons laissé Dave et Julie devant d'énormes assiettes d'œufs au bacon accompagnés de pommes de terre frites, pensant ne jamais les revoir.

Le sentier était facile, il serpentait en douceur entre des arbres et de hautes haies. Agitées par le vent, les graines des ajoncs cliquetaient dans leurs cosses et les prunelliers frémissaient. Parce que nous marchions sous leur feuillage, nous n'avons pas vu se teinter de violet une partie toujours plus grande de l'horizon vers l'est ni le mur liquide qui s'avançait sur la mer. Sans crier gare, le ciel s'est ouvert et un véritable déluge s'est abattu sur nous à la verticale, transformant la poussière du chemin en un bourbier menaçant. Une pluie drue a martelé nos visages, si fort que nous voyions à peine où nous allions. Soudain, mes pieds n'ont plus trouvé d'appui et je les ai vus s'envoler au ralenti tandis que le monde se mettait à tournoyer comme un gyroscope. Le ciel était face à nous, puis au-dessous, et la haie m'a heurtée par surprise. J'ai cessé de tourner sur moi-même et essayé de me relever, mais je me suis retrouvée accrochée à un prunellier par des dizaines d'épines. Quand j'ai fini par réussir, Moth les a retirées l'une après l'autre, me transformant en une espèce de coussin à épingles rouge palpitant, doté de bras et de jambes. Le non-imperméable était moins imperméable que jamais et j'étais couverte de boue noire de la tête aux pieds. Nous avons péniblement traversé le hameau d'Osmington Mills et vu des dizaines de gens qui s'étaient réfugiés sous des parasols de jardin. Le soleil a reparu aussi vite que la pluie était venue, inondant Weymouth Bay de lumière et séchant la boue jusqu'à ce qu'elle se craquelle comme une dalle et tombe en poussière. Les piqûres me vrillaient la peau. Nous avons extirpé les derniers fragments d'épines et les lumières nous ont guidés vers la ville où nous voulions faire quelques courses avant de camper sur la plage si nous ne trouvions pas d'endroit plus praticable. Telle était notre intention, mais nous aurions dû savoir que le meilleur plan pour nous était de ne pas en avoir.

Weymouth était de loin la plus importante agglomération que nous avions trouvée sur notre chemin depuis Newquay, un an plus tôt. Nous avons acheté une glace près de la statue de George III et déambulé dans les rues au milieu de l'effervescence de la première semaine des vacances d'été ; des familles qui sortaient dîner, des enfants épuisés qui auraient dû être au lit, des belles-mères et des gendres à qui il aurait été égal de ne jamais se revoir. Je sentais une impression étrange m'envahir le ventre, comme si mon estomac se réduisait peu à peu à la taille d'un petit pois avant de reprendre aussitôt celle d'un ballon de football. J'étais peut-être simplement fatiguée, ou bien je m'étais fait mal en tombant, ou encore j'avais faim. Expansions et contractions se rapprochaient et je me sentais brûlante de fièvre. Dans un spasme irrépressible, j'ai rendu la glace et ce qu'il restait de mon sandwich à la saucisse du matin. Au bout d'une demi-heure, mon estomac en était venu à ne plus régurgiter qu'une bile verte étrangement mousseuse, mais je continuais à vomir. Moth a hélé un taxi et lui a demandé de nous déposer dans un camping.

« Ça servirait à rien, mon petit monsieur, ils sont tous pleins. »

Nous nous sommes assis sur un banc au bord de l'eau et j'ai continué à vomir. Au bout de deux heures, j'étais incapable d'aller où que ce soit et j'oscillais entre sommeil et haut-le-cœur.

« Tu te sens capable de marcher ? J'ai trouvé un bed and breakfast. »

Je ne m'étais même pas rendu compte que Moth s'était éloigné un moment.

« On ne peut pas. Ça nous ferait dépenser tout l'argent qui reste.

— Si, on peut. C'est fait. »

Il y avait un ascenseur dans le minuscule hôtel, un lit et des toilettes, et pendant environ trente-six heures, c'est tout ce que j'en ai vu. J'étais soit couchée sur le lit, soit agenouillée devant la cuvette des W.-C., et je titubais de l'un à l'autre dans un état d'hébétude complète. Nausées. Sommeil. Il devait être 5 heures du matin quand j'ai compris qu'on avait changé de jour, qu'en fait, nous avions passé deux nuits dans cet hôtel. J'ai secoué Moth pour le réveiller.

« Qu'est-ce qu'on fait là ? On ne peut pas se le payer.

— Pas de souci. J'ai réglé d'avance, rendors-toi. »

J'ai sombré dans le sommeil et rêvé de glaces vertes.

Le lendemain matin, je me suis aventurée hors de la chambre pour aller jusqu'à la salle à manger et prendre un toast sans beurre que j'ai à peine eu la force de porter à ma bouche.

« Vous vous sentez mieux ? On dirait pas. »

Une immense silhouette familière s'est affalée sur le siège face à moi. Dave.

« Moth nous a raconté pour le prunellier. J'ai jamais entendu dire que ça pouvait filer la nausée, figurez-vous. De l'arthrite, ça, oui. On fait le tour de Portland aujourd'hui. Ça ressemble assez à Weymouth, si vous voulez mon avis. On a fait du shopping. Après, on a essayé de faire une lessive, mais ça veut pas sécher, alors on s'est acheté des chaussettes et des T-shirts de rechange. On est allés au musée, et tu m'as même emmené dans une galerie d'art, pas vrai, Ju ? On est pas restés très longtemps quand même. Et donc, on fait le tour de Portland. Deux jours en tout, on vous reverra sûrement pas après ça.

— Comment avez-vous atterri dans cet hôtel ? Je ne sais pas si c'est le prunellier qui m'a rendue malade. Peut-être la glace.

— On n'a trouvé nulle part où aller. Les campings étaient pleins, la police nous a pas laissé monter la tente sur la plage, donc on est comme vous, coincés ici, c'était le seul endroit avec des chambres libres. Moi, je préfère Weymouth, si vous voulez mon avis. »

Après le petit-déjeuner, nous leur avons dit au revoir. Tout en eux était hors de proportion, avec leurs énormes sacs à dos et leurs longs bâtons de marche, ils paraissaient complètement déplacés parmi les vacanciers. C'était triste de les quitter à nouveau.

Le front de mer aurait ressemblé à n'importe quelle station balnéaire en Angleterre sans ces magnifiques demeures du XVIIIe siècle. Autrefois fréquenté par la famille royale et l'aristocratie, lieu de fêtes mondaines pour les nantis en villégiature, abritant aujourd'hui hôtels, maisons d'hôtes, cafés et vendeurs ambulants. La plage, qui était jadis sans doute un lieu de promenades discrètes où les élégantes prenaient le vivifiant air marin sous leurs ombrelles, était désormais envahie de transats, de matelas pneumatiques, de frites et de goélands chapardeurs, de chair rose et de familles qui se querellaient. Je ne sais pas très bien si George III sur son socle était horrifié par ce que cet endroit était devenu ou s'il aurait aimé voir de son temps des dinosaures gonflables et des tongs en plastique. Je me suis installée sur un banc, la tête sur les genoux de Moth et j'ai sommeillé une heure avant d'aller dormir sur la plage jusqu'à ce que les réverbères s'allument.

« Vous n'allez pas pouvoir passer la nuit ici, vous savez. Dès qu'il va faire nuit, la police va vous chasser. Vous feriez mieux de sortir de la ville. »

Deux hommes se tenaient sur le sable, chargés de sacs à dos et de cabas. Ils étaient aussi sales que nous, burinés par le soleil, les cheveux cachés sous leurs bonnets. Des randonneurs, peut-être. Ou des sans-abri. Non, pas des randonneurs à en juger par leurs sacs pleins de Tupperware de nourriture. Pas des SDF non plus, pour la même raison.

« Vous habitez ici ?

— Non, hors de la ville. Vous allez où comme ça ?

— On n'est pas sûrs. »

Moth s'était levé mais moi, je ne m'en sentais pas la force.

« Les campings sont pleins, ma femme a été malade, une intoxication alimentaire, sans doute, et on ne peut pas aller bien loin aujourd'hui. »

Le plus âgé des deux m'a regardée. Son visage s'est un peu détendu, ses rides se sont déplissées pour laisser apparaître la peau blanche au-dessous, un visage qui avait dû être longtemps exposé aux éléments, qui avait dû passer des mois et des mois à scruter l'horizon sous le soleil et dans le vent. Il s'est assis, sans lâcher ses sacs. Il y avait quelque chose d'insolite dans la façon dont ses vêtements trop amples pendaient et dont il agrippait fermement la poignée du cabas.

« Salut, moi, c'est John. Alors comme ça, vous êtes des randonneurs ? »

Quelque chose aussi dans la manière dont ses cheveux gris et bouclés dépassaient de son bonnet de laine en piteux état.

« Eh oui.

— C'est un bon choix, quand on n'a nulle part où aller de marcher droit devant soi. À force de rester en place, les gens sont tirés vers le bas. J'en connais beaucoup par ici qui restent depuis trop longtemps : ils ont lâché le guidon et accepté que la rue soit devenue leur maison.

— Comment le savez-vous ? Vous êtes travailleur bénévole ou quelque chose du genre ?

— Non, mais vous vous trahissez tout seuls. Allongés là, adossés à vos sacs, les bras encore passés dans les sangles. De vrais randonneurs auraient posé leurs sacs, mais pas vous. Ce qu'il y a dans les vôtres est trop important pour vous pour que vous les lâchiez.

— Vraiment ?

— Venez avec nous si vous voulez. On habite à l'extérieur de la ville, vous pourrez camper là-bas. Mais rien que pour cette nuit, OK ? C'est pas tout près mais on a une camionnette. »

Sans réfléchir, obéissant à notre instinct, nous leur avons fait confiance. Moth m'a aidée à me relever et nous les avons suivis à leur véhicule, garé dans la rue adjacente. Nous nous sommes étendus sur des couvertures à l'arrière tandis que la camionnette quittait la zone éclairée par les réverbères et s'éloignait de la mer, sur des chemins de campagne plongés dans l'obscurité. J'ai recommencé à somnoler par intermittence pendant une demi-heure, peut-être plus, jusqu'à ce que la camionnette s'arrête sur du gravier. Nous avons mis pied à terre dans un parking au milieu des bois, de grands pins bruissant au-dessus de nos têtes dans un vent violent.

Nous avons suivi John et Gav au long des sentiers dans le noir, nous enfonçant dans la forêt à la faible clarté de la lune. Les arbres se sont ensuite quelque peu espacés et davantage de lumière a filtré sur le chemin semé d'aiguilles de pins. Devant nous, à peine éclairées par des lampes branchées sur des batteries de faible voltage, des formes ont commencé à se dessiner entre les troncs. Des tentes, des bâches tendues et des abris construits avec des branches mortes. Un village d'hommes des bois, paisiblement rassemblés qui bavardaient et se préparaient à manger. John nous a montré un emplacement où planter notre tente, puis il a rejoint les autres tandis que Gav vidait leurs cabas – ils se chargeaient généralement des courses deux fois par semaine. Pendant que les autres récupéraient leurs achats avant de regagner leur lit, John s'est assis avec nous et nous a parlé de leur lieu d'habitation.

« Je pouvais pas vivre en ville. Quand on a la campagne dans le sang, on peut pas y rester, c'est comme une mort lente. »

Il était ouvrier agricole, l'avait été toute sa vie. Il avait vécu dans une petite ferme sur les terres où il travaillait, mais le domaine entier avait été vendu, les maisons séparément comme résidences secondaires, et il s'était retrouvé sans abri. Il avait décroché d'autres emplois, mais il n'était jamais logé et il ne gagnait pas assez pour couvrir un loyer sur place. C'est ainsi qu'il avait commencé à camper dans les bois. Bientôt, d'autres l'avaient rejoint, si bien que leur campement de fortune s'était transformé en village de transit, peuplé d'habitants qui allaient et venaient au gré de leurs besoins.

« Au maximum, on est environ trente si tout le

monde est là en même temps, mais le plus souvent ça tourne autour de dix-huit. »

La plupart travaillaient : des temps partiels, des emplois précaires, des salaires de misère ; des vies de saisonniers qui rendaient difficile de dénicher un logement à louer.

« Enfin, on peut toujours se réfugier ici et ne pas avoir honte de nous-mêmes. Il y en a qui s'en vont quand tout va bien et qui reviennent quand ça va mal. On essaie de garder les lieux propres. On est accros à rien, au contraire de beaucoup de ceux qui vivent à la rue. On est juste des paysans, la campagne, c'est chez nous, mais on n'a plus les moyens d'y avoir une maison avec ces prix qui ont flambé. »

Ils vivaient cachés, n'allumaient jamais de feu de peur que la fumée ne trahisse leur présence. En hiver, ils utilisaient des radiateurs à gaz et de gros duvets, disposant des aiguilles de pin comme tapis de sol pour ne pas s'embourber. En été, la vie était plus facile ; ils dormaient à l'abri des arbres quand la nuit était douce dans la bonne odeur des pins.

« Je suis sûr que pas mal de gens savent qu'on est là, mais on se débrouille toujours pour pas être vus en groupe. Il y a plusieurs chemins pour arriver ici et repartir. Je sais pas bien combien de temps on arrivera à rester, malgré tout. On raconte qu'ils vont peut-être abattre des pans entiers de forêt ; les purs et durs veulent qu'on en revienne à la lande des origines, comme du temps de Thomas Hardy. Pourtant ils avaient bien des forêts à l'époque. Il a bien écrit un bouquin qui s'appelle *Les Forestiers*, pas vrai ? On dirait que les gens savent plus voir ce qui est beau dans ce qu'ils ont.

— C'étaient des arbres à feuilles caduques à ce moment-là. Avant l'industrie forestière. »

Moi aussi, j'avais adoré ce livre.

« Les pins sont là depuis si longtemps ! Ils font partie du paysage tout autant que les anciennes forêts. Je sais qu'il fait trop sombre ici pour qu'il y ait beaucoup d'animaux, mais on voit quand même des buses, elles viennent faire leurs nids chaque année, et puis, on trouve aussi des renards, des blaireaux, des orvets et des vipères dans la lande à l'orée des bois et dans les clairières. Où elles vont aller, les buses ? Ici, elles sont chez elles, on est chez nous. »

Nous avons dormi dans l'obscurité de la tente, prêtant l'oreille au bruissement du vent dans les branches, bien au chaud et protégés par le tapis d'aiguilles de pin.

Le lendemain matin, sur le chemin de son travail, John nous a conduits à Ferrybridge.

« Revenez si vous en avez besoin. Cette année, en tout cas ; après, il risque de plus y avoir de forêt.

— J'espère que vous trouverez un autre endroit si ça arrive. Prenez soin de vous.

— Vous aussi. »

Tandis que la camionnette de John s'éloignait, nous sommes restés sur la chaussée à regarder le long ruban de route qui relie l'île de Portland à la terre ferme. Il semblait se dérouler jusqu'à l'infini.

« Et si on évitait Portland ? Je te propose quelques jours tranquilles sur la plage de Chesil. Je suis à bout de fatigue.

— Bien sûr. Ce n'est pas comme si nous étions en mission sacrée, pas vrai ? »

En fait, Chesil Beach n'est pas du tout une plage. C'est une digue naturelle de galets de quinze mètres de hauteur et de vingt-cinq kilomètres de long qui va de l'île de Portland à l'est jusqu'à West Bay et au-delà à l'ouest. On pense qu'elle s'est formée durant une période où le niveau de la mer était particulièrement haut et que les pierres parfaitement polies par des millénaires de mouvements causés par le ressac créent ce qu'on appelle un cordon littoral ou un tombolo. Les galets ont la taille d'un poing près de Portland, mais celle d'un grain de raisin aux abords de West Bay, ce qui tend à démontrer qu'ils viennent peut-être de deux lits différents, déposés là par les marées montantes à l'endroit où les vagues se brisent. En deçà de cette digue se trouve le Fleet Lagoon, une lagune littorale, coupée de la mer mais sujette à ses flux et reflux, dans la même position que Portland face au continent. À Ferrybridge plus à l'est, là où la mer s'avance, les eaux de la lagune sont salines, mais du côté ouest, où se déversent des ruisseaux d'eau vive, le taux de sel est réduit de moitié. Une vaste bande de terre et de mer animées par un même mouvement, un partenariat indestructible dans lequel chacun des conjoints perd et gagne à parts égales, mais où aucun des deux ne peut vivre sans l'autre.

Marcher le long de la lagune m'est apparu facile, le soleil voilé de brume et la fragilité due aux désordres de santé que je venais de traverser donnant à toute cette journée des allures de rêve éveillé. De minuscules cabanes émaillent le côté terre de la digue de galets et des barques sont parfois amarrées à proximité. Une longue clôture de fil de fer borde le chemin et des corbeaux s'y perchent, une cinquantaine d'oiseaux noirs silencieux à un mètre les uns des autres en lisière d'un champ cultivé. Nous avons marqué une pause, hésitant à passer devant ces sentinelles. Dans la mythologie galloise, le *Mabinogion* – le corbeau – est un présage de mort, mais aussi la forme que prennent des êtres dotés de pouvoirs magiques pour échapper aux dangers qui les menacent. Dans d'autres cultures, on croit qu'ils annoncent le changement. Ou bien que ce sont de simples oiseaux noirs, étrangement alignés sur une clôture. Encore deux pas, et ils se sont envolés tel un nuage noir croassant.

« Eh bien, heureusement que nous ne sommes pas superstitieux ! »

Moth a repris la marche en riant, sa silhouette chatoyant dans la brume de chaleur qui montait du sol si sec, les traces de ses pas bien nettes dans la poussière.

Le chemin serpentait à travers des bouquets de roseaux et des champs de tir et débouchait sur une route à une voie bordée de cabanes, dont la peinture bleue ou verte s'écaillait dans l'air chaud et chargé de sel. À l'ombre de l'une d'elles, sur un banc de bois, étaient assis trois vieillards noueux et desséchés, à la peau en aussi mauvais état que la peinture, arborant gilets, canotiers, pantalons de coton sergé et pieds nus. Oh non, assez de prophètes de tout poil ! L'un d'eux a pris la parole :

« Vers où vous dirigez-vous ?

— West Bay.

— Pas vraiment tout près…

— Eh non…

— Il y a un hôtel un peu plus loin, quand vous aurez dépassé les cygnes. »

Le Sentier continuait, bordé par la haie d'arbustes et les champs de terre cultivée, sans dénivelé et facile, nos pas se succédaient comme rythmés par un métronome et nous avions la tête vide. Une brume pâle a envahi un coude de la lagune et s'est dissipée à l'instant où une centaine de cygnes blancs se sont posés sur l'eau pour nager, lisser leurs plumes et gagner la terre ferme.

« Quand il a dit “dépassé les cygnes”, je croyais qu'il parlait de façon métaphorique, comme on dit “voler avec les aigles”. Je ne m'attendais pas à voir de vrais cygnes.

— Moi non plus. Cette journée prend un tour de plus en plus surréaliste au fil des heures. »

Et de fait, un peu plus loin que les cygnes se trouvait un hôtel, le Moonfleet Manor, ainsi nommé en hommage au roman d'aventures de J. Meade Falkner, plein d'histoires de contrebandiers et de scélérats.

« Allons jeter un œil. J'ai lu ce livre dans ma jeunesse. Je ne savais pas que le manoir existait vraiment. »

Nous nous sommes installés dans le jardin avec de l'eau chaude et un sachet de thé et nous avons passé la plus grande part de l'après-midi à nous imaginer des clairs de lune et d'horribles exactions. Avant de repartir, je suis allée aux toilettes pour le plaisir de tirer la chasse dans un décor de luxe. Tandis que je sortais d'un des cabinets, Julie a surgi de l'autre.

« Quoi ? Encore plus surréaliste ! »

Nous nous sommes lavé les mains à l'eau chaude, tartinant nos visages brûlés par le soleil d'une crème hydratante au parfum délicieux, comme de vieilles amies qui se sont connues toute leur vie.

Sans un mot, nous avons marché ensemble dans la douceur d'une soirée parfaitement paisible. Le soleil se couchait, inondant le ciel de cette fin juillet des teintes chaleureuses du sud. À l'horizon, la terre s'est bleutée sous les ombres qui l'envahissaient et la lagune a plongé dans le silence, les chants des oiseaux se sont tus alors que la marée descendait sans vague ni mouvement perceptible, ne laissant que des ruisseaux d'eau salée dans le sable boueux. Un petit bateau s'approchait du rivage, son ombre noire s'est tapie sans un bruit entre les traînées de ciel en fusion, avant de disparaître quand la boue et les galets se sont mêlés dans les derniers reflets du soleil. La brume s'est levée lentement tandis que l'air se teintait d'argent et de bleu nuit et que les silhouettes des roseaux se découpaient sur la digue de galets et le ciel qui s'assombrissait. Nous avons monté les tentes entre les herbes des marais, au son des derniers cris des échassiers et du murmure des épis dans la brise.

Le lendemain nous avons poursuivi notre route ensemble et campé près de West Bexington, sur la bande de galets de la plage. Des pêcheurs de maquereaux étaient présents de loin en loin sur le rivage, la lumière de leurs lanternes oscillait dans le noir et le roulement incessant des galets ponctuait mystérieusement la nuit. Dès l'aube, ils ont ramassé leur matériel et décampé, leurs seaux regorgeant de poissons.

Au moment où nous démontions la tente, le premier des mâts s'est brisé, il s'est fendu au niveau de l'embout en plastique qui permettait de le raccorder à la bague de serrage en alliage. Dave a fouillé dans son immense sac à dos d'où il a tiré une paire de pinces, une petite scie et un rouleau de chatterton. Nous avons coupé le plastique, réparé la fissure et repris notre route.

Nous avons laissé Dave et Julie à West Bay où ils devaient prendre le car pour rentrer chez eux. Alors que nous nous embrassions pour nous dire au revoir, nous savions que, cette fois, c'était vraiment la dernière. Cela nous avait franchement soulagé de faire ce bout de chemin avec eux, une distraction bienvenue dans notre existence, et la lumière du soleil nous a soudain semblé moins vive sans eux. Nous avons acheté un rouleau de chatterton et sommes repartis, jetant de temps à autre un coup d'œil par-dessus nos épaules comme si nous nous attendions à les voir réapparaître.

Au pied de la colline de Thorncombe Beacon, sous un vent froid venu du sud-ouest, nous nous sommes mis en devoir d'inspecter les autres mâts de la tente. Le bout de la plupart des tubes de plastique commençait à se fendiller. Encore quelques jours ou un grand coup de vent, et notre tente allait être complètement fichue. Il faisait presque nuit quand nous avons terminé de renforcer chaque extrémité avec le ruban adhésif et d'enfoncer délicatement les mâts désormais plus épais dans les embouts devenus trop étroits.

« Ça devrait tenir, il nous reste à espérer qu'on n'aura jamais à la monter en hâte. »

J'ai frictionné les épaules de Moth avec du baume au chou bouilli pendant que le vent forcissait et nous avons rangé tous les objets épars dans les sacs à dos au cas où le chatterton ne résisterait pas aux bourrasques.

Il a résisté mais, dès l'aube, un vent violent apportait une pluie battante qui nous a poussés à dévaler la colline et à marcher sans nous arrêter. Les rafales mugissaient dans les champs de maïs et ont fait trembler les hautes tiges avant de poursuivre leur chemin, aussi vite qu'elles étaient venues, laissant derrière elles un brouillard dense et pâteux. Nous avons lentement gravi le Golden Cap dans un nuage si épais que nous nous sommes demandé d'où il tirait cette épithète de « doré ». Sans doute parce que c'était le sommet le plus élevé de la côte sud méritait-il d'être encensé.

Le point géodésique se trouvait au milieu de buissons de genêt, et les autres chemins partaient dans toutes les directions – impossible de savoir où ils menaient. Notre maison au pays de Galles se nichait au creux d'une région montagneuse, et chaque fois que nous avions un moment de libre, nous allions marcher dans les collines. Les enfants étaient encore à la maternelle quand ils avaient fait leurs premières escalades mais, plus tard, il avait souvent fallu des trésors d'imagination pour les convaincre de nous suivre dans des randonnées difficiles par grand froid. Chaque fois que nous atteignions un point géodésique, Moth s'empressait de s'allonger par terre pour prendre une photo : à plat ventre sur la colonne il faisait semblant de voler, tout pour redonner le moral aux enfants qui étaient déjà prêts à abandonner la partie. C'était devenu une tradition familiale, si bien que le point géodésique du Golden Cap l'attirait irrésistiblement, DCB ou pas.

« Tu crois que tu peux y arriver sans te faire mal ? »

Il a posé son sac à dos et, s'agrippant à la colonne, il s'est hissé dessus. J'ai guetté le cri de douleur, le reproche qu'il allait immanquablement s'adresser de s'être montré aussi inconscient. Rien n'est venu. Il a étendu les bras et il a vogué dans les nuages, libre et en apesanteur, exactement comme s'il allait vivre pour toujours. J'ai couru autour de lui en prenant des rafales de photos comme si c'était la première fois qu'il prenait son envol… ou la dernière.

« C'est peut-être grâce au baume au chou. »

Son visage était serein, il ne dissimulait aucune douleur, et il riait. Dans la bruyère envahie de brouillard, nous nous sommes bondis dans les bras et nous avons sauté sur place en riant de plus belle, nous embrassant et poussant de grands cris. Comment était-ce possible ? Passer d'un état où il pouvait à peine sortir du lit à celui-ci où il avait recouvré ses forces et repris le contrôle de ses membres en moins de deux semaines. Ça n'aurait pas dû être possible, mais ça l'était. J'aurais dû remarquer que les preuves de claudication avaient disparu de ses traces de pas, mais je n'avais pas percuté.

« Sans doute parce que nous nous sommes reposés à Weymouth. Peut-être aussi parce que mon corps s'est adapté plus vite, comme lorsqu'on s'acclimate à l'altitude.

— Comment ? Comment l'ankylose a-t-elle pu reculer si vite ? Sur la côte nord, il t'a fallu plusieurs semaines.

— Pas la moindre idée : je m'étais rendu compte que tout me semblait plus facile ces deux, trois derniers jours, mais je n'osais pas y croire.

— Tu penses que ça pourrait être lié à l'oxygène ? Nous avons déjà réfléchi, je sais, au fait que marcher t'oblige à respirer plus profondément. Cet immense apport d'oxygène pourrait bien affecter le cerveau. Enfin, j'ai du mal à y croire. Si c'était aussi simple, l'hôpital t'aurait sûrement équipé de bouteilles d'oxygène.

— Je ne sais pas. En tout cas, l'amélioration est manifestement liée d'une façon ou d'une autre aux efforts soutenus d'endurance. Il doit s'agir d'une réaction que nous ne comprenons pas. Je ne vois pas comment ça fonctionne, mais l'effet est génial. »

Nous avons recommencé à sauter sur place et à danser dans le brouillard du Golden Cap.

« Évite quand même les escaliers.

— Ne faisons pas de projets à trop long terme.

— Rien ne nous y oblige. Nous avons Paddy pour ça. Même si tout ce qu'il dit est à l'envers. »

20

ACCEPTER

Vivre avec une condamnation à mort, n'avoir aucune idée de l'heure à laquelle elle sera exécutée, c'est comme être suspendu au-dessus du vide. Chaque mot ou geste, chaque souffle de vent ou goutte de pluie prend douloureusement de l'importance. Pour l'heure, nous avions écarté le danger immédiat. Moth était dans le couloir de la mort, mais on lui avait accordé le droit de faire appel. Il savait que la DCB n'avait pas disparu par miracle mais, mystérieusement, pour un certain temps, elle était tenue en échec. Tant que nous pouvions avoir les idées claires, tant que la mort ne rôdait pas autour de la tente comme un espion malveillant, un sujet de crainte permanent, Moth a senti qu'il fallait qu'il s'exprime :

« Quand la fin arrivera, je veux que tu me fasses incinérer. »

Il y avait un endroit dans le champ derrière notre ferme, près de la haie, avec une belle vue sur les montagnes où nous avions dit que nous voulions être enterrés, du temps où nous croyions que cette maison serait à nous pour toujours. À présent, il n'y avait plus de champ, plus de religion, plus d'endroit où il pensait pouvoir reposer en paix.

« Parce que je veux que tu me gardes dans une boîte quelque part et que quand tu mourras à ton tour, les enfants mélangent nos cendres et nous expédient où ils voudront. Ensemble. Rien ne m'a angoissé davantage que cette idée que nous risquions d'être séparés. Ils pourront nous laisser partir sur la côte, dans le vent, et nous trouverons l'horizon ensemble. »

Je me suis accrochée à lui, la gorge trop serrée pour parler. Les choses avaient été dites. La vérité de la mort, reconnue. Il se battrait, mais il savait qu'il finirait par perdre le combat. Moth avait été assez fort pour envisager cette réalité depuis le début. Désormais, j'étais suffisamment calme pour entendre que c'était vrai et accepter qu'il en soit ainsi. Nous étions allongés sous la tente aux abords de Lyme Regis, dans un carré d'herbe entre les casiers à homards et les cabanes, et nous avons laissé la mort entrer. La vie s'est invitée avec elle. Les fragments perdus, irréguliers et épars de nos vies se sont de manière imprévisible peu à peu rassemblés.

Nous éloignant du bord de mer, nous avons pénétré dans les bois, nos sacs alourdis par les fossiles de mollusques que nous avions ramassés sur la plage – les reliques d'autres existences, d'autres millénaires, du temps où nous n'étions encore que des poissons. Les arbres se sont refermés sur nous et nous sommes entrés dans la réserve naturelle de l'Undercliff : une étrange jungle anglaise humide qui s'est formée le 24 décembre 1839 quand huit millions de tonnes de terre ont glissé vers la mer en laissant derrière elles un immense abîme. Des moutons, des lapins, un salon de thé et un endroit qu'on appelait « l'île aux chèvres » ont été emportés. Un champ de blé a été déplacé lui aussi, il est arrivé intact et on l'a moissonné l'été suivant. Abandonné à son sort, ce glissement de terrain est retourné à l'état naturel et s'est transformé en une étendue de dix kilomètres de fougères, de lierre et d'arbres dégoulinant d'eau sous la pluie incessante. Une terre bouleversée à jamais en un instant et désormais prisonnière du gouffre. Des plantes vierges et sauvages y ont poussé à leur gré, elles ont pris de nouvelles formes, libres de se tordre, de se nouer et de monter en graines comme elles le voulaient. Le Sentier est la seule voie d'accès et nous avons suivi ses tours et ses détours sur une douzaine de kilomètres avant de retrouver la lumière du jour.

Nos forces semblaient croître tous les jours, nous avancions à vitesse de croisière et les kilomètres défilaient facilement. L'espace d'un voyage dans le temps vers les années cinquante, nous avions rapidement dépassé Seaton et Beer et nous nous sommes arrêtés sur la plage de Branscombe pour nous préparer à manger, en calant le réchaud entre les galets. Branscombe fait partie de la Côte jurassique, elle appartient encore au site du Patrimoine mondial, et pourtant en 2007, quand le *MSC Napoli* s'est trouvé en difficulté dans la Manche, plutôt que de le faire remorquer vers Falmouth Harbor, beaucoup plus proche, les autorités du moment ont décidé que l'immense cargo serait amené à Portland. Comme on avait tout lieu de le craindre, le bateau n'a pas réussi à atteindre le port et il s'est échoué à moins de deux kilomètres de la plage de Branscombe, un lieu vital pour les oiseaux de mer migrateurs et la vie sous-marine déjà fragile. Le bateau a commencé à gîter et les débris du chargement ont dérivé jusqu'au rivage. Parfums, vins et motos BMW. Malgré tous leurs efforts, les autorités n'ont pu arrêter les pillards, dont on a dit plus tard qu'ils avaient seulement « aidé aux opérations de nettoyage ». Marchant sur la grève, nous n'avons vu aucune trace de ce qui s'était produit sept ans plus tôt mais, en repartant, nous avons aperçu le pare-chocs chromé d'une moto dans un hangar derrière le café. Nous avons campé dans un pré plat parfaitement tondu, offert aux habitants par M. Cornish. Le terrain communal proche de ce pré était une étendue de broussailles et nous nous sommes assis sur un banc sous les bouleaux argentés d'où on pouvait admirer les lumières de Sidmouth en contrebas. Un blaireau est passé tranquillement et a disparu sur l'un des nombreux chemins qui se croisaient entre les fougères. Ignorant superbement l'odeur de ces humains qui n'avaient pas pris de douche depuis plusieurs jours, il s'est faufilé sous les feuilles vertes avant d'émerger très vite sur un autre sentier. Quelques instants plus tard, il a jailli à nouveau sur un chemin plus éloigné encore pour finir par réapparaître au point d'où il était parti. Soit il était très rapide, soit ils étaient plusieurs à courir sous ces fougères. En examinant les traces dans l'abondante rosée du lendemain, nous avons eu l'impression que les blaireaux chassaient en meutes. C'était néanmoins très généreux de la part de M. Cornish et d'autres comme lui d'avoir créé des refuges pour les animaux sauvages et les campeurs solitaires. Les uns comme les autres avaient bien besoin de sanctuaires sur cette côte.

Depuis que nous avions quitté le Dorset pour entrer dans le Devon sud, non seulement les falaises étaient devenues rouges, mais il y avait apparemment des campings réservés aux caravanes dans tous les coins et nous avions de plus en plus de mal à trouver un endroit où planter notre tente. Nous avions laissé derrière nous Budleigh Salterton au crépuscule, et la mission semblait impossible. La nuit est tombée alors que nous suivions le sentier, coincés entre de hautes haies et l'infranchissable clôture en fil de fer d'un terrain de golf.

« Je t'avais bien dit qu'on aurait mieux fait de redescendre sur la plage.

— Non, elle était trop près de la ville.

— Mieux qu'ici en tout cas… Il n'y a absolument nulle part où s'installer. »

Nous avons atteint le sommet d'une colline, genêts et ronces à hauteur d'épaules de part et d'autre de l'étroit chemin. Dans la vallée, les lumières d'Exmouth brillaient au loin mais, au premier plan, tout un réseau de réverbères éclairant des routes et un stade marquaient la présence d'un parc de vacances qui ressemblait davantage à un camp de prisonniers qu'à un lieu de villégiature. Nous n'avions plus d'autre solution : nous avons escaladé la clôture du golf. Ce parcours à seize trous paraissait avoir été fait pour le camping. Parfaitement plat avec un gazon tondu aussi ras que du velours et agrémenté d'un banc. Idéal. Seule la lueur des réverbères en contrebas trouait la nuit noire. Le terrain de golf s'étendait vers l'intérieur des terres mais, du côté de la mer, les broussailles qui poussaient dru entre nous et le sentier deux mètres plus bas suffiraient à nous protéger des gens qui promenaient leur chien aux aurores. Si nous décampions avant l'arrivée des premiers golfeurs, nous n'aurions aucun problème.

Les mâts sont tombés du sac dans leur fracas métallique familier. Nul besoin d'être silencieux, nous étions à plus d'un kilomètre et demi de l'habitation la plus proche – à moins qu'il n'y ait une maison cachée dans les ajoncs, ce qui semblait peu probable. De toute façon, nous n'avions connu aucune difficulté avec les gens sur toute la longueur du Sentier – des falaises qui s'effritaient, des fourmis mangeuses d'hommes, des chiens trop affectueux, mais jamais de soucis avec les humains. Néanmoins, un bruissement dans les broussailles nous a perturbés. Nous nous sommes tus, pétrifiés. Ce pouvait n'être qu'un blaireau ou un renard. Nous en avions croisé souvent et ils ne nous avaient causé aucune inquiétude. Nous avons perçu le bruissement à nouveau, quelques mètres sur notre gauche. Il faisait le tour de la clôture d'enceinte, sous les broussailles et jamais sur le chemin. Peut-être un cerf ou un petit muntjac. Étaient-ce une tête et des épaules que nous voyions surgir avant de disparaître ? En nous tapissant sous les épineux, nous avons réussi à le distinguer plus clairement. Une silhouette noire, collée à la clôture, parcourant le terrain de golf du regard, ses cheveux pâles accrochant la lumière en contrebas. Pas d'autre bruit tandis qu'il se tenait là, immobile. Avec un peu de chance, il était seul, mais il pouvait aussi y avoir d'autres individus qui attendaient cachés. Nous sommes restés accroupis, les genoux serrés, tentant de ne pas respirer trop fort. Il a fait demi-tour, est revenu sur la droite. Était-il en train de s'en aller le long d'un petit sentier qui s'enfonçait vers l'intérieur des terres ? Nous avons attendu une éternité, jusqu'à ne plus pouvoir tenir dans cette position, et nous sommes relevés. Soudain, l'homme a bondi d'entre les ajoncs deux mètres devant nous et a une fois de plus disparu dans les buissons. Nous l'avons entendu se frayer un passage et ensuite dévaler le chemin. Allait-il revenir ? Serait-il seul ? Nous n'osions pas monter la tente, nous nous sommes assis sur le banc, craignant de le voir réapparaître avec des renforts d'une minute à l'autre.

Vers minuit, nous avons renoncé à attendre davantage et nous avons installé la tente, déjà froide et humide de rosée. Trop fatigués pour préparer à manger, nous nous sommes contentés d'une tablette de fudge ; nous n'étions pas encore endormis quand nous avons entendu un grondement pareil à un coup de tonnerre dans le lointain. Pas seulement un bruit, plutôt une sorte de vibration qui montait du sol. Revenait-il avec un régiment entier ? Nous sommes restés immobiles, guettant des voix que nous n'avons jamais entendues. Puis nous sommes sortis de la tente dans la nuit, le ciel était constellé d'étoiles mais il n'y avait aucun son, aucun mouvement, à part celui d'un petit bateau qui entrait dans la baie, son phare oscillant rythmiquement entre les falaises.

Avant 6 heures du matin, nous avions plié la tente et nous nous sommes assis sur le banc pour faire du thé. Le soleil se levait et baignait les falaises rouges de rayons cuivrés et illuminait le terrain de golf. Mis à part un carré sec dans la rosée, il était impossible de deviner que nous avions campé là. Nous étions passés maîtres dans l'art du camping sauvage et savions parfaitement effacer nos traces. Au loin, un homme promenait son chien sur les pelouses, sinuant entre les trous, mais se dirigeant à l'évidence vers nous. Il a fini par arriver sur le seizième green.

« Bonjour. Joli endroit pour admirer le lever de soleil, n'est-ce pas ? »

Moth comme d'ordinaire se lançait tête baissée dans une offensive de charme. L'inconnu nous a regardés et a grommelé quelque chose, ses deux chiens batifolant à ses pieds tandis qu'il faisait le tour du green, soucieux de vérifier si sa pelouse n'avait pas subi de dommages. Il n'y en avait aucun : nous avions pris soin de faire disparaître toute motte de terre retournée lorsque nous avions retiré les piquets.

« Vous allez partir quand vous aurez fini votre petit-déjeuner, on est d'accord ?

— Oui, bien sûr, on est juste montés ici pour voir le lever du soleil. »

Il a grommelé à nouveau et s'est éloigné, ses cheveux blancs accrochant le soleil du matin. Nous l'avons regardé repartir avec soulagement tandis que l'eau bouillait pour une deuxième tasse de thé.

Nous sommes redescendus vers le camp de vacances et bientôt, nous avons compris d'où venait le bruit de la veille. Un important éboulement s'était produit à environ deux cents mètres. Une longue bande de terre rouge et de pierres avait glissé dans la mer et bouillonnait au pied de la falaise comme un ragoût de couleur rouille. Toute la zone qui allait du terrain de golf à Straight Point paraissait aussi vulnérable que la portion de terrain qui s'était effondrée. D'un instant à l'autre, le parc de vacances pourrait bien avoir moins de pelouses à tondre, et notre ami aux cheveux blancs aurait d'autres sujets d'inquiétude que quelques mottes de terre déplacées.

Nous avons franchi les rangées de caravanes et de cabanes enrégimentées, suivi la longue promenade dallée qui conduit à Exmouth, et sans avoir eu l'occasion de nous en rendre compte, la Côte jurassique était déjà derrière nous. Nous avons acheté du riz, du thon, des barres chocolatées et pris le ferry pour traverser l'Exe jusqu'à Starcross. Après la jetée, le sentier longeait la route et serpentait ensuite autour, entre la ligne de chemin de fer et des étendues de broussailles et de ciment. Nous avons fini par nous retrouver à Dawlish Warren et nous avons campé derrière l'office du tourisme dans la réserve naturelle alors que le soir tombait.

« Regarde un peu la carte, nous en avons encore pour cinquante kilomètres du même paysage. Zones d'habitation, ligne de chemin de fer, front de mer. On ne va trouver nulle part où camper. Qu'est-ce que tu dirais de sacrifier ce qu'il nous reste d'argent pour prendre le train, puis le car jusqu'à Brixham ? Ce serait à nouveau la campagne et tout serait parfait. Sinon, on risque de se retrouver à dormir sur le seuil d'une maison quelque part et ce n'est vraiment pas ce qu'il nous faut », m'a dit Moth en feuilletant les pages d'un chapitre du guide.

J'ai repensé à notre nuit si peu reposante sur le parcours de golf et je me suis dit que nos nerfs n'en supporteraient sans doute pas beaucoup d'autres de ce genre.

« OK. Ça fait un peu bizarre de sauter encore une portion de l'itinéraire, mais on reviendra peut-être un jour et on visitera les environs et Portland.

— Rien de bien grave à mon avis. Ce n'est tout de même pas un pèlerinage, si ? »

Nous sommes descendus du car à Brixham et repartis en sens inverse en direction de la côte jusqu'à Sharkham Point. La vie avait repris son cours. Nos sacs à dos pleins de riz et de nouilles, trente livres en poche et mon nez déjà rouge qui pelait. C'était le mois d'août, le pic de la saison, et sur cette portion de plage très populaire, les touristes fourmillaient. Le chemin qui nous conduisait à Plymouth allait traverser des villes animées et des fronts de mer surpeuplés et impliquer au moins cinq traversées en ferry. Comme nous avions pris le train, nous ne pourrions pas nous offrir autre chose que les tickets en question.

« Écoute, j'ai une idée. Depuis que nous sommes à nouveau sur le Sentier, nous avons pris tout notre temps et fourni assez peu d'efforts. »

Puisque tu le dis, Moth…

« Que dirais-tu d'accélérer un peu la cadence ? On fait cette partie du chemin et on prend le dernier ferry aussi vite que possible. On ne sait pas combien vont nous coûter ces traversées, et comme ça, au moins, elles seront derrière nous et on saura combien il nous reste d'argent pour acheter de quoi manger.

— Qu'est-ce que tu entends par "accélérer la cadence" ?

— Eh bien, suivre le rythme de Paddy.

— Tu veux rire, j'espère ?

— On en est tout à fait capables.

— Je crois que je te préférais malade. »

Man Sands, Long Sands, Scabbacombe Sands, Ivy Cove, Pudcombe Cove, Kelly's Cove, Newfoundland Cove, oh regarde un goéland argenté, Mill Bay Cove, traversée en ferry, Compass Cove, Combe Point, nuit de sommeil. La pluie s'abattait en rafales, l'écume bouillonnant au pied des rochers appelés les Dancing Beggars face au promontoire, avant de se changer en bruine tandis que nous démontions la tente.

Moth a consulté la carte.

« On a un sacré bout de chemin devant nous aujourd'hui. Tu te sens prête ?

— Est-ce que moi, je me sens prête ? C'est toi qui es malade. Mais cette idée est complètement folle. On pourrait faire une ou deux traversées et ensuite attendre tranquillement d'avoir l'argent pour le reste.

— Alors, ce sera pareil toute la semaine prochaine. On n'osera pas manger parce qu'on ne saura toujours pas le prix des ferrys. Finissons-en, et on mesurera où on en est. Il y a une plage superbe au-delà de Plymouth, on pourra s'y installer pendant toute une semaine si ça te fait plaisir.

— Oui, ça me ferait plaisir. Bon, on y va, oui ou non ? »

Que se passait-il ? Il était plus fort, son niveau d'énergie était en hausse, il avait les idées claires. Pourtant je n'osais pas trop espérer. Le moment viendrait où nous devrions nous arrêter, et alors nous verrions où il en était vraiment.

Nous nous sommes assis dans les roseaux entre la route principale et la réserve naturelle de Slapton Ley : une longue digue de galets séparait les deux kilomètres d'eaux vives du lac de celles, salées, de la Manche. Un panneau d'information à l'extrémité du lac montrait une profusion d'animaux sauvages, y compris des grèbes et des loutres. Un héron décharné se balançait placidement sur une patte et quelques moineaux s'ébattaient entre les roseaux : définitivement aucune trace de grèbe ou de loutre. Peut-être les animaux sauvages étaient-ils rassemblés sur l'autre rive, loin de la circulation constante sur la route principale qui passait au-dessus de la plage de galets.

À Beesands, nous avons fait une halte pour profiter d'un moment de repas virtuel devant le pub alors qu'un jeune couple plongeait le nez dans une pile d'assiettes de poisson et de salades, une demi-boulangerie de pain bien croustillant et un dessert regorgeant de crème et de chocolat. Nous avons retenu notre souffle quand le sentier s'est rétréci pour franchir une corniche rocheuse autour de Start Point, mais au moment où la bruine a cédé la place à une soirée particulièrement claire, nous avons découvert l'étendue du paysage jusqu'à l'île de Portland, ou presque. Sur Prawle Point, on a installé la tente dans une anfractuosité à l'abri du vent et fait chauffer du riz et du thon.

« Ce festin au pub m'a fait drôlement envie.

— Tu ne pourrais sans doute même pas le manger si on te l'offrait. Moi, j'ai complètement perdu l'appétit.

— Moi aussi, pour être honnête. C'était seulement trop beau à voir ! »

Le lendemain matin aurait dû nous ouvrir l'appétit, une partie entière de la côte ayant reçu les noms de pièces de charcuterie : Gammon Head, Ham Stone, Pig's Nose – tête, jambon et museau, tout y était. Ensuite le ferry et Salcombe. Nous avons traversé la ville rapidement, nous appliquant à ne pas regarder tout ce qu'elle offrait à manger, et poursuivi jusqu'au promontoire rocheux de Bolt Head, exposé à tous les vents. Nous avons finalement décidé de monter la tente sur le suivant, Bolt Tail, et nous avons suivi des yeux les lumières des bateaux qui se dirigeaient vers Plymouth.

Il faisait de plus en plus chaud quand nous avons pris le ferry pour traverser l'estuaire de Bantham à Bigbury-on-Sea. Une vague odeur de carcasses d'animaux morts se dégageait de nos vêtements. La famille montée à bord du petit bateau en bois s'est éloignée progressivement pour se rapprocher du pilote pendant le court trajet. Lorsque nous sommes arrivés sur l'autre rive, tous les passagers étaient si près du pilote à l'arrière que l'avant de l'embarcation commençait à se soulever dangereusement. Nous avons renoncé à courir pour attraper le premier ferry et nous avons sauté dans la mer, ma peau parcheminée aspirant l'eau fraîche, des couches de crasse et de transpiration entraînées par la marée. Nous avons nagé en cercles, nous laissant porter par les petites vagues jusqu'à ne plus sentir que l'ozone et le sel. Nos vêtements sales trempaient dans un creux entre les rochers tandis que nous nous séchions au soleil. Mes cheveux, auxquels il avait fallu un hiver entier pour redonner une santé, avaient à nouveau l'aspect d'un nid d'oiseau desséché, et ma peau, qui s'était lentement reformée sous les squames déshydratées, reprenait rapidement l'allure d'un tablier en cuir qui paraissait se mouvoir indépendamment des muscles au-dessous.

Nous avons poursuivi notre chemin dans l'air de l'après-midi devenu moins brûlant ; rafraîchis, revigorés, nos vêtements encore mouillés pendant de nos sacs à dos. Comme la lumière commençait à décliner, depuis Beacon Point nous avons regardé le soleil se coucher derrière l'horizon vallonné de Dartmoor à l'intérieur des terres, avant de redescendre vers le point de passage de l'estuaire de l'Erme. La mer se retirait mais elle était encore trop haute pour être franchie et, en attendant, nous nous sommes assis sous les arbres en terminant notre riz. La nuit est tombée et, presque aussitôt, la lune a commencé à se lever, scintillant sur les vagues qui reculaient. Nous aurions pu rester là jusqu'au milieu de la matinée et traverser à ce moment-là, mais nous avons décidé de nous avancer jusqu'à mi-cuisses dans la rivière, à pas lents sous le clair de lune ; une chouette hulotte ululait dans les arbres qui bordaient la rive. Nous avons campé dans un champ au-delà du bois en écoutant le chant de la chouette qui allait et venait sur la berge.

Au matin, les vagues d'une pluie douce et légère se

sont mises à ondoyer comme des rideaux de mousseline et elles m'ont caressé le visage dans la brise. Nous avons secoué et roulé la toile de tente, sachant qu'elle regorgerait d'eau lorsque nous la sortirions plus tard de son sac. La conversation s'est éteinte : nous avons marché en silence sous la bruine, plongés dans nos pensées. Plymouth nous attendait et nous avions l'impression d'une barrière, d'un immense portail urbain que nous allions franchir pour nous avancer vers un avenir inconnu. Passé Plymouth encore quelques jours de marche en direction de l'ouest et ce serait Polruan. Les deux traversées suivantes en ferry étaient devenues le symbole de la dernière étape de notre équipée. Le Sentier nous avait donné des certitudes, un sentiment de sécurité produit par l'assurance que, le lendemain et le jour suivant, nous plierions notre tente, mettrions un pied devant l'autre et poursuivrions le chemin. J'avais peur, et même si rien n'était dit, je savais que Moth aussi. Pas seulement un avenir incertain dans un lieu inconnu, parmi des gens que nous n'avions jamais rencontrés, de prévisibles difficultés financières ou les problèmes inhérents à tout nouveau départ. Aussi une peur plus grande aux échos plus menaçants. Quand finalement il nous faudrait cesser de marcher, comme cela ne manquerait pas de se produire si nous voulions nous réinsérer dans le monde, qu'adviendrait-il de Moth ? La question nous harcelait comme un vol de mouettes qui auraient détecté l'odeur de notre thon. Nous avons campé au-dessus de Wembury, peu désireux de passer le tournant à partir duquel Plymouth serait en vue.

Sur la presqu'île de Mount Batten, nous avons dû faire face à des questions plus triviales. Celles qui étaient devenues notre lot quotidien. Allions-nous prendre le ferry qui mène au front de mer du Barbican pour trois livres et ensuite, depuis le terminal, faire la longue traversée qui, pour huit livres, vous amène à Cawsand, ou celle, plus courte, qui vous conduit à Mount Edgcumbe pour presque trois fois moins ? Ou bien devrions-nous garder cet argent et parcourir les rues de la ville pendant quelque huit kilomètres en espérant arriver à l'embarcadère avant le départ du dernier ferry ? Cawsand était plus proche des promontoires rocheux, il serait donc plus facile de trouver où camper, mais nous coûterait plus cher. L'autre solution, certes plus économique, nous amènerait à traverser le parc naturel de Mount Edgcumbe le soir ; nous ne pourrions alors pas éviter de croiser les patrouilles qui gardent cette réserve de cerfs et nous nous retrouverions à errer dans la nuit à la recherche d'un endroit sûr. Ou encore, si nous nous décidions à pénétrer dans la ville pour épargner le prix de la traversée et que nous n'arrivions pas à temps pour le dernier ferry, nous serions condamnés à dormir à la rue. Un choix impossible. Il nous restait quinze livres, un paquet de nouilles et un demi-tube de gommes au vin. Nous avons décidé de faire la traversée en direction du Barbican, de prendre ensuite le ferry vers Edgcumbe et, dans l'intervalle, de profiter de ce temps pour acheter de quoi manger pour deux jours avec les neuf livres restantes.

À la descente du ferry, nous avons arpenté ce quartier résidentiel et bobo de Plymouth et fini par trouver une épicerie qui vende autre chose que des plats à emporter. Nous avons acheté ce que nous pouvions nous offrir, pris le chemin de l'embarcadère avec une heure d'avance pour le dernier départ du jour et attendu sur une passerelle métallique avec un groupe d'autres passagers en mangeant des petits pains et des bananes. Le ferry n'arrivait pas. Dans la queue, les gens commençaient à s'agiter. Il n'arrivait toujours pas. Au bout du compte, il a fini par s'approcher du quai et nous nous sommes tous dirigés vers lui, mais le pilote a fermé une barrière sous notre nez.

« Non, moi, je ne vais pas à Mount Edgcumbe. Le prochain ne partira que demain.

— Où est passé le ferry qui y va ? On l'attend depuis une heure.

— Enlisé dans un banc de sable. Il a mal calculé la marée à mon avis. En tout cas, ce soir, il ne va nulle part. »

Les autres passagers se sont éloignés, en pestant contre le long trajet en bus ou le prix du taxi qui les attendaient, mais nous sommes restés sur la passerelle métallique branlante.

« Quelle poisse !

— Une tablette de fudge ? »

Moth s'était assis sur son sac à dos.

« Alors quoi, maintenant ? Rappelle-moi pourquoi on a toujours refusé de faire des plans ? Ah, je sais, c'est parce qu'ils finissent toujours par tomber à l'eau. »

Je me sentais gagnée par la panique. C'était le dernier endroit où j'avais envie de me retrouver.

« On se balade un peu dans Plymouth ? Il n'y a rien d'autre à faire.

— J'avais pensé qu'on réussirait toujours à ne pas devoir dormir dans une ville. Il y a trop de monde. Il pourrait nous arriver n'importe quoi.

— Faisons tout de même un petit tour : ça tuera au moins quelques heures. »

Quittant le chic Barbican, plein de touristes et de

noctambules qui bavardaient joyeusement en sirotant leurs premiers verres de la soirée, nous avons déambulé sans but, nous retrouvant rapidement au cœur de la ville au moment où les réverbères s'allumaient. Nous avons dépassé le centre commercial, puis nous sommes glissés entre les bâtiments de l'université.

« Le mois prochain, je serai chez moi dans cette fac ; aujourd'hui, je traverse le campus avec trop peu d'argent pour prendre le bus.

— Tu seras étudiant, et nous n'aurons toujours pas assez d'argent pour prendre le bus. »

Alors que la nuit tombait, dans un passage souterrain, un sans-abri s'apprêtait à s'installer sur le béton, disposant ses cartons et son sac de couchage. Un duvet confortable. Je me suis demandé où il l'avait déniché. De bien meilleure qualité que ceux que nous avions l'an dernier, et pourtant, l'homme avait l'air d'être dans cette situation depuis longtemps.

« T'as pas une petite pièce, camarade ? J'ai juste besoin de quelque chose à manger avant de dormir. J'ai rien avalé de la journée.

— Désolé, je n'ai pas d'argent », a répondu Moth.

Je devinais que, dans sa tête, Moth fouillait les recoins de notre sac à provisions.

« J'ai du pain et une boîte de thon, si tu veux.

— Merci, mon vieux. C'est drôlement sympa de ta part. »

Nous avons quitté le tunnel, sommes ressortis sur le chemin et nous sommes installés sur un banc pour regarder les passants courir après leur vie. Un homme s'est approché et assis sur celui d'en face, il nous a observés un long moment. J'ai essayé de détourner les yeux, mais il continuait à nous fixer. La quarantaine bien sonnée ou le début de la cinquantaine – difficile à dire. Le temps passé dans la rue fait vieillir les gens d'une façon différente de ceux qui restent sur leur canapé à regarder la télévision. Un pantalon cargo crasseux, des tennis sans marque, une polaire déchirée sur un haut à capuche le trahissaient, mais je n'arrivais pas à m'expliquer l'incongruité de sa casquette de base-ball Carhartt flambant neuve. Il pensait peut-être le même genre de choses en nous regardant.

« J'arrive pas bien à vous placer. Qu'est-ce que vous faites là ? »

Il s'est levé, a traversé l'allée pour venir s'asseoir sur notre banc. J'ai éprouvé une vague crainte, sans comprendre vraiment pourquoi. Venait-elle des inquiétudes irrationnelles que j'avais ressenties dans mon autre vie, celle où je n'étais pas moi aussi sans abri ? Ou était-ce parce que désormais nous étions en ville et voir qui que ce soit s'approcher me rendait nerveuse ?

« Vous faites de la rando ? On dirait bien, mais il y a quelque chose qui me dit que c'est pas si simple.

— On est des randonneurs SDF. Ici seulement pour la nuit. »

Moth, lui, ne se sentait apparemment pas du tout menacé.

« Randonneurs SDF. Ça me botte, ça. Eh bien, vous serez pas les seuls cette nuit. On est un certain nombre dans les parages. Vous comptez dormir où ? Faut que vous fassiez gaffe à pas faucher la place à quelqu'un. Y en a qui ont le chapitre assez chatouilleux. Moi, c'est Colin. Une petite mousse, ça vous tente ?

— On n'a pas d'argent, désolé.

— Non, moi, j'en ai, des bières. Vous en voulez une ? »

Moth a pris la canette, bu une gorgée et me l'a passée.

« J'en ai aujourd'hui parce que ma fille est passée me voir. C'est mon anniversaire. Elle m'a filé les bières et cette casquette, pas mal, hein, vraiment pas mal.

— Vous avez une famille et vous ne vivez pas avec eux ?

— Eh non, enfin oui, j'avais tout, une femme, des gosses, une maison. Puis d'un seul coup, tout s'est cassé la gueule. Aujourd'hui, ils ont honte de moi. »

Le silence s'est installé. Qu'y avait-il à répondre ? Il n'avait nul besoin de nous expliquer comment dans une vie, tout peut s'effondrer subitement. Un type moins âgé a traversé la dalle de béton, un bonnet enfoncé jusqu'aux oreilles, une parka trop ample et en piteux état sur le dos.

« Ah merde ! Nous y voilà ! Faites gaffe à ce que vous dites. Salut, Dean, mon pote, comment ça va ? »

Dean était plus jeune, il marchait d'un pas assuré, et pourtant quelque chose dans son corps trop maigre et ses joues creuses montrait que sa vie devait être une bataille.

« Déjà en train de boire, mec, et sans moi en plus !

— Eh ben, c'est mon anniversaire. On m'a fait des cadeaux. »

Dean a pris la canette qu'il restait et qui manifestement lui revenait de plein droit.

« Tu picoles avec des inconnus à ma place, mec, c'est pas des manières. Vous êtes qui, vous deux, putain ?

— T'en fais pas, mon pote, c'est juste des randonneurs SDF, d'ailleurs ils allaient partir, pas vrai ?

— Tu picoles avec des inconnus, putain de merde ! »

Dans le passage souterrain, l'homme a plié son carton, l'a coincé sous son bras et s'est enfoncé dans le tunnel. Dean a approché son visage dangereusement près de celui de Colin qui nous faisait signe de décamper.

« Allez vous faire voir, vous deux, on se demande ce que vous foutez encore là pour commencer ! »

Nous nous sommes éloignés à pas lents, même si je mourais d'envie de détaler. Nous n'étions pas encore à une cinquantaine de mètres que déjà, la bagarre éclatait sur le banc.

« J'ai l'impression que c'est notre faute, et là, on l'a abandonné. »

J'avais voulu partir mais, à présent, je me sentais responsable.

« Ce n'est la faute de personne. À en juger par la réaction de Colin, le même scénario doit se reproduire tous les soirs. »

Nous avons erré dans la ville, invisibles aux yeux des fêtards, nous dirigeant vers Hoe Park en espérant y dénicher un endroit tranquille. Chaque ruelle, chaque banc semblait avoir déjà un occupant. Soit allongé dans un sac de couchage, soit recroquevillé sous une couverture, soit encore en position fœtale à même le sol, tous à la recherche d'un peu de chaleur. Les chiffres officiels pour l'automne 2014 dénombrent treize sans-abri à Plymouth. Si c'était vrai, de même qu'à Newquay, nous les avons tous croisés cette nuit-là… et pas mal d'autres.

Nous avons trouvé un carré d'herbe près de la Smeaton's Tower et nous avons déroulé matelas et sacs de couchage dans le coin le plus reculé, n'osant pas monter la tente qui aurait été trop facilement repérable. L'obscurité totale ne se faisait toujours pas, les réverbères produisant une sorte de crépuscule permanent. Je me sentais exposée aux regards, vulnérable, comme jamais sur le Sentier. La solitude de la nature sauvage ne m'avait jamais inquiétée, alors que là, dans ces lieux densément peuplés, je me sentais plus effrayée que jamais au cours de ma vie d'errance, chaque bruit de pas, chaque éclat de voix ou claquement de portière de voiture me causant une montée subite d'adrénaline.

Aux premières lueurs du jour, nous avons rangé les sacs de couchage et nous sommes assis sur un banc pour mettre de l'eau à bouillir, soulagés que la nuit ait pris fin.

« Comment peuvent-ils vivre comme ça ? C'est épuisant.

— Comme tout le reste, j'imagine. Ils s'habituent, voilà tout. »

Arpentant les rues désertes tandis que le jour finissait de se lever, nous avons vu des silhouettes émerger de tas de chiffons et s'étirer dans la lumière. La vie continuait. Les mêmes gestes inlassablement repris et répétés.

Passant devant un distributeur automatique, nous nous sommes arrêtés pour consulter notre solde, ne sachant pas très bien quel jour nous étions, ni si nous allions trouver de l'argent ou non, et nous avons tiré avec gratitude les trente livres que la machine nous proposait. Nous avons trouvé un café ouvert et nous sommes installés en vitrine pour partager un sandwich à la saucisse en observant la ville qui commençait à s'animer. Entre les vendeurs des boutiques de bric-à-brac et les serveurs des restaurants, nous avons vu un type descendre la rue étroite en traînant les pieds. Sa capuche relevée ne réussissait pas à dissimuler son visage tuméfié. Moth a acheté un autre sandwich et l'a fait emballer.

« Colin ! » a-t-il crié à l'adresse de l'homme qui passait.

Il s'est arrêté et a semblé hésiter à se tourner vers nous.

« Ah, bon Dieu, c'est toi, mon pote. Normalement, je mets pas les pieds par ici, mais là, il a fallu que je débarrasse le plancher à cause de Dean hier soir. Il est un peu surexcité en ce moment. Il a pas de freins, ce mec !

— Tu vas bien ? Tu as l'air dans un sale état. Tiens, je t'ai acheté un sandwich.

— Quoi ? Tu m'offres un sandwich ? Putain, merci ! Et à la saucisse en plus, mon préféré.

— On doit partir pour attraper le ferry. Prends soin de toi, mon vieux.

— Vous aussi, les randonneurs SDF. Peut-être que je ferai pareil un de ces jours. Partir sur les routes. Ouais, un jour… »

21

SALÉS

La tente cliquetait et tremblait dans le vent violent qui traversait Penlee Point et la baie de Plymouth Sound. Sous le mur en pierre de la chapelle de la reine Adelaïde, la tempête nous frappait de plein fouet. Nous aurions dû nous soucier davantage de la fragilité des mâts réparés à l'aide du chatterton, mais après Plymouth, nous étions trop heureux de retrouver le goût du risque. Le Devon était dans notre dos, nous étions à nouveau en Cornouailles, et tellement proches de Polruan, notre ligne d'arrivée. La toile claquait sous les bourrasques et les mâts couinaient tandis que nous observions les lumières d'un navire géant qui quittait la baie et flottait dans une bulle d'un jaune éclatant. Dans une autre vie, nous avions été passagers sur ce paquebot qui croisait de nuit vers Santander au nord de l'Espagne. Les enfants étaient petits, nous avions un peu plus de trente ans, et tout semblait se mettre en place dans notre vie. Les lumières se sont faites plus petites, plus faibles, jusqu'à disparaître complètement. Notre ancienne vie s'était enfuie sur la mer et nous l'avons laissée filer, tournant nos regards vers l'ouest avec un souffle d'espoir.

À Rame Head, de part et d'autre du promontoire,

le vent s'est levé de la mer, les deux courants entrant en collision en une espèce de crête d'air qui a fait tourbillonner mouettes et goélands avant qu'ils ne s'enfuient à tire-d'aile. Des bancs de nuages blancs se sont mis à déferler, découvrant sous nos yeux des trouées d'embruns bleus et l'étendue infinie des sables de Whitsand Bay. Il ne nous restait plus que quelques jours de marche, le temps de nous arrêter pour nous reposer, de faire un peu de surplace, un moment tranquille avant de nous lancer dans notre nouvelle vie. Le flanc de la colline couvert de fougères, de prunelliers et d'ajoncs s'est soudain transformé en une déclivité abrupte jusqu'à la mer, parsemée de loin en loin durant des kilomètres de cabanes et de bungalows perchés sur des terrasses qui s'étageaient sur les pentes. Sortant d'un taillis de ronciers, un vieil homme s'est approché et nous nous sommes arrêtés pour observer ces habitations.

« C'est tellement rare, toutes ces cabanes éparpillées comme ça à flanc de colline ; nous n'avons jamais rien vu de semblable sur tout le Sentier.

— Ces terrains ont été distribués dans l'entre-deux guerres. Le fermier du coin les louait pour une bouchée de pain et les volontaires ont afflué, ils ont aménagé des terrasses en creusant dans la roche de la falaise et ils ont installé des tentes et des baraques. Puis, après la Seconde Guerre mondiale, d'autres sont venus qui avaient perdu leurs maisons dans le bombardement de Plymouth. C'est comme ça que ma famille est arrivée et ils ont décidé de rester. Pourquoi pas, dites-moi un peu ? Les habitations ont été transmises de génération en génération, elles ont été agrandies et stabilisées au fil des ans. C'est la municipalité qui possède les terrains aujourd'hui. Ils ont bien essayé de nous faire décamper, mais on a gagné le droit de rester. Les loyers ont quand même grimpé en flèche. Pour la plupart, ce sont des résidences secondaires, comme presque partout, d'ailleurs. »

Le sentier a continué à serpenter entre les broussailles jusqu'à ce que nous débouchions sur la plage et posions nos sacs entre les rochers. Derrière nous, la falaise se dressait de toute sa hauteur, une étendue de sable infinie s'avançait vers l'ouest et des vagues bleu pâle se brisaient dans un bouillonnement d'écume blanche, leur fracas couvrant tous les autres sons. Il existe une citation, attribuée à l'auteur islandais Thorbergur Thordarson, qui dit : « Quand la vague était haute, le bruit de la mer était un rugissement continuel, puissant, profond, sombre et ténébreux, avec toutes sortes de variations, et au plus fort, vous sentiez qu'il montait aussi de la terre sur laquelle vous marchiez[1]. » Il parle de la mer d'Islande, une partie de cette immense étendue d'eau qui enveloppe tout l'hémisphère Nord d'un rugissement continu et assourdissant qui fait trembler la terre sous mes pieds.

« On va trouver quelque part où s'installer au-dessus de la ligne de marée haute. Du côté ouest, les choses m'ont l'air assez prometteuses. »

Inutile d'essayer de crier pour couvrir le vacarme, alors nous avons traversé les sables en silence. Je repensais à ces cabanes sur la falaise et à ces familles brisées par la guerre, venues pour voir la mer, à la recherche d'espace, et qui avaient ramassé du bois et s'étaient construit des abris à la scie pour commencer une nouvelle vie. Pourquoi si peu de gens comprennent-ils la nécessité pour chacun d'avoir un lieu à soi ? Faut-il

1. Traduction personnelle du traducteur.

vraiment une crise pour que nous mesurions la détresse des sans-abri ? Est-ce seulement ceux qui échappent à une guerre qui éprouvent ce besoin ? En tant que nation, pouvons-nous uniquement réagir à la nécessité si nous jugeons les raisons valables ? Si les sans-abri de notre pays étaient rassemblés dans un camp de réfugiés, ou s'entassaient sur les bateaux du désespoir, saurions-nous leur ouvrir les bras ? Nos sans-abri ne rentrent pas dans ce moule : nous préférons penser qu'ils sont responsables de leurs problèmes et sont peu nombreux, alors qu'en réalité deux cent quatre-vingt mille familles au Royaume-Uni se déclarent sans domicile fixe et le pourcentage de ceux qui se retrouvent dans cette situation à cause d'une addiction ou une autre est dérisoire. S'ils s'unissaient – si nous nous unissions –, hommes, femmes, enfants, nous n'aurions plus l'air de cet individu solitaire couché sur le seuil d'une boutique, accro à une substance quelconque qui lui donne l'impression de s'évader. Comment nous considérerait-on dans ce cas ? Deux cent quatre-vingt mille personnes ? Plus ? Moins ? On ne connaît pas les vrais chiffres. Les réfugiés de la civilisation occidentale se coupent de la vie sur des bateaux qui atteignent rarement le port.

« Imagine un peu, si la mairie de Plymouth concédait à Colin un terrain sur la falaise…

— Ou à nous ?

— Je construirais une cabane sur la corniche et je crois que j'y vivrais jusqu'à la fin de mes jours. »

Il était difficile de déterminer où se trouvait exactement la ligne de marée haute ; différents niveaux de débris montraient que la mer barattait cette baie sans retenue et ne s'arrêtait qu'à sa guise. Nous avons escaladé un petit promontoire rocheux et trouvé un carré de terre relativement plat entre les broussailles. Nous avons monté la tente face à la Manche et empli nos poumons d'air marin.

À l'aube, nous sommes allés à la plage et avons marché sur toute la longueur avant de revenir. À marée basse, nous avons cueilli des algues dont nous avons ajouté les fragments gluants à nos nouilles pour constituer un plat vert et écumant. Le goût n'était pas exactement à la hauteur de nos espoirs, et nous sommes passés au fucus, que nous avons cuit à la vapeur avec du thon et de petits escargots de mer qui sont allés directement des rochers à la casserole. Des bandes d'huîtriers se sont rassemblées, plongeant rythmiquement la tête dans le sable en un gracieux ballet de pattes orange. Nous avons nagé dans l'écume de la marée montante, nous laissant porter par de puissantes vagues d'eau salée qui avaient peut-être touché auparavant les rivages d'Islande, d'Espagne ou d'Amérique, un brouet rugissant qui pouvait avoir parcouru des milliers de kilomètres ou seulement trois. Nous nous sommes allongés sur le sable chaud et dorés au soleil. Couverts d'une croûte de sel, protégés. Plus tard, dans la pénombre de notre dôme vert, j'ai senti la main de Moth m'effleurer la cuisse, avec la même vibration électrique que toujours. Le silence nous enveloppait, tout s'est arrêté ; je n'ai pas bougé, craignant d'éveiller un désir qui ne pourrait pas être satisfait ou de perdre un espoir auquel je m'accrochais depuis le début. Il a hésité longtemps, sa main brûlante posée sur ma peau froide, un moment qui est resté suspendu entre nous comme une question demeurée sans réponse.

Les jours ont passé. Les nuages venaient du sud-ouest, de gros cumulus blancs qui disparaissaient à l'intérieur des terres. Les vents changeaient sans cesse de direction : humides et légers depuis l'ouest, secs et frais depuis l'est, plus froids en provenance du nord-ouest, apportant la promesse d'un changement de saison qui ne tarderait pas, plus doux quand ils soufflaient depuis le sud, rappelant que l'été n'était pas terminé. La chaleur se réverbérait sur les rochers plats, moins déchiquetés que ceux qui les entouraient dans la baie. Nous y avons fait sécher nos vêtements, posé le réchaud pour faire cuire des escargots de mer et cassé un œuf dessus en espérant qu'il voudrait bien frire – ce qu'il a absolument refusé de faire. Nous l'avons alors transformé en œuf brouillé, retirant constamment des grains de sable et de petits cailloux du mélange. Nous nous sommes étendus sur ces rochers, notre peau se tannant jusqu'au brun. Nos corps, quatorze mois plus tôt voûtés et épuisés, flasques et pâles, étaient maintenant minces, hâlés et dotés d'une musculature retrouvée que nous avions pourtant crue fondue pour toujours. Nos cheveux étaient brûlés et menacés de chute, nos ongles cassés, nos vêtements usés jusqu'à la corde, mais nous étions en vie. Nous ne nous contentions pas de respirer au fil des quelque trente mille jours qui séparent la naissance de la mort, mais nous prenions conscience de chaque minute qui passe, virevoltant dans une exploration du temps lui-même. La roche réfléchissait la chaleur qui suivait la course du soleil et les oiseaux de mer s'égosillaient sur des tons différents tandis que la marée se retirait avant de monter à nouveau. Mes mains s'étaient ridées avec l'âge et mes cuisses avaient pris une nouvelle forme au fil des kilomètres, mais quand Moth m'a attirée à lui et m'a embrassée avec une fougue où le doute n'avait pas de place, avec une ferveur que rien ne démentait, le temps en a été bouleversé. Je me suis retrouvée dix millions de minutes et dix-neuf ans plus tôt, j'étais à l'arrêt de bus, en chemin vers chez lui alors que nous savions que ses parents étaient absents, j'étais la mère de deux bambins, volant quelques moments de tranquillité en m'enfermant dans un dressing ; nous étions nous, chaque seconde de ce temps partagé, un ragoût longtemps mariné de tous les ingrédients de la vie. Nous étions tout ce que nous avions voulu être et tout ce que nous n'avions pas voulu. Et nous étions libres, libres d'être tout cela à la fois, et d'autant plus forts de cette liberté. Ma peau contre une peau longtemps désirée, la vie pouvait attendre, le temps pouvait attendre, la mort pouvait attendre. Cette seconde parmi des millions d'autres était unique, la seule que nous pouvions vivre. J'avais retrouvé ma maison, je n'avais plus rien à rechercher, Moth était mon chez-moi.

Les jours passaient. Une lourde pluie battante est arrivée de l'ouest, portée par des bancs de nuages violets menaçants ; les zigzags des éclairs dansaient sur la mer ; des ondées plus légères glissaient depuis le sud comme de doux manteaux d'humidité tombant de ciels gris impénétrables. Les nuits obscures étaient constellées de flèches de lumière, elles étincelaient de myriades d'étoiles filantes, de l'essaim des Perséides, ces pluies de météores venues d'un autre monde à la fin de l'été. Après la pluie, nous récoltions de l'eau dans un torrent qui jaillissait de la paroi rocheuse, buvions tout notre saoul, nettoyant nos gorges et nos peaux desséchées du sel accumulé. De gros bousiers fourmillaient dans les broussailles et des papillons bleus parsemaient l'air au retour du soleil qui apportait une chaleur plus douce et plus tempérée que précédemment. Gardant toujours à l'esprit que Moth ne devait pas rester immobile pendant trop longtemps, nous marchions et nagions beaucoup durant le jour, mais nous nous sentions reposés. Forts mais paisibles, installés au bord de l'océan, hors du temps, plus près de lui que jamais auparavant. Un inconnu promenait son chien deux fois par jour et nous regardait depuis le chemin qui surplombait la plage. Nous étions là depuis plus d'une semaine, nos provisions étaient épuisées, les escargots de mer avaient perdu leur attrait et le moment était venu de repartir.

Le Sentier continuait à croiser la route de temps à autre jusqu'à ce qu'il atteigne les contreforts en béton de Tregantle Fort. Construit au XIXe siècle pour protéger le pays contre les attaques des Français, ce fort devint un centre de formation militaire durant la Seconde Guerre mondiale, destiné à préparer les soldats aux horreurs des attaques au gaz. Nous avons inhalé des bouffées d'air aussi pur que du cristal et poursuivi notre chemin, reconnaissants de ne pas avoir connu cette époque. Au-delà du petit village de Portwrinkle, les falaises sont devenues plus escarpées, plus abruptes et tourmentées, plus typiques des Cornouailles avec leur épais manteau de broussailles. Avançant à grand-peine entre les ajoncs, escaladant une clôture démantibulée tandis que le vent se levait et que d'épais nuages commençaient à s'amonceler, nous avons fini par trouver un carré de terre relativement plat dans un champ perché sur les hauteurs, à l'endroit le plus exposé qui soit. Difficile de monter la tente dans ce vent qui soufflait en spirales dans toutes les directions. Nous nous sommes blottis l'un contre l'autre et avons entrecroisé nos doigts tandis que la pluie tombait en rafales, se déchaînait avec la force d'une tempête contre la fine toile synthétique et les mâts rafistolés, poussant sur les flancs de la tente avec des grondements assourdissants d'une puissance redoutable. Impossible de fermer l'œil, nous nous attendions à ce que les mâts qui se tordaient et fléchissaient dans tous les sens se brisent d'une minute à l'autre. Mais ils ont tenu bon. Au lever du jour, le vent est tombé et nous avons dormi jusqu'à ce que le soleil perce à travers les nuages qui défilaient. La tente avait résisté à la tempête, elle avait souffert, ployé dans la tourmente, mais elle n'avait pas été détruite.

Se succédaient des baies aux eaux bleues, vertes et noires – les couleurs des Cornouailles –, toujours illuminées par la crête blanche des vagues qui venaient se briser au pied des falaises sombres. Nous voyions déjà la fin toute proche du périple. Bientôt, nous retrouverions Pencarrow Head et il nous faudrait nous mettre à la recherche d'un logement étudiant dans l'espoir que le prêt consenti à Moth compenserait notre désespérante incapacité à convaincre les banques. Et si nous échouions ?

Le sentier descendait en pente abrupte vers Looe, un petit port de pêche traversé par une rivière, aux rues étroites envahies de touristes. Maladroitement, nous nous sommes frayé un chemin entre des cars entiers de vieilles dames et d'enfants qui piaillaient parce qu'ils avaient fait tomber leur glace. Coupant par une étroite venelle dans l'espoir d'éviter la foule, nous avons atterri au fond d'une impasse dans un café minuscule où il n'y avait que trois tables. La serveuse polonaise rousse nous a servi un thé pour une personne avec deux tasses.

« Vous avez de bien gros sacs pour des gens de votre âge. Vous allez où ?

— Nous suivons le Sentier de la Côte en direction de l'ouest.

— Et vous êtes partis d'où ? Il y a beaucoup de randonneurs qui s'arrêtent ici. D'habitude, ils commencent à Seaton. Et vous ? »

Moth l'a regardée en levant les sourcils : parlait-elle du Seaton à six kilomètres plus à l'est ou bien de l'un des nombreux villages du même nom sur la côte sud ? Ils se mélangeaient tous maintenant.

« Non, on est partis de Poole dans le Dorset.

— Mais c'est le bout du monde !

— Oui, et il y a le Devon entre les deux.

— Et vous dormez où ? Dans des gîtes ?

— Non, sous une tente, camping sauvage.

— J'ai jamais rien entendu de pareil. Vous avez fait tout ce chemin, à votre âge ! Il faut que je le raconte à ma copine. Elle dit toujours qu'elle veut partir à l'aventure mais elle a pas d'argent. Je vais lui parler de vous. Des gens âgés qui marchent et dorment sous une tente. Ça a de quoi vous inspirer !

— On n'est pas si vieux, vous savez. »

On a quitté le village, toujours aussi sales et usés jusqu'à la corde, mais le cœur étrangement plus léger. De quoi inspirer ? Quelle idée réconfortante ! Sur le trottoir d'en face, une jeune femme nous a adressé un signe de la main avant de se précipiter vers nous, ses cheveux roux flottant dans les bourrasques.

« Ma copine m'a téléphoné. Elle m'a dit de courir après deux petits vieux avec de gros sacs à dos. C'est vrai que vous couchez sous une tente ? Combien de kilomètres vous avez parcourus ? »

Manifestement la serveuse du café et son amie devaient utiliser la même teinture.

« On est partis de Poole, mais en fait l'année dernière, on a marché de Minehead à Polruan. D'ici un jour ou deux, on aura bouclé tout le Sentier.

— Tout le Sentier ? Ça fait quelle distance ?

— Mille kilomètres. Pour être honnête, on en a sauté environ quarante. Un jour, on reviendra pour faire ceux qu'on a manqués, mais pas cette année.

— C'est incroyable ! Je veux faire un truc géant un jour qui me change la vie, mais ça me fait peur. Je renonce à chaque fois.

— Peur ? Vous êtes venue travailler dans un pays étranger… Comment une randonnée peut-elle vous faire peur, comparée à ça ?

— On était tout un groupe à venir de Pologne, pendant une année sabbatique. Non, ce que vous faites, vous, c'est une vraie expédition, une aventure, un parcours du combattant. C'est ça que je veux. Voir de quoi je suis capable. Travailler pendant une année de congé ne m'a pas donné ce que je cherchais. J'ai besoin de quelque chose, quelque chose qui me change à l'intérieur.

— Alors il faut le faire. Si vous vous posez des questions, il faut y répondre. Faites-le avant de rentrer dans votre pays.

— Je vais le faire, c'est sûr. Et je penserai à vous. Deux petits vieux qui marchent. »

Le sentier montait abruptement au long d'une série infinie de marches et offrait de vastes panoramas bleus, depuis Portnadler Bay jusqu'à St. George's Island et au-delà. Parvenus au sommet, nous nous sommes assis, peinant à reprendre notre souffle.

« Tu crois que nous sommes vraiment en train de devenir vieux ? Combien de gens en tout nous l'ont fait remarquer ? »

J'ai essayé de passer les doigts dans mes cheveux

avec désinvolture, mais ils sont restés coincés dans leur enchevêtrement.

« Eh bien, en vérité, nous ne sommes plus très jeunes. Je crois que je manque d'oxygène.

— Tu sais très bien ce que je veux dire.

— Et puis, qu'est-ce que ça peut faire ? On s'en fiche, non ? Ce n'est pas comme si on n'avait pas vécu, tu ne crois pas ? En tout cas, qu'est-ce que tu voulais dire avec ces sornettes : "il faut répondre aux questions intérieures qu'on se pose" ?

— Ce ne sont pas des sornettes. Si nous n'avions pas entrepris cette marche, il y aurait toujours eu des choses que nous n'aurions pas sues, une partie de nous-mêmes que nous n'aurions jamais connue, une résilience que nous ignorions que nous possédions. C'est comme le procès. Si nous n'avions pas essayé de nous défendre, nous serions assaillis par des questions du genre "Et si…". On a perdu, d'accord. Au moins, on a découvert la vérité, et aujourd'hui nous savons que nous avons fait tout notre possible et que, malgré tout, nous n'avons pas pu arrêter la machine. Mais nous n'avons pas de regrets. Si nous n'avions pas suivi ce Sentier, nous aurions attendu que la municipalité nous attribue un logement, nous nous serions mis la tête dans le sable et nous aurions cédé. Qui sait à quel point ta santé se serait détériorée ? Nous serions amers, pleins de colère, et nous marmonnerions "Et si…" en sirotant notre thé au lait. Ou bien nous aurions pu lâcher le guidon et nous retrouver à la rue, aussi perdus que Colin. La plupart des gens traversent leur propre vie sans répondre aux questions qu'ils se posaient au départ. Qui suis-je ? Qu'est-ce que j'ai à l'intérieur de moi ? Les vraies questions. Quel gâchis !

— OK, Yoda. Je plaisantais, c'est tout.

— Tu crois que je devrais me teindre en rousse ?
— S'il te plaît, ne fais pas ça. »

Nous avancions lentement sur le promontoire. C'était le milieu de l'après-midi et l'air s'était déjà refroidi. Non pas cette sensation humide de la pluie qui approche, mais cette impression de douceur et de rafraîchissement qui se produit à la fin août quand la chaleur baisse et que flottent dans l'air de la nuit un parfum de rosée et dans les matins à venir une odeur de toiles d'araignée. La fin du Sentier se profilait, plus qu'un jour encore. Moth commencerait ses cours dans moins de trois semaines. Il nous faudrait trouver une chambre dans une colocation quelque part, même si la perspective d'une pièce dans une maison pleine d'adolescents me faisait un peu peur. J'étais passée par là et, heureusement, les miens avaient grandi. La seule autre solution était une location de longue durée dans un camping qui gardait ses toilettes ouvertes durant l'hiver. J'essayais de ne pas trop y penser, mais j'ai sorti machinalement le Paddy Dillon de mon sac et caressé sa couverture plastifiée, familière et réconfortante. Les pages « De Minehead à Polruan » étaient attachées par un élastique, ainsi que la section « De Poole à Looe », il ne restait que deux malheureux feuillets libres et intacts. Très bientôt, toutes les pages du *Sentier de la Côte Sud-Ouest : de Minehead à South Haven Point* seraient retenues par un cordon noir effiloché. Il ne nous resterait nulle part où aller à l'avenir, si ce mot voulait dire quelque chose.

Nous avons descendu les marches, aussi abruptes et impitoyables que toutes les autres, qui mènent à la petite anse de Talland Bay, le sentier serpentant entre les bancs d'un café au bord d'un village de vacances.

Nous avons posé notre barda et trouvé un sachet de thé à plonger dans un broc d'eau chaude de plus que nous avions quémandé.

« Et merde, cette bagnole ne démarre pas ! »

Une petite femme frêle avec un accent du nord prononcé s'est assise sur le banc à côté de nous.

« Elle sort à peine du garage, et ça recommence ! Toujours pareil quand on se retrouve dans un endroit paumé comme ici. Oh, désolée, vous ne voyagez pas en caravane, j'espère ?

— Non, nous suivons le Sentier de la Côte, on ne fait que passer.

— Ah oui, le Sentier de Randonnée, j'aurais dû remarquer vos sacs à dos. Les jours vont bientôt raccourcir, vous allez où, comme ça ? Vous rentrez chez vous, j'imagine. Vous n'allez pas entamer tout ce chemin à cette période de l'année, si ?

— Nous nous dirigeons vers l'ouest. En fait, nous n'avons nulle part où rentrer. »

Moth avait cessé de raconter que nous avions vendu notre maison et disait la vérité à tous ceux qui voulaient bien l'entendre, s'amusant prodigieusement de leurs réactions. J'ai resserré les bretelles de mon sac pour me préparer à partir, ce qui était d'habitude la suite logique des confidences de Moth sur notre condition de sans-abri adeptes du camping sauvage. Normalement, nos interlocuteurs se montraient mal à l'aise et nous décollions.

« Donc, vous êtes actuellement SDF ?

— Eh oui… exactement. »

J'ai chargé mon sac sur mon dos.

Étonnamment, la femme n'a pas bronché.

« Venez donc à l'intérieur, il fait glacial dehors. Je

vais commander des cafés et vous m'en direz un peu plus sur votre randonnée.

— Mais votre voiture ?

— Ras-le-bol de cette saleté. Je prendrai un taxi. »

Dans le bar, il faisait bon, l'air était sec et il flottait une délicieuse odeur de sauce aux algues et de piments doux, on apercevait la mer par-delà les étendues de varech. Devant des tasses de café brûlant, Moth a dévidé une belle histoire d'étés de rêve passés sous la tente, de temps qui changeait constamment autour de deux individus qui avaient la chance de vivre au contact de la nature. Qui marchaient sur un chemin étroit à la lisière du monde, mais aussi séparés de lui que s'ils vivaient dans une autre galaxie. Anna était fascinée, emportée par le récit de Moth, sous le charme comme les gens le sont toujours. Il aurait pu aussi bien lui lire des extraits de *Beowulf*.

« Maintenant, c'est la fin de l'été, où comptez-vous aller ?

— On est obligés de s'arrêter. Je vais à l'université le mois prochain et on va devoir trouver un endroit où habiter.

— Comment ça ? Un logement étudiant ? À votre âge ?

— Un peu tard pour commencer, je sais, mais un vrai départ, j'espère.

— Est-ce qu'on consent des prêts aux personnes âgées ?

— Oui, même s'il n'est pas impossible que je sois mort avant d'avoir remboursé. »

Anna resta un moment silencieuse en regardant Moth, puis moi, puis Moth à nouveau.

« Écoutez, j'ai un appartement à Polruan. Mes locataires déménagent demain mais je n'ai pas encore passé d'annonce. Je comptais prendre des photos dès qu'ils seraient partis. »

Moth s'est immobilisé sur son siège.

« Vous pourriez me le louer. Si vous voulez. Il serait parfait pour vous deux, le Sentier de la Côte passe juste devant la porte. »

Était-ce vrai, était-ce réellement en train de se passer ? Reste calme, Ray, respire.

« Vous accepteriez de nous le louer après tout ce que nous vous avons dit de notre situation ?

— Oui, bien sûr. Si vous êtes étudiant et que vous bénéficiez d'un prêt ou d'une bourse ou de quelque chose comme ça, je suis sûre que vous toucherez assez pour payer le loyer. C'est un petit appartement ; pas très cher.

— Vous parlez sérieusement ?

— Oui, a répondu Anna en riant. Vous me plaisez bien, donc pourquoi pas ? »

Son taxi est arrivé et elle a quitté le café en nous adressant un signe de la main.

« À demain soir, alors. »

Nous avons serré entre nos doigts la serviette en papier où elle avait gribouillé l'adresse. Notre adresse.

Le choc qui se produit quand quelque chose de positif vous arrive est presque aussi grand que l'inverse. Nous nous sommes regardés sans savoir que dire, comme si en parlant nous risquions de nous réveiller d'un rêve et que tout ne soit plus qu'un mirage. Ensuite, nous nous sommes précipités à l'extérieur et nous avons bondi en criant de joie sur les bancs de varech. Le jeune patron du bar, originaire du Costa Rica, est sorti pour se joindre à nous et nous avons fait la ronde comme des enfants.

« Pourquoi est-ce qu'on danse ?

— Parce que nous avons un toit.
— Et c'est une bonne chose ?
— Une chose magnifique.
— Alors on devrait danser encore ! »

Nous aurions dû nous hâter de quitter Polperro quand les lumières se sont allumées dans le pub mais, ce soir-là, nous nous sommes engouffrés à l'intérieur et avons commandé deux bières, une chacun. Nous avions de quoi payer la caution et le mois d'avance. Des nouilles dans notre sac et un prêt étudiant d'ici quelques semaines. Et un toit ? Que nous aurait-il fallu de plus ?

Nous avons monté notre tente une dernière fois et dormi sur les broussailles du flanc de la falaise, face à la Manche. En direction de l'est, la côte s'étendait dans la nuit : sans la voir, je devinais sa présence. Notre long périple touchait à sa fin, parsemé des débris du passé que nous avions portés avec nous. Le vent frais et humide me mouillait le visage et je savais que je pouvais enfin me détourner pour regarder vers l'ouest et un avenir, à moins d'une journée de marche.

« Ce n'est certainement pas une coïncidence si nous nous apprêtons à vivre à l'endroit même où notre voyage se termine. Pas seulement cette fois, mais l'année dernière aussi. J'y vois la marque du destin.

— Tu n'as pas tort. Je reconnais que c'est étrange. Pourtant je continue à croire à une coïncidence. »

Nous avons refermé le rabat de la tente pour nous protéger une dernière fois contre le vent du sud. J'étais exaltée à l'idée de la fin soudaine et inattendue de notre vie d'errance, mais qu'allait-il se passer quand en me réveillant je n'aurais plus à charger mon sac sur mes épaules pour un nouveau jour de marche sur les falaises ? Que me resterait-il ? Qui serais-je ? Je n'en savais rien, mais j'acceptais de ne pas le savoir. Le passé était derrière nous sur le dernier promontoire rocheux et j'étais heureuse de l'y laisser. Je pouvais au moins regarder vers demain avec espoir.

Nous avons plié la tente sous un grand soleil, rangeant précautionneusement les mâts rafistolés au chatterton, et tourné les pages de Paddy en glissant la dernière sous l'élastique. Plus aucune feuille flottante. Les dernières montagnes russes nous ont fait traverser une succession tourbillonnante de collines, de ravins et de baies. Une borne peinte en blanc indiquait un à-plat parfait couvert d'herbe rase. L'endroit idéal que nous cherchions en général à partir de 19 heures mais que nous trouvions toujours vers midi.

Personne en vue, mis à part un homme sur la corniche herbue au-dessus des rochers. Il était habillé comme pour un safari dans les années cinquante : short long couleur mastic, gilet assorti et chapeau à larges bords. Debout face à la mer, il avait la main gauche dans sa poche, et la droite, tendue, tenait une corde au bout de laquelle semblait être accrochée une pierre. De temps à autre, il faisait un pas en avant et la pierre suivait le mouvement sur l'herbe rase battue par le vent. Nous l'avons observé pendant dix minutes tandis qu'il progressait de trois mètres à tout petits pas.

« Je ne peux pas m'en empêcher, il faut que je voie ce qu'il fabrique. »

Nous nous sommes rapprochés et avons compris qu'il ne s'agissait pas d'une pierre.

« Bonjour. Un temps de rêve pour promener votre tortue. »

Il s'était passé plus d'un an depuis cette rencontre

que nous avions faite dans les bois le deuxième jour de notre randonnée après avoir quitté Minehead. Nous avions depuis complètement oublié la prophétie selon laquelle nous marcherions un jour « en compagnie d'une tortue ». Et pourtant aujourd'hui, attachée au bout d'une laisse de chien customisée, alors que nous atteignions la fin du voyage, la chose était bel et bien là. Une tortue, qui mordillait des brins d'herbe et des broussailles vertes, et poursuivait lentement son chemin, pas à pas.

« Laitue.

— Comment ?

— Elle s'appelle Laitue. »

Nous avons tous fait un pas en avant.

« Que faites-vous avec ça, enfin, avec elle, sur ces hauteurs ? »

L'homme a regardé la laisse dans sa main et puis nous a dévisagés comme si nous étions des demeurés, comme si ce qu'il faisait était la chose la plus naturelle du monde.

« Je la promène.

— Vous la promenez ? Elle aime les longues balades, c'est ça ? Je ne suis pas sûre que vous ayez vraiment besoin d'une laisse. Elle n'a pas vraiment l'air disposée à s'enfuir en courant. »

De concert, nous nous sommes encore rapprochés.

« Ne vous laissez pas abuser. Elle paraît lente, comme ça, mais je n'ai qu'à tourner la tête une seconde, et pshitt, elle disparaît. Alors je suis obligé de sortir la salade de mon sac, elle finit par la sentir, et elle revient, mais parfois, ça peut prendre des heures. »

Il a soulevé le revers de sa poche pour nous montrer les cœurs de laitue qu'il cachait à l'intérieur.

« Et voilà pourquoi vous l'appelez Laitue. Mais est-ce que ce ne serait pas plus simple de la laisser se promener dans le jardin ? »

L'homme a levé les yeux au ciel tandis que nous avancions encore d'un pas.

« Impossible. Elle a besoin de sortir se dégourdir les pattes. Je ne peux pas l'enfermer. C'est un animal sauvage. Je l'amène ici tous les jours.

— Vous avez raison. »

Nous avons fini d'escalader la falaise suivante avant que l'un ou l'autre de nous n'ait osé reprendre la parole.

« Quoi ?

— Ne va pas me dire que ça aussi c'était une coïncidence ! »

Quand nous avons fini de rire et que nous nous sommes retournés, Lantivet Bay était en contrebas et, au-delà, la vue magnifique sur Pencarrow Head. Nous progressions avec une lenteur pénible, nous arrêtant toutes les deux, trois minutes pour admirer le paysage, excités à l'idée d'arriver au bout tout en souhaitant que ça n'arrive pas. Cette nuit-là – et non pas une nuit-là au hasard dans un avenir possible, mais cette nuit-là –, nous allions déballer nos affaires et dérouler nos sacs de couchage sur un plancher inconnu. Au cours des semaines suivantes, nous vendrions la plupart de ce qu'il nous restait pour louer une camionnette et rapporter les rares choses nécessaires à Polruan. Moth entamerait des études sans véritable espoir de vivre assez longtemps pour les terminer. Je chercherais du travail et commencerais à écrire. Et à partir de rien, avec nos pertes, nos douleurs et nos peurs, nous serions aussi heureux que nous l'étions à vingt ans.

Lorsque n'a plus été possible de retarder ce moment

davantage, nous avons traversé Pencarrow Head. Notre errance était terminée. Nous nous sommes assis sur un banc dominant Lantic Bay, nos sacs posés dos à dos, et nous avons partagé le dernier sachet de gommes au vin. Tout proche, le faucon pèlerin est descendu en piqué, il a suivi la ligne des falaises jusqu'à la baie avant de remonter brusquement en direction de la mer et de disparaître.

Une silhouette est sortie des ajoncs, portant la même veste et le même chapeau qu'un an plus tôt, avec à la main le même bâton.

« Il est revenu depuis une semaine. Il était parti le même jour que vous l'année dernière. Il savait que vous alliez revenir. Il a dit à tout le monde que vous arriviez, qu'il vous ramenait. C'est un signe, pas vrai ? »

L'homme s'est dirigé lentement vers la route alors que le soleil commençait à décliner à l'horizon et que la brume se levait dans les encaissements.

Nous n'avions pas eu le luxe du temps qu'il aurait fallu aux ondes de choc de notre passé pour s'épuiser ni ensuite – comme dans toute belle histoire de rédemption – nous enfuir dans la nature sauvage pour redécouvrir le sens de notre vie. Des épreuves nous avaient atteints de plein fouet comme un raz-de-marée et nous auraient dévastés si nous ne nous étions pas lancés sur le Sentier. Notre périple nous avait vidés de toute émotion, avait sapé nos forces et notre volonté. Mais par la suite, comme les arbres battus par le vent sur notre route, les éléments nous avaient façonné une forme inédite et nous étions désormais capables d'essuyer n'importe quelle tempête qui déferlerait sur le miroir neuf et brillant de la mer. J'ai songé à ces deux adolescents totalement absorbés l'un par l'autre, à cette passion qui avait duré la plus grande partie de ma vie, aux pluies violentes et au soleil brûlant, à un faucon qui s'élève en liberté au-dessus de l'à-pic des falaises, à deux molécules soudées par rien de plus qu'une charge électrique – assez puissante pour former un lien solide, mais un lien qui un jour pourrait se rompre. Je finissais par comprendre ce que l'absence de toit avait représenté pour moi. Elle m'avait retiré tout ce que j'avais et laissée complètement dépouillée, telle une page blanche à la fin d'un livre seulement en partie écrit. Elle m'avait aussi donné le choix : laisser cette page blanche ou continuer à écrire l'histoire avec espoir. J'ai choisi l'espoir.

Je ne savais absolument pas de quoi serait fait l'avenir, comment les mois de camping sauvage sur le Sentier de la Côte contribueraient à le façonner. Je savais seulement que nous étions des mûres légèrement salées, accrochées à leur roncier sous les derniers soleils de l'été, et que nous n'avions besoin de rien d'autre que de la perfection de ce moment.

REMERCIEMENTS

D'immenses remerciements à deux personnes étonnantes : mon incroyable agente, Jennifer Christie, chez Graham Maw Christie, et ma talentueuse éditrice, Fiona Crosby des éditions Michael Joseph. Sans ces deux femmes visionnaires, ce livre n'aurait sans doute jamais vu le jour. Également à Jane Graham Maw pour son aide et son hospitalité. Je ne remercierai jamais assez Richenda Todd pour ses relectures méticuleuses, ce fut un plaisir de travailler avec elle, ainsi qu'Angela Harding, dont le don artistique est à l'origine de la couverture du livre de l'édition originale. J'ai eu aussi la chance de travailler avec beaucoup d'autres personnes extraordinaires à l'enthousiasme si stimulant chez Michael Joseph.

Pour leur patience et leur générosité quand nous avons envahi leurs vies et leurs canapés, je serai toujours reconnaissante à Adi et Cara, Sue et Steven, Janette, et bien sûr Polly. Pardon à tous d'avoir traîné aussi longtemps dans vos salles de bains et d'avoir utilisé tant de sachets de thé.

Nous avons rencontré beaucoup de gens intéressants, attentionnés et secourables pendant notre périple, dont beaucoup ne sont pas identifiables, mais eux se reconnaîtront. Un grand merci à Dave et Julie pour leur amitié durable, et à Anna, qui nous a donné ce dont nous avions le plus besoin : un toit. Cependant, il existe un ami que nous nous sommes fait sur le Sentier et sans lequel ce voyage aurait été impossible. Son intuition, sa sagesse et la clarté de son jugement ont rendu possibles des jours qui ne semblaient pas l'être et nous ont encouragés dans les plus dures épreuves. Sans l'ami Paddy Dillon en poche, nous ne serions sans doute jamais allés au bout du chemin. Alors que j'écrivais ce livre, j'ai eu l'occasion de le rencontrer et de me rendre compte qu'il est tout aussi enthousiaste et digne de confiance qu'il l'est dans les pages de son guide.

Mais plus important que tout, je veux dire tout notre amour à nos enfants, Tom et Rowan. Je les remercie de m'avoir pensée capable de parcourir mille kilomètres à pied et d'écrire un livre, alors que je n'y croyais pas moi-même.

Et bien sûr, Moth. Généreux, persévérant, inspirant. Amour de ma vie. Merci.

#lisez! engagé
www.lisez.com
Pour plus d'information :
Imprimé sur du papier issu de forêts gérées durablement.

10/18 – 92 avenue de France, 75013 PARIS

Imprimé en France par
CPI Brodard & Taupin

N° d'impression : 3058564
Suite du premier tirage : octobre 2024
X08333/05